# 盛名之下

## 历史人物的真实与幻影

彭洁明 著

当代世界出版社
THE CONTEMPORARY WORLD PRESS

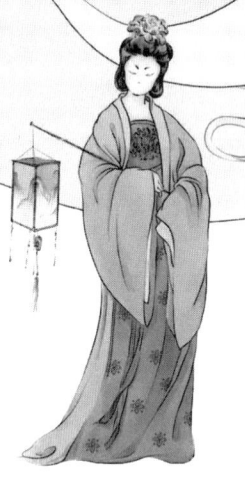

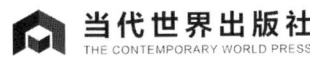

# 推荐序一

## 知人与写心

知人之难，自古而然，即使圣贤，也不免有所蔽惑，所以孔子有"所信者目也，而目犹不可信；所恃者心也，而心犹不足恃。弟子记之，知人固不易矣"（《吕氏春秋》）的感叹，孟子提醒人们论世的重要性："颂其诗，读其书，不知其人，可乎？是以论其世也。"（《孟子·万章下》）题为诸葛亮所撰的《将苑》甚至给出了七条具体的方法："夫知人之性，莫难察焉。美恶既殊，情貌不一，有温良而为诈者，有外恭而内欺者，有外勇而内怯者，有尽力而不忠者。然知人之道有七焉：一曰间之以是非而观其志，二曰穷之以辞辩而观其变，三曰咨之以计谋而观其识，四曰告之以祸难而观其勇，五曰醉之以酒而观其性，六曰临之以利而观其廉，七曰期之以事而观其信。"

彭洁明博士的这部书稿，主要的动机正在"知人"。她精心选择了中国历史中的九个人物，有帝王如项羽（从司马迁《史记》说）、曹丕、赵佶，有名相如诸葛亮，名僧如玄奘，高士如陶渊明，才士如蒲松龄，才女如李清照，美人如杨贵妃，构成一个有意义的言说系列。这些人物都非常知名，而且层次丰富，不少人在历史的长河中就有不同的评价，甚至至今仍有见仁见智的看法。因此，人们理所当然会对作者如何落笔深感兴趣，对了解作者自己的评价体系充满期待。书中提到，《聊斋志异》的作者蒲松龄有着强烈的"知音情结"。这是一个在个人奋斗史上前后状况反差很大的人。早年，他深得知县费祎祉和学政施闰章的欣赏，曾经获得县、府、院三试的头名，自以为青云有路、指日可待，可是此后在科举的道路上奔波大半生，每次参加乡试都是铩羽而回，直到七十一岁才援例补岁贡生。有人说，蒲松龄反对科举制度，事实上，或许应该这样理解，蒲松龄确实揭露了科举制度的一些阴暗面，但从本心来说，他并不一定反对科举制度本身。他在不少篇幅中予以辛辣讽刺的都是考官，将其不学无术、颟顸平庸，形象地体现在小说细节中。所以，虽然他想起早年费、施诸公的知遇，自嘲后来科场不顺是因自己"驽钝不才"（《折狱》之"异史氏曰"），但在他的心里，肯定更多地还是觉得考官是有眼无珠、不识真才。从这个意义看，对考官的种种讽刺，正折射出他的"童年记忆"。蒲松龄期待知音，这本书中的其他人物当然也是如此，而这正是洁明想要做的事情。

对于书中所描写的人物，作者不仅关注其强烈的个体特征，而且也注意抉发其所代表的共性，这些共性，一定程度上就体现了洁明所希望努力挖掘的人性。曹丕和曹植的兄弟关系是千百年来人们耳熟能详的话题，围绕着《七步诗》，基本已经固化出兄弟相争相残的思维定势，不少人恐怕都有着曹丕无德无才、得志猖狂，曹植德才兼备、无辜受害的印象。洁明专辟一章，详谈曹丕，认为曹丕不仅政治上更为成熟，军事上更有才能，而且文学上的造诣也相当突出。这一对兄弟的较量，最终结局虽然原因复杂，但从性格上或行事方式上看，曹植以露才扬己败，曹丕以藏拙内敛胜。书中举了曹丕在曹操出征时，没有像曹植那样善祷善颂，而只是落泪不舍之事，以及曹操派曹丕和曹植兄弟出邺城公干，故意让门卫阻拦，曹丕即时返回，而曹植却以王命在身，杀掉门卫，破门而去之事。在曹操心中，两件事为曹丕分别获得了"诚"与"仁"的印象分。这可能是表演，似乎有"伪"的一面，但这种隐忍的功夫在历史上不乏其例，如隋炀帝杨广本有声色犬马之好，做皇子时，有一次其父文帝到了他的宅邸，见乐器之弦多有断绝，且其上覆满灰尘，以为他不畜声伎，心中甚喜。而道光帝衰病之时，曾召见皇四子奕詝和皇六子奕䜣，询以家国之事，奕䜣滔滔不绝，知无不言，言无不尽，而奕詝则伏地流涕，但表孺慕之诚。二位皇子的面试结果，皇四子奕詝以"仁孝"胜出，成为后来的咸丰帝，而其做法和当年的曹丕简直一模一样。这些或者是权谋术、韬晦法，其实也是人性在某个方面的一种表露。至于曹丕对曹植的态度，自然说不上好，但洁明也指出，其实也算不上特别严苛，因为只是将他架空，让他远离政治舞台而已，毕竟在历史上，兄弟争嗣，失败者失去名誉、自由乃至生命的情形，并不鲜见。

　　由此也看出这本书的一个重要的书写思路，即上下古今，纵横比较。在中国历史上，宋徽宗经常被认为是一个身份错置的人物，他在文学艺术上的成就，恐怕让他之前的两个风流皇帝唐玄宗和李后主也相形见绌，而他的崇饰游观、困竭民力也是很突出的特征。南宋以来，就有不少士大夫反省北宋灭亡之由，其间往往涉及徽宗的穷侈极欲。洁明写这个亡国之君，专门讨论了张淏的《艮岳记》。艮岳是秉承徽宗之意兴建的，占地约七百五十亩，妙拟自然山川，汇集奇花异石，深得文人雅趣，五年建成，规模浩大，但在靖康之难中，转眼间化成一片废墟。作者说，读《艮岳记》，很容易让人联想起清人孔尚任的剧作《桃花扇》中的名曲《哀江南》，所谓前有周大夫见故国倾覆、故宫禾黍，作《黍离》之歌，后有孔尚任感南明史事，作《哀江南》之曲，当然，中间还可以穿插很多其他的掌故，如杜甫的《哀江头》、姜夔的《扬州慢》等等。将上下几千年的历史融汇在一起，当然会引起不一般的感悟。

这个比较还包括对后世各种说法的评判。本书所选择的九个人物，大都在历史上被大量讨论过，不同意见，所在多有，有的甚至彼此对立，分歧甚大。洁明充分掌握了相关文献，通过细致梳理，首先展示了一段接受史，在此基础上予以分疏，可以给读者提供很多启发。比如对曹丕称帝，同时的蜀汉和东吴都予以痛斥，说他沐猴而冠，篡夺大位，但魏之后，从晋代以下，历宋齐梁陈，历史书写中就很少这样说了，因为这几个朝代的开国君主大都沿用了曹丕的戏码，往往通过"禅让"而登基，所以洁明指出，要对这样的问题寻找答案，对和错不一定特别重要，重要的是要明白回答者站在什么样的立场上。沿着这个思路，还可以了解到，对于蜀汉和曹魏孰为正统，历史上也一直有不同的看法，哪怕是在同一个朝代，如宋代，北宋司马光在其《资治通鉴》就尊曹贬刘，认为"苟不能使九州合为一统，皆有天子之名而无其实者也"，因为北宋皇权取自后周，也是所谓"禅让"。而到了南宋，朱熹在《通鉴纲目》中则尊刘贬曹，这又和金人占领了北中国，南宋王朝与当年蜀汉及东晋情形相似有关。意大利史学家和哲学家克罗奇曾提出"一切历史都是当代史"的命题，回看曹魏本身的历史及其接受史，我们可以对这个命题多几分理解。当然，谈到这个问题时，本书又并不局限于政治史，而是扩展到生活史和文学史等。比如陶渊明的诗风，在陶的地位真正形成的宋代，三个论者中，杨时认为是"冲澹深粹，出于自然"(《龟山先生语录》)，苏轼认为是"质而实绮，癯而实腴"(苏辙《子瞻和陶渊明诗集引》)，朱熹则强调"陶渊明诗，人皆说是平淡，据某看他自豪放"(《朱子语类》)。而到了现代，朱光潜从陶诗中拈出"静穆"，鲁迅则针锋相对，指出其特点是"金刚怒目"。洁明介绍了诸家的看法后，指出所谓平淡和豪放、静穆和金刚怒目，其实不一定十分矛盾，更重要的是，后人对陶渊明的发现和欣赏，既是对他的作品、人生道路本身的赏识，实际上也是从不同侧面投射了自己的人格理想，体现的是书写者的主体性，这样，作者就能通过文献梳理和文本细读，抽丝剥茧地还原历史人物的行为逻辑，也让这些历史人物更为鲜活，更为立体。

说到主体性，不能不提到书中对李清照的论说。作者指出，李清照的作品具有不同于一般闺阁女子的眼界和态度以及"超性别"特征，其经历也反映出不受传统伦理框限的心性和魄力，因此，认为李清照是男性占绝对优势的文学世界的"不速之客"。这个"不速之客"的说法很有意思。若是看李的成就，正如明代大文豪杨慎在其《词品》中所说，"使在衣冠，当与秦七、黄九争雄，不独雄于闺阁也"，所以洁明说，她已经超越了性别身份的限制。类似的看法，还可以举王世贞《弇州山人词评》："言其(词)业，李氏、晏氏父子、耆卿、子野、美成、少游、易安，至也，词之正宗也。"宋征璧《论宋词》："吾于宋词得七人焉：曰永叔，其词透逸；曰子瞻，其词放诞；曰少游，其词清华；曰子野，其词娟洁；曰方回，其词新鲜；曰小山，其词聪俊；曰易安，其词妍婉。"从这些评论中可以看出，在北宋，能够和李清照并列的，是这样一些词人：晏殊、欧阳修、晏几道、柳永、张先、苏轼、黄庭坚、周邦彦、秦观、贺铸等，说明至少在这些评论家的心目中，李清照算得上北宋（甚至也可以说是整个宋代）的大词人，而并不仅仅是具有性别特征的"女词人"。把她的词放在词史上看，至少有两点值得提出，一是在突破传统代言体的过程中，她和苏轼等人走在了同一条道路上，以词体书写自己的生活和情志；二是她的作品中体现出对其自少至长，一生感情生活的较为完整的记录，这是以前的词体文学创作中较为少见的。在宋词发展的过程中，能被本朝词人称为"体"的，大概只有"白乐天体""花间体""南唐体""易安体""稼轩体""介庵（赵彦端）体"和"白石体"等不多的几个，李清照能够在其中占有一席之地，说明她的成就在宋代已经很大程度上得到体认了。

洁明勤于写作，在其文字生涯中，她至少有两支笔。一支写学术论著，一支写大众阅读。在这本著作中，这两支笔有所交融，其中既有学术的严谨，又有故事的起伏、文笔的灵动。随着书中的娓娓叙说，读者不仅能够走进历史，对话古人，而且也能够沉思现实，反观自我。洁明说，面对这些历史人物，她能够触摸他们的温度，听到他们的声音，感知他们的心跳，因此，讲述这些古人的故事，就是讲述她自己的故事。读了洁明对这九个历史人物的解读，相信读者也一定会产生共鸣，进而喜欢这本著作。

张宏生

2023 年 3 月 5 日于香江片翠山房

# 推荐序二

## 古人"卸妆"后的真容

本书是一部有深度的历史人物评论,也是一本有趣的读物。书中选择了项羽、曹丕、诸葛亮、陶渊明、玄奘、杨玉环、赵佶、李清照、蒲松龄九位历史人物,加以全新的解读和评析。说它新,不是就如何评价这些人物而言,乃是指它以"后人如何看待历史人物"的问题为出发点,从后世接受和评价的角度展开论述。

第一章的项羽、曹丕、宋徽宗三位人物,都是曾统率天下的人物,在某个人生岔路口,同时也是历史的岔路口,他们的选择决定了自己未来的命运,也决定了历史的走向。后人评价他们,常着眼于成败荣辱,而本书则力图勾画出他们在作出人生选择时的心路历程,揣摩其所思所感,从另一个角度烛照其心灵深处的隐赜。第二章叙写的两位女性杨玉环和李清照,是青史留名的女性,作者的论析围绕这一问题展开:当一个古代的女子以"美女""才女"的身份受到称赏时,她们是否会被圈禁、被裹挟?在女性身陷单向化的"被凝视""被评价"困局的时代,当她们遵从社会的期待,或者无视社会的期待——这两条路分别会通往什么方向?第三章叙写的两位人物诸葛亮和玄奘,都是真实的历史人物,后来成为文学作品的主角，一个被美化、强化，一个被矮化、弱化，形象重塑方式虽不同，却都成了虚实参半的人物，人们甚至分不清他们身上哪些是实、哪些是虚，回溯、梳理其形象的变化过程，确实是饶有趣味的事。第四章叙写的陶渊明和蒲松龄，相比其文学史地位而言，在自己生活的时代不过是某种意义上的"边缘人"，或是其文风与当时的潮流格格不入，或是不遇于时，毕生寂寞。可是他们别致的文字，却在身后赢得极高的评价，甚至成为文学史上不可磨灭的一部分。"千秋万岁名，寂寞身后事"，这种"错过"，在人类的历史上永远不会停止。

　　这些熟悉的题目经作者独到的开掘和剖析，给读者带来许多别解别趣，重新焕发出隽永的意味，一个个熟悉的人物仿佛是卸了妆的演员，让我们看到了被历史长久装扮后已渐隐没的本来面容。这么有见识而且读来有趣的书，应该尽快出版，谨此郑重推荐。

蒋寅

2023 年 3 月 8 日

# 自序

## 水中望月：我们如何看待过去的人和事

  对于人类而言，世上最公平的一件事，就是我们所有人拥有的时间都是有限的，从古至今，莫不如是。因为时间的有限，人不会永存于世，前人如飞鸿在雪泥上留痕，而后人则对着模糊的痕迹揣摩、描摹、记录，让故事流传下去，这记录下来的一切，名为"历史"。

  说到"历史"，我们往往相信经由史官专业的记述、史籍彼此的佐证、学者深入的考证，史学文献能在较大程度上反映历史事件和历史人物的真实面貌。我当然尊重史学家们在还原过往人事时所秉持的专业态度、所付出的切实努力，但私心里，却依然对"真实"一词心存疑虑。

  譬如月亮，在观览它的人类看来，它圆而又缺、缺而复圆；它有时朗照夜空，有时为阴云所掩；它莹润光洁，是夜空中最引人瞩目的存在，看起来比其他星辰大得多。而据天文探测可知，它的形态从未改变，它围绕地球的运动一直遵循着天文规律，它的表面并不平滑，体积也远较人类肉眼可见的绝大多数星星为小。但是，后一种科学的"真实"，并不会消灭前一种感知的"真实"，当我们用

"海上生明月,天涯共此时"描绘与远方之人遥共良辰的心情时,并不会在意明月是否出自海上;当我们以"人有悲欢离合,月有阴晴圆缺"来劝慰自己人生总有起落时,不会深究月亮其实从未缺过。当然,"月亮"在此只是一个譬喻,借此,我想说的是,当我们想要还原一个事物的"真相"时,我们极有可能得到互相抵牾,但又都具备合理性的数种"真相",这和我们一般抱有的"真相只有一个"的认知大相径庭。

缘何如此?还是"时间"在作祟。当真实存在过的人事湮没于时间的荒野中时,既然本体都已灰飞烟灭,我们自然就只能在其所折射的光芒、回荡的声响、留存的痕迹中遐想其原貌了。但是,这种遐想不仅有可能与原貌相去甚远,而且还面临着永难被证明或证伪的困境。在整个追寻的过程中,我们自认为抱持着客观公允的态度,觉得自己是历史的旁观者,实际上,却常常把故事、古人作为我们心灵投射的对象,忘记自己的旁观者身份,"游目"之时,难免"骋怀"。

王羲之说,"后之视今,亦犹今之视昔",杜甫说,"怅望千秋一洒泪,萧条异代不同时",苏轼说,"泥上偶然留指爪,鸿飞那复计东西",他们对时间发出的这些感叹,已经揭示出历史的某种真相:当人以有限之身立足于无限的时间中时,如入烟云,所见如何,受限于"能见度";如观明月,所知如何,取决于自身立足何处;如见飞鸿,所感如何,来源于在雪泥上见到的依稀爪痕。所以,对历史彼端的当事人而言,是"人似秋鸿来有信,事如春梦了无痕",恍兮惚兮,难留难驻;而对历史此端的追思者而言,是"蕉中覆处应无鹿,汉上从来不见花",是耶非耶,如梦如烟。

如此说来，对于古人，难道我们真的没有办法再去触摸他们的温度，倾听他们的声音，走近他们的心灵了吗？对于历史，难道我们真的没有办法再去重现了吗？当然并非如此。历史是"现在与过去之间永无休止的对话"（爱德华·卡尔语），我们选择去和谁对话，如何对话，在对话中说出了什么、听见了什么，都是在重现历史。这些碎片叠加起来，也就重构出属于我们的历史。我们勾画出的古人面容的每一个版本，未必和他本人处处贴合，但或许都有他身上的某种气息、某个特征。有趣的是，还原的结果虽然"似是而非"，我们却总相信自己的画笔灵巧传神。或许，当我们在历史这座迷宫中探寻时，就是像这样时而充满困惑，时而信心百倍；时而深陷迷雾，时而灵光一闪。

本书写到了项羽、曹丕、诸葛亮、陶渊明、玄奘、杨玉环、赵佶、李清照、蒲松龄等九位历史人物。他们有的让我感叹，有的让我激赏，有的让我景仰，有的甚至影响过我的人生选择。当然，我并不一定赞同他们所有的想法，欣赏他们所有的言行，但是当我成为一个试图讲述他们人生故事的人时，还是抱有一种虔诚和真挚，希望能不负古人、不负自己、不负观者。

本书所写的人物均有很高的历史知名度，其故事也曾一再被书写，但我依然相信，我如今重写他们的故事，并非多余。还是以"月"为譬，笼统来说，所有人的"望月"都是同一种活动；但是仔细想来，月亮的每一次被看见、被描绘，都是新的、有意味的。说到"望月"这件事，我也想到了自己写的一首《生查子》："万古月长明，百岁如朝露。浮云有限身，沧海暂时住。　玉宇自澄清，尘际多风雨。天地本无情，世上痴儿女。"词作于某年的中秋之夜。当时我一边散步一边仰望明月，联想到古人常以中秋见月为幸、以中秋不见月为憾。转念忽然想到，月亮何曾有圆缺、有阴晴，它亘古不变、周行不止，反是人间多有风雨阴云、人类多有喜怒哀乐。所以，我们便把人世的悲欢离合，寄托在月亮的阴晴圆缺上，久而久之，倒真以为变化的是月亮，而非我们的心。

我一直相信，生活在千百年前的古人，和我们有过相似的坚强和脆弱、热切和寂寞、不得不尔和无可奈何。这种相信，也是驱使我走近他们、描摹他们的动力。无疑，我在讲述他们的故事的时候，也在讲述我自己的故事；我在感知他们的心跳的时候，也在感知我自己的心跳。在历史的烟尘之下，那冰冷的曾滚烫过，那凝固的曾流动过，那消逝的曾鲜活过。遗踪何在？真貌如何？我相信，答案在我们每个人心中。

彭洁明

2023 年 2 月 26 日

# 目录

## 第一章 自我期许与世人评断：人生岔路后的身名裂

◎ 项羽：一夫勇，百战身，万人敌，千古恨 〇〇二

◎ 曹丕：千秋毁誉，一生真伪 〇三九

◎ 宋徽宗：唤回艮岳游仙梦，五国城中夜雪深 〇八三

## 第二章 揽镜自照与『他』的凝视：古代女性的困境

◎ 杨玉环：长生殿上月，马嵬坡下泥 一二八

◎ 李清照：当一个女子决定成为她自己 一六一

## 第三章 真实世界与虚构之境：从历史到故事的『变形』

◎ 诸葛亮：成为镜，成为神，成为灯　一九四

◎ 玄奘：心灯一盏，千载孤明　二三三

## 第四章 不遇人生与身后盛名：跨越时间的回响

◎ 陶渊明：先生不知何许人也　二八六

◎ 蒲松龄：梦饮酒者，且而哭泣　三二一

## 第一章

# 自我期许与世人评断：
## 人生岔路后的身名裂

**左与右**

——本章关注的是曾对历史进程产生影响，已被盖棺论定的重要历史人物：他们在人生分岔路上，为何没有作出后人所认为的"正确"的选择？在历史的偶然中，有他们心志的必然吗？

# 项羽：
## 一夫勇，百战身，万人敌，千古恨

许多年以后，面对旧识吕马童，项羽或许会想起叔父项梁带他去看秦始皇巡游队伍的那个遥远的日子。

那时他年过弱冠，力能扛鼎，身长八尺有余，站在人群中，总能轻易吸引众人的目光。不过，以万人之上的秦始皇的视角来看，一片攒动的人头中，身材的高矮并不能使得其臣民的身份有本质的不同。当时，秦始皇正等着渡江的船，并未听到那个目光熠熠的青年对其叔父说的一句话："那个人，我可以取代他。"

项羽此言，几乎是下意识说出口的。此时二十三岁[①]的下相人项羽，祖上世代是楚国的大将，因为其被封于项地，故称项氏。项羽世家出身，从小心气甚高，少年时学书学剑，都未有所成，颇有点文不成武不就的意思。项梁责怪他缺乏耐性，他却回答道："写字，学到能记录姓名就行了；剑术，只能与一人相敌。我想学的，是'万人敌'的功夫。"

"万人敌"的功夫，就是兵法。因此，项梁便传授项羽兵书。于

---

[①] 本书中提及人物年龄时，皆循古制，以虚岁计；涉及年月，以农历计。

兵法，项羽也只是学了个大概。直到他二十四岁随叔父起兵，其军事才能才慢慢显露出来。

起兵八年，他响应陈胜、举旗反秦、拥立熊心、大战巨鹿、坑杀秦卒、屠戮咸阳、杀死子婴、分封诸侯、纵敌鸿门、兵败垓下。从寂寂无名到声震天下，从位同帝王到穷途末路，"其兴也勃焉，其亡也忽焉"。最终，他在乌江自刎，为自己短暂而传奇的人生画上血色的句号，也给历史留下漫长的回声。

## 01 狭路相逢"弱者"胜

项羽的对手，是比他年长二十四岁的刘邦。

项羽和刘邦最相似的地方，就是他们都向往权力，不甘于平庸的人生。

早在项羽观秦始皇巡游发出心声之前，刘邦也发出过类似的感叹。他在咸阳服徭役时，见到出行的秦始皇，"喟然太息曰：'嗟乎，大丈夫当如此也！'"

这两句心声既相似，又有差别。项羽当时是脱口而出，未加掩饰，声音恐怕也不小，所以吓得在场的项梁急忙掩住了他的嘴，提醒他口出此等悖逆之言会被满门抄斩；刘邦虽然心情激荡，却尚有分寸，只是低声叹息。项羽身为布衣，却敢直言自己可以取代帝王，刘邦则对与自己身份有霄壤之别的帝王心生艳羡，口发喟叹。前者是高自期许，后者则更重在对名位的追求。不过，不论所求为何物，在这条最终只能有一个胜利者的路上，他们必然会狭路相逢。

本来，如果只对比"硬件"，谁都会觉得项羽的优势更加明显。

论出身，项氏是楚国的贵族，刘氏是沛县的平民。项羽祖上大将辈出，他名"籍"，字"羽"，以字行。按照当时传统，字是男子冠礼之后父辈所赐，而冠礼是贵族所行的礼制之一，光由名字，也不难看出他出身的高贵。而刘邦的父母亲连个正式的名字都没有，虽然凭着儿子名留青史，却也只留下"刘太公""刘媪"这两个马虎的代号。刘邦自己初名"刘季"，所谓"季"，只是一个排行，当刘太公给这个孩子取个"刘三"这样的名字时，绝没有想到他有一天会登鼎天下。

论个人素质，项羽身材高大，武力惊人，才气过人；刘邦"好酒与色"，又喜欢呼朋唤友、玩乐谑浪。

论对战能力，项羽一上战场，就能以一当百。在会稽起事时，他一人击杀了近百人；刘邦则并无超凡的个人战力可言。

论军事起点，项羽顺陈胜、吴广起义之势，跟随叔父一起杀会稽郡守、郡吏，项梁做了会稽郡守，项羽做了副将。随后，召平又拜项梁为楚国的上柱国，请他带兵西进攻秦。项梁叔侄便率领八千兵士渡江而西。

刘邦也是在陈胜、吴广起义之时，乘着各郡县杀官吏之势，纠集近百名逃亡者，才有了自己的初始队伍。不过，他并非主动兴兵"谋反"，而是沛县县令听说各郡县都有杀官响应陈胜之事，为免杀身之祸，与主吏萧何、狱掾曹参谋议后，决定派人召集逃亡在外的沛县子弟来起事，刘邦就是他们看中的执行这一计策的人。

虽然都是借着陈胜、吴广起义的东风，但是二人站在起点上的"姿势"、所站的位置却大不相同。不难看出，项梁叔侄是"造势"，而刘邦是"借势"。对他们而言，命运轨道的初次交会，是在薛县。当时，刘邦攻打丰邑未果，想要借兵，适逢司马夷攻打楚地，屠戮相城，刘邦与之交锋不胜，退却后引兵攻下砀县，收整了数千兵卒。他听说项梁在薛县，带领骑兵百余人去见项梁，请求借兵。项梁拨给他五千士兵，之后，刘邦才终于攻下丰邑。

此役后，刘邦做了项梁麾下的将领，此时，刘氏和项氏之间的强弱高低非常明晰。不过，多谋善战的项梁，最终还是没有逃过"骄兵必败"的定律。在他拥立楚怀王之孙熊心为楚王、自号武信君之后不久，他在雍丘城下又一次大破秦军。此时，宋义劝诫他小心敌军反扑，他未曾在意。不料夜间秦将章邯带着援兵夜袭项军，项梁战死于定陶。

项梁战死时，刘邦和项羽正在攻打陈留，闻此噩耗，他们率兵向东，项羽驻军彭城之西，刘邦驻军砀郡。这一年，是秦二世二年（前208年）。踏着前辈颓败的战迹，项羽和刘邦都迎来了属于他们的时代。此后，历史风起云涌，项刘二人此消彼长，直到六年后，才最终分出胜负。

项梁死后不久，章邯带兵向北渡过黄河，大破赵国。其后，他率四十万大军围攻巨鹿。

楚怀王熊心命宋义为上将军，项羽为次将，范增为末将，率兵五万前去救援赵国。军至安阳之后，宋义驻扎此地四十六日，全无对敌之意。项羽主张渡河后正面对敌，宋义主张待其疲敝之后再寻机会。二人针锋相对，项羽寻机斩杀了宋义，成为军中首脑，后又派人将此事上报楚怀王，正式受封为上将军。

其后，项羽破釜沉舟，领兵于巨鹿大破秦军主力，败章邯，杀苏角，擒王离。战胜后，先招降秦兵，继而又在新安坑杀降兵二十万。

此时，刘邦已受楚怀王熊心之封，为砀郡长、武安侯，项羽也受封为长安侯。当项羽率领大军来到函谷关时，被驻守关口的士兵阻拦，此时项羽方知刘邦已经先他一步入关。刘邦入关时，秦王子婴驾着素车白马前来投降，刘邦受降之后，与关中父老约法三章，"杀人者死，伤人及盗抵罪。余悉除去秦法"，由此安定了秦人之心，局势渐稳。

从刘邦入关平定局势，到项羽破巨鹿后抵达函谷关，前后只有一个月的时间差。但这个先后顺序十分重要——因为楚怀王曾与诸将有"谁先入咸阳谁就称王"的约定，所以此时刘邦是这一赌约的胜利者。应对秦军主力的是项羽，先入关的却是刘邦，说起来，刘邦多少有点"弯道超车"的意味，但是对天下人而言，被楚怀王诸将拥护的是刘邦，受秦王玉玺的是刘邦，被秦人承认的也是刘邦，所以相较项羽而言，刘邦得势，反而更"名正言顺"一些。

不过，此时若论军事实力，优势还是在项羽这边。项羽屯兵鸿门，有大军四十万，号称百万；刘邦屯兵霸上，有大军十万，号称二十万。双方差距十分明显。接下来，影响历史车轮行迹的事件悄然发生：在鸿门宴上，项羽一时踌躇，放走了谋臣范增谆谆告诫他一定要杀之而后安的刘邦。

这是项羽未曾把握住的一个绝佳机会，也许数年后，在垓下追兵的呐喊声中，他脑海中闪过的画面里，也会有鸿门的这一幕。

在此之后，项羽还享受了一段时间权力带来的恣意。他"引兵西屠咸阳，杀秦降王子婴，烧秦宫室，火三月不灭，收其货宝妇女而东"。在他看来，以征服者的姿态任意而行，是在战场上出生入死、在乱世中叱咤风云的他所"应得"的。但是在天下人心中，入关后安民定土的刘邦，比起残虐好杀的项羽，已经占据了道义上的优势。

若就项羽内心的真实想法而言，他在灭秦之后，是想要直接称王的。不过他还是稍微克制隐忍了一番，先奉怀王为"义帝"，然后分封天下，封了十多位王，各划封地，其中刘邦为汉王，封地为巴、蜀、汉中，其都城为南郑。项羽则自号"西楚霸王"，统率九郡，定都彭城。将刘邦的封地定在较偏远的巴蜀而非富饶的关中，自是项羽失信背约了，不过，刘邦此时还不敢直接发出异议。

项羽自己虽未称帝，却立帝分封，这自是已操位同天子的权柄。分封之后不久，项羽又做了一件震惊天下的事：他以"古来帝王都居于上游"为名，将义帝迁往郴县，其后又派人将其杀死。

而刘邦的势力则一直在壮大。他打败了雍王，收降了塞王、翟王、河南王，并立战功赫赫的部将韩信为韩王，俨然也有帝王之势。

沧海横流，群雄逐鹿。秦亡之后五年，天下终于有了一统之势，而曾经号令天下的项羽，却走到了穷途末路。

汉兵围攻垓下，楚歌响起时，项羽的丧钟敲响了。后来，他率八百人马突围，一路血战，从八百骑随从，到百余骑相从，到二十八骑相从，到最后与追兵短兵相接、血肉相搏。

最后，他其实仍然有生的机会——乌江边，心向他的一位亭长停船江边，意欲载他渡江，但是他断然拒绝渡江的提议，最后与追兵血战，搏杀数百人之后，举剑自刎而死。

这场漫长的角逐，最后以刘邦的完胜终结。而最开始，明明是项羽拥有明显的优势。哪怕从项梁死后算起，项刘二人所拥有的战场经验、威望和兵力也算旗鼓相当，后来项羽还一度威震四海，位同帝王。那么，曾经离至尊之位仅一步之遥的项羽，为何却最终落败呢？

首先，项羽所依恃的是"力"，而刘邦所经营的是"势"。

项羽初发迹时，杀会稽郡官吏近百人，以鲜血震慑一郡；兵败自刎前，依然能以一当百，叱退敌兵，击杀数百人；与敌军交战，常能在血战、硬战中取胜。其勇、其力、其气势，的确令人侧目。

少年时，他对学书成儒、学剑成侠的道路都不感兴趣，因为"儒"是通过立言来存名于世，"侠"虽然快意恩仇，但其影响范围也往往有限，且侠客所重的，是行义，而非留名。

项羽想要学的是"万人敌"，他想要过的是当下就能燃烧生命的能量、让所有人都震惊于那烈焰的辉光的生活。

所以，他不屑于"曲线救国""弯道超车""避重就轻"，在他眼中，那并非豪雄所为。

所以，在亡秦之路上，他挑的是最重的担子，总是直撄秦军的锋芒。

所以，他不愿忍气吞声，他为世人所诟病的杀已降的秦王子婴一事，未尝没有负气的成分——鸿门宴之前，刘邦麾下左司马曹无伤偷偷告知项羽，说刘邦想要在关中称王，以子婴为相，将珍宝全部据为己有。而鸿门宴之后数日，项羽便西进咸阳，大肆屠戮，他杀子婴、掠珍宝的举动，实在像是听信了曹无伤之言后内心愤愤不平所致。

为何他会这样愤愤不平？在项刘二人进军关中之前，楚怀王诸故将认为项羽残虐，刘邦宽仁，所以把收整残兵、西进咸阳的机会判与刘邦，而项羽在巨鹿打了一场硬仗之后，发现刘邦已经入关，他无法公然撕毁"先入咸阳者称王"的约定，但心中不免忿然。

刘邦则不然。他善于借势、顺势，在他的成功之路上，"心理战"和军事战发挥了几乎同样重要的作用。

当时，沛县县令命萧何、曹参找人纠集人手，以应陈胜、吴广起义，免得被卷入"杀官"潮而遭祸。刘邦乘此机会集结了百人之后，县令又反悔了，命令关闭城门，想要杀萧何、曹参灭口。在生死存亡之际，刘邦当机立断，析清形势：如果拼实力，只有一帮乌合之众的他毫无优势，所以他用弓箭将一封信射入城内，以游说沛县父老，称："天下苦秦久矣，如今诸侯并起，乱局之下，其实是一个极好的机会。如果大家能一同诛杀县令，那么起事之人就有机会被立为长官，不仅能保全家室，还有可能加官晋爵，反之，则有可能举家沦为刀下亡魂。"

这段游说恩威并施，所显之"威"，倒非凭空威吓，毕竟秦末的乱局中，举城被屠之事并不少见；所施之"恩"，其实是空头支票，目下只不过是亭长的刘邦，其实并无"兑付"能力，不过，若是游说奏效，他就能大赚一笔，无本万利，且不会失信于人。短短一段话，利用了众人心中的畏惧和欲望，既是大棒，也是胡萝卜，非深谙人性者不能为。果然，沛县父老群起杀了县令，开城门迎接刘邦，准备拥戴他为县令。

这是刘邦汲汲以求的名位，之前他铤而走险，不正是为此吗？但面对自己心心念念的结果，接下来的一番"做作"，才真正体现出他作为一位政治家的谋略。他不受反拒，称自己"并非吝惜生命，而是怕才不配位，不能保全家人父老，请大家另选贤能"。在场的"贤能"之士本要推萧何、曹参二人，但他们作为文官，并无带头起事的打算，更畏惧起事不成株连家人，所以二人再度推举刘邦。父老们也说此前听说过许多关于刘邦的神怪之事，想来他并非常人，定能当此大任。话说至此，刘邦方款款接受。

刘邦以往的神怪之事，指的是什么呢？其一，据说刘邦之母刘媪曾在大泽岸边休息，梦中与神相遇，此时电闪雷鸣，天色昏暗，恰逢刘太公去寻她，看到一条蛟龙趴在她的身上。不久之后刘媪就怀上了孩子，即刘邦。其二，据说刘邦当亭长时，常到武负、王媪的酒肆赊酒喝，醉后随地倒卧。而据武负、王媪说，他们看到刘邦的上方有龙盘旋，于是，但凡刘邦光顾这两家酒肆，闻风而来买酒的人就很多，使得两家酒肆生意十分兴旺。其三，据说刘邦有一次醉酒夜行，随行者有十多人，途中遇到大蛇挡道，无法前进。刘邦乘着醉意，拔剑将蛇一斩为二。后面的人到了斩蛇的地方，见到一个老妇在哭泣，他们询问原因，老妇自称是哭子，她说："我儿子是白帝的儿子，他化为蛇，挡在路中，被赤帝的儿子斩杀，所以我才哀哭。"其四，据说秦始皇是因为"东南有天子气"而巡游芒砀，身负诸多"奇闻"的刘邦担心"天子气"这事和自己有关，所以躲进了山中，而妻子吕雉去找他的时候，却总是能轻松寻到，因为他"所处的地方总是有云气"，一望便知。

其实，项羽也天生异相：他与舜一样，是"重瞳"，而"重瞳"是被古人视为超凡之相的。比起人皆可见的"重瞳"特征，刘邦身上的几件奇事，要人为地制造出来并不太难，而对于笃信谶纬的人来说，这些神怪之事自然会让其再三揣测，从而自行推导出那个结论：刘邦将会是真龙天子。而如果我们纵观历史，不难想起众多时代风云中的弄潮儿，都有自神其道以鼓动天下人心的举动。此类"预兆"或以童谣相传，或以怪奇之物为载体，都是"心理战"和"造势"的良媒。刘邦的母亲与蛟龙生子的传说，似乎是《诗经》中"天命玄鸟，降而生商"这一"原版"故事的翻版。而其余三件事情，也不难用现实的逻辑加以分析。司马迁在作《高祖本纪》时，记述这几桩奇事的笔调颇为微妙，如斩蛇之事：听了他人见闻老妇夜哭之后，"高祖乃心独喜，自负。诸从者日益畏之"。又如所避之处有云气之事：听闻吕雉所告之后，"高祖心喜，沛中子弟或闻之，多欲附者矣"。此二事，除可以阐释为上天提前的"剧透"之外，似乎也可以解读为刘邦与其亲近者的自导自演，且其演绎效果甚佳。最有意味的是武负、王媪见龙一事，司马迁写道："高祖每酤留饮，酒雠数倍。及见怪，岁竟，此两家常折券弃责。"刘邦的"异相"使得酒肆兴旺发达，轻松摆脱债务，而刘邦自己也声名初震。这件事如果大胆反推，似乎不难得出刘邦和武负、王媪共同做戏，各取所需的结论。刘邦一直重视"心理战"，以弄喧捣鬼来暗示，以退避辞让来获取，也是他一直擅长的。

其次，项羽为人肆意任性，行事顾首不顾尾，而刘邦却能为了长远的利益隐忍，几乎从未因小不忍而乱大谋。

项羽之所以被楚怀王诸故将目为"僄悍猾贼"，是因为他虽然能征善战，对敌时却毫不留情，不止一次对攻破的城池屠城。屠城是十分残忍的行为，但在当时的战事中并不十分罕见，如章邯曾屠相城，而刘邦在项梁麾下时，也曾和项羽一起奉命屠了城阳，自成势力后，也屠戮过颍阳、城父。

楚怀王诸故将认为刘邦比项羽更"宽仁"、更有容人之量,其实并非刘邦的品性好过项羽,而是他比项羽更能立足于长远目标,并不一味寻求"即时满足"。

刘邦出身微贱,为人很有些粗鄙。他对儒生并无好感,有儒生戴儒冠来求见他时,他曾取下对方的帽子,当面在帽子里小便。谋士郦食其向他自荐时,他踞坐在床,任两个婢女给他洗脚,态度十分倨傲。郦食其对他说:"你若是想要诛灭无道的秦国,那便不宜坐着接见有才能的人。"刘邦闻言马上起身向他道歉,因为郦食其所言,正好点中了他的心事。他初见郦食其时前倨后恭,是因为对方展现了不同于俗儒的见识和魄力,所以他也当即放下脸面,一反前时的态度。对刘邦而言,为大事而放下脸面是再简单不过的事了。

最能体现"名""实"二事在刘邦心中分量的是这样一件奇事。项羽抓了刘邦的父亲刘太公,架起一口锅,把刘太公置于其上,威胁刘邦若他不投降,就把他爹给煮了。父亲的生死操于敌手,常人一般都会方寸大乱,或急火攻心,或怒不可遏,那么刘邦是怎样回答的呢?他说:"我和你都曾听命于楚怀王,有过兄弟之约,我的爹就是你的爹。你要是把咱爹煮了,那就分我一杯羹吧。"项羽闻言大怒,想真杀了刘太公,但他手下早与刘邦私相授受的项伯劝阻道,像刘邦这种要天下不要父母的人,杀了他的父亲也不会对局势有任何帮助,反而有可能招致祸患,项羽便也作罢了。

这场交锋,是比谁更能拉得下脸、豁得出去。刘邦父亲的性命握在敌人手中,本是死局,他却剑走偏锋,用近乎无赖的态度向对手表示自己并不在意父亲的生死。理性分析,这样的态度在战术上确实非常有效——对方让你束手束脚,你就告诉他那绳子本是虚妄。

可是世人行事，总是受到情感的羁绊，也难以彻底摆脱道德的影响，有几人面对威胁要取自己父亲性命的敌人，能够笑颜以对，跟他称兄道弟，表现得比他还要不在乎？有几人能够在衡量利弊得失之后，破除道德和心理的双重负担，坦然说出"必欲烹而翁，则幸分我一杯羹"这等话呢？

此外，项羽和刘邦在得势之后的举动，也可以比并齐观。刘邦在受秦王之降后，也曾一度飘飘然，想要在秦宫休息，体会下当帝王的滋味。其实，胜者的大军入降王宫殿，基本上就是烧杀抢掠的开始，闸门一开，后果难料。何况刘邦只是楚怀王麾下将领，是奉王命前来讨伐，如果以臣子身份行王侯之事，则名不正言不顺。故而樊哙、张良立即劝阻，而刘邦也听取其谏言改变了主意，下令将秦宫中的财物宝器封存好，撤回到自己的驻兵地霸上。

其后，迟来的项羽则完全成了刘邦"仁德"和"有远略"形象的"对照组"。他先是烧宫劫掠，又因觉秦宫残破，打算引兵东归故乡，称"富贵不归故乡，如衣绣夜行，谁知之者"，后来他自封为西楚霸王，定都之处也在离下相不远的彭城，直接失去了据守中原的地理优势。大费周章之下，所谋求的只是他人知其富贵，实有目光短浅之嫌。

项羽的"脸皮"也比刘邦薄得多，在他放言"富贵不归故乡，如衣绣夜行"之后，有人讽刺他沐猴而冠，项羽一怒之下，将此人煮了，似乎如此一来，就能绝塞天下人之口。而刘邦则不畏世人评断，总是我行我素。他做亭长的时候，特意定制了一顶竹皮的帽子戴着。后来显贵了，却不嫌这顶与亭长身份相配的帽子与沛公、汉王的身份不配，还是常常戴着。久而久之，倒是引领了一股风潮，人们把这种竹皮的帽子称为"刘氏冠"。

项刘二人的成败原因,是后人争相议论的话题。粗略来说,在这场拉锯战中,项羽不是输在武力、输在运气,甚至归根结底,也不是输在人心的得失,而是输在好胜恃强的他,碰到了善于示弱和弄权的刘邦;输在只相信自己、上战场总是靠用兵的天赋和性命相搏的他,碰到了能放手将权柄下移、能收纳英才听取意见的刘邦。这场交锋,并不只是武力的交锋,也是智慧、耐性、眼界、坚忍度的交锋,武力占优的项羽,自然敌不过在其他方面占优的刘邦。如此看来,他的失败简直是必然的。

其实,《道德经》中的一些话,也可以作为项刘相争成败问题的参考。老子曾说,"柔弱胜刚强",认为柔弱之物比刚强之物更具生命力。他又说,"天下之至柔,驰骋天下之至坚",认为天下最柔弱的,能驾驭、驰骋天下最坚强的。他还譬喻道,"人之生也柔弱,其死也坚强。草木之生也柔脆,其死也枯槁,故坚强者死之徒,柔弱者生之徒",意谓人活着的时候身体是柔弱的,一死就僵硬了,草木活着的时候枝叶是柔脆的,一死就枯槁了。所以,坚强的属于死亡,柔弱的反而属于生命。由此他还得出结论:"是以兵强则灭,木强则折。强大处下,柔弱处上。"他自然没有料到,若干年后,项羽和刘邦正好用他们的一生,给此语做出了注解。

## 02 放肆无忌与有所不为

当然,即使到了穷途末路之时,项羽也并不认为刘邦真的胜过了他。因为他在生命的最后一天，还曾不止一次说自己的失败出乎天意，非关人力。第一次，是面对仅剩的二十多个手下时，他说"天亡我，非战之罪"——我走到今天，是上天想要灭亡我，而不是因为我不会打仗。第二次，则是在拒绝乌江亭长劝他渡江的提议时，他说"天之亡我，我何渡为"——上天都不给我活路了，我还挣扎什么呢？

司马迁写作《项羽本纪》时，记述完这段历史之后，在文末"太史公曰"的部分中评论道：

> 夫秦失其政，陈涉首难，豪杰蜂起，相与并争，不可胜数。然羽非有尺寸，乘势起陇亩之中，三年，遂将五诸侯灭秦，分裂天下，而封王侯，政由羽出，号为"霸王"，位虽不终，近古以来未尝有也。及羽背关怀楚，放逐义帝而自立，怨王侯叛己，难矣。自矜功伐，奋其私智而不师古。谓霸王之业，欲以力征经营天下。五年卒亡其国，身死东城，尚不觉寤而不自责，过矣。乃引"天亡我，非用兵之罪也"，岂不谬哉！

司马迁认为，项羽在秦末风云际会中能一举抓住机会，仅仅用了三年时间，就灭了秦朝，分封诸侯，自号霸王，权比帝王，是数百年来的杰出人物。但是，他后来在大好的形势下又自毁长城，放逐义帝而自立，使得自己所言所行不正不顺起来，仅仅五年就败亡身死。可叹的是，他败而不自悟，还认为"天亡我，非战之罪"，这实在是有些荒谬了。

司马迁虽然在"太史公曰"的部分对项羽有"毁"，但其实纵观

《项羽本纪》,却很容易看出他对项羽的"誉"并不少。项羽并未称帝,其传却列入记录帝王世系的"本纪"而不是列入记录王侯事迹的"世家",这是司马迁对项羽的功勋和历史地位的肯定;他在记述时笔调冷静客观,但冷静之中又常常在某些细节、言语的刻画上不遗余力地勾勒出项羽悲剧英雄的面貌,这是他对项羽人格魅力和历史面貌的肯定。也正是借由他的生花妙笔,项羽才血肉丰满地"活"了两千多年。

在司马迁的笔下,他是天生的武将,也是嗜血的屠夫;他是重情的英雄,也是易怒的首领。他可畏可恨,又可敬可悯。他虽然没有刘邦那么深的城府,但其性格也很复杂。我们不妨先看看楚汉相争之时,刘邦发出的檄文中所历数的项羽的十大罪状:

> 汉王数项羽曰:"始与项羽俱受命怀王,曰先入定关中者王之,项羽负约,王我于蜀汉,罪一。项羽矫杀卿子冠军而自尊,罪二。项羽已救赵,当还报,而擅劫诸侯兵入关,罪三。怀王约入秦无暴掠,项羽烧秦宫室,掘始皇帝冢,私收其财物,罪四。又强杀秦降王子婴,罪五。诈阬秦子弟新安二十万,王其将,罪六。项羽皆王诸将善地,而徙逐故主,令臣下争叛逆,罪七。项羽出逐义帝彭城,自都之,夺韩王地,并王梁楚,多自予,罪八。项羽使人阴弑义帝江南,罪九。夫为人臣而弑其主,杀已降,为政不平,主约不信,天下所不容,大逆无道,罪十也。"(《史记·高祖本纪》)

这十大罪状,条条数来,令人心惊。而桩桩件件,又都是项羽做过的,并非耸人听闻。这十件事大概分为三类:负约不信、残暴不仁、背主不义。其中,"负约不信"一事尤其是刘邦斥责的重点,几乎一半的罪名都与之有关。

若从这段文字看来,项羽几乎一无是处,甚至都让人疑惑他如此不仁、不义、不信,何以能够踏上权力的巅峰,统率数十万之兵,与刘邦一争天下。

但是莫要忘记,不仁、不义、不信的事,刘邦也做过不少。屠城时,他并不手软,而过河拆桥、背信弃义的事,他做起来也并没有什么负担。最骇人听闻的一件事,是他曾在逃命途中为了加快行车速度,把自己的亲生子女推下车。

这件事发生在刘邦平定三秦、在彭城与项羽交锋的时候。其时汉军大败,刘邦乘马车逃跑,夏侯婴为他驾车。途中他们正好遇到了刘邦的一双儿女——后来的孝惠帝和鲁元公主,夏侯婴就带他们上车一同逃亡。此时战马疲乏,敌军紧追不舍,刘邦情急之下,不止一次将两个孩子踢下车去,想以此减轻车马的负担,使其加速驰行。但夏侯婴每次都下车将他们救上来。重新上车后,夏侯婴总是慢慢赶车起步,等到两个惊恐的孩子抱紧了他的脖子,才开始让车马疾行。面对夏侯婴的违命"顶撞",刘邦怒不可遏,多次想要斩杀他。不过,他还是控制住了自己,他们也最终逃离了险境。

从这件事情来看,刘邦是一个没有道德底线的人。哪怕是在"面临生命危险"的特殊情况下,残害自己未成年的亲生子女也是超乎常人想象的行为。何况,刘邦面对被追杀的情况,就狠心亲手将子女推下车,而夏侯婴面对被追杀、被主公斩杀的双重生命危险,却还执意要救与自己并无血缘关系的幼儿,二人相比,真是有云泥之别。

说回项羽——他所行之事是否错误,其实不能单纯用道德标准来评定,毕竟历代叱咤风云的帝王将相,魄力总是超乎常人,而道德却未必高于常人——项羽的错误,主要在于他的某些行为,使得自己失去了作为天下统率者的合理性,冷了想要跟随、投效者的心,也灰了天下人想要一个安平时世的心。

不妨看看他争雄路上的四次杀业:杀殷通、杀宋义、杀秦王子婴、杀义帝熊心。

殷通几乎算是给项羽"试刀"的人。当时身为会稽郡守的他,与项梁叔侄商议通过他们及桓楚来响应陈胜、吴广起义。明面上双方约好了,但实际上项梁叔侄另有谋算。项梁让项羽持剑等候在外,对殷通谎称只有项羽知道桓楚的下落,请命让他寻找桓楚。殷通将项羽召入之后,项梁却对项羽发出了动手的信号,项羽手起刀落,斩杀了殷通,之后又杀了其府中近百人。只此一事,就能看出项羽的胆魄,也不难发现,他行事并无太多道德负担。

宋义原为楚国的令尹,熊心成为楚王之后,他被任命为楚将,其资历地位高于项羽,被楚怀王派去救赵时,他是上将军,项羽为次将。他之所以会为项羽所杀,是因为二人在领兵策略上有根本的分歧。宋义不愿进兵直面秦军,在安阳停驻了四十多日,而项羽催促他速速渡河,与赵军里应外合,宋义则坚持伺敌疲惫之机再突袭。他将自己和项羽作了一番比较:"如果论披坚甲、执锐兵在前线对敌,我比不上你;若论坐于军帐之中运筹决策,你比不上我。"其后,他又下令说不听将令之人一概斩杀。这种先说理、后立威的态度并未震慑到项羽,他斥责宋义不顾军中粮草不足,任由士兵吃糠咽菜,自己却饮酒高会,"不恤士卒而徇其私,非社稷之臣",寻机斩杀了宋义。诸将慑于他的威势不敢有异议，而他也给宋义扣上了"与齐谋反楚"的帽子，称是怀王给自己下密令要诛杀他。诸将唯唯诺诺，其事初成。项羽派桓楚将此事上报楚怀王，木已成舟，楚怀王也只好让项羽继任上将军一职。

如果说杀殷通、杀宋义是项羽人生上坡路上的重要里程碑，那么杀子婴、杀熊心就是他人生下坡路上的重要事件了。

秦王子婴即秦三世，是秦朝最后一位君王。他不仅知名度远远不及前任秦二世，命运也十分悲惨。他有名无实，有位无权，被赵高推上君位，仅仅做了四十多天秦王，就等来了刘邦的大军。子婴并非孱弱无能之辈，赵高本来将之视为傀儡，结果子婴却反过来设计诛杀了赵高，灭其三族。但是，面对手握重兵的刘邦，他实在无力相抗，只能选择投降。他投降之后，刘邦身边也有人谏言要杀掉他以绝后患，刘邦回答说："怀王之所以派我入关，是因为我能容人。而且子婴已经投降，再杀他的话，也不吉利。"但是不久之后，项羽进入咸阳，子婴还是没有躲过被杀的厄运。

杀投降之人，是项羽身上最大的争议。他不仅杀了子婴，还杀了秦国投降的兵卒二十万人，原因是当时局势不稳，降兵人心浮动，项羽为稳妥省事，索性一不做二不休，连夜将这二十万人活埋在了新安城南。

杀义帝熊心是比杀秦王子婴更让项羽陷入道德劣势的一件事——群雄争霸时，自己未必恪守道德，但常常将道德用作约束甚至控制他人的工具。熊心本是楚国贵族。秦灭楚之后，他从贵族沦落为平民，隐匿身份，以牧羊为生。他本以为此生要终老草泽了，却被项梁派来的人寻到，被奉为楚怀王，在秦亡之后，更被奉为义帝。

项羽对这位项氏加封的君王并无敬畏，但之前双方利益一致，还能维持表面的和平，而入关一事使得矛盾爆发出来。本来怀王和诸将就有"先入咸阳者王之"的约定，项羽迟一步入关，但又想要称王，于是他寄希望于怀王，希望怀王能违约封自己为王，但他派去刺探怀王心意的人，却带回来了怀王"如约"二字的回复，这恐怕是最激起他杀心的事情。

接下来，他分封诸王，尊怀王为义帝，并自封为西楚霸王。据《史记·项羽本纪》所载，在尊怀王为义帝时，他发表了这样一番言论："天下初发难时，假立诸侯后以伐秦。然身被坚执锐首事，暴露于野三年，灭秦定天下者，皆将相诸君与籍之力也。义帝虽无功，故当分其地而王之。"而《史记·高祖本纪》中的版本，更显出他的放肆无忌："怀王者，吾家项梁所立耳，非有功伐，何以得主约！本定天下，诸将及籍也。"他说怀王本来就是得势于项氏，而其名位能够存续，得力于项羽等将领在战场上的胜绩。这段话把大家心知肚明但一直藏在台下的事挑到了明面上，虽然不失坦率，但实在太无忌惮。举旗定天下，当然取决于战力，而非旗帜是否鲜艳。但是刚定了天下就把旗帜踩在脚下，称其华而不实、徒有其表，未免让人觉得反复无常、刻薄寡恩。

不久，项羽又将义帝流放到长沙郴县，暗中命令义帝途经之地的九江王、衡山王、临江王击杀他。后来，九江王英布麾下将领追击义帝到了郴县，杀之。

项羽的肆意之举，却给刘邦带来了立"人设"的大好机会。刘邦听说此事后，袒而大哭，并为义帝发丧，又派使者晓谕诸侯称："天下人共同拥立义帝，而项羽却将他放逐、杀害，如今我为他发丧，全军上下皆缟素。"并以此为由，号召诸侯发兵征讨项羽。其实，连年幼的子女都能推下车的刘邦，又岂会真心为死去的义帝哀痛呢？宋元之交的诗人吴龙翰曾作《乌江项羽庙》一诗，感叹项羽杀义帝的错误被刘邦所用一事："盖世英雄只恁休，千年遗恨大江流。汉提义帝作张本，当日君输第一筹。"诚如其言，刘邦滚落的泪珠和征讨项羽的文书，分明是天下人不能拒绝的道德法令。

宋人陈普的议论更加深入，他的《咏史》其三说："牧羊义帝实妨贤，犹有三纲共畏天。树楚击秦宜奋发，恶名何事苦争先。"诗下的自注里引用了前人的说法："项羽弑义帝，是为高帝做了不好事。"诗歌即就此意阐发，说义帝在项羽、刘邦的眼中，都是他们王霸之路上的绊脚石，但是碍于礼法，出手"弑君"并不容易。而项羽终于忍不住出了手，担上了这个恶名，不仅让刘邦得到了博取美名的机会，还为刘邦的称帝之路除去了一大障碍，对他自己而言，真是得不偿失。

群雄逐鹿，玩的是背弃礼法、赌上生死的"游戏"，但再怎么搏得面红耳赤，那个把桌子一脚踢翻，让所有人暗藏在笑面华服下的兵刃都露出来的人，还是会被当成众矢之的；或者换一句话说，有始无终、推翻自己曾遵奉之人、事的人，也背弃了人们心中最不能背弃的原则，必然自尝苦果。

项羽是个什么样的人呢？作为他对手的韩信，对他了解得十分深刻。韩信初入刘邦帐下时，曾与刘邦有过这样一番对话：韩信问要是论勇敢、强悍、仁厚、兵力各方面，刘邦认为自己和项羽孰强孰弱。刘邦默然良久，回答道："我不如他。"韩信也说他认为刘邦在这些方面并无优势，不过他接下来要说的话才是重点：

信再拜贺曰:"惟信亦为大王不如也。然臣尝事之,请言项王之为人也。项王喑噁叱咤,千人皆废,然不能任属贤将,此特匹夫之勇耳。项王见人恭敬慈爱,言语呕呕,人有疾病,涕泣分食饮,至使人有功当封爵者,印刓敝,忍不能予,此所谓妇人之仁也。项王虽霸天下而臣诸侯,不居关中而都彭城。有背义帝之约,而以亲爱王,诸侯不平。诸侯之见项王迁逐义帝置江南,亦皆归逐其主而自王善地。项王所过无不残灭者,天下多怨,百姓不亲附,特劫于威强耳。名虽为霸,实失天下心。故曰其强易弱……"(《史记·淮阴侯列传》)

韩信认为,项羽有"勇","喑噁叱咤,千人皆废",但其"勇"是"匹夫之勇",因为他虽然擅长力战,却不能任命贤能为属将;项羽有"仁",平素待人恭敬慈爱,但其"仁"是"妇人之仁",因为他在面对患病的士卒时,虽然能"涕泣分食饮",表面功夫不让人,但到了封赏部下的时候,却拿着印玺把玩良久,舍不得赐给对方。韩信又历数项羽的几大过错:背义帝之约、分赏诸侯时不公、放逐义帝、屠城杀戮,指出眼下他所至之处臣民拜服,只是慑于其武力,而非心服,项羽"名虽为霸,实失天下心"。

韩信的剖析可谓鞭辟入里,洞察关窍。项羽其实并非全无心眼、只任情性的单纯之人,他也是在战场和乱局中淬炼出来的人杰,也有七窍玲珑心,也有"表演"能力和谋策。但是比之刘邦,他的情还是太重,克己的功夫还是不够,适时压制欲望的能力也不够,尤其他还经常弄错重点——驭下的重点,在给予他们实利,而非只是表面的关心;收复民心的重点,在于给予他们安稳的生活保障,而非恃力强压;而作为身在血火相交的生死场的人,一念之仁更是要命的事情,往往在瞬息之间,形势就改变了。

对于项羽而言,这个瞬间就是在鸿门宴上他看到刘邦的手下樊哙的那一刻。

本来,项羽的谋臣范增已经反复告诫他,鸿门宴是杀掉刘邦的最好机会。但已经受了刘邦好处的项伯几句"沛公不敢背项王"的进言,便让项羽的耳根子软了下来。此时项羽拥兵数十万,而刘邦只带了百余人赴宴,随之进入军门的更少。当项羽犹豫不定之时,张良瞧出情势危急,便让樊哙入内相助:

> 哙即带剑拥盾入军门。交戟之卫士欲止不内,樊哙侧其盾以撞,卫士仆地,哙遂入,披帷西向立,瞋目视项王,头发上指,目眦尽裂。项王按剑而跽曰:"客何为者?"张良曰:"沛公之参乘樊哙者也。"项王曰:"壮士!赐之卮酒。"则与斗卮酒。哙拜谢,起,立而饮之。项王曰:"赐之彘肩。"则与一生彘肩。樊哙覆其盾于地,加彘肩上,拔剑切而啖之。(《史记·项羽本纪》)

樊哙的到来,为刘邦赢得了生机。樊哙见到项羽后,怒发冲冠,颇有攻击性,项羽先是忌惮他而按剑待发,继而又生赏识之心,令人赐酒肉。酒还寻常,肉却是一扇生猪的肩膀,这就明显是给他出难题了。樊哙把彘肩放在盾上,用剑切了,毫不犹豫地吃起来。如此一来,项羽更是欣赏他的胆识气魄,又请他喝酒。樊哙趁此机会,直斥项羽之过:

项王曰:"壮士,能复饮乎?"樊哙曰:"臣死且不避,卮酒安足辞!夫秦王有虎狼之心,杀人如不能举,刑人如恐不胜,天下皆叛之。怀王与诸将约曰:'先破秦入咸阳者王之。'今沛公先破秦入咸阳,毫毛不敢有所近,封闭宫室,还军霸上,以待大王来。故遣将守关者,备他盗出入与非常也。劳苦而功高如此,未有封侯之赏,而听细说,欲诛有功之人,此亡秦之续耳,窃为大王不取也。"项王未有以应,曰:"坐!"樊哙从良坐。坐须臾,沛公起如厕,因招樊哙出。(《史记·项羽本纪》)

樊哙毫不顾忌此处是项羽的"主场",责他不守信约,欲杀功臣,不仁不义。此前,项羽面对嘲讽自己沐猴而冠的人,应对方式是"烹之",而此时面对樊哙如此犀利的言辞,却并未发怒,反而为之赐坐,这自然是对他惺惺相惜、青眼相待了。换句话说,项羽其实不是没有容人之量,只是他能容的,只有他欣赏的人。而他这一刻的宽仁,却使得刘邦借机遁出,虎归山林。

数年之后,项羽身死,刘邦称帝。作为最终胜利者的刘邦,有了细细回顾前事的闲情。他向诸将发问,问他何以得天下:

高起、王陵对曰:"陛下慢而侮人,项羽仁而爱人。然陛下使人攻城略地,所降下者因以予之,与天下同利也。项羽妒贤嫉能,有功者害之,贤者疑之,战胜而不予人功,得地而不予人利,此所以失天下也。"高祖曰:"公知其一,未知其二。夫运筹策帷帐之中,决胜于千里之外,吾不如子房。镇国家,抚百姓,给馈饷,不绝粮道,吾不如萧何。连百万之军,战必胜,攻必取,吾不如韩信。此

三者，皆人杰也，吾能用之，此吾所以取天下也。项羽有一范增而不能用，此其所以为我擒也。"（《史记·高祖本纪》）

君臣之间的问答，拼凑出一个矛盾而复杂的项羽：他对身边人有多过上级的仁爱，却对天下人缺少君王的慈悲；在战场上他是完美的雄鹰，有最尖利的喙、最雄劲的翅膀，但在政治上，他又是不能容下同类的孤狼，对有才有功之人暗生嫉妒猜忌；他是不世出的豪杰，在末世尤其光芒四射，但他作为政治首脑，却缺了识人之慧、用人之才、容人之量，所以哪怕能够辉煌一时、威震四海，却不能获取百年基业。

这些话项羽是听不到了，但是他若听到，多半还是不认可的。他的固执轻信、刚愎自用，与他的铮铮铁骨、勃勃雄心，本就是一体两面，不可拆分。他是千年政坛弈局上莽撞、任性的闯入者，从不按规矩下棋，也始终不肯认同规矩。

## 03　一个浪漫主义者的死亡

当然，项羽最不按常理出招的事情，还要数他的死，尤其是他选择的死亡方式。从来没有哪一个末路的英雄，能把一曲悲歌唱得如此荡气回肠、余音不绝。

垓下的楚歌响起时，项羽回顾了他的生平，觉得平生尽情尽兴，死也不算亏。死亡绝非他所畏惧之事，只是眼前，他仍有放不下的人和事。他沉郁地唱出一首楚歌："力拔山兮气盖世，时不利兮骓不逝。骓不逝兮可奈何，虞兮虞兮奈若何！"此歌直抒胸臆，其中的哀情使人动容。歌罢，他泪下数行，左右从者也都流下泪来。

但动摇和哀伤的眼泪只流这一次。随后，他上演了一场绝佳的英雄落幕戏。他乘着夜色率领八百骑突围而出，汉军在天亮后才发觉，刘邦派灌婴率五千人追击。项羽一路奔逃，渡过淮河之后，还跟着他的只有一百多骑了。到了阴陵，他们迷了路，向一位农夫问路，对方却故意给他们指了错误的方向。如此一来，汉兵追上了他们，项羽只能率兵东逃，到东城时，麾下只剩二十八骑人马。

己方二十八骑，对方追骑逾千，项羽明白这次没办法逃脱了。电光火石间，他做了决定：既然性命已不是自己的了，不如最后再证明一次。于是，他对手下说了这样一番话：

"吾起兵至今八岁矣，身七十余战，所当者破，所击者服，未尝败北，遂霸有天下。然今卒困于此，此天之亡我，非战之罪也。今日固决死，愿为诸君快战，必三胜之，为诸君溃围，斩将，刈旗，令诸君知天亡我，非战之罪也。"（《史记·项羽本纪》）

在他的心中，此时最重要的事情，是要证明如今困在这里，是"天之亡我"，而不是自己的过错。证明的方式幼稚而浪漫：要与敌军再度交锋，"为诸君溃围，斩将，刈旗"，他再度强调，"令诸君知天亡我，非战之罪也"。

令世人知自己为何人，项羽并不十分看重；令身边的人知自己为何人，便算他在乎的事了。但是他最在乎的，还是他视自己为何人。如今，命可以不要，但"我是何人"的信念，他始终不能丢。这样的证明，对只重结果的人而言，并没有实际价值，但对于人生只余一战的项羽而言，它意义重大。

于是，项羽将寥寥二十八骑分为四队，分别驰往四个方向。汉军将他们包围后，项羽对随从者说："我为你们取汉军一将的性命。"随即高呼驰下，汉军当者披靡，他果真斩杀了对方的一位将领。汉军被他虚虚实实的阵仗弄昏了头，只能分兵为三路来包围，项羽又发起冲锋，杀了汉军一位都尉、几十个士兵，这才将手下兵将重新聚集，清点人马后发现，这场"表演赛"只损失了他们两骑人马。此时，项羽"乃谓其骑曰：'何如？'骑皆伏曰：'如大王言。'"不难想象，虽然性命已在旦夕之间，但项羽询问手下"何如"时，脸上一定有志得意满又举重若轻的笑意。

《史记·项羽本纪》写此战时，还忙里偷闲写到了这样一个细节："是时，赤泉侯为骑将，追项王，项王瞋目而叱之，赤泉侯人马俱惊，辟易数里与其骑会为三处。"不妨先记住这位"赤泉侯"，因为他在后面还有戏份。

接着，项羽的故事到了悲剧的最高潮。他到了乌江边，得了一个意料之外的求生机会。乌江亭长早就停船相候，劝说他渡江，说江东虽然不大，但"地方千里，众数十万人"，也足以称王了。且如今只有他有船，汉军就算来了，一时也无法渡江相追。此时，一直奔逃的项羽却突然平静下来，拒绝了他的建议。他自称原因有二：其一，他认为落到这般田地是上天的意志在主导，如此说来，不如顺应天意；其二，八年前，他率领八千江东子弟西渡乌江，谋取大业，如今八千人已成白骨，若他一人归还，"纵江东父兄怜而王我，我何面目见之？纵彼不言，籍独不愧于心乎？"光从这句话来看，就知道他的"仁爱"并非假装，哪怕是曾有屠城的恶行，如此生死关头的"重情重义"，定然全无矫饰。他拒绝渡江，除了有对情义的看重，还有对"自我"的看重，而这一点——逻辑的自洽、自我形象的傲然挺立，也是项羽一生所重，为此，他能付出一切、舍弃一切，当年因樊哙的出现而一时不忍，纵了刘邦，不也是基于这一点吗？

做了这个决定之后，项羽反而轻松了。他将之前放心不下的乌骓马送给了亭长，作为对他在自己末路之时还能雪中送炭、相怜相惜的酬谢。接着，他令随从们下马步行，与追兵短兵相接，一人就击杀了数百追兵，自己也身受数处创伤。

混乱中一回头，项羽在敌军中看到了一张熟悉的面孔，似是旧识。项羽对他说："你不是我的老熟人吕马童吗？"吕马童严阵以待，并将项羽指给身边的王翳，告诉他这就是项王。项羽却说："我听说汉王以千金之赏、万户之封悬赏我的首级，既然如此，我就给你做个人情吧。"

这应该算是史上最重的"人情"了，他随即自刎而死，把自己的头，送给了并非至交好友、如今也已是敌人的旧相识。

雄狮已死，但鬣狗的争抢才刚开始。刘邦许下的千金万户的封赏，让众人豁出命去抢项羽的尸体，一场混乱由此而生，对此，《项羽本纪》如是写道：

> 王翳取其头，余骑相蹂践争项王，相杀者数十人。最其后，郎中骑杨喜，骑司马吕马童，郎中吕胜、杨武各得其一体。五人共会

> 其体,皆是。故分其地为五:封吕马童为中水侯,封王翳为杜衍侯,封杨喜为赤泉侯,封杨武为吴防侯,封吕胜为涅阳侯。

为了争抢浮现在眼前的财富名位,汉兵疯狂相争,以至于自相残杀,死者数十人。最后的"胜者"并非一人,而是五人。至此,司马迁的笔调依然冷静,只是行文看上去有些啰唆,他把五人的名字、封号一一列出,这样真的只是为了客观、详细地记述吗?其实,褒贬已经暗含其中。读到这里,读者才会恍然间领会,前文已经出现的被项羽一喝就心胆俱裂的"赤泉侯"杨喜,原来是通过争抢项羽遗体才得到侯位的。他对敌怯懦,对自己人却能悍然杀之。这种小人,在项羽死后,靠他留给吕马童的遗泽,竟然一跃成为侯王——英雄身死,庸人得志,这本已让人感叹;而庸人的成功路,还是用英雄的肢体铺就的,这更是历史的讽刺。其实,若将《项羽本纪》和《高祖本纪》合观,也许还能发现司马迁在项刘之间,其实是更欣赏项羽的。那么,在这一小段"历史记录"中,是不是也包含了司马迁对楚汉兴亡、项刘成败的一声叹息呢?

不过,项羽若是知道他的遗体为此五人铺就了"飞升"之路,想必也并不会在意。他已经完成了所有能完成的事,送出去的东西,就是送出去了,他们蹂躏争抢也好,当成进身之阶也罢,都已与项羽无关。

项羽的身后,议论声并未止歇。项羽成败之关键何在?对他的败亡,该说咎由自取还是该抚膺叹息?这都是众人谈论的话题。

有人赞赏项羽气概过人,感怀他轰轰烈烈的一生。如清人彭孙遹的《乌江渡》写道:"舣舟近沙岸,西风吹野戍。传是旧乌江,项王曾此驻。夜惊垓下歌,晓失阴陵路。气尽耻见怜,临江不肯渡。诚哉烈丈夫,天亡乃非误。荒祠降神鸦,浊浪吞津树。至今二千年,江流有余怒。"他吊古伤怀,遥想二千年前,此地曾响起过项羽的末路悲歌,西风野渡都见证过他拼死的抗争,江岸边也立过他不屈的身影。千秋而下,战迹全销,荒凉的祠庙似乎还暗藏他的遗恨,扑岸的浪涛似乎还在应和着他的悲叹。彭孙遹将项羽视为"烈丈夫",且认同他"天亡我,非战之罪"的结论,对他极为推崇。

有人哀悯项羽英雄末路,着重表现他走向毁灭的悲剧性。如清人黄景仁的《乌江吊项羽》云:

愤王遗像黯承尘,已事空悲五裂身。
百二山河销赤炬,八千子弟走青磷。
好寻鬼母挥余泪,自有狮儿作替人。
王气东南来尚早,不须亭长在江滨。

黄景仁以虚写实,先从项王蒙尘的遗像,联想到他死后被五人分其五体之事,又将项羽当年征伐天下,将反秦的战火燃遍山河的画面,与他率领的八千子弟已经身死成尘、空留鬼火的画面两相对照,前者偏实,后者偏虚,虚实相映,将战火之"热"与鬼火之"冷"、将项羽的得志和失意作对比,不发一言议论,而感慨自出。他还想象项羽如果尚有遗恨,已至黄泉的他,也只能向传说中的"鬼母"诉说自己的万古愁,而人间的输赢还在更迭、故事还在上演,自然也有新的人杰取代他的位置——天道无亲,光阴无声,在历史的长河中,哪怕是英雄的悲哭笑骂、生死成败,也只占一瞬的光景。最后，他借项羽不渡乌江之事来发出对项羽的评论，说项羽毕竟未占东南的王气，没有称帝的气运，既然他选择以死亡作为此次失败的终结，那么他拒不渡江后自杀身死，也算是求仁得仁吧。

不过，并非人人都认为项羽是可敬可悯的。古往今来，不少诗人对他持冷峻的批评态度，甚至直斥其非。

有人认为，他的失败是短视无谋所致。如宋人陈洎的《过项羽庙》云："八千子弟已投戈，夜帐犹闻怨楚歌。学敌万人成底事，不思一个范增多。"陈洎并不动容于项羽的末路悲歌，他认为项羽有如此结局不算冤枉，作为想要争雄天下的人，只会"万人敌"的兵法还远远不够，不能识人、用人，再勇猛无敌也是枉然。刘邦身边良才济济，而项羽只有一个范增还不能信任倚重，胜败早已分明了。宋人梅尧臣的《项羽》与之观点相近，而语气更重："羽以匹夫勇，起于陇亩中。遂将五诸侯，三年成霸功。天下欲灭秦，无不慕强雄。秦灭责以德，豁达归沛公。自矜奋私智，奔亡竟无终。"他直言项羽所恃的是匹夫之勇，能得一时之势，是他用强力压服了众人，但他自矜攻伐、奋其私智，所以最后的败亡也并不令人感到意外。

有人认为，他的失败是残暴不仁所致。据元李东有的《古杭杂记》记载，宋时，江南有一座项羽庙，因附近的街市失火被延及而烧毁，所以有人作了一首诗感叹此事："嬴秦久矣酷斯民，羽入关中又火秦。父老莫嗟遗庙毁，咸阳三月是何人。"这是一首"借题发挥"的作品，将眼前被烧毁的项羽庙和一千多年前被项羽烧毁的秦朝宫室相联系，说当年受苦的是久受暴秦荼毒的百姓，他们才送走豺狼，又迎来虎豹，所以今日的火灾，也算是一报还一报吧。明人张吉《江北纪行》其五《乌江观项羽庙》说："天挺雄豪殄暴嬴，喝噎四海望更生。却忍操脂投烈焰,自干天纪望何成。"也是持相似的观点。在斥责项羽残暴不仁的诗作中,宋人钱舜选的《项羽》是非常有新意的一首:

  项羽天资自不仁,那堪亚父作谋臣。
  鸿门若遂樽前计,又一商君又一秦。

  他说,后人常常将项羽作为失路的英雄来怜悯,却不知他的心志在于问鼎天下。他的失败如果脱离现实去考量,或悲或叹都不要紧,但是世人有没有想到,这样一个"天资不仁"的人,如果在鸿门宴上听取了范增的计谋,他日真的夺取了天下,恐怕又是一个秦皇、一个商君,和一个换了国号的暴秦了。

  也有不少诗人既有批评,又有感叹,立于褒贬之间。如清人严遂成的《乌江项王庙题壁》:

  云旗庙貌拜行人,功罪千秋问鬼神。
  剑舞鸿门能赦汉,船沉巨鹿竟亡秦。
  范增一去无谋主,韩信元来是逐臣。
  江上楚歌最哀怨,招魂不独为灵均。

  诗歌的首联就明确了态度:"功罪千秋问鬼神",褒贬善恶,非一言可尽。颔联,诗人写了项羽鸿门宴上不取刘邦性命一事,也写了项羽破釜沉舟、大破秦军的光辉时刻,此二事着重表现的是项羽的能力和气魄。赞扬之后继以批评,在颈联中,他说项羽有勇无谋,论文士，项羽不能用范增；论武将，项羽不能识韩信。在严遂成的笔下，项羽是有瑕疵的英雄，也是应被作为"反面教材"的前车之鉴，诗歌既有冷峻的批评，也有动情的哀叹。他说项羽末路的楚歌满是哀怨，其绵延千古的遗恨，不比屈原少。

清人王苏作有一篇七言古诗《乌江》，对项羽的一生且悲且叹：

> 楚歌四面天茫茫，数行泣掩重瞳光。君王岂特万人敌，淮阴自将十万当。东城仅存廿八骑，犹能斩将夸身强。大泽掀泥走辟易，神骓难踏波汪洋。泗上亭长逼兄弟，乌江亭长须君王。江东虽小尚足王，一语气已吞萧张。曷不用之作舟楫，汉兵后至无帆樯。货宝妇女委弃尽，纵不富贵宜还乡。胡为刎颈赠故旧，实乃自暴非天亡。至今遗庙向江涘，尘土满目春风凉。阶前舞草何旖旎，贞魂不屈为鸳鸯。……鸿门一误乌江再，杜默何缘涕泗滂。

王苏此诗选取了一个较为特别的角度：从乌江亭长切入，重点写项羽之死。他说项羽用兵如神，勇不可当，哪怕只有二十八骑相从，还能随意斩杀敌将。可惜，项羽在泽中走错了路，到了乌江边，哪怕有神骏的乌骓马，也无法凌波飞渡。项羽落到如此境地，是被自称为兄弟的泗水亭长刘邦所逼迫，而在此危急时刻，却有素不相识的乌江亭长在此等候，想要助其渡江。如此一番铺垫引出乌江亭长之后，诗人又说乌江亭长那句"江东虽小，地方千里，众数十万人，亦足王也"的话，气势甚至胜过萧何、张良这样的谋臣。诗人认为，既然有如此良机，自然应该渡江，纵然此次是落魄还乡，也好过"刎颈赠故旧"，同时，诗人也批评项羽是"自暴"，亦即咎由自取，而非为上天所亡。在诗歌的结尾，诗人再次感叹，鸿门宴上放走刘邦是项羽的一大错误，而乌江自刎，则是项羽的第二大错误，徒令后世重英雄者叹息。

王苏的诗，其实还涉及关于项羽的话题中关注度最高一个：如何看待项羽不渡乌江、自刎而死的举动？

历来敬畏和怜悯项羽的人不少。有人觉得，项羽的自杀不能用成败量之，他是可敬的英雄，该被世人正视、缅怀。持这一观点的作品中，最有名的莫过于李清照的《夏日绝句》，人所共知，此不赘述。在赞同项羽此行为的诗歌中，汪元量的《乌江》可谓独树一帜：

平生英烈世无双，汉骑飞来肯受降。
早与虞姬帐下死，不教战血到乌江。

诗人采用了正话反说的方式，说项羽自杀自然是正确的选择，只是这个选择他还做得有些晚了。要是前一夜在叹息"虞兮虞兮奈若何"的时候，他就与虞姬一起自刎而死，怎么还会有次日多余的血战、挣扎呢？汪元量是南宋末的一位宫廷乐师，擅鼓琴、诗词。宋亡之后，临安陷落，他也被擒往元朝都城大都，入侍元主，还曾探望被俘虏的文天祥。十二年后，他以出家为道士的方式获准南归，晚年四处飘荡，终老于湖山。正如李清照《夏日绝句》感叹项羽"不肯过江东"的英雄气概，含有对靖康之乱后君臣仓皇渡江的现实映射，汪元量在《乌江》中感叹项羽自杀得迟了，也是对自己在亡国时不能一死，致使多年远离故土、臣事敌主的身不由己的状态的感喟。正因为诗中的感叹融入了他自己的生命体验，所以十分沉重。

对项羽不渡乌江而自刎一事，持否定、反对态度的诗人实在不少。但他们否定、反对的原因各不相同。

此类诗作中最有名者，当推杜牧的《题乌江亭》："胜负兵家事不期，包羞忍耻是男儿。江东子弟多才俊，卷土重来未可知。"杜牧的咏史怀古之作向来好作翻案文章。此诗说，项羽不应拒绝亭长的提议，因为成大事者往往能够忍辱含垢，何况江东子弟人才辈出，如果用心经营，卷土重来未必不可能。

杜牧此诗非常有名，但是平心而论，杜牧的这番劝说，完全无法说到项羽的心坎上。此诗是从现实的角度来分析，而项羽在垓下悲歌之后，已经放下了一切现实层面的追求，名利也好，生命也罢，他都不再眷念。此时他唯一想要捍卫的，是自己的人格和尊严。头颅尚且可以赠与故人，虚渺不可知的来日成败，他还会在意吗？

不过，此诗还是给后世歌咏项羽故事者带来不少启发，他们或正说，或反说，各自发表自己的见解。响应杜牧的，如宋人李新的《项羽庙》，其末二句"自古功业有再举，何不隐忍过乌江"几乎是对杜牧诗的重述。而明人何士颙的《项羽》虽持同样观点，却更有新意："忍辱从来事可成，英雄盖世枉伤神。但知父老重羞见，不记淮阴胯下人。"他用韩信的经历为例，说明"忍辱能够成事"的观点。他说项羽只担心无颜见江东父老，怎么不想想韩信在未成名时，还甘受胯下之辱呢？

不过，也有诗人用杜牧诗意，却得出了和他相反的结论：

当筵不决犹留玉，骨肉翻为反间臣。
草具听谗谋已拙，鸿沟许割计非真。

韩彭旧属皆归汉，龙范先殂孰与亲。
纵过江东重卷土，也应还作问津人。

这是明人饶相的《过乌江谒项王祠》。他认为，项羽这一生犯过太多的错误，他耳根子软、不会用人、谋略有缺、已失人心，这些都非偶然所致。那么，哪怕他东渡乌江后再卷土重来，恐怕也不会迎来成功，而只会把之前失败的路重走一遍。

除了从现实成败的角度来否定、批评项羽的决定，也有不少人就他"无颜见江东父老"一事展开联想。唐人李山甫的《项羽庙》说：

为虏为王尽偶然，有何羞见汉江船。
停分天下犹嫌少，可要行人赠纸钱。

李山甫此诗笔调十分犀利，甚至有些狠辣。他说成或败本是充满偶然性的，就算输了，有什么好惭愧不安的呢？如果项羽对踞兵江东、做一方之霸都要惭愧不安的话，那他有没有想到，在乌江自刎，做了孤魂野鬼，连正经的祭祀都享用不了，只能让过路人给他烧烧纸钱——这难道不是更丢脸、更让人羞愧吗？末句的设想以反问发出，用笔如刀，丝毫不留余地。

宋元之交的诗人林景熙则从"无颜见江东父老"联想到另一个项羽应该愧对的人。他的《项羽庙》末二句说："江东父老犹羞见，地下如何见范增。"项羽因为陈平的反间计，对忠心于他的范增诸多猜忌。范增哀怒交加，只能恳求告老还乡，在回乡路上毒疮发作而死。所以，诗人不禁要问项羽一句："你到了地下，是否也会无颜见范增呢？"

元人李昱的《咏史》其四又在项羽"愧对"的名单上添了一人，诗歌后四句说："孤忠亚父头空白，扶义怀王血尚红。俯仰君臣多愧色，岂唯无面见江东。"李昱说项羽不仅对不起"孤忠"的范增，也对不起"扶义"的怀王，他"良心债"的债主，岂止江东父老呢！

这绵延数千年的遗音，项羽无法再听闻。他是写就故事的人，这故事里善恶攒杂，宫商齐震，悲欢交叠，血色斑驳；故事里的他，勇猛如虎，残虐如魔，多情如诗，慷慨如歌。在诸多歌咏项羽其人其事的诗歌中，清人蒋士铨的《乌江项王庙》，也许是与项羽的人格、气魄、情志最相称的一首：

喑呜独灭虎狼秦，绝世英雄自有真。
俎上肯贻天下笑，座中唯觉沛公亲。
等闲割地分强敌，慷慨将头赠故人。
如此杀身犹洒落，怜他功狗与功臣。

蒋士铨自然是赞赏项羽的。他赞赏项羽喑呜叱咤的英雄气，赞赏他灭亡暴秦的盖世功业，赞赏他作为英雄的那份真气。他说项羽在鸿门宴上不杀刘邦，不仅是为免贻笑天下，也是对刘邦有英雄相惜之情。他赞叹项羽势盖群雄，却能不独霸天下而分封诸侯，他更赞叹项羽在走到绝境时，能果断地把对对方而言象征着名利、对自己而言含蕴着生命的头颅割下，慷慨地送给故人。他的落幕如此潇洒、坦荡、悲怆，比起"打败"了他而最后被刘邦一一剪除、憋屈死去的韩信诸人，他可真是高明多了啊。

　　蒋士铨此作感慨悲歌，态度也十分洒落。他点出了项羽人格和气质上最具魅力的一点：真。项羽是一个有瑕疵的真人，他不够"道德"，但足够真诚；他不够"成功"，却足够真率；他不够完美，却足够真实。在充斥着以现实利益为尊的胜利者的历史长河中，这样一个洒脱浪漫的"失败者"，算不算"绝世英雄"呢？

# 曹丕：
## 千秋毁誉，一生真伪

建安十六年（211年），二十五岁的曹丕被任命为五官中郎将，并"置官属，为丞相副"。

这个任命有些微妙。因为依汉制，五官中郎将仅仅司职宫廷卫戍，官阶不高，并无开官署、设置下属官员的权力，而"丞相副"的职权又高过五官中郎将太多，这两职怎会系于一人之身呢？

不过，时人并不以此为怪，反而从中感受到某种暗示。他们觉得，也许一个大家关心已久的问题快要有答案了——当时的丞相，正是曹丕的父亲曹操；而此时，也正是曹操考虑立储的时候。

于曹操而言，他已走到了自己年轻时候未曾想象过的人生巅峰。建安元年（196年），他迎奉汉献帝至许昌，"奉天子以令不臣"[①]。建安十三年（208年），他废除三公，任职丞相。建安十七年（212年），汉献帝颁旨，许他"赞拜不名，入朝不趋，剑履上殿"，即被宣召

---

[①] 关于曹操迎奉汉献帝至许昌一事，以拥曹者的立场而言，谓曰"奉天子以令不臣"（毛玠语，见《三国志·魏书·崔毛徐何邢鲍司马传》），以反曹者的立场而言，谓曰"挟天子而令诸侯"（诸葛亮语，见《三国志·蜀书·诸葛亮传》）、"挟天子以征四方"（孙权谋士语，见《三国志·吴书·周瑜鲁肃吕蒙传》）。此二类说法虽只几字之别，但意义迥异。

时，赞礼官不像平时一样直呼其姓名，而是称官职以示尊敬；入殿觐见时，他不用像普通官员一样弯腰小步趋走，而可以挺直腰板走路；也不用像普通官员一样只着袜上殿，而可以着鞋履并佩剑进入。

不过，这虽然已是位极人臣者才有的殊荣，但其实还未必匹配得上他的实际权力。他已在万人之上，而他尚未逾越的那"一人"，也早已有名无实，尽可拿捏。数年来，朝野之间，他的亲友、属下、敌人们，心中都会猜测这几件事：权倾天下的他，到底会不会称帝？他又会让谁来继承其"大业"？

## 01 "伪人"：立储之争

曹操共有二十五个儿子，其中曹昂、曹冲、曹京、曹棘在此之前已经去世。

曹昂为长子，二十岁举孝廉，颇得曹操喜爱。建安二年（197年），曹昂随父征张绣。张绣投降之后，又趁隙发起攻击，曹军战败，仓皇而逃，危急之下，曹昂为保护父亲，将自己的坐骑让与他，最终战死。曹昂之母刘氏早亡，所以他由曹操的正妻丁氏抚养长大，母子二人感情深笃。曹昂去世之后，丁氏对曹操颇为怨怼，常说："你害死了我的儿子，难道你忘了吗？"且常悲泣不止。曹操因此与她生了嫌隙，便派人送她回了娘家，本意是想压她的势，不料丁氏性格刚强，并不低头。后来曹操去她家见她，丁氏正在织布，下人传报说"曹公来了"，她充耳不闻，不为所动。曹操轻抚她的背问道："要不要跟我一起乘车回去啊？"丁氏既不回头，也不应声。曹操走到门口，又问了一次，丁氏依然不为所动，曹操叹道："看来是真的没法回头了。"二人便彻底分开了。多年后，曹操病重时，自叹道："我这辈子做事，没有什么后悔的。不过假设泉下相见，子脩（曹昂）若是问我他母亲在哪里，我真的没法回答。"

曹冲也是曹操垂青的儿子，他早慧而仁善，可惜在建安十三年（208年）生病夭折，年方十三岁。曹冲去世，曹操悲痛难遏，曹丕安慰父亲，曹操却对他说："这是我的不幸，却是你们的幸运。"由此可见，曹操曾有立曹冲为储君的念头。曹操的这句话给曹丕留下了很深的印象，以至十三年后，他登基为帝的第二年，还曾感叹"若使仓舒（曹冲）在，我亦无天下"。看来父亲当年的那句话，给他留下了不小的心理阴影。

丁氏去后，曹操将卞夫人扶正。由于曹昂已逝，卞夫人所生、本来排行第二的曹丕便成了嫡长子，与曹丕同母的曹植也成了嫡子。在曹操有了立储之念时，被重点考虑的，主要是曹丕、曹彰、曹植三人。

曹彰之所以被曹操器重，是因为他为人勇武，善于骑射，膂力过人，是曹操麾下的一员猛将。不过曹操心知曹彰严重"偏科"，曾批评说骑马击剑只是"一夫之用"，不足以安天下，让他多读诗书，曹彰却觉得读书无用，悄悄向身边人"吐槽"道："大丈夫要像卫青、霍去病那样率领十万大军驰骋沙漠，驱除戎狄，建功立业，才不枉此生，做博士又有什么意思？"[1] 可惜曹彰没读到几百年后李白"谁能书阁下，白首太玄经"（《侠客行》）及李贺的"男儿何不带吴

---

[1] "博士"在早期是一种官职，出现于战国时，负责掌管文献、著述文章、传授学问。秦汉皆沿其制设博士，汉武帝还设立了五经博士，由此博士成为专门传授儒家经典的学官。

钩，收取关山五十州。请君暂上凌烟阁，若个书生万户侯"（《南园》其五）的诗句，否则或许会感叹"吾道不孤"。曾有一次，曹操像孔子让弟子们各言其志一样，考察儿子们的志向，曹彰就回答道："我想要当将领。"曹操让他具体说说，曹彰便说他要"被坚执锐，临难不顾，为士卒先；赏必行，罚必信"。曹操笑而不语，心中自然已经有了答案：这个儿子勇猛淳朴，确实是当将领的材料，但治理不了天下。

于是，最终的实际角逐者只剩下两个：曹丕和曹植。数年间，暗流涌动，形势几度转换，戏剧性也很强。对此，我们可作一"赛事回顾"，看看大致的过程。

首先，我们来看看两位"候选人"的大致情况：

曹丕：嫡长子，字子桓，生于中平四年（187年）。他生长于戎旅之间，五岁得父亲传授武艺，六岁能射箭，八岁能骑马，常跟随父亲征伐，多历艰险，弓马功夫出色，能驰马逐猎，百步穿杨，且双手都能引弓。他爱好读书，在军旅中也手不释卷，曾自谓乃少年好学且多年勤谨如初者，备览诗书，其好友吴质，是他在储位之争中主要的智囊。

曹植：嫡子，字子建，生于初平三年（192年）。他同样得到父亲的悉心教导，弓马娴熟，知识渊博，才华横溢，精通文学，诗词歌赋均擅长，文笔精妙到让人怀疑是请专家代笔的地步[1]。口才亦佳，

---

[1] 《三国志·魏书·任城陈萧王传》："太祖尝视其文，谓植曰：'汝倩人邪？'植跪曰：'言出为论，下笔成章，顾当面试，奈何倩人。'"（曹操曾经在读到曹植的文章后问道："你是请人代笔的吗？"曹植跪禀道："儿臣出口成论，下笔成文，您若有疑问可以现在就出题相试，我何需请人代笔呢？"）

擅长属对。身边的智囊有杨修、丁仪、丁廙等人。

不难想象，这段介绍或许与大家对二曹的印象稍有出入。因为在围绕着《七步诗》而被经典化和固化的兄弟相争相残的故事中，曹丕是无德无才、得志猖狂的反角，曹植是德才兼备、无辜受害的正角。但实际上，纵然曹植才贯古今、诗名卓著，曹丕也不遑多让，亦是当世著名文士，且他在军事上的经验、武艺上的造诣，或许还胜过曹植。当然，我们也要考虑一个要素：以上关于曹丕的简介，主要总结自曹丕在《典论》中的自叙；而关于曹植的简介，则总结自《三国志·魏书·任城陈萧王传》，前者是自道，后者是他述，那么曹丕有没有往自己脸上贴金呢？我们还可以寻找旁证。黄初三年（222年），刘备为了给关羽复仇，与孙权的军队在夷陵交战。曹丕听闻刘备树立栅栏，将营垒连成一体，长逾七百里，便对群臣说这种防御方式徒劳无功，在地形上犯了兵家大忌，必然为孙权所破。七日后，关于此战的消息传来：刘备果真输了[①]。如此说来，曹丕确实颇有军事才能，至于其文学上的才能，容后文再叙。

曹操开始正式考虑立储之事，当在建安十八年（213年）他被封为魏公之后。其后数年间，他曾有意对他这两位候选人的品行、能力进行考察，对二人的优劣判断也几度变易。建安二十二年（217年），他终于向世人宣布了答案：他说当年他将诸子都封了侯，唯独没有封曹丕，而让他只任五官中郎将一职，实际上，这就是在暗示曹丕不同寻常——"此是太子可知矣"（《立太子令》）。

如果据此文回溯，似乎早在建安十六年（211年），曹丕被封为

---

① 事见《三国志·魏书·文帝纪》。

五官中郎将、曹植被封为平原侯时，曹操心中已基本有了答案，只是又按捺了六年才公之于众。不过，统观《三国志》中所载的他对二子多次明里暗里的考察，可知他未必如事后所宣布的那样，那么早就做了决定，而是曾有过一番踌躇。那么，他在"纠结"些什么，又是怎样下定决心的呢？

曹植曾以超拔的文才，一度深得曹操的喜爱。曹操在读到他的文章之后竟疑他请人代笔，这说明曹植文章之高妙，远超常人想象。曹植不仅文思过人，且还有"捷才"，曹操曾偕诸子登上新建成的铜雀台，命他们各自作赋，曹植几乎是不假思索，下笔立就，其赋还颇为可观，譬如文中"翼佐我皇家兮，宁彼四方。同天地之规量兮，齐日月之晖光。永贵尊而无极兮，等年寿于东王"等句，气势恢宏，辞采出众，作为即兴的应制之作，确实值得称道。

建安十九年（214年），曹植已被封为临菑侯，曹操出军讨伐孙权，命曹植留守邺城，临行前对他说："吾昔为顿丘令，年二十三。思此时所行，无悔于今。今汝年亦二十三矣，可不勉与！"这里有两个非同一般的信号：其一，让曹植留守邺城。立嗣期间让"候选人"留守要地，当然有全方位考察其理政能力的意图，而能得到这个考察机会的人，往往是竞争中的受垂青者。其二，年已六十的曹操，对年方二十三的儿子说起了自己二十三岁时的往事，并说自己事过不悔，无愧于心，让儿子效仿自己，多多诫勉。细细品味，似乎不乏有让他继承己志、己业的意思。

但是，曹植之所以最终败给曹丕，不是因为他欠缺才华，恰恰是因为他才华太多、太露。曹植的僚属杨修常替他揣测曹操的心思，预先揣测曹操考曹植的题目，写下这些问题的答案，让曹植记熟。

然而，曹操考察曹植时，曹植虽然"押题"成功，却没有把握好节奏，以致曹操刚刚问事，他的回答就呈了上去，曹操心中生疑，暗中查问，很快发现了内情。

此事犯了曹操的忌讳。古来凡上位者，总是希望下位者能体察其意，但不希望对方恃宠越界、恃智刺探，而曹操对这一点尤其忌讳，他多智亦多疑，善察人心，又极不喜欢被人看透。《世说新语》记载了这样一个故事："魏武将见匈奴使，自以形陋，不足雄远国，使崔季珪代，帝自捉刀立床头。既毕，令间谍问曰：'魏王何如？'匈奴使答曰：'魏王雅望非常，然床头捉刀人，此乃英雄也。'魏武闻之，追杀此使。"说曹操有一次要接见匈奴的使者，但觉得自己不够英武，便让体貌英伟的崔琰以魏王的身份接见使者，自己则装扮成一个持刀的卫士，站在坐榻旁。会见结束后，他派乔装了身份的情报人员去问匈奴的使者对魏王的印象如何，这位使者非常有眼力，说觉得"魏王"（崔琰）风度翩翩，但那位其貌不扬的卫士（曹操）才是真正的英雄。曹操听到回报之后，马上又派人将这位使者杀掉了。

这个故事戏剧性非常强，它呈现了曹操的多种特质：不自信、多疑、有英雄气概、心狠手辣。不过其中最突出的，当属"多疑"。故事说曹操乔装成卫士的原因是"自以形陋，不足雄远国"，但是据其后的情况来看，与其说他是对自己的形貌不自信，不如说他是借此乔装来占据先机，以便暗中观察对方，不料却被对方看破。曹操的反应不是与这位使者惺惺相惜，而是恼怒被人窥破心思，下了追杀的命令。虽然《世说新语》是一本虚实相杂、渲染颇多的书，但是这个故事中的曹操的行为方式，确与历史上的曹操的行为方式相符。曹操与杨修之间的事，几乎就是《世说新语》中此故事的现实

"升级版"。杨修出生名门,其家"四世三公",十分显赫。杨修博学多才,举孝廉入仕,早年颇得曹操好感,但后来露才扬己,因屡屡揣测曹操心意而触怒了他。如曹操平定汉中之后,在是否要出军讨伐刘备一事上犯了犹豫,下属不知他的心意,曹操也没有明示,只说了"鸡肋"二字,众人不解,杨修解答说所谓"鸡肋","食之则无所得,弃之则如可惜",说曹操已经决定班师。后来果然如其所料。杨修帮曹植"押题",也是出于他自己的习惯。他自己就曾在出行前揣测曹操将要询问的事情,先写好答文,让僮仆待到曹操下令时,依照所写的回禀,如是再三。曹操得知关窍后,对他心生忌惮。加之杨修是袁术的外甥,又在储位之争中有让曹操厌恶的举动,所以曹操后来终于对他忍无可忍,在去世前不久,以"前后漏泄言教,交关诸侯"的罪名,将之处死[①]。曹植固然文采风流,口才出众,却在体察人心方面有所不足,他听取杨修的建议,选取了一个最不得父亲之心的方法,看似占尽便宜,实则弄巧成拙。

与曹植相比,曹丕在这方面要高明得多。如果说曹植是败在为聪明所误,曹丕则是胜在善于"藏拙"。而曹丕之所以能走对路,关键在于他有一位出色的谋士吴质,吴质为他量身定做的许多策略,既考虑了曹操的爱憎,又利于曹丕表现自己。譬如有一次曹操将要出征,临行时,曹植"称述功德,发言有章",朝臣纷纷称赏,曹操也很是欣悦。曹丕见状心中失落,因为觉得在辞令方面没法跟曹植争锋了。而吴质却附耳于他,谓其不必多言,只要落泪即可。曹丕便在曹操行前"泣而拜",曹操及朝臣都唏嘘不已,觉得曹丕之

---

① 见《三国志·魏书·任城陈萧王传》裴松之注引《典略》。

"诚"胜过了曹植之"才"。

还有一次,曹操命曹丕、曹植到邺城外办事,同时又命守门者拦阻二人不予放行。这个安排又被杨修料到,杨修事先向曹植授意,说他既然有王命在身,可以杀掉阻拦者,于是曹植杀了守门者,顺利出城,而曹丕没有出城。但是曹植赢了比试,却输了人心,曹操由此反而觉得曹丕仁慈、曹植残忍,又在心中给曹植减了分。

曹操并非以"仁孝"治国的人,他自己不乏为世人所非议的"不仁"之举,而他治国的方针也是不拘一格召集人才,只择贤者,不以"仁孝"为尚[1],这是他基于当时的形势,作出的明智选择——"今天下尚未定,此特求贤之急时也"(《求贤令》),这一方针也的确对朝局有利。按理说,在他立储之时,天下依然未定,应该仍然是"任贤"胜过"任德",但是人处局中,却未必能尽由理性做主,所以当经吴质点拨的曹丕,抓住了人性的弱点,以"诚"来胜"才"时,曹操心中的"情"便胜过了"理"。或者,从另一个角度说,作为强者的曹操,更希望臣子虽"莫测天心",却耿耿至诚,而非了然于胸、游刃有余。于是,曹丕自然胜过了曹植。不过,曹操忘记了,在权力的诱惑下,"诚"也是可以表演出来的。

不过,需要因此而厚责曹丕是个"伪人"吗?其实,若我们纵观历史,会发现曹丕这种隐藏本性、刻意迎合的做法非但不是孤例,反而在类似的情形下颇为常见。譬如隋炀帝杨广为皇子时,就很有"隐忍"功夫和表演天赋。他是个好声色犬马的人,但有一次隋文

---

[1] 曹操在其《求贤令》中,已表明唯才是举、不避德行有疵之人的态度:"若必廉士而后可用,则齐桓其何以霸世!今天下得无有被褐怀玉而钓于渭滨者乎?又得无有盗嫂受金而未遇无知者乎?二三子其佐我明扬仄陋,惟才是举,吾得而用之。"

帝到了他的宅邸，却看到乐器的弦多有断绝，且其上覆满灰尘，误以为他不畜声伎，心中喜悦。至于杨广是深自克制，以至弦断尘生，还是善于表演，提早安排"道具"，已经不得而知。但众所周知，他登基之后，便再也不加克制了。

与曹丕更相似的例子是咸丰帝。道光帝衰病之时，有一日召见皇四子奕詝（即后来的咸丰帝）和皇六子奕訢。这摆明了是立储前的一场"面试"，所以他们都向自己的老师请教。奕訢的老师卓秉恬说："上如有所垂询，当知无不言，言无不尽。"奕詝的老师杜受田则说："阿哥如条陈时政，智识万不敌六爷。惟有一策，皇上若自言老病，将不久于此位，阿哥惟伏地流涕，以表孺慕之诚而已。"奕詝照他所说而行，果然，道光帝得出了"皇四子仁孝"的结论，因此传位于他。想必杜受田是熟读《三国志》且深谙帝王心理的，他给奕詝的建议，简直就是照着吴质给曹丕的建议的模子来的。

吴质给曹丕所定的路线，是"立诚""藏拙"和"示弱"，是以表面上"不争"的态度来与曹植相争。据《世语》所载，曹丕想要与吴质密议争储之事，不欲人知，所以用旧藤筐把吴质运入府中。杨修得知此事后向曹操报告，曹丕得知事泄，忙问计于吴质。吴质泰然道："不必担心。明天你再运藤筐入府，在筐里面装上丝绢就好了。"曹丕依其计而行，果然此次曹操因又得杨修密报，派人来查验，但打开藤筐后，所见唯有丝绢，于是曹操认为几番密报都是曹植、杨修出于嫉妒而诬陷曹丕。

后人常常为曹植的夺储失败而惋惜。如宋人刘克庄说"曹植以盖代之才，他人犹爱之，况于父乎。使其少加智巧，夺嫡犹反手尔"（《后村诗话》），认为曹植既有盖世才华，先机已占，如果他少用些计谋，夺嫡想必易如反掌。曹植真的是据必胜之地而惜败吗？其实不然。曹丕之所以能胜曹植，其实并非靠运气，而是多方面因素合力而成。

除谋士得力、方法正确外，曹丕还有两大优势。

其一，在为人处世方面，曹丕比较成熟稳重，而曹植比较纵情任性。在这个问题上，《三国志》是这么说的："植任性而行，不自彫励，饮酒不节。文帝御之以术，矫情自饰，宫人左右，并为之说，故遂定为嗣。"意思是曹植凭感情行事，不自我克制，饮酒无度。曹丕则正好相反，他装腔作势，行事很有分寸。旁人对曹丕的印象也好过曹植，所以帮他说话的不少，因此曹丕最终被立为储君。

这段文字出自《任城陈萧王传》[①]，陈寿循史家之例，为此文的主角曹植加了相应的"感情分"，有明显的褒曹植、贬曹丕之意。而所谓"矫情自饰"等评断，其实有些苛刻。若是曹丕在成为太子前后判若两人，倒也可以说他是虚伪做作，但曹丕一生行事，并无明显的前后矛盾之处，也称不上性情有变。我们若是剔除此语的感情色彩和褒贬之意，就能得出结论：稳重自持的曹丕，更适合成为储君。其实，陈寿在作《荀彧荀攸贾诩传》时，所持态度又为之一变，说曹丕曾经问计于贾诩，贾诩并未卷入夺储之争，不过曹丕既然诚心请教，他也就认真应答，劝曹丕"恢崇德度，躬素士之业，朝夕孜孜，不违子道"，希望他修身养德，勤谨处事，仁孝立身。行文至此，陈寿换了一种说法，说曹丕闻教之后"深自砥砺"，如此看来，他向贾诩请教，是既虚心，又真诚。同一个人，在同一个时期，能

---

[①] 《三国志·魏书·任城陈萧王传》为曹彰、曹植的合传。

既"矫情自饰",又"深自砥砺"吗?与其说是这个人城府极深、反复无常,不如说是因为观者立场有别,所以得出不同的结论。

其二,曹丕和曹植都是嫡子,但是曹丕是长子,以嫡长子继承制的标准而言,他无疑更具资格,何况在曹操看来,曹植还没有优秀到要让他弃长立幼的程度。曾有一次曹操屏退左右,询问贾诩该立曹丕还是曹植。贾诩默然不语,像没听到似的。曹操奇道:"我和你说话,你却不回答,为什么呢?"贾诩的回答十分巧妙,他说:"我刚才正好想到了一些事,所以没来得及回答您。"曹操便问他思及何事,他说:"我想到了袁绍和刘表的事情。"曹操听到这里,马上领会了他的意思,大笑。因为袁绍为庶长子,曾与身为嫡次子的弟弟袁术相争;刘表偏心幼子刘琦,逼得长子刘琮从荆州出走。袁绍和刘表之事,各有一番风波,贾诩的言下之意是,对曹氏而言,没必要让这本来贤愚之别并不昭著的二子闹出长幼倒置的尴尬事。贾诩和曹操都是聪明人,贾诩点到即止,曹操观叶知秋,按照陈寿的说法,这次对话坚定了曹操的决心,"于是太子遂定"(《三国志·魏书·荀彧荀攸贾诩传》)。

一个绵延数年的悬念终于揭开,观者有喜有忧。不过他们未曾料到的是,本来低调内敛的曹丕,在曹操去世后会做一件惊世骇俗、让后人都争议不休的事情。

## 02 "奸人":篡汉之举

世人常以立储之事责曹丕之伪,其实此论之流行,很有同情

"弱者"而反责"强者"的意思。当然，在夺储过程中，常是曹植恃强，曹丕示弱；但是，局势定了之后，情势颠倒，成了曹丕恃强，曹植示弱。曹植的生存空间一再被挤压，他自己心中悲凉，也常在作品中抒怀，历史、文学、传说合力，让曹植的"悲剧人物"形象立体起来，相应的，曹丕便成了手足相争故事中的反派。其实，储位的争夺向来是刀头舐血之事，若说曹丕流涕示孝是"伪饰"，曹植预先准备答案以谋父亲的欢心，又何尝不是用计呢？若说曹植饮酒无度、驾车横行是率性，那么国家需要真率但对自己行为缺乏控制力的储君或者国君吗？

不过，对曹丕而言，争储之事还不是他名声坏掉的关键，"篡汉"称帝才是他成为历史争议人物的关键事件。

其实，曹丕之父曹操本是有能力、有机会，甚至有资格称帝的。关于能力和机会的方面，我们自无须多言，因为无论是汉献帝无以复加的封赏、曹操自己所拥有的无上权力，还是曹操政敌们对他的"窃国之贼"的指控，都从不同的角度对这一问题给出了答案。那么"有资格"一事，从何说起呢？此处所谓"资格"，并不是从政治规则上说他有称帝的合理性，而是从现实情况来看，如果曹操没及时登上历史舞台，汉末的局势可能会更混乱，天下人可能会承受更多的乱离之苦。

曹操曾作过《蒿里行》一诗，写董卓之乱后战争导致的惨状，说"铠甲生虮虱，万姓以死亡。白骨露于野，千里无鸡鸣。生民百遗一，念之断人肠"——士兵战死，百姓瘐死，白骨遍地，无人收葬，这并非诗笔的夸张，而是描绘战乱之苦的写实之言。多年后，关中初定，曹操作《述志令》，自称"设使国家无有孤，不知当几人称帝、几人称王",这也不是大言炎炎,因为即使是反对曹操的人也不得不承认:他不仅有手段、有能力,也确实对天下局势有贡献。那么,在早已礼崩乐坏、不少诸侯都有称帝之心的乱世,他作为实际上的天下第一人,又有什么好忌讳的呢?

但是,曹操自己却不想称帝。早在汉灵帝光和末年,王芬、许攸、周旌等人曾谋议废掉灵帝,邀请曹操参与其事。曹操明确反对,称"夫废立之事,天下之至不祥也",说只有极少数情况才可以行此事,譬如商朝的伊尹曾将太甲放逐,汉初的霍光曾经废昌邑王刘贺、立宣帝刘询,曹操认为这些行为以其具体情况而言,具备合理性、可行性,因为伊尹"怀至忠之诚,据宰臣之势,处官司之上",而霍光"受托国之任,借宗臣之位,内因太后秉政之重,外有群卿同欲之势"。相形之下,王芬等人意欲废立,则是不自量力的狂妄之举。如曹操所预测,王芬等人也并未成功,最后王芬事败自杀,许攸逃亡。

曹操并非实力未到才故作姿态,他说的是真心话。譬如袁绍曾与韩馥密谋,想要立幽州牧刘虞为帝,曹操也坚决反对。后来,袁绍又弄了一方玉印,想要自己称帝,还曾得意地向曹操展示玉印,曹操"由是笑而恶焉"(《三国志·魏书·武帝纪》),脸上波澜不惊,心中深恶痛绝,甚至"益不直绍,图诛灭之",起了灭掉袁绍的念头。通过此事不难看出,曹操一直以天下大局的维护者自居,对于图谋称帝者,他持厌恶的态度,还觉得自己有义务清除这些"国贼"。同时他也一直自我约束,未因官阶渐长、实力渐强而改易本心。哪怕后来他权倾朝野,威逾帝王,也并未真的称帝。在作于建安十五年(210年)的《述志令》一文中,他引用齐桓公、晋文公、乐毅、蒙恬的事，来阐明自己对汉室的态度：

> 或者人见孤强盛，又性不信天命之事，恐私心相评，言有不逊之志，妄相忖度，每用耿耿。齐桓、晋文所以垂称至今日者，以其兵势广大，犹能奉事周室也。……昔乐毅走赵，赵王欲与之图燕。乐毅伏而垂泣，对曰："臣事昭王，犹事大王；臣若获戾，放在他国，没世然后已，不忍谋赵之徒隶，况燕后嗣乎！"胡亥之杀蒙恬也，恬曰："自吾先人及至子孙，积信于秦三世矣；今臣将兵三十余万，其势足以背叛，然自知必死而守义者，不敢辱先人之教以忘先王也。"

曹操说，天下人对他有很多议论，是因为他势强，加之性格刚强，不信天命之说，所以他们总是揣度他有称帝之心，却不知他也有自己的敬畏。他以春秋霸主齐桓公、晋文公类比自己，以周室类比汉室，说齐桓公、晋文公之所以能够垂范久远，是因为他们既有实力，又未失敬畏，依然尊奉周天子。

其实，若以孔子的标准来看，春秋时代诸侯争霸已经是礼崩乐坏的表现，"天下有道，则礼乐征伐自天子出；天下无道，则礼乐征伐自诸侯出"，以此言而论，春秋时代无疑是"礼乐征伐自诸侯出"的"无道"时代，而曹操却赞齐桓公、晋文公"犹能奉事周室"，如何看待曹操此论呢？孔子是在野者，曹操是在朝者，他们立场有别、标准不同，由此结论相异，十分正常。在野者宜高自标举，因为"入门须正，立志须高……学其上，仅得其中；学其中，斯为下矣"①；在朝者身处局中，面对机会和诱惑，能够自我约束，身为强者仍能侍奉弱者，已据其实而犹奉其名，可称难得。对在野者，只能论心，对在朝者，不妨论迹。

曹操还举了乐毅和蒙恬的例子。乐毅为战国名将，他在受燕昭王的知遇、为燕国立下赫赫战功之后，因受到继位的国君燕惠王的猜忌，无奈之下离燕入赵。曹操说，当赵王想让他攻打燕国时，乐毅泣而拒，称自己侍赵王如侍昭王，不负今主亦不负前主，绝不肯反戈攻燕。蒙恬为秦国名将，东破齐国，北击匈奴，对秦朝的建立居功至伟。秦始皇去世后，赵高、李斯助胡亥封锁消息，谋篡帝位，假传圣旨，赐公子扶苏、蒙恬以死。蒙恬被杀前自明心迹道："从我的先辈到我的子孙，为秦国出生入死，三代皆然。我现今统领着三十万大军，要拒旨易如反掌，而我之所以自知必死，仍守义不改，是因为不敢辱没先辈的教诲、忘记先王的恩德。"曹操举乐毅之例，是说自己也如他一般初心不改；引蒙恬之语，是说自己也如他一般力能叛国而恪守臣子本分，"是不为也，非不能也"。曹操还说，自己每次读到这两个人的故事，往往"怆然流涕"，不仅仅是被他们的悲剧性遭遇触动，更因为他觉得自己的遭遇和他们有相似之处，他说"孤祖、父以至孤身，皆当亲重之任，可谓见信者矣，以及子桓兄弟，过于三世矣"，觉得自己和蒙恬一样，也是数代都为国"效忠"。

当然，曹操不称帝，除他自己的观念使然外，还有基于现实得失的考虑。据《三国志》裴松之注引《魏略》称，建安二十四年

---

① 语出严羽《沧浪诗话》，此语系论学诗之道而非政事，此处但取其理相通之处。

（219年），孙权上书对曹操称臣，劝曹操称帝，说这是符合天命的事。曹操没喝这碗迷魂汤，反而把孙权的信展示出来，说："这小子想把我架在火上烤呢！"看来，曹操十分清楚，仅从利益上来考量，乱世中"称帝"也是一种博弈，先称帝者必然成为天下人的靶子，行此举未必有利自身，反而授人以柄，甚至为他人称帝提供理由。不过，他的臣下陈群、桓阶、夏侯惇却不这么想，他们谏言称刘氏天运已尽，而对曹氏而言，时机已至，人望所归，力劝曹操称帝。曹操最终回答道："'施于有政，是亦为政'。若天命在吾，吾为周文王矣。"

对于曹操此语，世人解读时往往将重点放在"若天命在吾，吾为周文王矣"这两句上，因为周文王之子周武王最终灭商立周而称王，所以再参以曹丕最终称帝的事实，容易推论出曹操自己不称帝，却私下授意其子称帝。但是，我们不可忽略前面他引用的"施于有政，是亦为政"一语。此语出自《论语》，有人问孔子为何不为官参政，孔子这么回答："《书》云：'孝乎惟孝，友于兄弟，施于有政。'是亦为政，奚其为为政？"孔子引用《尚书》中的话，说只要在家将孝悌施行到位，那么也算是推行自己的政治主张了，难道只有"参政"的方式才算为政吗？曹操引用此语，是取孔子之"为某事不必拘泥形式"的意思，其实是对夏侯惇等人劝进之言的拒绝。且评价政治人物，应该多看他的实际所为、薄责他的内心所欲，只有这样，或许才能得出相对公允的结论。

建安二十五年（220年），曹操病逝于洛阳，刚当上魏太子三年的曹丕继位为魏王，同时也接任了曹操的汉丞相一职。

曹丕刚继位，就紧锣密鼓地开始了"登基"的全套准备。

首先是改"建安"的年号为"延康"。"建安"的年号为汉献帝于公元196年所改,这一年,曹操将汉献帝从洛阳迎至许昌,改变了当时的政治格局。当时献帝"郊祀上帝于安邑,大赦天下,改元建安"(《后汉书·孝献帝纪》),此年号用了二十五年。曹丕以侯王之身,为皇帝改年号,自然是僭越了。而他有意僭越,是为了试探、暗示。

接下来,他开始炮制"祥瑞"。古人将一些奇异的天文景观、罕见的自然现象、传说中的动物及奇花异草的出现,视为政治清平、国君圣明的标志,是为"祥瑞"。《三国志·魏书·文帝纪》中有这样一段文字:

> 初,汉熹平五年,黄龙见谯,光禄大夫桥玄问太史令单飏:"此何祥也?"飏曰:"其国后当有王者兴,不及五十年,亦当复见。天事恒象,此其应也。"内黄殷登默而记之。至四十五年,登尚在。三月,黄龙见谯,登闻之曰:"单飏之言,其验兹乎!"

据记载,汉灵帝熹平五年(176年),曾有黄龙出现在谯县。光禄大夫桥玄询问太史令单飏这是什么祥瑞,单飏说:"看来沛国以后会出帝王,五十年内,黄龙还会再次出现。这就是天命的象征。"魏郡内黄县人殷登默默记下了这件事。黄龙初现的第四十五年,殷登还健在。延康元年(220年)三月,黄龙再一次在谯县出现,殷登听说后,说:"单飏的话,原来验证在今日呢!"

此段文字,若从字面解读,当然很好理解:曹丕就是沛国谯县人,所以,当年出现在谯县的黄龙,于曹丕继位魏王之后又在谯县出现，自然是上天昭示世人：曹丕身负天命，当为帝王。

不过，若是深入思考，不难发现此事的"故事性"。文中出现的关键人物桥玄，是曹操的忘年交，也是在其未闻名于世时就慧眼识英的人，桥玄曾在曹操年轻时，说他是乱世中能安邦的"命世之才"，也因此被曹操引为知己。而殷登则名不见经传，按照文中的说法，他是唯一一位记录了当年黄龙现世奇观的知情者。所谓"孤证不立"，到底是年岁久远，知道旧事者太少，还是此事本就是曹丕为世人所造的故事呢？这就仁者见仁，智者见智了。除黄龙外，当年四月，饶安县还有人报告见到了白色雉鸡。按照汉代人的观念，黄龙和白雉的出现，都与人君现世有关[①]。其实，两物之出，都有可能是曹丕为自己"量身定做"的。

最后，也是最关键的一步，就是劝进和推辞。

当年十月，曹丕派出的南征军队回师，行至曲蠡。大戏即将上演，曲蠡就是曹丕选定的戏台。因为此地距离许昌数十里，既有地理之利，又不至于让逼宫的意图显得太过露骨。这场戏的第一幕是由左中郎将李伏上表。他先以"亲历者"的身份，绘声绘色地讲述李庶、姜合二人如何预言曹丕将来要应天命即位的故事，又说自从曹丕即位魏王以来，"祯祥众瑞，日月而至，有命自天，昭然著见"，暗示他是"天命"所归。文末说他虽人微言轻，但见到魏王恩泽四海，天下大治，四方宾服，祥瑞屡现，心中激动，非要为主上扬善

---

[①] 《孝经援神契》："德至水泉，则黄龙见者，君之象也。"《春秋感精符》："王者德流四表，则白雉见。"

不可①。曹丕批复，将李伏的表文公之于众，同时又"自谦"道："我的德行尚薄，没到你称道的地步，可不敢当。有这些成就，还是亏得我父亲品德高尚，神明感应，并非我的功劳。"

第二幕出场的是侍中刘廙、辛毗、刘晔，尚书令桓阶，尚书陈矫、陈群，给事黄门侍郎王毖、董遇，等等，他们一同进言，称读了李伏的表文后，心中深有同感：首先，此事古有先例，尧、周武王、汉高祖在成为帝王之前，都曾得"天兆"。其次，桓帝、灵帝时，已经天下大乱，说明汉朝气数将尽，之所以二十多年了还没有亡，是因为"诞生明圣，以济其难"，意谓有"明圣"之人，即曹氏父子支撑着汉朝的国祚。再次，当祥瑞纷出之后，天下人也都觉得改朝换代的时候到了，"四方不羁之民，归心向义，唯惧在后，虽典籍所传，未若今之盛也"。按他们所说，曹丕再不称帝，简直有些太不顺天命、不近人情了。曹丕的批复也很有意思：

犁牛之驳似虎，莠之幼似禾，事有似是而非者，今日是已。睹斯言事，良重吾不德。

他说："毛色驳杂的耕牛好像老虎，莠草还没长大的时候像谷子。天下的事，常有似是而非的，譬如你们今天所说的事就是这样。你们劝我称帝，是陷我于不义啊。"

第三幕是重头戏。先由太史丞许芝呈上一篇以谶纬说"魏代汉"

---

① 见《三国志·魏书·文帝纪》裴松之注引《献帝传》所载李伏上表："况臣名行秽贱，入朝日浅，言为罪尤，自抑而已。今洪泽被四表，灵恩格天地，海内翕习，殊方归服，兆应并集，以扬休命，始终允臧。臣不胜喜舞，谨具表通。"

的长文。所谓"谶纬",是秦汉在信奉天命神授、天人感应的背景下流行的一种学说,以神怪预言、祥瑞灾异来昭示天下的吉凶祸福、治乱兴衰。许芝罗列了大量的预言、祥瑞、图谶,力证魏王称帝的合理性。对此,曹丕在回复中依然自谦,说自己"德至薄也,人至鄙也","恩未被四海,泽未及天下",只想治理好魏国,不负自己的职责,不堕父亲的英名。还说自己听了许芝的话,战战兢兢、大惊失色、六神无主,以至于"心栗手悼,书不成字,辞不宣心"。他还附上一首自己作的诗:"丧乱悠悠过纪,白骨纵横万里,哀哀下民靡恃,吾将佐时整理,复子明辟致仕。"意思是说天下陷入乱局已久,举目四野,白骨纵横。他看到百姓无所依恃,心中哀伤,只想整顿河山,令百姓安居,待到此事达成,再还政于汉。最后,他许诺说自己一定要按照此诗所说的来做,决不虚言改志,还命人将许芝之文及这段诏令公布,"使昭赤心"。此其对许芝之议的第一次拒绝。

此令既发,群臣又劝,曹丕又拒,其令称前日将许芝的文章发出,明明重点是让大家了解他诗所言之志,为何众臣都"走偏"了,都把重点放在许芝所说的称帝之兆上了呢?"岂余所谓哉?宁所堪哉"——这哪是我的本意,我哪里承受得了这些呢?再说,天下未定,民多忧患,所以他说自己的结论如故:可千万别再提称帝的事了。此其第二次拒绝。

拒令再次发出,但紧接着又有一批臣子上奏,说曹丕"至德广被,格于上下",所以天人感应,吉兆四出,现在他代汉称帝,已经是上天之意旨、天下人之同望了,请他不要拒绝。当然,毫无悬念,曹丕又发了一封拒令,引用了不少先贤之言,说"不患无位,患所以立"(不愁没有职位,只愁没有足以胜任的本领,语出《论语》),

又说"石可破而不可夺坚,丹可磨而不可夺赤"(石头哪怕破碎,也依然是坚硬的;丹砂哪怕磨损,也依然是红色的。语出《吕氏春秋》),还说"三军可夺帅,匹夫不可夺志"(军队的首领可以改换,男子汉的志气不可磨灭,语出《论语》),以表达自己心意坚定,决不称帝。

戏演到这里,哪怕再驽钝的旁观者,也能明了戏台上人的用意了。粉墨登场,各有分工,臣下力劝,主上坚拒,是古代欲自立为君者惯用的套路,曹丕既不是第一个,也不是最后一个。只不过,他的全套剧本、表演,被史书记载得太详细,后人于局外观之,自然难免心中暗笑,生出不屑之意,他当时有多一呼百应,千百年后就显得多荒诞不经,毕竟,他在这套大戏中,还是过于贪心了:既想有帝位之"实",又想要谦退之"名",但鱼和熊掌,又岂能得兼呢?

《三国志》裴松之注所引《献帝传》中写曹丕登基的部分,其笔法很是辛辣。上句还是曹丕"'三军可夺帅,匹夫不可夺志。'吾之斯志,岂可夺哉"的旦旦誓言,下句就是献帝下诏将帝位"禅让"给曹丕——"乙卯,册诏魏王禅代天下曰:'惟延康元年十月乙卯,皇帝曰:咨尔魏王……使使持节行御史大夫事太常音,奉皇帝玺绶,王其永君万国,敬御天威,允执其中,天禄永终,敬之哉!'"无疑,献帝早就看懂了这场戏,也只能按照曹丕写好的剧本出演自己的角色。

不过这场"禅让"戏码的情节还真是曲折。献帝诏下,曹丕仍摆着宁死不从的姿态,说要奉还玉玺。他又发令文,援引古代多位隐士蒙帝王青眼,却辞让天下、坚不受命的故事,说自己何妨效仿前贤，遁身江湖，拒不"奉诏"，远离纷争（"孤独何为不如哉？义有蹈东海而逝，不奉汉朝之诏也"）。如此臣劝主拒，又反复再三。曹丕所发的数道令文中，还有"故烈士徇荣名，义夫高贞介，虽蔬食瓢饮，乐在其中"这样的话，以"烈士""义夫"自比，说自己不求不义之名位，还十分"宽容"地对群臣说，他们与自己心境不同、所求相异，因此不了解自己，这很正常（"则诸卿游于形骸之内，而孤求为形骸之外，其不相知，未足多怪"）。

姿态做足后，他上书献帝，说自从接到授玺的诏书，"五内惊震，精爽散越，不知所处"，自己是"无德之臣"，但也能做到"守节"而不受这"不世之诏"。

曹丕的这一系列令、书，引经据典，辞采纵横。对下所发之令，主旨是强调自己德薄不堪大任；对上所呈之书，主旨是强调自己守志不逾规矩。话说得漂亮，文章写得也精彩，不过通篇都应该反过来读。他的一再推拒，既是暗示相关人士摆出更决然的态度、拿出更强劲的理由，也是通过反复铺垫来撇清自己，以证实最终"受禅"，是顺势而非自求。

果然，献帝又发诏令，再次表明禅位的"诚意"：

> 朕惟汉家世踰二十，年过四百，运周数终，行祚已讫，天心已移，兆民望绝，天之所废，有自来矣。今大命有所底止，神器当归圣德，违众不顺，逆天不祥。王其体有虞之盛德，应历数之嘉会，是以祯祥告符，图谶表录，神人同应，受命咸宜。朕畏上帝，致位于王；天不可违，众不可拂。……王其陟帝位，无逆朕命，以祗奉天心焉。

后人若是设身处地想象献帝撰写此诏时的心境，难免恻然生怜。他说汉室延宗四百多年，于今已至穷途末路，上不得天心，下不称民意。他苦"劝"曹丕，希望他顺天应人，"勉为其难"接下这个重任。假设读者不知道这段历史背景和此诏作者、受者的身份，只看文意的话，简直会以为这个皇位是多烫手的山芋，而这位"王"是多难得的圣人。

　　其后来往文书，长文冗辞，惺惺之态，不一而足。如此漫长的一场戏，终于在汉献帝四次下诏之后落下帷幕。献帝第四次发诏书之后，尚书令桓阶直接上书，"擅自"定下了禅让的日子："今月二十九日，可登坛受命。"这次曹丕的批复很简洁，只有一个字，但这一个字却是他前面层层铺垫的目的所在，也是他在此过程中唯一的一句真话："可。"

　　曹丕一直说觉得自己名浅德薄、没有资格当皇帝，这自然是故作姿态的假话。若不是他明示暗示，且在背后主持、推进，臣下何以会轮番上场，谀辞百出呢？曹操当年亦被臣子劝进，但是他的态度是真拒绝，故而后来臣子们也就并无进一步的动作了。即便如此，曹操也依然是历史上的争议人物。而曹丕刚继王位，就迫不及待地代汉自立，又做足全套大戏，这戏越是烦冗，也就越显得他矫情。

　　这边厢，曹丕精心编制"禅让"剧本，力证自己"受命于天"；那边厢，听闻曹丕登基，许靖、糜竺、诸葛亮等蜀汉众臣上书刘备，说"曹丕篡弑，湮灭汉室，窃据神器，劫迫忠良，酷烈无道。人鬼忿毒"，接着话锋一转，说天下人"咸思刘氏"，也劝刘备登基。其后，刘备援引王莽篡汉、光武帝"中兴"的例子，以拨乱反正为由，也登基为帝。

由此可见，回答"曹丕是受禅还是篡位"的问题，其实主要得看回答者站在什么样的立场上。蜀汉和东吴都痛斥曹丕背弃人伦、沐猴而冠，而魏之后，晋、宋、齐、梁、陈，书史者则少有痛斥曹丕者，因为这几个朝代，其开国君主都沿用了曹丕的戏码，逼迫前代君主"禅让"皇位给自己。曹丕"受禅"四十六年后，魏元帝曹奂被逼"禅让"皇位给司马炎，魏灭而晋兴。其"禅位"的诏书称"天禄永终，历数在晋。诏群公卿士具仪设坛于南郊，使使者奉皇帝玺绶册，禅位于晋嗣王，如汉魏故事"，其言与献帝当年之诏何其相似！斗转星移，执棋者已变，不变的，是棋盘上昭然的人心与人欲。

## 03 "真人"：写心之笔

曹丕与父亲曹操有不少相似之处，除皆有雄心、有权力欲、有文学才华之外，在性情方面也很有些相似。

曹操是一位很难以一言尽之的历史人物，他既奸伪狡诈，又坦荡率真；既心狠手辣，又细腻多情。而曹丕身上，似乎也具备这些复杂的特点。

对曹操的奸伪狡诈，世人印象很深，当然，这种印象是受历史事实和小说故事的重叠的影响而生的。《曹瞒传》所记的这件事就很典型[①]：

---

① 《曹瞒传》传为三国时吴国人所作，其原书已佚，唯存《三国志》裴松之注所引部分。《曹瞒传》记录了不少曹操的逸闻趣事，但杂有小说家笔法，也隐有反曹的立场，宜考辨以观。

太祖少好飞鹰走狗，游荡无度，其叔父数言之于嵩。太祖患之，后逢叔父于路，乃阳败面喎口；叔父怪而问其故，太祖曰："卒中恶风。"叔父以告嵩。嵩惊愕，呼太祖，太祖口貌如故。嵩问曰："叔父言汝中风，已差乎？"太祖曰："初不中风，但失爱于叔父，故见罔耳。"嵩乃疑焉。自后叔父有所告，嵩终不复信，太祖于是益得肆意矣。

曹操年轻的时候喜欢飞鹰走狗，游玩起来很没有节制。他的叔父看不惯他这种作风，多次向自己的兄长、曹操的父亲曹嵩说起此事。但曹操没有因此改弦易辙，反而使了一个歪招：有一次，他在路上碰到叔父，故意装出嘴歪眼斜的样子，自称中了风，于是叔父又去告知曹嵩。曹嵩大惊之下，赶紧召曹操来询问，却见他并无异状。曹嵩奇道："你叔父说你中风了，难道没有吗？"曹操答道："我并没有中风，想必是叔父不喜欢我，所以才说我中风吧。"此事之后，曹操的叔父就失信于曹嵩，他再说曹操的不是时，曹嵩便听不进去了。

不难发现，《世语》所载的曹丕依吴质之言以箧装丝绢，使曹植、杨修的密报成为"谎报"，让曹操对曹植、杨修产生怀疑的情形，与《曹瞒传》所载的曹操以计愚弄叔父，使得"自后叔父有所告，嵩终不复信"的情形十分类似。都是用"虚者实之，实者虚之"的攻心之计，来对付尊长。为世人所议的，恐怕还不是他们娴于计谋，而是他们能毫无心理负累地对尊长行"兵法"、使诡计。

至于曹丕用明里退让、暗中威压的方式逼迫汉献帝禅位一事，也是非常典型的奸诈之举。奸诈者之所以为人所厌，是因为他们既要实利，又要美名，但所行的却是招致恶名之事，所以常常以力相逼、以计相诱，让世人或者慑于威势、齐赞皇帝的新衣精妙绝伦，或者惑于烟幕、高颂镜花水月隽美无俦。

不过，奸诈者之所以愿意花时间去欺世盗名，原因之一是他们毕竟不想从根本上推翻善恶黑白的规则，所以他们一般不爱赶尽杀绝，做事还是有些底线的。曹丕称帝之后，是怎么处置汉献帝的呢？他"奉帝为山阳公，邑一万户，位在诸侯王上，奏事不称臣，受诏不拜，以天子车服郊祀天地，宗庙、祖、腊皆如汉制"（《后汉书·孝献帝纪》），他封献帝为公，维持他较为优裕的生活，允许他在其封地内奉汉服色、正朔，建宗庙以奉汉祀。最后，汉献帝也尽寿而终，去世得比曹丕还晚。在这一点上，曹丕比起后世他的那些效仿者，已经"仁慈"得多了。

再说坦荡率真的方面。谈起曹操的坦荡率真，还是可以举《述志令》的例子。此文系曹操于建安十五年（210年）五十六岁时所作，目的是自明其志，辩孙权、刘备等政敌控诉他为"汉贼"之事。这是一篇奇文，因为它直率到了令人惊讶的地步。

曹操说，自己当年"举孝廉"入仕时，对自己有几斤几两是非常清楚的，自谓"本非岩穴知名之士"，所以当时所立之志，就是以后当上郡守，"好作政教，以建立名誉，使世士明知之"——他说自己想当郡守有公私两方面的目的：使得一郡清平，也让自己闻名于世。曹操此言，并非自我吹嘘，他确实是一个有政治理想的人，他当济南相的时候，当地本来风气糜烂，官吏不仅贪赃，还攀附贵戚，不遵法制。他上任后，马上上奏罢免了八名官员，整顿风气，使得一郡肃然，但因此也得罪了豪强。他为保全自身，称病归乡，暂时隐居。"秋夏读书,冬春射猎",修养心性。后来他被征辟为都尉,迁典军校尉之职,又有了为国家讨贼立功的壮志,这时,他把人生目标调整为当"封侯作征西将军",说希望百年之后自己的墓道上能刻上"汉故征西将军曹侯之墓"。但是后来他当了兖州牧,破黄巾,讨袁术,破袁绍,征刘表,成为丞相,所成之事已经远超自己当年所望。到了这一步,天下人都觉得他会称帝,而他说自己绝无此意。在文中,他先申说其心,又说这番话,他不仅仅是对天下人说,还常常对妻妾说,让她们都明了自己的心迹,还让她们在自己的身后再嫁,"欲令传道我心,使他人皆知之"。

他还写道,虽然他不想称帝,但是如果让他放弃兵权,到自己的封地去,也恕难从命。因为他担心失去兵权后为人所害,也担心自己一旦倒台,国家再次陷入危乱之中,所以不愿因为求"虚名"而招致"实祸"。甚至,他还坦率地说,之前朝廷封他三个儿子为侯,他拒绝过,但现在改变主意决定接受,"非欲复以为荣,欲以为外援,为万安计",不是为了荣禄,而是想让他们当自己的外援,以求稳妥。

曹操此文最引人注目之处,就是它的表达方式。他欲以此文"辩诬"、明志,当然应该说真心话。但人在自我辩护时,为了将自己的所作所为合理化,常有可能责人而宽己;为了占据不败之地,常有可能打着道德的旗号,来遮掩自己不那么"高尚"的想法。而这些不必深责的"人之常情",此文几乎都未出现。他论事虽然也及公义,但更把重点落在剖析自我、抒发怀抱上。甚至将当年那些不算宏大的志向、内心深处对利益得失的考量,都毫无保留地写入文中,坦然示人。而正因如此,此文也更能显示他的胸襟,更具动人之处。

曹丕的坦荡率真之处，也可以从他的文字中看出来。建安二十三年（218年），尚为太子的曹丕曾给好友吴质写过一封信。这封信主要是抒发由好友去世引发的人生感怀。曹丕与吴质及建安七子中的陈琳、王粲、徐干、阮瑀、应玚、刘桢都是好友，他们曾谈诗论赋，把酒游宴，彼此相知，但徐干、陈琳、应玚、刘桢在前一年的一场大瘟疫中去世，随后，王粲也亡故了。所以，作为生者的曹丕和吴质，自然都有无尽的伤感。这封信正是由此而发。在信中，曹丕先说与吴质暌违四载，甚是牵挂，哪怕有书信往来不辍，仍难解离情。生离伤怀，死别更让人悲思难纾，他回忆起当年与诸位友人"行则连舆，止则接席"的交游情形，其时，他们在丝竹声中曲水流觞，饮酒赋诗，"当此之时，忽然不自知乐也。谓百年已分，可长共相保，何图数年之间，零落略尽，言之伤心"——当时并不觉得这是人生中多么难得的快乐，以为人生漫漫，尽可优游岁月，谁知只过了几年，竟与这些友人阴阳两隔：

顷撰其遗文，都为一集，观其姓名，已为鬼录。追思昔游，犹在心目，而此诸子，化为粪壤，可复道哉？……年行已长大，所怀万端，时有所虑，至通夜不瞑，志意何时复类昔日？已成老翁，但未白头耳。光武言："年三十余，在兵中十岁，所更非一。"吾德不及之，而年与之齐矣。以犬羊之质，服虎豹之文，无众星之明，假日月之光，动见瞻观，何时易乎？恐永不复得为昔日游也。少壮真当努力，年一过往，何可攀援，古人思秉烛夜游，良有以也。

他抚今伤昔，想到好友长眠泉下，黄泥销骨，不禁黯然神伤，有时竟会彻夜不眠，回想当年的高情壮思，已觉恍如隔世。这时他才三十二岁，却说自己心境苍老，"已成老翁"，只是鬓未覆霜而已。他还感叹自己如今身为太子，一举一动受人瞩目，无法再率意而行，"恐永不复得为昔日游也"。

作为政治人物的曹丕，身处乱世，早已见惯生死，权力场上，他也杀伐决断，但在私人生活领域，他的确不吝于表露心灵深处的震颤。在诗文中，他经常表现和《与吴质书》相类的感慨。如《善哉行》：

上山采薇，薄暮苦饥。溪谷多风，霜露沾衣。
野雉群雊，猿猴相追。还望故乡，郁何垒垒。
高山有崖，林木有枝。忧来无方，人莫之知。
人生如寄，多忧何为？今我不乐，岁月其驰。
汤汤川流，中有行舟。随波转薄，有似客游。
策我良马，被我轻裘。载驰载驱，聊以忘忧。

此诗写军旅生活的艰辛、远离家乡的忧愁，以及因岁月飞驰而生的时间焦虑。离家远征的军人饱受风霜之苦，食不果腹，寝不安枕，荒野中有野鸡鸣叫、猿猴相追。眼前的景象时时提醒着羁旅之人：他的生活是动荡的、陌生的、无序的。想到这里，忧从中来，难以言表，亦无可倾诉。他又自我开解：既然人生如寄居传舍，又何必以忧愁自困？当人被忧思缠绕之时，时光也悄然地流走了。于是，他心情更加低沉：人真的能主宰自己的命运吗？羁旅之人的身不由己，不正和河中小舟的随波逐流相似吗？最后，他强自宽解：

还是穿上轻裘,驾着骏马,迎风驰骋,暂忘忧愁吧。

曹丕的诗歌,无论写亲历的军旅生活、人生聚散,还是代人言情写闺怨、写思亲,都不假雕饰,真挚可感,与他在政治上颇多伪饰的风格截然不同。

再说心狠手辣与细腻多情。

关于曹操心狠手辣的记载不少。据《曹瞒传》记载,董卓之乱导致洛阳人大都逃到了彭城,而曹操在彭城屠城,在泗水边活埋了数万人,竟导致河道壅塞、水流断绝。《曹瞒传》说曹操"酷虐诡诈",举了不少例子,譬如以下两事:

> 又有幸姬常从昼寝,枕之卧,告之曰:"须臾觉我。"姬见太祖卧安,未即寤,及自觉,棒杀之。常讨贼,廪谷不足,私谓主者曰:"如何?"主者曰:"可以小斛以足之。"太祖曰:"善。"后军中言太祖欺众,太祖谓主者曰:"特当借君死以厌众,不然事不解。"乃斩之,取首题徇曰:"行小斛,盗官谷,斩之军门。"

第一件事是说曹操有一个宠姬,常常侍奉他"昼寝"。有一次曹操枕在她身上睡觉,让她过一会唤醒自己。但她看曹操睡得酣沉,便没有按时唤醒他。曹操自己醒来后,竟命人将她乱棒打死。

第二件事是说曹操出兵讨伐诸侯时,常遇到粮草不足的困境,他私下里与军需官商量如何应对,对方说可以将标准的量斗悄悄换成小量斗,亦即偷减分量发给士兵。曹操采纳了他的建议。不过不久之后,士兵们发现了猫腻,众怨沸腾,曹操对军需官说:"这次得借你的性命来平息纷议了。"于是将军需官斩首,并说他是因盗取军粮、中饱私囊而获罪。

《世说新语》中所写的几件事也很能体现曹操的权谋与狠辣：

> 魏武常言："人欲危己，己辄心动。"因语所亲小人曰："汝怀刃密来我侧，我必说心动。执汝使行刑，汝但勿言其使，无他，当厚相报。"执者信焉，不以为惧，遂斩之。此人至死不知也。左右以为实，谋逆者挫气矣。
> 魏武常云："我眠中不可妄近，近便斫人，亦不自觉。左右宜深慎此。"后阳眠，所幸一人窃以被覆之，因便斫杀。自尔每眠，左右莫敢近者。

曹操常对人说，如果有人要不利于自己，他就会有所感应。为了让人相信他确有这种"特异功能"，他对其心腹随从说："你带着刀偷偷接近我，我就说自己感应到了，假装把你抓住行刑，届时你不要透露内情，这事也不会有危险，事成之后，定有厚酬。"随从依言而行，但曹操并未履约。他命人抓了"行刺者"之后，并没偷偷放掉他，而是假戏真做将他杀了。曹操还常常放言："我睡着的时候，你们不能随意靠近我，否则我就会不自觉地砍人，你们要小心些。"有一次他假装熟睡，有仆从看他没有盖被子，想要帮他盖上，曹操忽然暴起，将他杀了。

曹操之所以行诡谋杀人，是为了威慑行刺者。他在乱世中身居高位，曾遇到过行刺之事。但是他为了防范危险便随意杀人，这种行事方式自然受人非议。不过，需要注意的一点是，曹操的人物形象，有一个随着历史时代的变化、史学观念的变迁而逐渐变化的过程。《三国志》对他褒多过贬，说他是"非常之人，超世之杰"，而《曹瞒传》则显然贬多过褒，说他轻佻、狡诈、狠辣。而《汉晋春秋》骂他"篡逆"，《世说新语》言其诡诈，其结论都本自作者的立场，且《曹瞒传》等数书也都用了不少小说笔法，只能参看，不宜以之为不刊之论。

与父亲相比，曹丕其实情绪更稳定，行事方式更容易捉摸，待人接物也相对宽和。但在对待手足一事上，他也被目为心狠手辣。

曹丕的异母弟任城王曹彰于黄初四年（223年）奉诏回京朝觐曹丕时，突然在自己府中"暴病"去世。对此事，《三国志》只说他"朝京都，疾薨于邸，谥曰威"，裴松之注引《魏氏春秋》则曰："初，彰问玺绶，将有异志，故来朝不即得见。彰忿怒暴薨。"意思是先前曹彰曾对曹丕即位一事不满，怀有异心，此次入京尚未朝觐，就因"忿怒"而暴毙。但《世说新语》对曹彰的死因却给出了另外的解释：

> 魏文帝忌弟任城王骁壮，因在卞太后阁共围棋，并啖枣，文帝以毒置诸枣蒂中，自选可食者而进。王弗悟，遂杂进之。既中毒，太后索水救之。帝预敕左右毁瓶罐，太后徒跣趋井，无以汲，须臾遂卒。复欲害东阿，太后曰："汝已杀我任城，不得复杀我东阿！"

据此书所言，曹丕因忌惮曹彰故而设计杀害他——他趁着与曹彰在卞太后处下围棋的机会，把有毒的枣子和普通的枣子混在一起，自己选无毒的吃，而曹彰则有毒无毒的都吃了。曹彰毒发之后，卞太后想要找水来救他，而阁中的容器都已被曹丕毁掉了。她彷徨无策，赤着脚跑到井边，但终究无法汲水，没过一会，曹彰就死去了。这段故事虽短，但冲突激烈、细节生动、人物形象突出，具有极强的可流传性，又因正史中对曹彰之死言之草草，所以此段文字常作为填补"历史空白"的记录而出现。实际上，它只能当作故事看。且不说将毒枣与普通枣相混的方式多么戏剧化、在卞太后处下毒的选择多么不明智，光考察时间也能发现谬误：曹彰当年入京的时间是五月，枣子尚未成熟。另外，其文说卞太后在曹彰死后坚决阻止曹丕继续加害曹植："汝已杀我任城，不得复杀我东阿"，但曹植是在魏明帝太和三年（229年）才徙封为东阿王，卞太后这时不可能以"东阿"称呼曹植。

世人更熟知的，是曹丕登基之后对曹植的"迫害"，在人们的印象中，在整个"迫害"过程中，有一个核心故事——"七步诗"。这个故事，最早见于《世说新语》：

文帝尝令东阿王七步中作诗，不成者行大法。应声便为诗曰："煮豆持作羹，漉菽以为汁。萁在釜下然，豆在釜中泣。本自同根生，相煎何太急！"帝深有惭色。

在这个故事中，曹植在极其危险的情况下，犹能以才服人。他以豆萁燃火煮豆，以象征兄长与自己一母同胞，却狠心欲行加害的事，切合情境，讽刺意味也不言自明。曹丕听到他吟出的诗句，也深感惭愧。

这个故事有好几个版本，《文选》李善注也引了《世语》的相似记载，只是诗句有些出入。而《太平广记》的版本则与《世说新语》出入较大：

> 魏文帝尝与陈思王植同辇出游，逢见两牛在墙间斗，一牛不如，坠井而死。诏令赋死牛诗，不得道是牛，亦不得云是井，不得言其斗，不得言其死，走马百步，令成四十言，步尽不成，加斩刑。子建策马而驰，既揽笔赋曰："两肉齐道行，头上戴横骨。行至凼土头，峥起相唐突。二敌不俱刚，一肉卧土窟。非是力不如，盛意不得泄。"赋成，步犹未竟。重作三十言自愍诗云："煮豆持作羹，漉豉取作汁。萁在釜下然，豆在釜中泣。本是同根生，相煎何太急。"

这个故事明显是在《世说新语》的基础上渲染、改写的。虽然两个故事中曹丕所出的题目、曹植所吟的诗句不同，但故事的内在结构非常相似，都是曹丕强令曹植作诗，此诗成与不成性命攸关，而曹植都是数步未竟，已成佳作，且此作不仅符合题意，还能讽喻对方。作为故事，这两段文字都很精彩，但它们恐怕与真实的历史存在偏差。《世说新语》是南朝刘义庆编纂的笔记杂著，其著述虽有所本，但也颇多小说笔法，历代论者也都注意到了它的这一特点，如南齐人敬胤说它"爱奇而不详事理"，唐代史学家刘知几评论它及《语林》《幽明录》《搜神记》等书"所载或诙谐小辩，或神鬼怪物。其事非圣，扬雄所不观；其言乱神，宣尼所不语。皇朝新撰晋史，多采以为书……虽取说于小人，终见嗤于君子矣"。意思是它们都是以玄怪猎奇为趣尚的小说家语，如果是抱着严肃史学观的学者，不该随意引用采信。有学者还从《曹植集》的版本流传去论证《七步诗》为后人托名而作，从《七步诗》创作场景与黄初中曹丕、曹植兄弟面会情形不符等方面来论证，认为它的诞生、流传与南朝宋、宋代的两次反曹高峰有关[1]，有理有据，可以参看。

曹植被逼七步成诗的故事虽然未必真实，但它已在民间长久流传，在曹丕成为争议性人物的过程中，发挥了不容小觑的作用。传说不可尽信，但曹植在曹丕登基之后深受抑制、志意难申却是实情，此事在《三国志·魏书·任城陈萧王传》中也有详细的记载。曹操在去世前已经杀了曹植的羽翼杨修，而曹丕又在登基之后马上诛灭丁仪、丁廙及其族中男丁。《三国志》载："黄初二年（221年），监国谒者灌均希指，奏'植醉酒悖慢，劫胁使者'。"意思是说监国谒者（官名，为监伺诸王国的特使）灌均迎合曹丕的旨意上奏，称曹植醉酒之后有劫持、威胁使者的狂傲行径。此处行文，无疑是说曹丕欲加其罪，灌均曲意构陷。但是，曹植有时确实行事狂傲，也不止一次因饮酒而误事。建安二十二年（217年），曹植曾经趁着曹操不在都城时，乘车在仅供皇帝驰行的车道上驰骋，还擅自打开司马门（皇宫外门）。曹操得知此事后勃然大怒，处死了公车令，并从此对诸侯严加管辖，也由此更加不信任曹植。黄初二年的这次风波，以职官请求治曹植的罪，而曹丕"以太后故"而从轻发落结束。曹植被贬为安乡侯，当年又改封鄄城侯，次年立为鄄城王。他对自己在政治上的边缘化很是郁郁，在黄初七年（226年）曹丕去世之后，他还曾给继位的魏明帝曹叡上书陈情，希望被起用。文章虽然写得非常精彩，却并未济事。太和六年（232年），他抑郁而终。

---

[1] 见宋战利《〈七步诗〉托名曹植考》，《河南大学学报》2009年第6期。

曹丕对曹植,真的狠辣吗?若以常人的标准看,他们的"兄弟之情"确实淡漠无比;但若以皇家的标准看,曹丕对曹植这个曾经的竞争者甚至"敌人"也不算太严苛——只是将他架空,让他远离政治舞台而已。毕竟对有可能怀有"异志"者保持提防,是政治家的"基本修养";毕竟在曹氏之后,兄弟争嗣,失败者多有失去名誉、自由乃至生命的。曹植因争储失败,杨修、丁仪、丁廙等人又先后被杀,故而如履薄冰,心情抑郁。这到底是因为曹丕真的打算对曹植"动手",还是因为曹植本就身处政治漩涡中,自然是树欲静而风不止呢?

曹操和曹丕这对父子虽然都有被后人斥为狠辣之处,但他们又都很细腻多情。

曹操这个人,据《曹瞒传》说,是很不成体统的一个人。《曹瞒传》说他又轻佻,又婆婆妈妈,"被服轻绡,身自佩小鞶囊,以盛手巾细物,时或冠帢帽以见宾客。每与人谈论,戏弄言诵,尽无所隐,及欢悦大笑,至以头没杯案中,肴膳皆沾污巾帻,其轻易如此"。他爱穿轻薄的丝绸衣服,随身携带皮革做的小袋子,装着手巾等物。与人谈话到惬意处,就大笑不禁,甚至会把头埋到桌上,以至于头巾被酒菜所污。《曹瞒传》这段文字自然是责备曹操无礼、性情怪异,但是换个角度看,它倒是写出了曹操的细腻和不拘小节。

建安二十五年(220 年)正月,曹操自觉病重,作了《遗令》安排后事,巨细无遗,言语恋恋。其中最能体现曹操个性的是这一段:

> 吾婢妾与伎人皆勤苦,使着铜雀台,善待之。于台堂上,安六尺床,施繐帐,朝晡设脯糒之属。月旦、十五日,自朝至午,辄向

帐中作伎乐。汝等时时登铜雀台，望吾西陵墓田。余香可分与诸夫人，不命祭。诸舍中无所为，可学作组履卖也。

他安排妻妾在自己身后住在铜雀台，说她们都很劳苦，希望儿孙们能善待她们。的确，曹操一贯力行俭朴，"后宫衣不锦绣，侍御履不二采，帷帐屏风，坏则补纳，茵蓐取温，无有缘饰"，他的妻妾不仅不着华丽的衣服、鞋子，就连帷帐、屏风破了都要打上补丁继续用，垫子、褥子也只求实用，不求华丽。曹操临终之前想到这些，或许心有愧疚、怜悯，放心不下她们。他还安排在铜雀台上设立灵帐，摆上食物祭奠，每月初一、十五安排歌舞以祭祀。他说，希望儿孙们常常登上铜雀台，远眺他的坟墓，以寄哀思。他甚至说，可以将他收藏的香料分给妻妾，没事的时候，她们可以做些鞋子来卖。

这段遗言，细致得近乎琐碎，恐怕与人们固有印象中豪杰该留的遗言差异很大。它饱含着曹操对人世的眷恋，也折射出曹操个性中一个重要的方面：情感细腻，甚至称得上多情。多年前，他与夫人丁氏分开后，就曾建议丁氏再嫁。《述志令》中也说要让妻妾在自己死后再嫁，此处设想得更细致，因担心自己死后妻妾生活过得空虚痛苦，连做鞋子去卖这种消磨时光的法子都给她们想好了。

对于曹操临终前遗嘱"分香卖履"一事，后人有两种相异的评价。元康八年（298年），晋代文人陆机在储藏文献的秘阁中读到了曹操的《遗令》，心中百感交集，作了《吊魏武帝文》，文辞感伤而优美，对生死的思考很是深入。陆机觉得曹操气度高远、志向宏大，也建立了杰出的功业，所以相对而言，其《遗令》就显得不够大气了，说"惜内顾之缠绵，恨末命之微详"，意思是：可惜他在家事上表现得过于多情，可叹他的遗命就一些琐碎的事务絮絮叨叨。陆机又说"嗟大恋之所存，故虽哲而不忘"，感叹人往往对生前事过于执着，无法放下，纵然是圣哲之人，也概莫能外。这是委婉批评曹操过于眷顾身外之事，有失豪杰的身份。苏轼的观点和陆机相近，但话说得很不客气："操以病亡，子孙满前而咿嘤涕泣，留恋妾妇，分香卖履，区处衣物，平生奸伪，死见真性。"苏轼的意思是，曹操生病去世前，对着满堂子孙咿嘤哭泣，还放不下妻妾，嘱咐分香卖履的事，还记挂衣物怎么处理。说他做了一辈子奸伪之人，临终时终于露了马脚。而罗贯中撰写《三国演义》，虽然把曹操定位为"奸雄"，但评论此事，犹能持平，说"分香未可谓无情"，认为这件事是为他的形象增色的，因为它很有"人味"。

之所以结论不同，是因为论者的出发点不同、对历史人物的期待不同。陆机把曹操视为纯粹的政治人物，对他期待很高，因此就会对他身上的烟火气难以接受；苏轼已经把曹操视为奸人、伪人，默认他不会有常人之真情，所以把他的动情之举解读为格局狭隘、原形毕露；罗贯中把曹操视为奸雄，说他身上善恶兼备，"功首罪魁非两人，遗臭流芳本一身"，所以对此能平心看待。

此处还有一个问题：一个纵横天下、青史留名的大人物，如果拥有细腻的情感，是该评论他"英雄气短"，还是该赞他"无情未必真豪杰"？得出怎样的结论，主要取决于你认为"情"在人生中该占据怎样的位置。无疑，对曹操、曹丕而言，他们都不认为"多情"会有损自己的眼界、胸怀和事业，他们也不避忌在生活中、在为文时纵情。

《世说新语》记载了曹丕参加王粲葬礼时的一件事："王仲宣好

驴鸣。既葬，文帝临其丧，顾语同游曰：'王好驴鸣，可各作一声以送之。'赴客皆一作驴鸣。"王粲有一个奇怪的爱好：喜欢听驴叫。他因病去世，曹丕前来吊丧时，发出了这样一个奇怪的倡议："王粲喜欢听驴叫，大家各自学一声驴叫来送别他吧。"吊客们也就如其倡议各鸣了一声。

吊丧是一件端严肃穆的事情，而曹丕却提出了一个听起来有些滑稽的倡议，既与场合不符，又与自己尊贵的身份不符。不过，王粲如果泉下有知，应该会会心一笑，引为知音。因为曹丕送他最后一程时，不是只抒存者之哀情，而是想以最符合亡者情性的方式，最后与他"对话"一次。他似乎忘记了生死的界限，忘记了亡者无知无觉，不能再听闻那些驴鸣，但这打破俗世规范的相娱、有意的"忘却"，正是曹丕的深情所在。

曹丕还曾在《短歌行》中写自己面对父亲去世一事的哀伤心情：

仰瞻帷幕，俯察几筵。其物如故，其人不存。
神灵倏忽，弃我遐迁。靡瞻靡恃，泣涕连连。
呦呦游鹿，草草鸣麑。翩翩飞鸟，挟子巢枝。
我独孤茕，怀此百离。忧心孔疚，莫我能知。
人亦有言，忧令人老。嗟我白发，生一何早。
长吟永叹，怀我圣考。曰仁者寿，胡不是保。

据《古今乐录》引王僧虔《技录》所载，这首《短歌行》是曹丕遵照父亲的《遗令》中"初一、十五奏乐祭祀"的吩咐而作。诗歌以目睹故物，恍然惊觉物是人非而起。虽然父亲的故世已经是确定无疑的事，但在情感上，他依然难以接受。他将父亲视为精神上的引导者，所以感受到的不仅是失去亲人的悲痛，还有无依无恃的孤独感。他心怀哀思，触目伤怀，见幼鹿依恋母亲，飞鸟携雏营巢，更觉天地间似乎只有自己茕独无依，觉得这种愁怀无人能知。他感叹，纵然明知忧愁令人衰老，也无法遏制自己的情感，所以过早地生出了白发。曹丕在诗中不止一次表达这种理性和感性的矛盾，《善哉行》中的"人生如寄，多忧何为？今我不乐，岁月如驰"，《燕歌行》其二中的"谁能怀忧独不叹"都是如此。通览曹丕的诗文，很容易察觉到他有强烈的时间焦虑。他忧愁岁月相催，德业未立；担心人世无常，此身先陨。这种焦虑，既是身处乱世者所共有的，又是心性敏感、情感细腻者容易深于常人的，更是企盼建立不朽功业者所必有的。

正因如此，曹丕的诗，总是有一种感伤色彩，他常常描绘与离别、孤独、衰老、死亡有关的情境，其诗风秀美凄婉，与其作为政治家所展现出来的较为沉稳严肃的风格不太一致。譬如其代表作《燕歌行》：

> 秋风萧瑟天气凉，草木摇落露为霜，群燕辞归鹄南翔。
> 念君客游思断肠，慊慊思归恋故乡，君何淹留寄他方。
> 贱妾茕茕守空房，忧来思君不敢忘，不觉泪下沾衣裳。
> 援琴鸣弦发清商，短歌微吟不能长，明月皎皎照我床。
> 星汉西流夜未央，牵牛织女遥相望，尔独何辜限河梁。

此诗用代言体，作者假拟思妇的身份言其愁绪。秋风萧瑟，草木凋零，因"悲秋"而心情低落，是一重愁；与丈夫远别，不闻音讯，牵肠挂肚，是一重愁；辗转空闱，独居寂寞，无从排遣，又是一重愁。这层层叠叠的愁绪、身不由己的痛苦，被诗人用清词丽句一一写出。很难想象作者其实并不是困于深闺的女子，而是腾跃朝堂的男子。曹丕并未体验过思妇的处境，但他将自己在人生中体验到的失落的痛苦、别离的悲愁、身不由己的无奈移入他境，真切描绘出一种生命的悸动。

南朝诗人钟嵘曾作《诗品》一书，将从汉到南朝梁的一百多位诗人分为上、中、下三品，并简单评论他们诗歌的源流、风格、成就。他的评论往往颇有见地，但因古今文学趣尚的变化，其观点未必尽与今人的相合。譬如他将曹操、曹丕、曹植父子三人，分别放入下、中、上三品。评论曹操，说"曹公古直，甚有悲凉之句"；评论曹丕，说"所计百许篇，率皆鄙质如偶语"——曹操的"古直悲凉"，与南朝重视文采的风气不甚相合，而曹丕被评论为文辞鄙俗，二人都不是钟嵘心中之选。但钟嵘对曹植非常推崇，说他"骨气奇高，词采华茂，情兼雅怨，体被文质，粲溢今古，卓尔不群"，甚至盛赞他在文坛之中的地位，"譬人伦之有周孔，鳞羽之有龙凤，音乐之有琴笙，女工之有黼黻"。固然，曹植的诗才受到了古今论者的共同认可，但是，曹丕的诗作，真的远不及其弟吗？

在《诗品》之前成书的《文心雕龙》，给出的答案有所不同："魏文之才，洋洋清绮。旧谈抑之，谓去植千里，然子建思捷而才俊，诗丽而表逸；子桓虑详而力缓，故不竞于先鸣"，在刘勰作《文心雕龙》之前，文坛的主流说法也是曹植的作品远胜曹丕，刘勰并不同意这种说法，他说曹植文思敏捷，才气超群，诗风华丽，格外引人瞩目；而曹丕是一个思虑周详、用力多过恃才的人，因此他的名声不如曹植大。而二人的地位、遭遇的差异，也使得曹植得到了"同情分"。（刘勰《文心雕龙·才略》："但俗情抑扬，雷同一响，遂令文帝以位尊减才，思王以势窘益价。"）明代诗人王夫之则为曹丕鸣不平，他说曹植诗易学而曹丕诗难学，曹植妙在文辞的华美，而曹丕妙在思致的深厚，曹丕的才华，哪里就被曹植压倒了呢[①]？清代诗人陈祚明认为曹操、曹丕、曹植三人中，确实是曹植最突出，但是他们的作品也各具特色，各有擅场，三人都是出色的诗人，"三曹固各成绝技，使后人攀仰莫及"（陈祚明《采菽堂古诗选》）。

曹丕曾在给王朗的信中写道："生有七尺之形，死唯一棺之土，唯立德扬名，可以不朽，其次莫如著篇籍。疫疠数起，士人彫落，余独何人，能全其寿？"他说人寿短促，能使人留名于后世的方式，首推"立德扬名"，其次则是著述篇籍。那场席卷中原大地的疫病带走了很多人的生命，他虽然在此次灾难中幸存，却更感觉到生命的脆弱，希望在有尽的时光中留下更多的痕迹。本着这种想法，他撰述了《典论》一书[②]。在《典论·论文》中，他说文章是"经国之大业，不朽之盛事"，但是，人类受生命的长度所限，有可能风过无痕，一场春梦。这么说来，也许通过著书立说，能够达至"无穷"[③]，聊慰生命的寂寞。

---

[①] 王夫之《姜斋诗话》："曹子建铺排整饰，立阶级以赚人升堂，用此致诸趋赴之客，容易成名，伸纸挥毫，雷同一律。子桓精思逸韵，以绝人攀跻，故人不乐从，反为所掩。子建以是压倒阿兄，夺其名誉。实则子桓天才骏发，岂子建所能压倒耶？……曹子建之于子桓，有仙凡之隔，而人称子建，不知有子桓，俗论大抵如此。"
[②] 此书已于宋代亡佚，只有《自叙》《论文》等篇流传下来。
[③] 曹丕《典论·论文》："盖文章，经国之大业，不朽之盛事。年寿有时而尽，荣乐止乎其身，二者必至之常期，未若文章之无穷。"

作为政治家的曹丕，一直奋力地以他相信的方式来建功立业；而作为诗人的曹丕，却说人生于天地间，就像飞鸟暂栖于枯枝之上（《大墙上蒿行》："人生居天壤间。忽如飞鸟栖枯枝。"）——以鲜活的血肉之躯，立于枯槁之物上，何其空茫无着、悲凉可叹。黄初七年（226年）正月，曹丕在洛阳去世，终年四十岁。千秋之后，他确实留名后世，但其名毁誉相交；他确实著录了书籍传世，但其书却最终亡佚。不过在曹丕而言，他在不算太长的一生中已尽情尽兴，留声于空谷，留影于青史，留名于诗坛，留迹于天地。

# 宋徽宗：
## 唤回艮岳游仙梦，五国城中夜雪深

## 01 《奉使金国行程录》：一篇未被重视的灾难预警

北宋徽宗宣和七年（1125年），宋朝派出使团出使金国。此前，宋已与金结盟攻辽。不过，名为"结盟"，实际上在军事上发挥作用的主要是金国。迄至宣和四年（1122年），辽国在金军的攻势下，已经失去了大部分的领土，辽天祚帝也从京城逃离，藏身山野。由此，宋与金似乎成了新的"友邦"。宋依照此前与辽进行外交的成例，每年向金国贡交"岁币"，并在正月初一和对方皇帝生辰派遣使节前往道贺，此外，如果对方国内有重大事件，也会遣使前往。

宣和五年（1123年）八月，金太祖完颜阿骨打在攻辽后回朝的途中患病去世，其弟完颜吴乞买于同年九月继位。消息传到宋朝时，已经是次年五月了。七月，宋徽宗任命许亢宗为使臣，去往金国贺其新帝登基。

宋朝很重视这次出使活动，诸司花了数月来准备将要送往金国的礼品，使团规模也很可观：许亢宗为正使，下辖副使一人，各色司职人员共八十人。使团的出发日期，定在宣和七年（1125年）正月二十日。他们从雄州启程，目的地为金国上京会宁府，全程共计四千二百七十里，分为六十一程。其中从宋辽旧界白沟河到目的地共计三十九程，有三千一百二十里。使团中有一位管押礼物官，名钟邦直，他作了一本《宣和乙巳奉使金国行程录》[①]，记录了出宋朝旧界后的沿途见闻和到达金国后使团进行外交活动的情况。

一路上，使团经过了旧寨边城、莽苍山野，见到了昔属辽国，今隶宋、金之地的繁华旧影，也看到了刚熄灭的战火给当地民众带来的苦难印迹。钟邦直行过万里山川，看尽风物人事，抚今伤昔，感慨万千。这半年的往返行程中，他还是辽国兴亡的旁观者，为其宫室蒙尘、民生凋敝发出曼声太息。他定然想不到，仅仅两年后，同样的厄运会降临到宋朝臣民的头上，而他们此时春风得意的君王，即将成为一场历史大悲剧的主角。

钟邦直在他的笔记中，记录了很多颇有意味的细节。让我们来看其中的几个。

其一，他在第五程燕山府到潞县的途中，看到了当地因饥荒导致的惨事：在极度的饥饿和死亡的威胁下，竟然出现了父母吃孩子的事情，还有人将死尸插上草标，扛到集市作为"食物"出售，甚至连戍军都饿死了十之七八。此地旧属辽国，近两年刚被宋朝"收回"，也算"王土"，但由于官场之中惯有欺上瞒下之风，所以尽管民不聊生到了如此地步，皇帝还一无所知。

---

[①] 该书原本已经亡佚。现见于《三朝北盟会编》《大金国志》。有旧本将其作者讹为许亢宗，其实该书作者为钟邦直。陈乐素在其《三朝北盟会编考》已考辨清楚此问题。也可参看张其凡《关于〈宣和乙巳奉使录〉的书名和作者问题》一文（《史学集刊》，2008年第3期）。

其二，他在第七程三河县到蓟州的途中，想到蓟州即渔阳，是数百年前安史之乱的兴兵之地，便向当地居民问起安禄山的旧事，但是问来问去，当地人都表示对此并无了解。

其三，他在第十三程望都县到营州的途中，看到了战后的凋敝景象。前几年，在一场大战中，金军将营州屠城，一州百姓，只剩十几户人家。下榻的州府驿馆是十几间古屋，庭中还有数棵古木，"枯腐蔽野，满目凄凉，使人有吊古悼亡之悲"。此地在殷商时为孤竹国，在汉唐时是辽西之地，纵然渊源久远，但一朝红羊劫起，兵燹横生，自古繁华，也便骤然而陨。

其四，他在第二十八程自兴州至咸州的途中，感受到了金国的风土人情。此地旧属辽国，如今系金国领土。到咸州州府时，金人歌舞相迎，酒饭相飨。以外来者的眼光看，这里的风俗处处与宋不同。钟邦直仔细记录了一些新奇的细节，譬如金人宴会的时候不像宋人酒、菜并上，而是先把酒喝完，再食菜、饭。宋人吃肉主要吃羊肉，而金人则少食羊肉，多食猪、鹿、兔、雁等。

此外，他还记录了两件正使许亢宗力护国威的事情。一次是宴席之上，金国大臣向宋朝使团炫耀金国之强盛，说金军"控弦百万，无敌于天下"。钟邦直记录称，许亢宗闻言心中不满，拉着对方与之理论："大宋立国二百年，幅员三万里，有数百万雄兵，难道是弱国不成？我受皇命远道来贺大金皇帝登基，大金皇帝只是派你来招待我们，难道是让你来对我们耀武扬威的？"据他说，对方听了许亢宗的话后，气势弱了下去，没有再说什么。还有一次是宋使在金帝赐宴之后献上表文以明谢意，文中有一句"祇（音奇，恭敬意）造邻邦"，引起了对方官员的不满。对方称，称大金国为"邦"是对金国的轻视,并引《论语》中"蛮貊之邦"的例子来论证。许亢宗旁征博引,引用了《尚书》中"协和万邦""克勤于邦"、《诗经》中"周虽旧邦"、《论语》中"善人为邦""一言兴邦"等例子,力证"邦"可代指"国",且以正面意思为主,声明表文关乎国威,绝不修改其中的措辞。对方听了他的抗辩,无法反驳。钟邦直介绍道:"使长许亢宗,饶之乐平人,以才被选。为人酝藉似不能言者,临事敢发如此,虏人颇壮之。"他说许氏看起来似乎是沉默寡言之人,但是遇事不惧、随机应变,这等气魄让金人都为之赞叹。

其五,最后的一程,自蒲挞寨至使馆,此处的见闻应该是最值得品味的。他说,"行二十里,至兀室郎君宅……毕,又行三十里至馆。馆惟茅舍三十余间,墙壁全密,堂屋如斋幕,寝榻皆土床,铺厚毡褥及锦绣貂鼠被、大枕头等。以女真兵数十佩刃、执弓矢,守护甚严"。以久沐风教、素娴繁华的汉人眼光来看,金国的使馆实在寒酸,不过是茅屋、土床,哪怕铺厚褥、被毛皮,也还是透着穷酸气。但另一方面,他们的勇悍和警觉,又从那规模不小、严阵以待的卫队中现出一二。第二天去参见金帝,所见自然又很新鲜。从使馆出发走了几里地后,"一望平原旷野,间有居民数十家,星罗棋布,纷揉错杂,不成伦次",在钟邦直的眼中,这近于荒野,全无城郭,"里巷皆背阴向阳。便于牧放,自在散居"。到了皇城,眼前出现四座毡帐。虽然比他想象中简陋得多,但礼仪规程却并不简单。先与对方官员相见就座,然后饮酒三巡。不一会,鞞鼓声起,礼乐齐作,宋使团便开始上呈国书,传进礼物。金国参会的有"酋领数十人""近贵人各百余人",他们就座时也是座次有序。

钟邦直还描述了皇城中的一处建筑,名字取得好听,曰"紫极洞"，其中还有一个大牌匾，题名为"翠微宫"，这明显有被汉文化濡染的痕迹。而这"翠微宫"，高不过数尺，将山石砌成仙、佛、龙、象的形状，用绸缎覆盖其上，再用松柏树枝装饰，还安排了善口技者在园中学鸟叫。正殿叫"乾元殿"，名号很庄严，实际上只是七间尚在修建的木质殿阁，目前只是用泥、瓦简单封顶，虽然简陋，却也有鸱吻装饰，以显皇家威仪。乾元殿殿前有四尺高的台阶，有一个几丈长宽的土坛，名叫"龙墀"。据金国官员介绍，金国为修建皇宫，征用了数千人，按照计划，还要建造数百间殿阁。听闻此言，钟邦直不由得感叹，"规模亦甚侈也"。

见到金帝，只见他"玉束带、白皮鞋、薄髯"，有点奇怪的是，他头上裹着皂色头巾，后面垂下一截，在钟邦直看来与宋朝僧侣的帽子有些相似。宴会所用器物较为奢华，几案是朱漆银装镀金的，果碟是玉的，酒器是金的，盛器是玳瑁的，筷子是象牙的。因为是正式宴会，也有教坊奏乐，乐工竟多达两百人，是按照辽国的教坊四部来设置的。

接下来的几天，使团观赏了演出，参加了多次宴会，宴会中宾主尽欢，往往至醉方归。金帝、贵官赐使团绢帛、袭衣、鞍马等。所有活动结束后，到了返程的日子，对方一直礼仪完备。至此，钟邦直觉得使团圆满完成了任务，对对方接待官员的评价也较高。在将出金国国界的时候，金国的送伴使还准备了饯别的酒菜[1]，"情意甚欢"。第二天到了两国边界，未出金境，已经看到宋朝有迎接使团的

---

[1] 宋与辽、金均置接伴使、馆伴使、送伴使。在使臣进入对方辖境后，对方迎接的官员为接伴使；至对方京城后，陪伴使臣活动的为馆伴使；返回时往往由原接伴使相送，此时称之为送伴使。

队伍立于国境线内了。在音乐声中，正使许亢宗邀请送伴使来到本国的营帐，满饮数杯之后再送对方到边界。此时，双方正副使骑马对立，隔界相望，在马上再饮酒一杯，又与对方交换了马鞭，作为睦邻友好、再度来往的"异日之记"。

此时文章至于高潮，钟邦直有些动情地写道：双方举鞭作揖相别，调转马头本欲离开，又同时回头相望，过了一会，才各自往前走了几步，这等依依不舍的情状，还反复了好几次，才最终离开（"举鞭揖别，各背马回顾，少顷进数步踌躇不忍别之状。如是者三乃行"）。据他观察，此时金人中有不少人动了情，有的甚至流下眼泪来，但宋人比较淡定，没有流泪（"虏人情皆凄恻，或挥泪，吾人无也"）。

金人挥泪送别宋使，而宋人淡然处之，这到底是钟邦直真实所见、据实所录，还是他为了凸显使团的风仪、表现"上国"的魅力而着意描绘的祥和图景，已经不得而知了。相比起这个描绘得十分细致的煽情场景，接下来的短短几行文字其实更具历史价值：

是行回程，见虏中已转粮发兵，接踵而来，移驻南边，而汉儿亦累累详言其将入寇。是时，行人旦暮忧虏有质留之患，偶幸生还，既回阙，以前此有御笔指挥："敢妄言边事者流三千里，罚钱三千贯，不以赦荫减。"繇（"繇"，古同"由"）是无敢言者。是秋八月初五日至阙。

他在回程的路上，见到金人转运粮食，调遣兵将。一批批的军队开往南边，似有所图。而边境的汉人中也流传着金人将要入侵宋朝的说法。他作为出使者，一直担心如果金国在其出使期间出兵，自己就有可能被扣留为人质。所以等到踏进宋境，一颗心才放了下来。回京之后，他本来想向徽宗禀报此事，但是又想起之前徽宗曾下诏说对"妄言"边疆之事的人，要流放三千里、罚钱三千贯，并且不依寻常赦免之例。所以，他最终并未禀报。按例，使臣在回朝后就要呈上记录，所以文末的这几句话，或许是时过境迁之后，作者重新整理时，添加上去的，因为它有明显的自辩之意，且绝不是能写在呈送给皇帝的文章中的话。

为何要为自己辩护？因为从事后看来，这未被呈报的信息是非常重要的情报，见而未报，实在可惜。而从使团回京后算起，只过了三个多月，金军便真的南侵了。

钟邦直记录这些见闻，本是出于使臣的责任心和"职业"敏感。他真诚、细致地记录下这些细节，除尽使臣的本分外，也是秉着传统文人广闻博知、鉴往知来的想法。虽然此书的写作目的并不具备独特性，但他无疑是宋人之中率先嗅到了危险气息的人——哪怕表面看来，这份行程录是一份着力塑造友好邦交氛围、记述一个"圆满完成"的外交任务的记录，但它所表现的某些别有意味的细节、呈现的那种微妙的氛围，实际上已经使得它成为一份灾难预警。且看，本国刚刚收复了一百多年来未属宋朝的中原旧地，而朝廷却对该地的惨事和民瘼懵然无知；昨日的"盟国"飞速扩张，且在合作的过程中发现了宋朝体制的种种问题——金国既然已经打败了国力强得多、历史长得多的辽国，食髓知味，还能对其轻视、觊觎的宋朝不起征伐之意吗？本国还做着"上国"的酣梦，对方却已暗萌异志，钟邦直出访时所见的"睦邻友好"之景，已经是宋金之间最后的、夹杂着表演的"甜蜜"了。

　　钟邦直所记录的金国的皇城、宫殿的情景,其实很能折射出金国的现状和可能的发展方向。名曰皇城,但简陋粗糙,可见其勃兴之遽然;虽则简陋,但工程浩大,可见其雄心远志;本族并无多少政治、礼俗方面文化的传承,却处处效颦宋、辽,想要彰显"天威",可见所图非小;面对"友邦",肆意宣扬军威,可见或者是得意忘形,或者有敲山震虎之意。

　　而已经知晓历史大脉络的后人,更能从这篇记录中品出不同的滋味:一个实力强大、富有野心的民族正在快速崛起,他们醉心于自己的力量,向慕宋朝的繁华,也觊觎宋朝广袤的领土、丰饶的物产,更鄙夷宋朝制度的无序、人员的怯懦。他们已经磨刀霍霍,而他们的猎物却懵然不觉,还以为自己能与对方平辈论交,甚至觉得能依恃更悠久的历史、更深厚的文化、更可观的人口,凌驾于对方之上。殊不知,当野兽准备搏斗时,只拼爪牙之锋利、行动之机警,而不恃资历之深厚、毛皮之华美。

## 02 《东京梦华录》:一曲余韵悠长的盛世挽歌

　　当然,这是后话。让我们暂且把时间推回到元符三年(1100年),宋徽宗刚成为君主的那一年。这年正月,宋哲宗驾崩,年仅二十四岁。哲宗在位十五年,亲政七年,如今盛年病逝,给国家留下了一个亟待解决的棘手问题:他没有子嗣。

　　哲宗不是宋代第一位没有子嗣的皇帝。上溯三代,当时的国君宋仁宗也面临过类似的困境。仁宗曾有三子，但他们先后夭逝，使得仁宗晚年立储时十分为难。最终，在韩琦、司马光、包拯等大臣的反复劝谏下，他于嘉祐七年（1062年）立宋太宗赵光义曾孙、濮王赵允让的第十三子赵宗实为储君，次年，仁宗去世，太子登基，是为英宗。

如今的情况，似乎比那时还复杂。大行皇帝无子，该如何确定继承人呢？皇太后垂帘与宰臣们商议此事，他们考虑的储君人选是大行皇帝的弟弟。参知政事章惇认为，依律应该立哲宗的同母弟、神宗的第十三子简王赵似，而皇太后认为，神宗诸子中，在世者以第九子申王赵佖居长[1]，但他有目疾，所以应该立目前居次的第十一子端王赵佶。章惇反驳道，如果遵照礼法，应该立与哲宗血缘更近的简王；如果以长幼为标准，则应该立居长的申王，怎么也不该是端王。皇太后回应说三人都是神宗之子，身份相当，但综合来看，端王更加合适。知枢密院曾布、尚书左丞蔡卞、中书门下侍郎许将等人都表示赞同皇太后所议。皇太后又称神宗曾说"端王有福寿，且仁孝，不同诸王"，这话十分有分量，所以章惇未再坚持，端王赵佶随即即位，是为徽宗。

徽宗在位二十五年。他初登基时，北宋已立国一百四十年，经济昌盛，城郭井然，文化繁荣。不夸张地说，这虽然算不上是中国古代王朝中最高光的阶段，但也绝对是个士庶各得其位的时代。宋太祖给后人留下了不杀士大夫及进言者的祖训，宋朝的文官待遇，

---

[1] 宋神宗共有十四个儿子，但夭折者多达八位。前五子均夭逝，第六子赵煦登基为帝，即宋哲宗。第七、八、十子亦年幼夭折。故而哲宗去世后，实际居长的是第九子申王赵佖，其次为第十一子端王赵佶。

与其他朝代相比可算十分优渥；而对于一般国民而言，此时久不兴兵，商业活跃，律法不苛，灾患较少，安居的可能性较大。

当我们想要描绘北宋后期的繁华图景时，常常会想到一本亲历者所写的书：孟元老的《东京梦华录》。孟元老原名孟钺，他在少年时随父亲来到汴京（即东京），此时正是徽宗登基三年后，即崇宁二年（1103年）。孟元老在汴京居住了二十四年，他形容此时的汴京，是"太平日久，人物繁阜，垂髫之童，但习鼓舞，班白之老，不识干戈"。汴京佳妙到何种程度？在这里，一年各个佳节，都有其乐游盛况。"灯宵月夕，雪际花时，乞巧登高，教池游苑"。在这里，楼阁俨然，士女游嬉，百工乐业，中外相通。"举目则青楼画阁，绣户珠帘。雕车竞驻于天街，宝马争驰于御路，金翠耀目，罗绮飘香。新声巧笑于柳陌花衢，按管调弦于茶坊酒肆。八荒争凑，万国咸通。集四海之珍奇，皆归市易，会寰区之异味，悉在庖厨"。此地有城邑之荣、人物之美、风景之盛，"花光满路，何限春游，箫鼓喧空，几家夜宴"。他看过公主成亲、皇子纳妃，观赏过创建明堂、铸造鼎萧，总之这二十多年间，他游赏不倦，也将"太平"视作了寻常事。

但是，在靖康二年（1127年）的国变中，他不得不离开汴京，避居江南。国家和个人最好的岁月都已过去，所以追想当时的"节物风流，人情和美"，他不免怅然若失。正是抱着"追梦""记梦"的心情，他写下了这本书，记叙他曾亲见亲历却业已被毁的故都的旧日荣光。对于书名，他这么解释："古人有梦游华胥之国，其乐无涯者，仆今追念，回首怅然，岂非华胥之梦觉哉。目之曰《梦华录》。"繁华被战火惊破之后，往昔真实的岁月在回忆中却恍然如梦。去日难留，来愁如海，他所能回味的，只有这镌刻在心中已成"梦华"的时光。

《东京梦华录》写的是孟元老记忆中关于汴京的一切。他写城市面貌、河道桥梁、街巷坊市之秩序井然，状酒楼店铺、勾栏瓦舍之活跃繁盛，记朝廷朝会、祭祀典礼之庄重典雅，绘时令节日、风俗民情之丰富多彩。

后人读《东京梦华录》，常常为其绵邈的深情、悱恻的愁绪所打动，与作者同忧同感——对于被动遭受国难的民众，我们能够无负担、无保留地与之共情，为之慨叹，但是对于兼有"造恶"和"受难"双重身份的国君，我们却不会只怀同情，而是会首先思考：他是否咎由自取，罪有应得？他既是王朝覆亡的首要责任人，又是政治变局下首当其冲的"受害人"，那么，他的过错，是否是亡国的主因？或者反过来说，他所承受的苦难，是否足以抵消其作为"亡国之君"给世人留下的负面印象？

徽宗赵佶生于神宗元丰五年（1082年）十月十日，次年正月赐名为"佶"，《诗经·小雅·六月》有句："四牡既佶。""佶"为健壮之意。宋人张端义的笔记《贵耳集》中，记录了这样一个有神异色彩的故事："徽宗即江南李王，神宗幸秘书省，阅《江南李王图》，见其人物俨雅，再三叹讶，继时徽宗生，所以文彩风流，过李王百倍。"他说徽宗的前身是南唐后主李煜。当年神宗看到秘书省所藏的《江南李王图》，感叹画中人端严有气度，这之后不久徽宗就出生了，而徽宗也与李煜一样才华横溢。这个故事于史无征，有明显的想象、附会色彩。赵佶非嫡非长，关于他皇子阶段生活状况、成长经历的记录并不太多。哥哥赵煦即位为帝那年，他年方四岁，如果不出意外，他的人生上限也就是当个安享太平富贵的王爷，其诗画才能会成为风雅人生的点缀，使得他在留名史书时，与其他王爷稍显不同。

但在历史的意外下，他承继了大统。该怎么评价徽宗这二十五年的统治？作为皇帝，他行差踏错之事不少，北宋之沦亡，他的责任无可推卸。简而言之，其最堪指摘处主要有以下数端：

第一，任人不明。徽宗任用过的人中，章惇、蔡京、蔡卞、童贯、朱勔等人名声都不佳。如蔡京，他四起四落，在徽宗朝官至极品，位极人臣。他兴花石纲以迎合徽宗，为升官而阿谀结党，对上恭顺，对下严苛，不仅罗织罪名排挤同僚，卖官鬻爵搜刮财富，得势后还钳制天子，结党自重。大观三年（1109年），太学生陈朝老上疏斥责蔡京，称他有十四大罪状："渎上帝，罔君父，结奥援，轻爵禄，广费用，变法度，妄制作，喜导谀，钳台谏，炽亲党，长奔兢，崇释老，穷土木，矜远略。"这篇文章说出了很多人的心里话，朝中争相传抄此文，次年，蔡京从太师贬为太子少保，不过两年后，他就被再度起用，后来又是节节高升。

第二，不恤民力。徽宗在位后期，之所以各地起义不断，其首要原因就是徽宗不恤民力，或主动授意，或任由相关官员巧立名目、加重赋税，使得民众不堪重负，走投无路之时选择了反抗。徽宗为何要行此不智之举？既是权力的"任性"，也有在外交方面开支过大的原因——他们选择了"方便"的解决方法：加强对民众的搜刮，以保证完成"岁币"缴纳。而徽宗对道教、对山水园林的癖好，也非常"烧钱"。他大兴道观，还下诏为道士设道阶二十六级，为其发放俸禄；为满足他的园林之癖，朝廷设立了苏杭应奉局，负责搜寻江南的奇花异石，这在君王看来，只是盛世的锦上之花；但于民众而言，却"流毒州郡者二十年"。宣和二年（1120年）爆发的北宋最大规模的起义——方腊起义，就与花石纲有直接的关系。方腊是睦州青溪人，此地产漆，是苏杳应奉局盘剥的重点地区，方腊起兵，为聚众人之心，痛斥赋役繁重、官府巧取豪夺，他说："声色、狗马、土木、祷祠、甲兵、花石糜费之外，岁赂西、北二虏银绢以百万计，皆吾东南赤子膏血也。"

第三，决策错误。虽然徽宗施政昏招迭出，民怨不小，但是就当时的政局而言，国家并未到必亡之地。北宋之亡固然有内因，不过更直接的还是外因。祸种在宣和二年（1120年）埋下，这一年，徽宗派赵良嗣、马政先后出使金国，与其订立攻辽之盟，约定灭辽之后宋取燕云旧地、金得其余。这个计划，最终将宋朝送入了深渊。

## 03 《艮岳记》：山之兴也，山之崩也

徽宗为何要打破与辽国的友好局面，转而联合金国呢？这里涉及一笔与燕云十六州有关的历史旧账。燕云十六州指中国北方以燕山以南的幽州（今北京）、太行山以西和雁门关以北的云州（今山西大同）为中心的十六个州，它东西约一千二百里，南北约四百里。后唐清泰三年（936年），河东节度使石敬瑭起兵造反，在辽国的帮助下灭亡后唐，建立后晋。他在登基之后依照前约，将燕云十六州割给了辽国，并对辽帝耶律德光自称"儿"，奴颜婢膝，贻笑后人。

或许石敬瑭自己觉得这笔买卖很划算，但是在后晋之后的后

周和宋朝的君主们却不这么认为。后晋、后周、宋三朝在地缘上有承续性。且宋朝在真宗时，已经与辽国订立了澶渊之盟，所以对燕云十六州归属辽国之事，实在不好再提出异议。澶渊之盟称宋辽为"兄弟之国"，因辽圣宗年较幼，故称宋真宗为兄。两国以白沟河为界，辽国放弃瀛州、莫州，双方一同撤兵，此后也不得再在边界筑造营垒。宋每年向辽提供银十万两、绢二十万匹作为"助军旅之费"，到雄州交割，盟约还规定，双方在边境雄州、霸州等地设置榷场，开展贸易活动。澶渊之盟结束了宋辽间二十多年的战争，此后多年边境几乎没有兵事，为宋朝的平稳发展提供了有利的条件。十万两银、二十万匹绢的岁币费用虽然不算少，但其实只有之前每年军费的百分之一。黄仁宇认为它"是一种地缘政治的产物，表示着两种带竞争性的体制在地域上一度保持到力量的平衡"（黄仁宇《赫逊河畔谈中国历史》），所以从理性的角度说，评价澶渊之盟最好采用政治、经济、历史的视角而非伦理的视角，也不必为"岁币"的单向性愤愤不平，认为其"丧权辱国"。

尽管如此，燕云十六州之不存，确实让宋朝的君主心境难安。因为燕云十六州不光面积甚大，还有不少崇山峻岭、险关要隘，尤其是其中的燕山，是将汉民族和游牧民族隔开的天然屏障，此地以南再没有雄关要塞可以拒敌。燕云十六州的丧失，使得宋朝在军事上一直极为被动。徽宗登基时，宋辽之间已经近百年没有大战。他登基十多年后，辽国的东北边境外，一个此前寂寂无闻的渔猎民族女真悄然崛起。徽宗政和四年（1114年），女真首领完颜阿骨打决定伐辽，在辽金对战之初，辽国并未重视这个地小兵少的敌人，前期只投入了一万兵力。在阿骨打的奇袭之下，辽军溃败，此战之后，阿骨打的军队才达到了万人。也正是在这年年末，辽国东北部的宾州、祥州、咸州都投降了女真，这是女真的政治基础，阿骨打遂于次年在上京会宁府立国，国号为"金"。在后来的交战中，辽军开始投入大量兵力，甚至有一次性抽调二十万军队的情况，但是金依然多次以少胜多，军力迅速增长，国土越来越广。

与此同时，徽宗的心境也发生了变化。在始于宣和、成于靖康的这场国难中，"赵良嗣"这个名字不能不提。他本名马植，其家为辽国世家大族，他在辽国官至光禄卿，但后来犯了事，名声扫地（《宋史·奸臣传》："行污而内乱，不齿于人。"）。政和元年（1111年），时任检校太尉的童贯作为副使出使辽国，马植在使团行至卢沟时，寻机拜谒童贯。他自称有灭辽的法子，所以通传之后，童贯召见了他。一谈之下，童贯觉得他是个人物，索性就把他带回国，让他改名为李良嗣，并向徽宗举荐他。李良嗣向徽宗献策道："女真恨辽人切骨，而天祚荒淫失道。本朝若遣使自登、莱涉海，结好女真，与之相约攻辽，其国可图也。"此时，他已经以宋人自居，称宋为"本朝"，并给徽宗画了一张大饼。依他的描述，辽是可图且易败之敌，女真是可交且得力之友，灭辽是"代天谴责，以治伐乱"，他还描绘蓝图说等辽国灭亡之后，宋朝恢复"中国往昔之疆"，该地民众必然"壶浆来迎"。虽然当时便有大臣反对，认为辽国是横亘在宋朝和北方其他少数民族之间的屏障，攻辽会破坏百年来的安定局面，对国家不利，但徽宗还是觉得李良嗣之谋可行，尤其是那句"复中国往昔之疆"说到了他的心坎上。徽宗赐李良嗣赵姓，并封他为秘书丞，这就是宋朝攻辽之计的起点。

不过此事真正谋定，是在宣和二年（1120年）。这年二月，赵良嗣出使金国，代表宋朝与金国订约。据他说，当时与金人谋议的方案是，在灭辽之后，辽国的上京、中京、东京等地属金国[①]，而南京析津府（今北京）、西京大同府及附属的州县应归宋朝，完颜阿骨打同意了这个分配方案，称燕云故地旧属中国，届时应该划归北宋。接下来又商议出兵的路线，初步方案是宋朝向西北发兵，攻打辽南京析津府，金国发兵从北边绕行后，攻打西京大同府，两路夹击。

任务完成得很顺利，赵良嗣志得意满。他在宴席上赋诗道："建国旧碑朝日暗，兴王故地野风干。回头笑谓王公子，骑马随军过五銮。"这首诗颇有前追古人、后垂来者之意，看来他自以为立在历史的关键点上，能建立不世的奇功。后来回朝，他曾向徽宗上书请求辞官，说自己在辽国的时候，曾与结义兄弟沥酒于地，指天为誓，许愿他日若是功成，就挂冠而去，以表明自己行事的初心不是为了功名富贵。他自称只希望在辞官归耕之后，别人看到他能说一句"这位就是平辽最大的功臣"，如此，他就平生无憾了。

不过，赵良嗣的这个愿望只实现了一部分[②]，辽国确实最终被灭，而历史的车轮之所以在此时朝此方向驰骋，确有他的影响力在。但后来的现实与他所描绘的美好图景最大的不同是，在与金国"合作"攻辽的过程中，盟友并不同心，彼此生出不少龃龉。最终，因如何分配具体的领土、如何对待逃亡的天祚帝等问题，双方发生了不小

---

[①] 辽有五京：上京临潢府、中京大定府、东京辽阳府、南京析津府、西京大同府。
[②] 金军南侵之后，御使胡舜陟认为赵良嗣"成边患，败契丹百年之好，使金寇侵陵，祸及中国"，上疏请求公开处斩他。这时赵良嗣已经逃往郴州。徽宗下诏，命广西转运副使李升之捉拿赵良嗣，将其斩首，并流放其妻、子。

的摩擦。而在攻辽时，实际也是以金国为主，宋军则总是迟发缓进。金国指责宋朝背盟，对其十分不满；同时又发现宋朝军力疲软，已经暗地里把它视为下一个目标。

宣和七年（1125年）的秋天，可以说是北宋最后一个相对安平的季节，但已经黑云压城，噩信频传。除多地发生天灾、饥荒外，金军调兵的消息也频繁传入朝中。九月，河东地区（在今山西）奏报发现金国将领粘罕（即完颜宗翰）正在率军南下；十月，中山府（在今河北）奏报，粘罕的军队已经来到蔚州柳甸，并且举行了阅兵仪式；很快，他们到了接近宋金边界的地方。很明显，当年反对赵良嗣提议的那些人的话应验了：没有了辽国这道屏障，金国要侵宋，尽可长驱直入。

不过直到这时，从各地飞驰而来的奏报依然没有引起中央的重视。九月上旬到十一月上旬，徽宗接待了一个金国使团。该使团表面上是来向宋朝报知逃亡的天祚帝已经被擒的消息，实际上应该是金人派来刺探宋朝军情的。但是徽宗并未发现异常，也未将各地关于金军军情的奏报与使团的到来联系起来，反而将金国派使前来当成和平的象征。

徽宗虽是九五至尊，却很欠缺政治嗅觉，且这种欠缺似乎一以贯之。他作为一位爱好广泛、艺术才华出众的皇帝，在登基之后，一直在用公共资源满足自己的爱好，即使其中很多事明显与国政无关。自古以来，掌控着泱泱大国的皇帝，其权力范围总是很大，而且还有极大的弹性。他们哪怕欲行不常之事，只要立一些名目，使其跟天命、祖训、国体、民生稍微扯上一些关系，便似乎无所不可为。如果"家大业大"，还会有很大的"容错空间"，有些"运气好"

的皇帝，似乎折腾一番也没关系，只要国家这艘船最终没翻，百年之后他们被议定的庙号也还是佳言美辞，并不会透露出真实的信息——当然，在他们折腾的时候，最苦的总是百姓。

在金国勃兴之时，对危险尚未察觉的徽宗正在开展他营造艮岳的计划。徽宗登基之初，子嗣并不多，这时有方士进言说汴京的东北角是一块宝地，只是目前地势低了些，如果能垫高一些，风水好了，那么皇嗣问题就会随之而解。徽宗听闻后，命人用土将该处加高，果然在短期内生了几位皇子，由此他更笃信堪舆之学，亦有了要在此地建造园林的想法。

徽宗的园林之癖由来已久。早在崇宁四年（1105年），就设立了苏杭应奉局，开办花石纲。光是太湖石一项，所费便已过奢。石本天生，不费什么钱财，但是将巨石从江南运送到汴京，却十分劳民伤财，"所费动以亿万计"（张淏《艮岳记》）。上有所好，下必甚焉，十多年间，因花石纲生出的荒唐事不少。譬如因督办花石纲而发家的朱勔，他只要看中了民间的奇石珍木，就立刻强行"征用"，黄纸封存，稍有损坏，就加罪于人。等到要从民居运出时，拆墙毁屋，在所不惜。所以当事人只要家藏奇异之物，就心头惴惴，觉得"怀璧其罪"，是不祥之事。朱勔"斫山辇石，虽江湖不测之渊，力不可致者，百计以出之至，名曰'神运'，舟楫相继，日夜不绝"，最难的运输一节也难不住他，他怪招频出，十分"得力"。比如有次他督船运送一块四丈高的太湖石，运到汴京附近时，遇到河窄无法开船、门窄无法入城、桥矮无法过船等问题。船无法开动，他就征用了几千人在岸上拉纤；水门窄了，他就命人将门拆除、将两边城墙扒开；桥太矮，他就派人拆桥。其实他的思路很简单：为讨皇帝欢心，不择手段，不惜代价。

这块巨石运入汴京后，徽宗赐名为"神运昭功石"。朱勔还用粮道来运送花石纲，连他手下的船工、舵手都倚仗其势贪污横行，东南百姓饱受凌虐，到了怀恨难言、道路以目的程度。他征用了太多的军士为纤夫，慢慢朝中有人议论其事，上疏言花石纲之弊，徽宗自己也觉得这事有点过了，这才下诏禁止用运粮船运花石纲，禁止随意"征用"民物、毁其庭室、夺其花石。方腊起义，也以诛杀朱勔为号召，虽然此时徽宗为平物议，罢黜了朱勔，但平方腊事之后，又再度起用他。朱勔很受徽宗信任，他奏事传旨，如宫中宦官般亲近，觐见时甚至不用避见嫔妃。他的仕途也很顺遂，历任随州观察使、庆远军承宣使。徽宗着意提携，还让他参加了收复幽州的军事活动，并在宣和五年（1123年），封他为宁远军节度使。朱氏一门显贵，使得"天下为之扼腕"。

朱勔横行多年，直到靖康之变后才被言官弹劾，最终被定罪处死。他在《宋史》中入《佞幸传》，所谓"佞幸"者，固然巧言令色、品格卑下，但他们之所以能得志一时、为祸一方，归根到底还是此种巧饰之言、昏乱之行有处可售，它合了君王的癖好，惬了君王的意兴，纵然世人皆侧目扼腕，也无法阻止他们踏上登天之梯。所以，"佞幸"归根到底是一面照见君王自负、贪婪、刚愎的镜子，"佞幸"之兴，乃是国家之耻。

徽宗授意、朱勔"首功"的工程中，艮岳是最有名的。它于政和七年（1117年）兴建，宣和四年（1122年）完工，占地约七百五十亩，初名万岁山，后来更名艮岳，又名寿岳、华阳宫。落成之后，徽宗非常满意，御制《艮岳记》一文记述其盛：

其东则高峰峙立，其下植梅以万数，绿萼承跌，芬芳馥郁，结构山根，号绿萼华堂。……其南则寿山嵯峨，两峰并峙，列嶂如屏，瀑布下入雁池，池水清泚涟漪，凫雁浮泳水面，栖息石间，不可胜计。……其西则参术杞菊黄精莇，被山弥坞，中号药寮，又禾麻菽麦黍豆粳秫，筑室若农家，故名西庄。

读他此段文字，不难揣摩出艮岳的修建理念。它拟自然山川之势，集奇花异石之妙，得文人风雅之趣，昭"盛世"升平之象，意欲聚合天人，牢笼万有。园内景致之名颇有意味，秀雅者，如"倚翠楼""芦渚亭""三秀堂""漱玉轩"；俊逸者，如"万松岭""胜云庵""蹑云台""飞岑亭"；宏壮者，如"大方沼""凤池""巢凤阁"。从这些名字也能看出，这里寄寓了徽宗的山水之心、泰平之梦。他还说，艮岳模拟自然山川惟妙惟肖，其中的"岩峡洞穴，亭阁楼观，乔木茂草"，其深幽之态、掩映之妙，令置身其中的人完全无法想象，这是在本来平坦的京城中用人力造出的奇迹（张淏《艮岳记》引御制《艮岳记》："不知京邑空旷，坦荡而平夷也，又不知郛郭寰会，纷萃而填委也。"），据说艮岳建成之后，静夜之中，园中禽兽鸣声四起，"宛若山林陂泽之间"（李濂《汴京遗迹志》）。所以，徽宗自得地说，艮岳实在是"天造地设，神谋化力，非人所能为者"。

对徽宗此时的风流自赏，后人很难感同身受，而多半只会觉得他短视、愚顽、可悲。后人看待艮岳时，也很难只将其作为一处巧夺天工的园林。因为前有朱勔肆意搜刮、竭尽民力，艮岳已经染上了一层权力肆虐的阴影；后有靖康之变时，它从山水妙赏之地沦为残砖剩瓦之所，这无疑又使得它染上了战乱和国耻的阴影。

宣和七年（1125年）十一月，粘罕发了一封檄文给宋朝宣抚司，历数从金国立场而言，宋与金结盟以来的可堪指摘处：

> 方经营天下之初，大宋遣使请雪前耻，由朝廷以恩化为务，亲幸幽、蓟，才下全燕，即时割赐，此朝廷所以大造于大宋，使大宋不劳而立其功，以雪祖宗之屈，自此始也。大宋皇帝感斯大义，遂立严誓，卜于子孙，久敦信约，何期立渝盟誓，手书称诏，构我边京，使为叛乱，贼杀宰辅，邀回户口？圣上以含容为德，取索户口之外，一无理会，尚自不知悔过，及于沿边多方作过，暂无自戢，为此依准所降宣旨，移牒回取确实有无归还，却称本朝幅员万里，人居散漫，岂期纵骄夸谩，弃德负义如此之甚也！

以金国的立场来看，攻辽之议，是宋朝遣使请求，金国方允准合作；伐辽之战，是金国一力承担，宋朝却无功而受利；灭辽之后，是宋朝屡屡不守盟约，制造冲突，在金国"一再退让"之后，依然"不知悔过"，总的来说，是宋朝"弃德负义"。所以现在出兵，是"聊整问罪之师"，收复现在分给了宋朝、但金国认为该归属自己的土地。檄文中原文为"收复元赐京镇州县"，用"赐"字，是自居主上，而将宋朝视为臣属。

凡是涉及多方的历史事件，让事件中有利益冲突的各方来分别叙述，很容易形成叙事上的"罗生门"。在金人说来，此次兴师是吊民伐罪，追讨属于自己的土地。所以后来金人将完颜阿骨打、完颜吴乞买征辽、征宋的相关文献编成一书，名《大金吊伐录》，言下之意，是将金军目为正义之师。但在宋人看来，这自然是一场入侵，在其眼中，金人是反复无常、狼子野心，旧盟未冷，大军已至。

历史的大变局下，千头万绪，一时难以尽述，让我们说回艮岳的结局。靖康元年（1126年），汴京被金军围困。城中的十二个城门，有十一个都遭受了金军的火攻。宋军也对金军的围栏采取了火攻，同时双方都使用了石炮。由于作弹药的石头不够，闰十一月初八，徽宗允许军民去艮岳取石头，以充弹药。艮岳的太湖石，昔日以千金之费长途运送至此，有的甚至被徽宗赐以"磐固侯"这样的"爵位"（见方勺《泊宅编》、赵彦卫《云麓漫钞》等），但如今皮之不存，毛将焉附，它在危难下的唯一价值，就是回归石头的"本分"，成为守军的弹药。明人李濂所著的《汴京遗迹志》对艮岳之废记述道：

及金人再至，围城日久，钦宗命取山禽水鸟十余万，尽投之汴河，听其所之，拆屋为薪，凿石为炮，伐竹为篦篱，又取大鹿数千头，悉杀之。

昔日，"奇花、异卉、怪石悉聚于山，穷奢极侈，冠映今古"（丁特起《靖康纪闻》），今日在战火之下，它们都成了反讽，也注定难以在干戈中独存。徽宗倾力兴之，钦宗愤而毁之，当艮岳的来龙去脉落入眼中时，人们怎能不五味杂陈呢？宋人丁特起的《靖康纪闻》，就曾就此发出感叹：

（艮岳）旧在禁中，今年秋，屏园囿之观，毁撤垣墙，许庶民居止，由是士民皆得游览。其间山川台榭，不可纪极，奇石森列，悉有名号。如玉京独秀、太平岩、卿云万态、奇峰、紫盖、飞来峰、伏龙走虎之类，尤为特绝。又有松阴、竹径、花圃、石洞、村居、酒肆，莫知其数。戒严日久，殊乏樵苏，有旨许军民入山采斫，楼台阁榭，一朝撤去。中有一绛霄楼，金碧间错，势极高峻，如在云表，尽工艺之巧，无以出此。且闻即天神每降格处也。自军民毁撤，不逾时殆尽，遂成丘墟矣。

艮岳之精美，见者赞叹；艮岳之兴废，识者喟然。万乘之国，也难有千秋万载；天工之巧，亦难当铁马狼烟。丁特起还说，此地初名"万岁山"，后改名艮岳、寿岳，是期待与天地一般长久，但实际上它落成仅五年就被毁弃，这怎能不让人感叹呢？

宋人张淏怀着和丁特起相似的感怀，撰写了《艮岳记》一文。其文"首叙朱勔扰民之事，又称越十年，金人南侵，台榭宫室，悉皆拆毁，官不能禁"（《四库全书总目提要》），再录徽宗御制《艮岳记》与宋僧祖秀所作《华阳宫记》于后。徽宗御制《艮岳记》之文意，全在叙述艮岳之规模，颂赞其佳妙，而祖秀的《华阳宫记》作于靖康之变后，自然饱含沧桑之感，在文章的末段，祖秀简述了他所见的艮岳的结局。当艮岳在战火中开禁，士民涌入之时，那已经是它留在历史上的最后一抹倩影，其时他所见，是"大雪新霁，丘壑林塘，杰若画本，凡天下之美，古今之胜在焉"，这时他真心感叹艮岳实在是天地间的杰构，但是次年春，靖康之变已生，"复游华阳宫，而尽废之矣"。

《艮岳记》不长，且主体是他人之文，不过它的价值，不在其文辞，而在其安排。首叙朱勔之事，是暗示艮岳固然美轮美奂，但它集庶民之血泪，必难长久；次录徽宗御制《艮岳记》，以见艮岳之盛，而呈现徽宗当时的志得意满，自然让已经明了艮岳之废、北宋之亡结局的人心生感慨；再录祖秀《华阳宫记》，则是借他人酒杯，浇自己块垒，如《四库全书总目提要》所说，张淏作此文的用意，与祖秀文意相近。《艮岳记》一文，很容易让人联想起清人孔尚任的剧作《桃花扇》中的名曲《哀江南》，《哀江南》出自第四十出《余韵》，该出是写明代遗民苏昆生、柳敬亭等人对国破家亡的沧桑之变发出的悲慨。其《离亭宴带歇指煞》云：

> 俺曾见金陵玉殿莺啼晓，秦淮水榭花开早，谁知道容易冰消。眼看他起朱楼，眼看他宴宾客，眼看他楼塌了。这青苔碧瓦堆，俺曾睡风流觉，将五十年兴亡看饱。那乌衣巷不姓王，莫愁湖鬼夜哭，凤凰台栖枭鸟。残山梦最真，旧境丢难掉，不信这舆图换稿。诌一套《哀江南》，放悲声唱到老。

前有周大夫见故国倾覆、故宫禾黍，作《黍离》之歌[①]，后有孔尚任感南明史事，作《哀江南》之曲。而张淏的《艮岳记》，也同样是观览过朱楼玉殿、闻见过莺啼花开的人，为骤然灭亡的故国所作的一篇悲悼之文。可叹的是，事过后人们纵有万语千言，而当局者们却总是冥顽难悟。当年艮岳落成，臣子们作诗献赞，其中李质有

---

① 《诗经·王风·黍离》："彼黍离离，彼稷之苗。行迈靡靡，中心摇摇。知我者谓我心忧，不知我者谓我何求。悠悠苍天，此何人哉？彼黍离离，彼稷之穗。行迈靡靡，中心如醉。知我者谓我心忧，不知我者谓我何求。悠悠苍天，此何人哉？彼黍离离，彼稷之实。行迈靡靡，中心如噎。知我者谓我心忧，不知我者谓我何求。悠悠苍天，此何人哉？"

诗云："势连坤轴近乾冈，地首东维镇八方。江不风波山不险，子孙千亿寿无疆。"值得注意的是三四句，他说艮岳是标举宋朝与天地相久长的皇家园林，宋朝定然从此无忧无险、国祚绵长，徽宗定然多子多孙、万寿无疆。这是北宋君臣最后的自我陶醉，国破君辱，只在三五年后。所以宋末元初诗人尹廷高的《靖康北狩》诗正是由此立意："舟楫江南方运石，兵车漠北又通金。唤回艮岳游仙梦，五国城中夜雪深。"首句言运送花石纲之舟，次句言联络金国之车，这一"舟"一"车"所代指之事，都是徽宗的昏政败绩。三四句说金人的入侵打破了他艮岳游仙的美梦，余生的岁月，他只能在五国城的大雪中，带着愧悔，度过茫茫长夜。

## 04 《宋俘记》与《北狩行录》：镜子的正反面

徽宗为人所讽之事，除金人入侵前的施政无序外，还有金人入侵后他的禅位之举。

中国古代的皇位继承，大多数的情况是父死子继，当然也有少数是像哲宗那样没有子嗣，便酌情议定其他合适的继承人。但是不管怎样，皇帝一般是"终身职业"，因为一来制度允许，二来就人性而言，不愿意放弃这至高的权力又是常情，所以自然就"不死不休"。禅位的皇帝当然也有，但情况往往比较特殊。如汉献帝，是被迫禅位给曹丕；又如清高宗乾隆，以不愿超越祖父在位时间为由禅位给儿子，但实际上在成为太上皇之后，依然大权在握。

徽宗的禅位与以上两种情况自然不同。宣和七年（1125 年）

冬，童贯将金军入侵的消息呈报给徽宗。此前，他已经派使臣去见了粘罕，使臣回来以后说，金国要求宋朝割让河东、河北，以黄河为宋、金之界。很快，太原以北的领土陷于敌手，由于形势紧急，徽宗下诏呼吁河北、燕京地区的民众参与防御。

正是在这场倏然而至的危机下，君臣们开始讨论禅位的事。与这个方案配套的计划是：太子成为新君后留守汴京，而徽宗率部分臣子在离前线更远、更安全的地方建立另一个政治中心。这个计划的提出，无疑有吸取安史之乱教训的因素，毕竟，唐玄宗的"幸蜀"使得唐朝免于京城失陷后立即亡国的噩运，而长安最终也被收复。再者太子赵桓现已二十六岁，成为太子已经十年，至少在理论上应该具备了统御天下的心智。

徽宗考虑禅位或许还有一个原因，就是此时民怨不小，物议纷纷，他继续在位，对目前最重要的抗金一事并无帮助。退位于国家自然有益，于他自己也并不是绝路，但如果国家亡了，就诸事皆空了。宣和七年（1125年）十二月二十日，徽宗任命太子赵桓为开封牧。接着，他在宇文虚中的建议下发布了罪己诏，说自己在位的二十多年中，虽然于本心是想尽职尽责，但实际上犯了很多错误（"虽兢业存于中心，而过愆形于天下"）：错误一，闭塞言路，导致阿谀谄媚之风甚嚣尘上（"言路壅蔽，导谀日闻"）；错误二，错信佞臣、贪官，还任由他们结党营私，残害贤臣（"恩倖持权，贪饕得志。搢绅贤能，陷于党籍"）；错误三，竭尽民力，冗军疲卒（"赋敛竭生民之财，戍役困军伍之力"）；错误四，行事奢靡，空耗国力（"多作无益，侈靡成风"）。而且，自己后知后觉，对上天以天灾相示、民众怀怨恨已久都懵然不觉，现在说起这些过错，"悔之何及"！当然，在把自己痛骂一番后，他还是表达了对臣民的期望："望四海勤王之师，宣二边御敌之略，永念累圣仁厚之德，涵养天下百年之余。"希望各地军队奋勇抵抗，有才之士为国效力，同心解除当下的危机，让宋朝的国祚得以绵延。接着，徽宗下诏让太子赵桓继位。

赵桓刚闻诏时，哭泣着坚决推辞，徽宗说如果不受命就是不孝，他回应父亲道，接受此诏才是不孝。徽宗召来皇后一同劝说他，皇后劝说道："皇上年纪大了，我们就把身家性命都托付给你了。"赵桓依然坚辞不受，但徽宗命令数位内侍扶着他即刻前往福宁殿即位，赵桓挣扎着不肯走，内侍们使出了九牛二虎之力，而他也拼命以力相抗，由于场面过于激烈，他甚至一度晕了过去。等他醒来之后，还是被内侍们架到了福宁殿的西庑房，等在这里的宰臣们向他道贺，众人拥着他来到福宁殿正殿，他还是不肯即位，双方僵持到日薄西山，最后他才终于即位了[①]，是为钦宗，徽宗则加了"教主道君太上皇帝"的尊号。

虽然古时受禅的惯例确实是固辞再三，但钦宗的几番辞拒，却明显不是做表面功夫，而是心知此时帝位已成了烫手山芋，担心自己收拾不了烂摊子。从他这时的反应，也能看出当时举国上下都对当前局面持悲观态度。

---

[①] 见《续资治通鉴长编拾补》："皇太子至榻前恸哭不受命，童贯及李邦彦以御衣衣太子，举体自扑不敢受。上皇又左书曰：'汝不受，则不孝矣。'太子曰：'臣若受之，是不孝矣。'上皇又书令召皇后，皇后至，谕太子曰：'官家老矣，吾夫妇欲以身托汝也。'太子犹力辞，上皇乃命内侍扶拥就福宁殿即位，太子固不肯行，内侍扶拥甚力，太子与力争，几至气绝。既苏，又前拥至福宁殿西庑下，宰执迎贺，遂拥至福宁殿，太子犹未肯即位。时召百官班垂拱殿，已集，日薄晚，时众议不候。上即位。"

次年（1126年）正月初一，钦宗改元靖康。正月初二，钦宗宣布徽宗将要离京前往亳州（在今安徽省）的老子庙进香。两天后，徽宗率领皇后、大部分子女、童贯、蔡攸、朱勔等大臣及侍从们启程。从大部分皇子皇女随行这一细节就可看出，这显然并不是去进香，而是像之前所议的一样，要在东南建立新的政治中心，防止金军真的攻破汴京后国家沦亡。

徽宗等人离京三天后，金军兵临汴京。此时他们尚未打算灭宋，所以当宋朝提出用财物议和的方案后，金国就开始和他们就具体的数额进行谈判，当然这个数额是远远超过之前的岁币之数的。到了正月二十日，宋朝已经献出了三十多万两黄金、一千二百万两白银，正月二十六日，又献了五十万两黄金、八百万两白银。第三次进献是在二月初十。二月十一日，金军离开了汴京。

徽宗已经到达东南，但与此同时，钦宗身边的大臣们提醒他，徽宗移驾东南之事可能存在风险，这种风险不是指军事上的，而是担心两权并立可能导致不安定的局面。所以在一番政治博弈之后，徽宗被迫在四月回到了汴京，住进龙德宫。此后，徽宗、钦宗的关系变得比较微妙。很快，徽宗信任、重用过的蔡京、王黼、王安中、朱勔、李邦彦、吴敏等人或被免职，或被贬谪。最终，童贯、赵良嗣、蔡攸、蔡絛、朱勔等人被赐死。

徽宗回京的半年内，钦宗很少与他见面。十月十日是徽宗生日，钦宗前往龙德宫为其祝寿，徽宗满饮一杯酒后，又斟了一杯请钦宗喝，钦宗身边的大臣马上踩了他一脚，暗示他这杯酒不知有没有毒，还是不喝为好，于是钦宗坚决推辞，随即便离开了。钦宗走后，徽宗伤心得哭出声来①。也许是伤心父子离心，也许是伤心大权已失。

撤离汴京的金军并未回朝，而是转而进攻其他的战略要地。十一月二十五日，金军再度到达汴京城下。此时满朝文武都已经陷入慌乱，甚至还出现了这样的荒唐事：殿前指挥使王宗濋推荐了拱圣副都头郭京，郭京自称能"掷豆为兵"，还能隐身，说需要用七千七百七十七名士兵，临敌的时候就能召唤神兵破敌②。闰十一月二十五日，朝廷真的派郭京率兵出战，结果当然一败涂地，汴京外城被攻破，这时正好是金军二次围困汴京的一个月后。金军从烧毁的城墙攻入后，宋军溃逃踩踏，"死者以千万计"（丁特起《靖康纪闻》）。金军入城后，便开始烧杀掳掠。

败局已定，宋朝目前所想的是如何尽量保全宗社。闰十一月三十日，钦宗去金营见斡离不（金将完颜宗望，系完颜阿骨打次子）和粘罕，在金营三日后被放归。在这次会面中，粘罕强调金国意不在灭宋，他说："天生华夷自有分域，中国岂吾所据，况天人之心未厌赵氏，使他豪杰四起，中原亦非我有，但欲以大河为界，仍许宋朝用大金正朔。"（《三朝北盟会编》）意思是他们未将占领宋地作为出兵的目的，因为他们已满足于自己的疆域，而宋朝也还未全失民心，所以想要以黄河为界各有天下，同时要求宋朝用金的历法，即金为主，宋为臣。但金人所欲，真的如其所言吗？当宋朝方面想将

---

① 见《三朝北盟会编》："至是，天宁节诣龙德宫上寿，上皇满饮，乃复斟一杯以劝上，而大臣有蹑上之足者，上坚辞不敢饮而退，上皇号哭入宫。翌日，置黄榜于龙德宫前，捕间谍两宫语言者，赏钱三千贯，白身补承信郎。自是两宫之情不通矣。"
② 见《三朝北盟会编》："郭京言可以掷豆为兵，且能隐形。今用六甲正兵，得七千七百七十七人，可以破敌。临敌正兵不动，神兵为用，所向无前。殿帅王宗濋骄慢无识，闻而异之，荐京可以成大功。"

一些财物献给粘罕时，他说，"城既破，一人一物，皆吾有也"，拒绝接受。不难看出，他已将整个汴京视为囊中之物了。

接下来，金军忠实地践行着"一人一物，皆吾有也"的理念。他们向宋朝提出了天价的赔款赔物要求——绢一千万匹、金一百万锭（一锭为五十两）、银五百万锭（据《靖康要录》）。不仅如此，搜刮和劫掠的范围几乎涉及所有领域：他们索要了万匹骏马；打开了国库抢走库银；索要文献图书并从国子监抢走了一批书。"要求提供全套的卤簿仪仗，以及九鼎、大晟乐使用的钟和其他乐器、嫔妃的车辂、书籍印版（包括佛经和道经的印版）、地图、图表和各种图册。金军统帅还经常要求各类专业工匠或技术官，如医官、教坊乐工、司天台官吏、兵器匠、竹瓦泥匠、后苑园丁、玉匠、内臣、画匠、街市弟子、学士院待诏、僧人等。从皇宫抢走的物品清单也非常惊人：两万五千件古代铜器，一千辆牛车，一千把遮凉伞，两万八千七百颗御用灵宝丹，一百万斤丝线，以及一千八百匹河北缍丝"（伊沛霞《宋徽宗》）。

形势持续恶化。正月初十，钦宗在金军的要求下再度前往金营，此次金人没有像第一次一样让他停留几天就回去，而是将他羁押，以此索取更多财物。正月二十二日，金国提出的条件是太子、康王等人须作为人质北上，此外他们要求宋朝献上宫廷中全部财物，以及两名公主、八名宗室女子、二千五百名宫女、一千五百名女性乐工、三千名工匠。还要求宋朝每年向金国进贡五百万两银或绢。身在敌营的钦宗在这份协议上签了字。

二月初六，金人将钦宗废为庶人，次日，他们又将徽宗、宫中嫔妃、皇子、公主、内侍、宫女赶出皇宫，并强令徽宗来到金营。

汴京市民这三个月来已经饱受战争的折磨，无论穷富，几乎都被搜刮干净，还时时被死亡的阴影笼罩着。哪怕目前侥幸举家无恙，还是时刻担心着局势走向，忧惧马上要从昔日的太平之民沦为亡国之人。活在愁云惨雾中的他们，此时迎来了开战以来最悲情的时刻，当徽宗乘着竹轿到了南薰门时，城门打开，瓮城中的金军铁骑拥上来控制了他，汴京百姓望着他远去的身影痛哭失声（《三朝北盟会编》："百姓望之皆恸哭。"）。此时的同声一哭，不是哭徽宗是"完美受害者"却无辜受难，而是哭国家已到穷途末路，灾难已经近在眼前。徽宗就算有过荒唐事、糊涂账，但他作为曾经的皇帝、如今的太上皇，毕竟是国体的象征，其身安，代表着社稷安平、天下无事；其身辱，意味着天崩地裂、沧海横流。他们的眼泪，是哭徽宗，也是哭自己；是哭过去的岁月，也是哭来日的大难。

从靖康元年（1126年）冬金军再度兵临汴京，到靖康二年（1127年）春徽宗、钦宗被金军扣押，短短一季，已是星移斗转、沧海桑田。从被围，到城破、被勒索、全城被劫掠、皇帝被扣押、皇帝被废为庶人、太上皇及诸人被赶出皇宫、太上皇被扣押——在这段悲惨的历史中，宋朝的国运如滑坡的山体，其颓势非人力所能阻。皇帝和臣民都身在即将沉没的巨舰中，眼看着水渐渐涌入却无法自救，只能呆立原地，在煎熬中等着扑面的浊浪将自己吞没。

金人擒住二帝及其嫔妃、子女之后，又将抓捕范围进一步扩大，他们抓了好几千名宗室成员，还以《玉牒簶》为名册，到处搜捕漏网之鱼。如想了解宋人被金军俘虏、劫掠的情况，我们可以参看金人可恭所作的《宋俘记》。此书是金人立场，对金国伐宋一事，可恭描述为"大金应天顺人，鞭挞四方，汴宋一役，振古铄今"，以此可见，作者对被俘的宋朝君、臣、民，当然绝无同情。所以，《宋俘记》一书，写得像一部账本，而透过它简略的言辞、冰冷的数字，我们不仅能看到一幅幅浸透着血泪的图景，更能体会到当人类被物化、被不再视为人的时候，将陷入何种悲惨的境地。《宋俘记》根据俘虏的身份，分为"宗室""宫眷""戚里""臣民"四卷，如今只存前两卷。其书开头记载道：

> 天会四年十一月二十五日，既平赵宋，俘其妻孥三千余人，宗室男、妇四千余人，贵戚男、妇五千余人，诸色目三千余人，教坊三千余人，都由开封府列册津送，诸可考索。入寨后丧逸二千人，遣释二千人，仅行万四千人。北行之际，分道分期。逮至燕、云，男十存四，妇十存七。孰存孰亡，曹莫复知。

据此所记，金军一共掳走了皇室、宗室、贵戚及其他各色人等一万八千余人，其后有两千人死去或逃走，两千人被遣送到别处或被释放，剩下的一万四千人被分批押往金国。等到了金国再清点人数，发现男性俘虏还活着的只有最开始的四成，女性俘虏还活着的只有最开始的七成。我们不妨看看第一批俘虏的押送记录：

> 首起：宗室贵戚男丁二千二百余人、妇女三千四百余人，濮王、晋康、平原、和义、永宁四郡王皆预焉，都统阇母押解。天会五年（宋建炎元年）三月二十七日，自青城国相寨起程，四月二十七日抵燕山。存妇女一千九百余人，男丁无考。居甘露寺。六年七月，迁通塞州。十二月，迁韩州，存男、妇九百余人。八年七月，迁咸州，

四郡王别从昏德行。九年十一月，存五百余人，迁上京，编充兵役，婢媪守把宫院。

第一批俘虏近六千人，这批人员的死亡率极高。在被押送到金国的途中，三千四百名女性只剩下一千九百人，男性俘虏情况不详；第二年金人把他们从燕山遣往塞州，后来又迁到韩州，此时总人数只剩下九百多人。两年之后再迁咸州，次年再清点人数，只剩五百多人，可以说是十不存一。

徽宗被编入了第四批，当年三月二十九日启程，五月十三日抵达燕山，七月十日，他与被编入第七批的钦宗相会。三年后，被迁到五国城，在那里度过了他的余生。对于徽宗被俘后的经历，《宋俘记》记录得很简略，仅有时、地、事之大概：

（天会五年）二月初七日入斋宫。三月二十八日，封天水郡王。四起北行，五月十三日抵燕山，馆延寿寺。十月，迁中京，馆相国院。六年八月，迁上京，羁元帅甲第。二十四日，献庙，降今封。十二月，安置韩州。八年七月，流五国城。十三年四月二十一日，亡。

此书用金国系年。其"天会五年"即靖康二年、建炎元年（1127年）。徽宗在当年到达燕山后，又在中京、上京羁押过。天会六年（1128年）十二月，他被安置在韩州（在今辽宁省），在此地居住了两年后，又被迁往更偏远的五国城（在今黑龙江省）。五年后，他去世于五国城。

如此简略的记录，无法让我们了解徽宗在金国的具体情况，也无法了解他的心境。我们不妨参考另一本也涉及这段历史，但立场完全相反的书——《北狩行录》。此书旧题为蔡鞗所作，对此，《四库全书总目提要》曾辨析道：

> 旧本题宋蔡鞗撰。鞗，蔡京之子，尚茂德帝姬，靖康元年从徽宗北行者也[①]。然是书卷末云：北狩未有行纪。太上语王若冲曰：一自北迁，于今八年。所履风俗异事，不为不多。深欲纪录，未得其人。询之蔡鞗，以为学问文采无如卿者，为予记之云云。则是此书为若冲所作。惟是《宋史·艺文志》亦以此书为蔡鞗撰，疑不能明。或鞗述其事，而若冲润色其文欤。

蔡鞗是蔡京之子，也是徽宗的女儿茂德帝姬赵福金的驸马，他在国破之后也为金人所掳，其后一直跟在徽宗的身边。蔡鞗之妻赵福金在国破后被迫嫁给了斡离不，同年六月，斡离不病死，她又被迫嫁给了金国宰相完颜希尹，次年死去。皇帝之女的遭遇都如此悲惨，其余战俘的处境也不难推知。不过说蔡鞗是此书作者并不准确，因为书末记录了成书的原因：徽宗对王若冲说，羁留金国的这八年，所见所闻有很多值得记录的，只是没有找到合适的人选。通过蔡鞗的引荐，知道他学问文采俱佳，所以托他记录下来。而《宋史·艺文志》称作者为蔡鞗，所以《四库全书总目》认为也许是蔡鞗概述徽宗事迹，而王若冲为其润色文辞。

---

① 此处的"靖康元年"应为靖康二年。

无论蔡鞗还是王若冲，都是徽宗的臣子，又随他被押北上、羁留金国。所以无论从政治立场上，还是从心理上、情感上来说，他们的记叙定然带有滤镜。先说书名，"北狩"是宋人对徽宗、钦宗被俘一事通用的文饰之辞，因为直接说皇帝被俘，听起来很不体面，所以婉言道他们是去北方狩猎。被俘是被动的、狼狈的，狩猎却是主动的、意兴豪迈的，文辞的转换间，颇能见出使用者的心理。

再看书中内容。"书中多谀颂徽宗之词，在当时臣子之言自不得不尔，未足为异"（《四库全书总目提要》）。对任何一本书而言，立场都是隐于文字之后的至关重要的因素，它会直接影响其书的文本呈现效果。《宋俘记》直呼徽宗为"昏德公"，呼钦宗为"重昏侯"，这自然符合作者的立场，而以这两个金国所封的侮辱性爵位相称，则将他们昔日身份的神圣性完全解构。《北狩行录》则称徽宗为"太上皇""太上"，言辞之间不失旧日之恭敬。不过将文辞的恭谨与主角之落魄潦倒合看，让人不免唏嘘。

《宋俘记》中还记录了一件重要的事：随徽宗到金国的嫔妃，有郑皇后、乔贵妃、崔淑妃、王贵妃、韦贤妃等五人，该书称为"妻"，此外侍奉徽宗者，还有身份较低者三十一人，该书称为"妾"。而徽宗在金国，又生了六个儿子、八个女儿。身为亡国之君，羁绁入敌国，还妻妾成群、繁育子女，这也是后人指摘徽宗的一端。不过，如果因此觉得徽宗作为俘虏依然有昔日的尊崇和体面，则与事实不符。《宋俘记》中有一句不容忽视的话："别有子女五人，具六年春生，非昏德胤。"说的是徽宗的妻妾们还生了五名子女，这五人都是在天会六年春天出生，且都不是徽宗的子嗣。在这句冷静的叙述下，隐约可见的是一场乱世常见的悲剧：这些女性中，有五位在被押送往金国的途中，被金军贵官、将领强奸而受孕，而实际被奸污者，肯定远远不止这五人。昔日皇帝的妻妾都如此，其他地位较低的女性的境遇，简直让人不忍细思。

如果说在《宋俘记》中徽宗是个丑角，那么在《北狩行录》的描述中，徽宗在金国的境况则令人有些同情。作者说，徽宗"天资好学"，博览群书，文才杰出，即使如今遭遇绝境，还是没有改变对书籍的喜好。他曾在北行途中对臣子们说："北狩以来，无书可阅。"有一次听到有人挑担卖书，便拿出衣服来交换。以衣易书这个细节，把徽宗好读书的秉性和落魄的情状都表现了出来。《北狩行录》记载，徽宗在金期间，依然未失诗人风范，儿子们来向他请安时，他还常常出一些诗句让他们来对下联。有一次他出了一句"方当月白风清夜"，郓王赵楷对了一句"正是霜高木落时"；他又出了一句"落花满地春光晚"，莘王赵植对了一句"芳草连云暮色深"。

徽宗喜欢诗书是真，但读书时若抱成见，则未必能增长见识。王若冲记录了这样一件事：在韩州时，徽宗身边的宗室、臣下衣食不全，徽宗十分体恤，遂向金国乞赐衣物，金国便给了一些绢。徽宗自己手头的绢也不多，但有一次看到有人卖《王安石日录》，很是欣喜，便用十匹绢换了这本书。《北狩行录》写此事是为了赞扬徽宗对父亲神宗的遗志未尝忘怀，但《四库全书总目提要》则说徽宗、蔡儵君臣"坚护绍述之局[①]，至败亡而不变，为可恨耳"，意思是说北宋的灭亡，近因在联金灭辽，远因在熙宁变法、新旧党争，而徽宗

---

[①] "绍述"指对神宗所实行的新法的继承。熙宁、元丰年间，在神宗的支持下，王安石推行新法。神宗死后，因继位的哲宗年幼，太皇太后高氏主政，废除了新法。八年后，太皇太后去世，哲宗亲政，第二年改元绍圣，意思是绍述熙宁、元丰的新法。

亡国之后仍然以绍述新法为荣,可恨可叹。

据《靖康纪闻》记载:"金人自陷城后,征求不一,罄府库,竭帑藏,至取乘舆服御宫嫔等物,上在军中未尝动色,惟索及三馆书籍,上喟然嗟叹久之。"说徽宗多次听说金军劫掠的消息,但他不动声色,直到听说金军劫掠图书典籍,他喟然长叹,其意难平。徽宗此前"未尝动色"其实并不是没心没肺、对此国耻没有知觉,而是耻辱过甚,反而有些麻木了。听说对方要劫掠典籍而嗟叹,是因为他对文化、艺术十分热爱,对图书、经籍极其珍视,因而此事再次唤起了他心中深藏的无力感、耻辱感。不过,换一个角度来说,作为曾经的国君,不护其土,不恤其民,而在失职之后空惜其物,这自然很难不落人口实。

宋俘在金国的处境普遍很悲惨,女性俘虏尤然。徽宗、钦宗的处境相对较好,至少没有口腹之忧,也不必担心受到身体上的侵犯。但是,人格上的不能自立、精神上的空虚痛苦却是难以避免的。可以想见,徽宗此时定有因人生无常、往事难追而生的痛苦,有对昔盛今衰的无奈叹息,也有对故国故宫难以淡去的思念。那么,他心中有没有因自觉误国负民而生的愧悔呢?

一方面,徽宗曾不止一次表达过,宋朝的败亡,是天时不与、人力难为。在为金军所胁,被迫入金营时,他见到了早先羁留在此的钦宗。父子二人都知大势已去,一见之下抱头痛哭,徽宗对钦宗说:"天之所废,吾其如天何!"这是失败者的自我安慰,或者也可以说,这是顽愚者的至死不悟。

另一方面,在汴京被金军占领、宗社之倾覆已不可挽回时,徽宗又曾不止一次表示,希望金军将罪责归于他一人,放过钦宗等人。

在被迫入金营之后，徽宗曾写了一封信呈给金人，其中提到，自己愿为宋朝"背盟"的事情担负一切责任，"某愿以身代嗣子，远朝阙庭，却令男某等，乞一广南烟瘴小郡，以奉祖宗遗祀，终其天年。某即甘斧钺"（曹勋《北狩见闻录》）。意思是说，要杀要剐，处置他一人即可，只希望金国能开恩让钦宗及其兄弟留在汉地，哪怕在南方偏僻的小城让他们安身也可以，使其能奉祀祖先，了此残生。后来在被俘北上的途中，他再一次向斡离不提出这个请求，说自己才是金国真正要问罪的对象，"非将相之过，实某罪在天"，希望只处置他一人，"愿不及他人"。斡离不当时不置可否，把话题转移到别的事情上，后来就不再接见徽宗，自然也不会答应他的请求。

所以徽宗的愧悔，可以说有，也可以说没有。他愧在国家在自己的眼前倾覆，自己和子嗣都成为俘虏，使得宗庙毁弃，魑魅横行。作为君主、父亲，他希望能以一己之身，换得子嗣更多的自由。我们不必怀疑这种请求中的真诚，不过可惜的是，他依然没有认识到导致他落入这种局面的不是上天，而是二十五年中他为君的种种不德、不智之举。

尽管后人对徽宗贬多于褒，但当时他从宋入金，各地民众都为他掬过同情之泪、为故国掬过伤怀之泪。他到达真定府时，乘马与斡离不并骑而入，前面有举旗的士卒引路，旗子上写着"太上皇帝"，真定府的居民看到这面旗子，都悲恸哭泣，对这种不加掩饰的情感表达，金人倒是并未计较。到了浚州城，城外有金兵约束百姓，不让他们靠近押送徽宗的队伍，只让卖食物的小贩到队伍附近。徽宗派跟他一起北行的臣子曹勋去买吃食，曹勋拿着二两银子，却没有花出去，因为小贩听说是徽宗派他来买的，马上给了他炊饼、藕菜等物，坚决不收银子。

到了金国之后，徽宗的思乡之情无可纾解，他常常遥望西南，呆立许久，有时和身边的人说起不知祖先陵寝何在，说话间就流下泪来。一到祖先的忌辰，他就茶饭不思，心绪不佳。

从《北狩行录》所记之事来看，徽宗是个温和、大度、富有同情心的人。他"谦虚待下"，对随行的群臣，无论其官职大小，都从不直呼其名；他对属下犯的小错误常能宽宥——读这些文字时，我们应该注意，王若冲的描述，是基于他作为臣属的仰视角度，定然有慑于对方身份的溢美之词，有作为同病相怜者的"感情分"，这些因素所构成的滤镜，是我们不能忽视的。但与此同时，也不必因为徽宗在政治上的失败便认为他不可能具备某些美好的品质。如果把《宋俘记》看作镜子的一面，那么《北狩行录》便可看作镜子的另一面，它们一贬一褒，一冷一热，都展示了徽宗人生的一部分，也都遮蔽了一部分，而把这两面合看，或者有助于我们看到一个更生动的人。

实际上，《北狩行录》的描述中，最真实、最让人触动的，应该是描述徽宗处在失控的人生中，欲挣扎而无力挣扎的那一部分，譬如：

> 金国送到太上皇帝金银等物，见之泣下。谓行在群臣曰："荷天眷命，未忘赵氏，中兴之立继焉。今日信至，可谓幸会。老夫晚年复睹盛际，使我回得一日，足瞑目矣。"

徽宗收到了金国转交的南宋朝廷送来的金银等物，心中感慨万分。他对群臣说："上天眷顾，没有让赵氏走上绝路，而是让我朝能够中兴。如今收到消息，实在幸甚。不料当此衰朽之年，还能看到这样的盛事，如果能让我回去一天，我死也瞑目了。"

回归宋朝的愿望日夜萦绕于徽宗的心中。其实早在天会五年（1127年）的北行途中，徽宗就有所行动。当时他筹划了一番，认为臣子中曹勋既矫健机敏，又深得己心，所以让他悄悄逃走，带信给其子康王赵构，希望赵构能想办法周旋其事。此事机密，当夜徽宗悄悄拆下自己衣服衬布的衣领，在其中写字，让赵构"来救父母"，当然，最后希望还是落空的。如今在金日久，希望愈加渺茫，但这个念头并不会就此止歇。他看到猎人用网捕到的鸟，常常买下来将之放飞山林，并说："禽鸟也是好生恶死的，这一点和人不是一样吗？它们落入罗网中，不是也和我们同病相怜吗？"数年前，当他在初落成的艮岳听着莺啼雀鸣时，想必并无这样的感慨。

## 05　余韵

在皇帝的身份之外，徽宗还是一位造诣极高的画家、书法家。无论是其瘦金体书，还是其工笔花鸟，都能名家传世。他的诗、词或许比他的书、画稍逊，但文人的情怀贯穿着他的一生。以后人观之，文艺的兴趣和造诣，于他的大业并无助益，甚至还有妨害，《宋史·徽宗本纪》就不留情面地说："自古人君玩物而丧志，纵欲而败度，鲜不亡者，徽宗甚焉，故特著以为戒。"而亡国之后，从至尊到俘虏的他，又因为其文人的情怀而显得格外易感、脆弱，其言行令当时北望君父者见之流涕,也被后世厌憎他的人视为其昏懦的证据。

他的悲欢在他亡国之后的诗词中,尤其显得生动而具体,譬如当时他在北行的路上所作的《宴山亭·北行见杏花》:

> 裁剪冰绡,轻叠数重,冷淡燕脂匀注。新样靓妆,艳溢香融,羞杀蕊珠宫女。易得凋零,更多少、无情风雨。愁苦。问院落凄凉,几番春暮。　　凭寄离恨重重,这双燕何曾,会人言语。天遥地远,万水千山,知他故宫何处。怎不思量,除梦里、有时曾去。无据。和梦也、新来不做。

词题说是见杏花有感而作,实则是通过咏杏花来自伤身世。杏花白中透红,花瓣轻柔如冰绡,其风姿能让仙女见之而自惭形秽——开篇数句极言杏花之美,但其着意处并不在此,而是在下面的"易得凋零,更多少、无情风雨"几句。美而易朽的事物,极容易让人体会到人生的无常。此种美好不能长留,而天地间又多有无情的风雨,且时当春暮,杏花盛绽之态,在无情的风雨中、时间的流逝下自然无法久存。杏花者何?在此词中,它就是徽宗对自己人生的隐喻。他曾君临天下,富有四海,也曾以为这繁华富贵会千秋长存,延祚子孙。但西风吹梦,尽成虚空。梦醒之后,又该往何处去呢?

上片是隐喻,下片则用赋法直说,一层一层,说自己的人生已无退路:想要春燕替自己远寄音信,但转念一想,双燕正缠绵旖旎,怎能懂得他痛苦的呻吟,又怎会有闲暇替他传信?想要远望故宫的方向,但现在渐行渐远,万水千山相隔,如何能看到一角亭台?想要去夜梦中追寻片刻的幻境，哪怕"一晌贪欢"也好，可是最近愁绪太重，做不了梦，甚至入不了眠。如此一来，连沉溺梦境，也是奢求了。

人生的极荣与极辱，徽宗都体验过了。北行途中，有一次口渴难耐，他看到路旁有桑葚树，就让随从摘一些来吃。由此，他回忆起幼时也吃过一次桑葚，但只吃了几枚，就被乳母夺走不让再吃。数十年过去，再吃到时，天地、人生都已经颠倒了。他自嘲道："桑葚还真是跟我有缘分啊。"

他还有一首《眼儿媚》词："玉京曾忆旧繁华。万里帝王家。琼林玉殿，朝喧弦管，暮列笙琶。　花城人去今萧索，春梦绕胡沙。家山何处，忍听羌笛，吹彻梅花。"词的写法很寻常，是用上下片的今昔对比来写人生的无常，但感慨很真实深切。升平岁月中，"琼林玉殿"是他的行在，"朝喧弦管，暮列笙琶"是他的日常，而如今，这"旧繁华"都被羌笛惊破，换作千里胡尘、夜雪龙沙，那曲思乡的《落梅花》，是无论如何不敢听了。此词可以和南唐后主李煜的《破阵子》《虞美人》合读①，无国无家，失去过去、现在和未来的人，其泣涕中自有无限伤心。

李煜《破阵子》词描绘的"最是仓皇辞庙日，教坊犹奏别离歌。垂泪对宫娥"的场景，徽宗也经历过。据曹勋《北狩见闻录》记载，他被押往金国前，也曾"率渊圣（钦宗）、二后、诸王、妃嫔、帝

---

① 李煜《破阵子》："四十年来家国，三千里地山河。凤阁龙楼连霄汉，玉树琼枝作烟萝。几曾识干戈。　一旦归为臣虏，沈腰潘鬓销磨。最是仓皇辞庙日，教坊犹奏别离歌。垂泪对宫娥。"《虞美人》："春花秋月何时了。往事知多少。小楼昨夜又东风。故国不堪回首、月明中。　雕栏玉砌应犹在。只是朱颜改。问君能有几多愁。恰似一江春水、向东流。"

姬、驸马等望城拜城中，辞违宗庙"。当时，他伏地哽咽，气塞胸臆，因过于悲伤而久久不能起身，良久，方被人扶起。身旁的皇室、宗室之人都放声痛哭，声震天地。据金人说，这一天"日色昏惨，风声如号"，如号如泣的风声很久才停歇。

为俘期间，徽宗还曾作过一首《在北题壁》："彻夜西风撼破扉，萧条孤馆一灯微。家山回首三千里，目断天南无雁飞。"此诗的特别之处不在字句、用典或意境，而在它所折射出的心境、它的作者戏剧性的人生。

他盼而不至的大雁，也曾在千里之外的故国苍穹下飞过，在他的臣民的诗中出现过。当他在北地苦熬之时，一位叫郑樵的文人也写过一首与他有关的诗，题为《建炎初秋不得北狩消息作》：

　　昨夜西风到汉军，塞鸿不敢传殷勤。
　　几山衰草连天见，何处悲笳异地闻。
　　犬马有心虽许国，草茅无路可酬君。
　　微臣一缕申胥泪，不落秦庭落暮云。

郑樵是一位关心国事的文人。靖康元年（1126年）金兵犯境之时，郑樵曾经和堂兄郑厚两次联名向枢密院上书，陈述他们的抗金方案，虽然得到掌事的宇文虚中的赏识，但最终未被采用。这对从未谋面的君臣，其诗在遥远的空间里各自吟出，又彼此回应，共同构成了一曲悲歌。西风从胡天吹过，也从汉地吹过；塞雁不肯顾念潦倒的昔日君王，也不肯顾念忧心天下的臣民；徽宗放眼天南，唯见天遥地远，万水千山；郑樵举目北望，只有连天衰草，山川相阻。

对徽宗和他的臣民而言，那些遗憾和痛苦是永远无法弥补的了。而不愿意对徽宗付以同情的人，他们的立场同样值得谅解——天塌地陷的国难中，有过几多血泪、几多绝望，既然千千万万的无辜死难者都泯灭了姓名，凭什么难辞其咎的徽宗反倒被看见、被记住呢？"天地者，万物之逆旅也；光阴者，百代之过客也"，历史的每一个横截面都有过无数的生灭，让凑近细看的人唏嘘不已。但如果将镜头推远、时间拉长，多少悲欢涕泪、荣辱生死，也只不过是寻常而已。

## 第二章

# 揽镜自照与"他"的凝视:
## 古代女性的困境

**"他"与"我"**

——本章关注的是曾留名青史的女性人物:当她们被视为"美女""才女"的时候,真的被世人看见了吗?那落在她们身上的凝视目光,是纯然的欣赏,还是强势的要求呢?

# 杨玉环：
## 长生殿上月，马嵬坡下泥

开元二十三年（735年），唐玄宗为女儿咸宜公主举办了婚礼，十六岁的杨玉环也受邀参加。在婚礼上，她邂逅了咸宜公主的胞弟寿王李瑁，二人一见钟情。婚礼后，寿王恳请母亲武惠妃向玄宗禀报此事，希望父亲能成全这段姻缘。天遂人愿，不久，玄宗下诏册立杨玉环为寿王妃。

有时，美好的开始不一定导向圆满的结局，在命运的无常和人生的荒诞面前，人们往往会感受到自己想象力的匮乏。数年以后，王妃成了皇贵妃。对寿王而言，妻子成了庶母；对玄宗而言，儿媳成了妾室；对大唐臣民而言，一桩本来平平无奇的皇室婚姻，成了一件世人心照不宣的宫闱丑闻。

而对杨玉环而言，这条通往不胜寒的高处的路新奇、险峻，最终也将她带到了未曾预料的死局之中。在邂逅寿王二十一年之后，她从长安走到了马嵬驿，从默默无闻到一身骂名，在享受极致的富贵和荣宠之后，等待她的是一条白绫。

马嵬驿是她生命的终点，却又成了她故事的高潮。在杨玉环身后，她戏剧性的人生、在历史中所扮演的特殊角色，以及最终的悲剧结局都成为后人的关注点。世人为此写下许多诗篇,或哀悯,或咏叹,或斥责,既是在说她的故事,又不仅仅是在说她的故事。

## 01 《长恨歌》中别有意味的虚实交错

在所有描写杨玉环的篇章中,《长恨歌》无疑是最著名的一篇,也是颇具小说家笔法的一篇。

《长恨歌》讲述的李杨故事,大致可以分为三个篇章:玄宗思慕佳人,天生丽质的杨玉环正合他的心意,二人邂逅之后,玄宗对其爱宠万千,以至于失德荒政,朝纲不振;而后,安史乱生,玄宗一行仓皇避难蜀地,途中发生马嵬兵变,玄宗无奈之下将杨玉环赐死,但这成了他终身之憾,之后的漫长岁月里,他都沉浸在悔恨和思念之中;数年后,他不堪思念的煎熬,请道士寻找杨玉环的魂魄,最终竟然真的找到了成仙的她,玄宗遣使者与她一见,而杨玉环也在会面中表达了对玄宗的思念,刻骨的爱恋被生死的隔阂化为"长恨",所谓"天长地久有时尽,此恨绵绵无绝期",故而定诗名为《长恨歌》。

《长恨歌》有大处的重构,也有细节的渲染;有浪漫的想象,也有隐晦的春秋笔法。它所写的故事,是虚实交错、真假参半的,其中"虚""假"部分的存在,当然并非因为白居易不谙史事,而是他出于自己的创作动机匠心独运的结果。

诗歌开篇说"汉皇重色思倾国,御宇多年求不得。杨家有女初长成,养在深闺人未识",仅此四句,就已经改写了李杨故事中最核心的部分，也巧妙地带过了这件宫闱秘事中最难展开的情节。

杨玉环出生于官宦世家，其高祖父杨汪是隋朝的上柱国，曾任尚书左丞等职。隋炀帝杨广被宇文化及杀死后，王世充拥立越王杨侗为国主，自己成为郑国公，而杨汪作为王世充心腹，也被任命为吏部尚书。唐朝建立后，王世充还在一直与唐军相抗，但最终不敌，于唐高宗武德四年（621年）投降，杨汪作为他的同党，为李世民所杀。其父杨玄琰曾担任过蜀州司户。杨玉环出生于玄宗开元七年（719年），生长于蜀州，十岁时，由于父亲去世，被寄养在洛阳的三叔杨玄璬家。

杨玉环天生丽质，教养颇佳，她通音律、善歌舞、工琵琶，此生注定不会埋没于蓬蒿之中。《长恨歌》说她成年之时，恰好是玄宗思慕佳人、遍寻不得之时——其实，这是白居易的"艺术加工"，实际上，杨玉环入宫时，并非"初长成"，也早非"养在深闺人未识"的未嫁女儿。

开元二十五年（736年），武惠妃去世[①]，唐玄宗郁郁寡欢，虽然宫嫔数以千计，但其中并无玄宗可意之人，而接下来，作为寿王妃的杨玉环便进入了玄宗的视野。《旧唐书·后妃列传》称，此时有人上奏道杨玄琰之女杨玉环姿容绝世，可充庭选，玄宗便召其觐见，杨玉环作女道士装扮面圣，玄宗见之大悦，从此杨玉环便以道士身份入宫，宫人呼其为"娘子"，不到一年，玄宗对她的恩遇就已不下于武惠妃。这段记载，于关键之处语焉不详，云山雾罩，明显

---

[①] 《旧唐书·后妃列传》中对于武惠妃的去世时间，有"开元二十五年十二月"和"（开元）二十四年"两种说法，《旧唐书·玄宗本纪》《资治通鉴·唐纪》均称其去世于开元二十五年，故此处取"开元二十五年"之说。

有"为尊者讳"的史家笔法。譬如，杨玉环真的是蒙人推举、奉诏觐见，才被玄宗注意到的吗？此前她身为玄宗的儿媳，二人从未见过面吗？即使是被推举入宫，此时杨玉环已是有夫之妇，这是否符合礼法呢？

总而言之，杨玉环邂逅玄宗时的情形，定然难以真实而体面地被记录下来。此外，李杨二人还有三十四岁的年龄差距，杨玉环入宫为妃时二十七岁，而唐玄宗已经年逾六十。一个是饱经沧桑、坐拥天下佳丽的至尊，一个是风华正茂、一度身份暧昧的新宠，二人之间，真的能有无涉利益的纯情之爱吗？而在这遇合之后，又有多少一人飞升、仙及鸡犬的政治丑闻呢？

白居易说唐玄宗思慕倾国倾城的佳人，但登基多年仍未遂此愿。此处的潜台词是李杨爱情是二人基于内在需求的美好邂逅，一方面，是玄宗思慕"倾国"之人，另一方面，是杨玉环"天生丽质难自弃"，所以后来二人一相遇就恋情似火、两心相许。

其实，唐玄宗宫掖充盈，据《新唐书》所载，其宫嫔人数为唐代诸帝之冠。开元年间，他在皇后之下列惠妃、丽妃、华妃等三妃子，为正一品，又置正二品芳仪六人，正三品美人四人，正四品才人七人，正五品尚宫、尚仪、尚服各二人。而寿王李瑁的生母武惠妃，在杨玉环入宫前也曾宠冠六宫、备受恩遇，所享礼制，接近皇后。所以"御宇多年求不得"一句，是诗人运用小说家笔法有意进行的加工，并不能视作历史的真实。

在玄宗和杨玉环的关系中，玄宗是绝对的强势方、主动方。那么，杨玉环是否就纯然是被动地接受命运的安排呢？她禀有怎样的性情，具有怎样的魅力，为何能让玄宗甘冒天下之大不韪纳她入宫呢？

　　史载，杨玉环不仅国色天香、能歌善舞，而且聪颖明慧、善察人意。《旧唐书》用"智算过人"四字形容杨玉环，《新唐书》则说她"智算警颖，迎意辄悟"，都是说她聪颖机警，善于逢迎，久而久之，玄宗对她可谓言听计从。当然，这自然不是褒奖之辞——按照君臣父子各就其位、各安其分的伦理要求，后妃的本分就是安顺和婉，但这"和婉"只要能让君王心悦就好，不应该具有目的性。而杨玉环后来所受的逾格恩遇，以及随之而来的政治乱局，也说明杨玉环的"智算过人"未必是什么好事，陈鸿的《长恨歌传》说她"盖才智明慧，善巧便佞，先意希旨，有不可形容者"，更是有明显的批评之意。

　　杨玉环入宫之后十分受宠，白居易在描写杨玉环的专房之宠时，着重描写了"赐浴华清池"这一场景，这既有史可依，又加入了作者的剪裁创造。

　　华清池，又名华清宫、骊山宫，背倚骊山，下临渭水，规模宏大，建筑壮丽。它始建于唐初，盛于玄宗朝，以温泉为中心，又有青松翠柏、荔枝园、芙蓉园、梨园、椒园、东花园等分布其间，外有宫城、缭墙。在杨贵妃未入宫之前，玄宗也曾多次游幸华清池，他常于十月至华清宫，驻跸到岁暮方还长安。根据《新唐书》的记载，开元十一年（723年）、十五年（727年）、十六年（728年）、十七年（729年）、十八年（730年）、二十一年（733年）等年份，玄宗都曾去过。据《临潼县志》载：在唐玄宗当政的四十多年间，他先后出游华清宫三十六次。而在天宝四年（745年）封杨玉环为贵妃之后，史书并未特别点出玄宗有温泉赐浴的恩典。

其实，杨玉环沐浴华清池并非"新承恩泽"之时，被"赐浴"的也不单是她一人。根据《旧唐书·后妃列传》记载，天宝五载（746年）之后，杨玉环受宠隆甚，恩及家人，自此，玄宗每年十月游幸华清宫时，必让杨玉环的族兄杨国忠、大姐、三姐、八姐、堂兄杨铦、杨锜等六人及其家属从行。皇帝逾礼施恩，而杨国忠等人也恃宠而骄，不知高低。他们出行时，每家为一队，每队穿一种颜色的衣服，五队①人共行时，五光十色，如百花焕彩，女眷珠翠满头，香泽满路。

白居易说"春寒赐浴华清池，温泉水滑洗凝脂"是在史实的基础上将场景具体化、戏剧化。上句说，在春寒料峭之时，玄宗特下恩旨，赐浴杨玉环于华清宫，下句借细节勾勒，留给读者极大的想象空间："凝脂"典出《诗经·卫风·硕人》"肤如凝脂"，杨玉环的肌肤光洁如凝脂，而温泉之水暖而滑润，一则美人之肤得温泉之水相润，更增娇艳；二则嫔妃赐浴温泉宫，无疑是深受恩泽的表现；三则明写沐浴，暗写侍寝，以引出下文。

在唐朝的帝王中，唐玄宗的嫔妃人数是首屈一指的，但是自从杨玉环入宫，玄宗的恩宠确实都集中在了杨玉环的身上。"三千宠爱在一身"是否夸张？唐代郑处诲所作的《明皇杂录》记录了这样一个故事：据说在杨玉环入宫之前，宫中的嫔妃常常以金钱相赌，侍寝多的人就获胜，但是自杨玉环入宫之后，这个游戏就终结了。那么，杨玉环受宠到了什么程度呢？让我们来看一件小事。

《旧唐书·后妃列传》中记载了这样一件事情：天宝五年（746

---

① 此处名为五队，实则六人，杨国忠因与杨玉环三姐虢国夫人有私，"不避雄狐之刺"，与虢国夫人"联镳方驾，不施帷幔"。

年)七月,杨玉环因为犯错惹怒了玄宗,被玄宗送到了其堂兄杨铦的宅邸中。作为后妃被遣送出宫,虽然没有明旨发落,也绝非小事。如果是一般不受宠的嫔妃,这种情形也往往就预示着悲惨的结局了。那么,玄宗和杨玉环的这次"夫妻不和",是如何收场的呢?

早上,杨玉环被送走,到了中午,玄宗就因为挂念她而茶饭不思、精神不振。高力士察言观色,知道玄宗放心不下贵妃,便请求将她宫内的居室陈设、玩赏器物、各类生活用品清点打包,用马车运去杨宅,以免她居处不便,玄宗欣然允准,这一送,就送了上百车的物品。其后,唐玄宗又命人将御膳送去。即便如此,玄宗还是因悬心焦躁而迁怒左右侍从,当日,但凡有点小事不称心,他就勃然大怒,打太监、骂宫女。见此情形,高力士心知"解铃还须系铃人",所以又伏地奏请去迎接贵妃回宫,玄宗立即允准。此时夜色已深,宫门、坊门皆已关闭,按照礼制,无大事不得在下钥之后开门,但玄宗毅然破例,命大开兴安里之门,迎接贵妃回宫。

皇帝给足了台阶,颖悟柔顺如杨玉环,自然知道该采取什么样的姿态。她刚一回宫,就立马伏地请罪,玄宗的心结顿时解开,眉开眼笑,"圣心"甚慰。第二天,心情舒畅的玄宗又命杨玉环的姐姐们进宫欢会,这场宴会持续了一天,昨日被迁怒大骂的内侍们,此日又大受恩赏。

四年之后,类似的情形再一次出现。这次,依然是以杨玉环忤逆玄宗心意,被送归杨家开始。玄宗宠臣、酷吏吉温与宦官关系亲近,熟知内情,他逢迎上意,向玄宗奏道:"虽然贵妃因见识所限,有违圣心,但是她毕竟承恩日久,是圣上的人,哪怕是在宫中将她赐死,也比把她送还本家,让臣民议论纷纷的好啊!"吉温如此奏报,当然不是真想请求玄宗赐死杨玉环,他一是"以退为进",把"赐死"这个最严重的后果说出来,让玄宗直面自己内心的真实感受;二是试图让玄宗召回杨玉环,只要玄宗遣使去杨家,事情就必有转圜的余地。果然,玄宗在听奏之后,就派了张韬光将御膳赐予杨贵妃,这无疑是一个示好的信号。杨玉环接旨后,走到张韬光的身前,一边落泪一边回奏道:"臣妾忤逆圣上的心意,罪该万死。我除了身上的衣服,所有东西都是圣上恩赐的,没有什么好呈送给圣上以表心意的,只有我的头发皮肤是父母赐予的。"说完,用刀削下了一缕头发,嘱咐张韬光带给玄宗。玄宗看着这缕秀发,又惊惶,又伤感,马上服了软,让高力士召杨玉环回宫。

这时的玄宗,已经是年逾花甲之人,但是跟杨玉环闹起矛盾来,似乎还像热恋中的青年,一举一动、所思所想,都牵系在对方的身上。而杨玉环也"以柔克刚",看似落在下风,其实把玄宗的心思拿捏得稳稳当当。玄宗这种"天真""深情"的举动,如果是发生在寻常人身上,可能还颇具喜感,甚至不乏动人之处,但是发生在至尊天子的身上,且他因为一己的情欲喜怒无常、肆意逾制,甚至将恩宠随意施于佞妄之人,这必不是天下万民之福。

九五至尊的玄宗,是怎样表达对杨玉环的宠爱的呢?白居易说,是"金屋妆成娇侍夜,玉楼宴罢醉和春"。"金屋"这一典故,出自《汉武帝故事》一书,书中记载:武帝年幼时,其姑姑长公主指着自己的女儿陈阿娇对他说:"你长大以后,把阿娇嫁给你好不好呢?"他回答道:"我以后如果能娶阿娇,就建一座黄金的屋子让她住。"长公主大喜,就此为二人许下了婚约。阿娇长大后,确实嫁给了汉武帝当皇后。

这段故事出自小说家之笔，未必完全真实，但历来文人常引用这一典故描述有权势的男性豢养自己所爱的女子。之所以说是"豢养"，是因为陈阿娇虽然母仪天下、荣宠一时，最后的结局却是被废。当后人将传说中"金屋藏娇"的起点和史实中幽闭冷宫的终点作对照时，往往不免会感叹这种依附性的关系荣辱无常，且往往容易登高跌重。

爱宠一人，推及家人，是帝王的"特权"，也是玄宗惯常的做法。在杨玉环之前，玄宗曾有数位宠妃，对于她们，玄宗也曾推恩及其家人。比如赵丽妃，因为能歌善舞、容颜美丽，即使出身微贱，依然深受宠爱，开元初，其父亲兄弟都受封为官；又如武惠妃，系杨玉环入宫前最受玄宗爱重的妃子，玄宗除厚待她外，也封她的母亲为郑国夫人，封其弟武忠为国子祭酒、其弟武信为秘书监。

尽管已有先例，但杨玉环家人所受的恩宠之隆盛，依然超乎常人的想象：她的姐姐中，三个才貌双全的都被玄宗封了"国夫人"，大姐被封为韩国夫人，三姐被封为虢国夫人，八姐被封为秦国夫人。她们可以随时出入内宫，权势熏天。杨玉环已去世的父亲杨玄琰被追封为太尉、齐国公，母亲被封为凉国夫人。叔叔杨玄珪任光禄卿，堂兄杨铦任鸿胪卿，堂兄杨锜任侍御史，且娶了武惠妃之女太华公主，玄宗赐给太华公主夫妇的宅邸甚至与皇宫相连。

韩国夫人、虢国夫人、秦国夫人、杨铦、杨锜这五家人也经常滥用权势，但凡他们要以权谋私，行裙带关系之事，各级官员都大力逢迎，面对他们的请托如蒙圣命。唐人郑处诲的《明皇杂录》称，杨氏姐妹平日极奢靡，她们有一架以黄金、翠玉装饰的牛车，整辆车价值超过十万贯。由于装饰的珠玉过于沉重，牛都牵引不动，所以杨氏姐妹又竞购名马，配以黄金的辔头、锦绣的障泥。杨国忠的子侄们也极尽奢华，春天郊游之时，他们在大型马车上设置彩色绸缎，车载十余名歌妓，一时长安豪族纷纷效仿。

杨家的权倾天下，还可以从一些旁证中看出。据《新唐书》记载，杨玉环的众位姐姐入宫上殿时，玄宗的妹妹持盈公主都要起身迎候，不敢就座；玄宗的女儿建平公主、信成公主与杨家人发生了争端纠纷，玄宗震怒，将赐给二位公主的器物追回以示惩戒，信成公主的丈夫、驸马独孤明也因此被罢官。杨家此时的骄横跋扈、违礼逾制，自然也为他年之祸埋下了种子。

杨玉环为何能专宠多年？除了相貌出众、性情机敏，还有一个重要的原因：她与玄宗有共同的志趣、爱好，亦有可堪与玄宗匹敌的才华。

玄宗是一位颇具文艺才华的皇帝，甚至可以说是一位有精深造诣的音乐家。他能用多种乐器演奏，如琵琶、横笛等，尤其擅长羯鼓的演奏。理政之暇，他从宫廷乐工中选拔了三百人，亲自教他们乐器。在他们合奏之时，如果有人演奏失误，玄宗立马就能发觉错从何出，并予以纠正。这三百乐工被称为"皇帝弟子"，又因他们的乐苑被设置在宫中的梨园，故又称"梨园弟子"。他还亲自谱曲四十多首，其中《还京乐》《夜半乐》等曲子是即位前为纪念他所主持的诛杀韦、武朋党集团的宫廷政变而作。即位之后，他又创作和改编了歌颂开元升平之世的曲子，如《圣寿乐》《小破阵乐》《光圣乐》《文成乐》等。唐人南卓《羯鼓录》曾说他"洞晓音律，由之天纵，凡是丝管，必造其妙。若制作诸曲，随意即成，不立章度，取适短长，应指散声，皆中点拍"。《开元天宝遗事》的记载更是离奇——

有一年初春，正是积雨初晴，景色明丽，宫中的柳树、杏树新芽将绽，玄宗见此美景，感叹道："如此好景，怎能不沉醉其间呢！"左右侍从随即备下美酒，只有高力士独得圣心，命人取来羯鼓，此举颇中玄宗怀抱，他随即即兴奏一新曲《春光好》，颇为自适。神奇的是，之前还含芽未吐的柳树和杏树，都生出了新叶，玄宗开怀大笑，对宫女太监说："从这些树的变化来看，我真是有老天爷的神通呀！"玄宗还谱制了一支名为《秋风高》的曲子，往往在秋高气爽的时候演奏，演奏之时，似乎能引来远方的微风，庭中的树叶也纷纷落下——这两个故事固然有小说的色彩，但剥去传奇的外衣，也不难看出玄宗乐技的出神入化。

而杨玉环则能歌善舞，通晓音律。她还善于击磬，其技艺比教坊的乐工都要出色，据说玄宗曾命人用蓝田美玉为她制作了一只磬，精美绝伦，见者赞叹。如此看来，二人也称得上志趣相投，所以他们相互吸引，不无精神层面的因素。制曲击磬，本是风雅之事，志同道合，对情侣而言也是美事，但是，二人并非普通的情侣，玄宗是一国之君，举动关乎天下，如果他过度沉溺于自己的兴趣和私人情感之中，而因此使得政事失序，那么再高雅的爱好、再纯粹的爱情，此时也成了祸国的根由。所以，《长恨歌》中的"骊宫高处入青云"，表面上是说华清宫宫阙巍峨，其实是讽刺行宫过于奢华，"仙乐风飘处处闻"表面上是说音乐风雅动人，其实是讽刺玄宗耽溺于与杨玉环游乐而误国。

玄宗对杨玉环的宠爱天下皆知，李白的名作《清平调》也曾写道"名花倾国两相欢，长得君王带笑看"，把杨玉环与唐人最欣赏的花牡丹合写，说君王见之则心旷神怡。而据《开元天宝遗事》的记载，玄宗还曾把杨玉环称为"解语花"——一年秋天，太液池有数朵千叶白莲盛开，玄宗与臣僚贵戚共同赏花，臣下都惊叹此花之美，玄宗一时忘情，指着杨玉环说道："再好的花，又怎么比得上我的这朵解语花呢！"

玄宗从来不掩饰对这朵"解语花"的爱宠。譬如，他出游之时，只要杨玉环随同，给她牵马的必然是玄宗最信任的高力士。各方臣僚也知道讨好杨玉环就能令圣心大悦，所以纷纷搜罗奇珍异宝进献给她，其中岭南节度使张九章、广陵长史王翼所献珍宝独具特色，二人也都因此得以高升。

至于《长恨歌》中所写的李杨二人七夕誓约一事，也有蓝本。据《开元天宝遗事》记载，玄宗与杨贵妃七夕之时多在华清宫游宴，命宫女们将瓜果鲜花、美酒佳肴陈列于庭院中，作为供奉向牵牛星、织女星祈愿。祈愿的内容，是希望岁月美好，常如此夕，还是祝祷此情长久，生死不渝呢？不论是什么，很快，美梦就将醒来。

安史之乱发生后，玄宗本已携杨玉环等人西逃，但是突如其来的马嵬之变，最终使得二人生死隔绝。此事本是李杨故事中最重要的部分，但却被诗人用"六军不发无奈何，宛转蛾眉马前死。花钿委地无人收，翠翘金雀玉搔头。君王掩面救不得，回看血泪相和流"等几句简单带过，因为在诗中，诗人把描绘的重点放在了杨玉环死后。写玄宗对杨玉环的刻骨思念，是生发自现实的描绘；写他派人找寻杨玉环的魂魄且终遂其愿，则是融入了野史、笔记、传说的虚构。

《长恨歌》中，从"归来池苑皆依旧"到"魂魄不曾来入梦"一段，可以看作白居易代玄宗而作的悼亡诗，这段文字，将悼亡的种种心境都描绘得十分到位。"归来池苑皆依旧，太液芙蓉未央柳"，是旧地重游，物是人非；"芙蓉如面柳如眉，对此如何不泪垂"是触景生情，举目皆伤；"春风桃李花开日，秋雨梧桐叶落时"写愁绪绵绵不尽，缕缕不绝；"西宫南苑多秋草，落叶满阶红不扫"写离人徘徊愁境，茕茕独立；"梨园弟子白发新，椒房阿监青娥老"写人生沦落，流光难追；"夕殿萤飞思悄然，孤灯挑尽未成眠"写忧思难眠，感怀无尽；"迟迟钟鼓初长夜，耿耿星河欲曙天"写念念不忘，苦苦煎熬。据《长恨歌传》所写，玄宗对杨玉环的思念，并未随着时间的推移而有所减少，反而在月夜花朝、对良辰美景之时，更加深切："时移事去，乐尽悲来。每至春之日，冬之夜，池莲夏开，宫槐秋落，梨园弟子，玉琯发音，闻《霓裳羽衣》一声，则天颜不怡，左右歔欷。三载一意，其念不衰。"

当人忧愁痛苦时，对于时间，他主观感受到的长度和客观世界真实流逝的长度，往往是不一样的——愁闷之时，时光的流逝往往显得更慢。同时，环境中各种细微的声、光、色的变化，也更容易被注意到。因此，愁闷之人，不仅会觉得时间悠悠无尽，还会觉得一草一木动辄关情，举目皆是伤怀之景。

不过，在这一段中，"夕殿萤飞思悄然，孤灯挑尽未成眠"两句引起了后人的争议。此二句意为暮色降临之后，殿前萤火虫飞舞，玄宗愁绪满怀，难以入眠。就诗歌的艺术表现而言，这两句诗的意境幽然深沉，语句优美动人，但不少评论者认为它所写之事颇为荒诞。如宋人张戒的《岁寒堂诗话》说："'夕殿萤飞思悄然，孤灯挑尽未成眠'，此尤可笑；南内虽凄凉，何至挑孤灯耶？"挑灯，指适时用针、簪等物来挑动油灯的灯芯，以使它保持光亮。张戒认为"挑灯"的描写与玄宗的身份不符，是败笔。邵博的《邵氏闻见录》也对此明确批评，"宁有兴庆宫中，夜不烧蜡油，明皇帝自挑尽者乎？书生之见可笑耳"，认为兴庆宫中应该燃烛而非燃灯。退一步说，哪怕燃灯，玄宗也不可能亲自去挑灯。

我们如何来看待这两句诗及后人的批评意见呢？首先来看现实中唐代宫廷中如何照明。当时燃烛、燃灯皆有，尤以燃烛为主，灯烛皆精巧华丽，令人惊叹。在现存的唐代陵墓壁画中，有不少侍女捧持烛台的形象，而据《明皇杂录》一书记载，玄宗以前在夜晚处理政事时，也是让侍女持烛以照明，可见侍女持烛，确实应该更接近史实。

但是，还有另外一个问题：在我们阅读诗歌时，如何区分生活的真实和艺术的真实呢？李白用"白发三千丈"来形容忧愁深重，并没有让人觉得脱离现实，反而印象深刻；李贺用"昆山玉碎凤凰叫，芙蓉泣露香兰笑"来描写高明的乐技，读者也并不会因为凤凰是想象中的灵鸟、芙蓉和兰没有喜怒哀乐而责怪他描写失真。因为，在诗歌的想象空间中，情感的真实有时比细节的真实更重要。所以，宋人王楙在《野客丛书》中说："诗人讽咏，自有主意，观者不可泥其区区之词。……正所以状宫中向夜萧索之意，非以形容盛丽之为，固虽天上非人间比，使言高烧画烛，贵则贵矣，岂复有此恨等意邪？观者味其情旨斯可矣。"王楙认为，诗人并非不知道唐宫仪制，而是用玄宗亲自挑灯且孤灯挑尽、彻夜难眠的描写，来形容他萧索的晚景和凄凉的心境。如果此时以殿阁堂皇、画烛高烧来描写，虽然可能接近真实，但却与整体诗境和人物心境格格不入。夕照、萤火、孤灯，共同构造的，是一幅萧瑟、孤寂、冷落的画面。正如王国维《人间词话》所说:"境非独谓景物也。喜怒哀乐,亦人心中之一境界。故能写真景物、真感情者,谓之有境界。"《长恨歌》此处的描写,正是以心造境,以情主理。

正是基于这种思路,《长恨歌》在写到杨玉环死后的部分时,还凭空创造了一段虚诞的情节:玄宗思念贵妃,遂让道士寻找她的死后"仙踪",而最终精诚所至金石为开,在海上的仙山之中找到了她的身影。杨玉环见到了玄宗派来的使者,她回忆当年长生殿上生死相约的盟誓,说纵然天人相隔,但此心依旧不改。由此也给这段现实中的悲剧爱情添上一笔想象中的浪漫色彩。

## 02 "真爱"之殇,抑或国家之"幸"

如果没有安史之乱,玄宗也许能善始善终;如果没有马嵬之变,杨玉环也许也只是古来宠妃中并不十分特别的一位。但历史无法假设,后人在对其盖棺定论之时,不难发现他们一生的功过都与此二事有紧密的关联。

关于此,后人讨论最多的是,杨玉环是否应对安史之乱的发生负责?她在马嵬驿被赐死,是罪有应得,还是代君受过?对马嵬兵变,作为旁观者,我们是该感叹历史的车轮终于回到正轨,还是会反思数千年来将"红颜"视为"祸水"的传统,其实是皇权和父权制度下,强势者对自己责任的"巧妙"逃避呢?

要理清这些问题,不妨先看看安史之乱发生后的大致情况。

繁华中隐藏着危机,盛世的欢歌中酝酿着祸乱。天宝十四年

（755年）十一月初九，安史之乱爆发了。在安禄山起兵之初，其所经过的州县，县令或者开门投降，或者弃城逃跑，或者被叛军擒杀。叛军所向披靡，而朝廷反应则颇为迟滞，每年的十一月正是玄宗游幸华清宫的时节，当安禄山谋反的消息传至京城时，玄宗身在行宫，他最开始还以为这是厌恶安禄山的人捏造的谎言，并未相信。直到十一月十五日，玄宗才相信叛乱之事是真，匆忙排兵布阵以应战。他任命郭子仪为灵武太守、朔方节度使，又急命封常清从安西都护府返回京师，任其为范阳、平卢节度使，募兵三万迎战安禄山叛军。叛军久蓄叛谋，兵力强盛，官军仓皇应战，临时在长安、洛阳募兵，所募集的士兵大多是没有战斗经验的市井子弟。如此一来，双方形势的优劣自然毫无悬念。当年十二月十二日，叛军攻破洛阳，东京留守李憕和御史中丞卢奕不肯投降，为叛军所杀，河南尹达奚珣则向安禄山投降。

洛阳失守，玄宗大怒，杀大将封常清、高仙芝，起用陇右节度使哥舒翰，令其率军二十万镇守潼关，哥舒翰在潼关固城防，筑造深沟高垒，闭关固守，叛军数月都无法攻下。安禄山强攻无果，便示弱诱敌：他将精锐部队隐藏起来，命崔乾佑将老弱兵卒屯守于陕郡，意欲让哥舒翰错估军情，弃守出战。哥舒翰并未上当，但玄宗接到"兵不满四千，皆羸弱无备"的情报后，派遣使者命令哥舒翰出兵收复陕洛失地。哥舒翰接到诏书后上书玄宗称安禄山善于用兵，既然起兵作乱，自然有兵力的准备，所以所谓"羸弱无备"的情况一定是伪装出来的诱敌之计，还是以坚守不出为上策。同时，郭子仪、李光弼也在河北大胜史思明，二人皆认同哥舒翰的见解，认为应该一面坚守潼关，一面北攻范阳，捣毁敌军的巢穴。但杨国忠却向玄宗进言称，哥舒翰按兵不动会坐失良机，玄宗听取杨国忠的进言，派遣使者催促哥舒翰出战，结果此战又中了对方的诱敌之计，唐军大败，二十万的大军战死了十几万。这场战事的惨败，根本原因是唐玄宗既错估形势，又不信良臣之言，甚至自毁长城，斩杀良将，最终使得平叛局势急转直下。

其后，哥舒翰投降，潼关失守，河东、华阴、上洛等郡的长官皆弃城逃跑，叛军逼近长安。玄宗决定避难蜀地，为全颜面，以"亲征"为名，下诏离开长安。此诏一出，朝官并不相信皇帝会"亲征"，而长安臣民大都惊慌失措，纷纷逃难。当天，玄宗移居大明宫。天黑以后，玄宗命令龙武大将军陈玄礼集合禁军六军，厚赐金钱布帛，又挑选了骏马九百余匹准备次晨出行，这一切准备工作都是秘密进行的。

次日，微雨飘拂。凌晨，玄宗的车驾自延秋门而出，随驾的有杨玉环姐妹、其余诸妃，皇子、公主、皇孙、杨国忠、韦见素、魏方进、陈玄礼等臣子及亲近的宦官和宫女。凡是无法跟随的，尽皆遣散。

玄宗此次西行避难，十分仓皇失措，全无素日帝王的威严与尊贵。这一天，百官大多不知玄宗已经离京，还有人入宫上朝，但是等到宫门打开后，却看见宫内宫外一片混乱，宫人们正乱哄哄地准备出逃。

玄宗路过左藏大盈库（国库）时，杨国忠请求放火焚烧，以防库中的钱财为叛军所得。玄宗说："如果烧毁国库，叛军来了，一定会向百姓征收钱财，还不如留给他们，以减轻百姓们的苦难。"天亮时，玄宗一行人行过临时架设的桥，过桥后杨国忠放火意欲将桥毁掉，以绝追兵。玄宗道："如果毁掉桥，后面避难的人该怎么办呢？"于是他命高力士留下，扑灭大火后再跟来。中午，一行人到达咸阳的望贤宫，此处的官吏已经逃走，没有食物供给，还是当地的百姓闻讯前来进献饭食，玄宗等人才未挨饿，此时，众人触景伤情，不禁相对泪下。

此次逃难途中，也不断有人从队伍中逃走，队伍的规模越来越小。快半夜时，一行人到了金城县。县令、县民都已逃走，但食物和器皿还在，直到此时，士兵们才吃上了饭。驿站中没有灯火，此时似乎再也没有什么贵贱身份之分，他们互相枕着对方的身体，横七竖八地睡在一起。

第二天，到达马嵬驿站时，随行将士不肯再前行，龙武大将军陈玄礼奏报道："现在安禄山、史思明作乱，打的是诛杀杨国忠的旗号。然而在此之前，举国上下对杨国忠早已满怀怨恨，只是敢怒不敢言。现在他如此误国，希望陛下以军心为念、以国事为重，将杨国忠等人就地正法。"这时恰好有吐蕃使节二十余人在驿站门口拦住杨国忠的马，杨国忠还没来得及回答，士卒们就喊道："杨国忠与胡人谋反！"此时群情激愤，他们一拥而上，诛杀了杨国忠、他的儿子户部侍郎杨暄与韩国夫人、秦国夫人。但是杨国忠被杀之后，兵士仍未散去，玄宗令高力士诘问陈玄礼如何才能平息此事，得到的回答是"将士们杀了杨国忠，但贵妃仍安然无恙，这使得他们心中惶恐，难以为陛下效力"。玄宗无奈，只得赐死了杨玉环。发动兵变的陈玄礼等人这才上前请罪，危机得以解除。

马嵬之变中杨玉环的死，是后世李杨故事中重点描绘的情节。清人洪昇《长生殿》在叙述这一段情节时，为唐玄宗打造了"爱美人不爱江山"的痴情"人设"。在剧中,面临军队哗变、政权岌岌可危的局面,唐玄宗表态道:"堂堂天子贵,不及莫愁家……妃子说哪里话,你若捐生,朕虽有九重之尊,四海之富,要他作甚?宁可国破家亡,决不肯抛舍你也!"明确表示决不愿用杨玉环的生命来换取皇权的存续,后来还是杨玉环说"望陛下舍妾之身,以报宗社",以家国天下力劝玄宗,玄宗方忍痛割爱。

实际上,根据《旧唐书》的记载,玄宗在陈玄礼的逼迫下,几乎没有太多犹豫就赐死了杨玉环,而《资治通鉴》一书对这段历史的记载则有些出入。书载:兵士们杀死杨国忠之后,变乱犹未平息,高力士受命与陈玄礼交涉,陈玄礼提出,希望玄宗将杨玉环"割恩正法",玄宗回复道:"朕自当处之。"说完他走进驿馆,拄着杖,低着头,心中煎熬不已。过了很久,京兆司录韦谔劝说道:"现在众怒难犯,危机一触即发,希望陛下能够速速决断。"说完,他频频叩头,直至额头流血。玄宗道:"贵妃居住在深宫之中,怎么会知道杨国忠谋反之事呢?"高力士劝说玄宗:"贵妃固然没有罪责,但是将士们已经杀了杨国忠,如果以后贵妃还陪伴在陛下左右,那么恐怕军心不安。请陛下谨慎处置,只有将士心安,陛下才能高枕无忧啊。"话说到这个地步,玄宗无法再坚持,"乃命力士引贵妃于佛堂,缢杀之"。

杨玉环死后,危机也并未立即解除。一行人到了岐山之后,有人说叛军的前锋军将要到了,于是不少士兵有了逃走的打算,军中流言四起,陈玄礼也不能约束军心。玄宗知道人心不定之时,强行要求他们跟随并非良策,于是他以退为进,召集将士自述己过,让他们自行决定去留,去者并不治罪,还将赐以春彩①。此言一出,将士们均表示愿意誓死追随。自此,谣言才有所减少,乱势稍得平息。

玄宗六月离开长安,七月到达蜀郡,八月下诏命太子及其他诸王屯守重镇,以消灭叛军。不久,便有使者从灵武前来,带来一个令人震惊的消息:太子李亨已在灵武即位,是为唐肃宗。按照礼法,只有皇帝驾崩或者皇帝亲自禅位,太子的即位才有合理性和合法性。而李亨此时的即位,颇有僭越甚至谋篡的性质,其所倚仗的则是兵力和情势于己有利。收到消息后,玄宗一方面受此打击心力交瘁,另一方面也明了局势,知道无法再与肃宗抗衡,只能顺其意,改称"太上皇"。此后他所发的书令也不再用皇帝专用的"诏",而用太上皇所用的"诰"。随后,他派韦见素、房琯前往灵武,册令道:"朕为太上皇。此后但凡有军国大事,先由皇帝决断,再奏与我知道。等到长安和洛阳收复之后,朕就颐享天年了。"

玄宗所驻跸的蜀郡物产丰饶、山清水秀,但他在此地,心境必然不佳。一则,国家忧患,内乱未平;二则,骤然失势,处境尴尬;三则,痛失贵妃,吊影自怜。在《长恨歌》中,诗人说玄宗见到青翠的蜀山、清澈的江水,心心念念的都是旧日与杨玉环的恩情,这正是王国维在《人间词话》中所说的"以我观物,故物皆着我之色彩"。

据《明皇杂录》记载,玄宗在从长安来蜀地的路上,在经过斜谷的栈道时,雨声淅沥,车马上的铃铛发出清脆之声,其声在山谷中回荡,令人别有所感。玄宗怀着对杨玉环的思念,仿其音调音色

---

① 唐时以布代租,名为"春彩",以罗、紬、绫、绢为主。

作《雨霖铃》曲，以表达心中的幽恨。他从前教导的梨园弟子之中，有一位名叫张野狐的，最擅长吹觱篥[①]，这次入蜀，他也跟随在侧。于是，玄宗将这支曲子传给了他。后来玄宗返京，重到华清宫，侍从宫女都已经不是安史之乱前的旧面孔了，玄宗百感交集，在望京楼下命张野狐奏《雨霖铃》曲，还未奏完，玄宗就凄然四顾，泪下沾襟，随从们也不禁唏嘘。

玄宗在旅途中"闻铃"之时，正是他刚失去杨玉环之时。此时，雨打鸾铃的声音，与他悲痛抑郁的心情联系在一起，成为不能磨灭的创伤记忆，可以想象，以此为主题的《雨霖铃》曲，自然是低沉悲伤的曲调。至此，《长恨歌》中出现了三种音乐——从自以为身居升平之世、放纵享乐时的《霓裳羽衣曲》，到祸乱突生时的"渔阳鼙鼓"，再到失去爱情、希望之时的《雨霖铃》曲，音调从平和雍容，变为激烈扰攘，再变为哀沉感伤。洪昇的戏剧《长生殿》在剧中专设了"闻铃"一出，把玄宗在行宫时悲悼的情状表现得淋漓尽致。而以下这支曲，正是对《长恨歌》"夜雨闻铃肠断声"的精妙演绎："淅淅零零，一片凄然心暗惊。遥听隔山隔树，战合风雨，高响低鸣。一点一滴又一声，一点一滴又一声，和愁人血泪交相迸。对这伤情处，转自忆荒茔。白杨萧瑟雨纵横，此际孤魂凄冷。鬼火光寒，草间湿乱萤。只悔仓皇负了卿，负了卿！我独在人间，委实的不愿生。语娉婷，相将早晚伴幽冥。一恸空山寂，铃声相应，阁道崚嶒，似我回肠恨怎平！"

此后，他们经过陈仓，穿越散关，过凤州河池郡、益昌县，渡

---

[①] 又称筚篥、茄管、头管等，一种古代管乐器，出自龟兹，以芦为头，以竹为管，声音悲凄婉转，听之令人不胜慨叹。

吉柏江，经普安郡、巴西郡，风尘仆仆，最终到达了目的地蜀郡。这一路上屡屡遇险，在渭水之畔，他们遇到了从潼关兵败逃出的官军，两方乍逢时误以为对方是敌军，交战之下，死伤甚多。误会解除后，剩余的人马两队合为一队，试图在渭水水浅处渡河。但最终只有乘马的人渡河成功，没有马的人只能哭着返回。到达蜀郡时，扈从的官吏军士只剩下一千三百人，宫女只剩下二十四人。

至德二年（757年）冬，随着安禄山被杀，局势初定，玄宗启程返回长安。《长恨歌》写玄宗的车舆经过马嵬时，"天旋地转回龙驭，到此踌躇不能去"，是把史书的相关记载进行了文学化的加工。在《新唐书》中，玄宗从蜀地返京经过马嵬之事，史官只记载道"道过其所，使祭之"，但在诗人的笔下，马嵬却是一个让玄宗心境难宁之地，因为这里是二人缘尽之地，也是玄宗不能忘却又难以面对的伤心地。时间过去了近两年，生者历尽沧桑，死者在泉下又如何呢？纵然死者恐已无知无觉，生者又怎会因思之无益而释念呢？所以诗人自然会想象，设使玄宗重过此地，他必然情不自禁，徘徊难去。晋代诗人潘岳的《悼亡诗》其三中有句云，"徘徊墟墓间，欲去复不忍。徘徊不忍去，徙倚步踟蹰"，写自己在妻子坟前肝肠寸断、欲去不忍的情形，可与此二句合读。

当年在马嵬驿站，杨玉环被草草收葬，葬者只用一铺紫色的褥子裹住尸体，将其埋在驿站西边的道旁。玄宗在命人祭祀杨玉环后，想要择地迁葬。此时，礼部侍郎李揆说："当时龙武将士（即禁军）因杨国忠悖负圣上、招致祸乱，为天下人诛杀了他。如今若将贵妃改葬，恐怕会引起将士们的疑虑。"玄宗认为他的顾虑不无道理，只能作罢。但是，他毕竟接受不了杨玉环身后如此凄凉，遂秘密派人准备棺椁改葬。使者开启坟墓后，发现尸体的肌肤已经腐坏，但是当时放入的香囊还完好如初，他将香囊献给玄宗，玄宗凝视良久，潸然泪下。元代王伯成的《天宝遗事诸宫调》就玄宗见香囊而伤怀的情节展开描写，将之表现得十分哀婉："向椒房，对纱窗，是她用心儿亲制得风流样，四停八当将蕙兰装。也曾暗悬低帐幕，轻染舞霓裳；也曾暖偎香体态，也曾浓扑睡君王。眼见得添悲怆，枕上都恓惶，纵有音书两渺茫。别后虽无恙，枉使愁人断肠。量这些虚囊，怎生盛无限凄凉！"时移世易，物在人亡，空余遗恨。回宫之后，为了寄托哀思，玄宗命画工画了一幅杨玉环的小像，放置在别殿，日日前往瞻望，常常哽咽唏嘘。

《长恨歌》还写到了玄宗重回宫廷时的复杂心情。诗云，"归来池苑皆依旧"，其时宫苑依旧，而人事全非。据《明皇杂录》记载，玄宗回长安后重到华清宫，长安百姓带着水和食物奉迎车驾。玄宗年事已高，此次是乘步辇前往。百姓问玄宗道："以前您来华清宫时，常常骑马打猎，现在您为何不这样了呢？"玄宗道："我现在年老体衰，没办法再行猎了。"百姓听后，均感伤哭泣。在玄宗，他所伤感的是今不如昔、盛年难再；在百姓，他们所伤感的是旧日的玄宗代表的升平之世已经随着纷繁战火而一去不复返了。有一位名叫谢阿蛮的新丰歌伎，擅长舞《凌波曲》，安史之乱前常出入宫廷，很受杨玉环赏识，也多次在杨国忠、杨氏姐妹宅中参加宴会。当玄宗重回华清宫时，再一次将她召至宫中，阿蛮拿出一个金粟装臂环，说这是当年贵妃所赐，玄宗持环感伤流泪，随从也忍不住呜咽。

当人在遭受巨大的人生变故之后故地重游时，往往会见故物、故景、故人而伤怀，难以自持。玄宗在马嵬兵变之中被逼赐死杨玉环,此后在蜀地,他日夜思念,无法释怀,但这还不是他最痛苦的时候。在还都之后,他的悲伤才达到顶峰。此时,他至少有三重悲伤:第一重,是背盟者的愧疚感。他和杨玉环情浓之时,想必曾发下过海枯石烂此情不渝的盟誓,但一朝乱至,却亲口下令赐死爱人,此前的盟誓尽成空言,如若黄泉相见,又如何面对斯人呢?第二重,是幸存者的孤寂感。一场变乱,让他们二人去,一人归。劫后余生,只余寂寞,他所有的哀伤,已经没法让逝者知晓了。第三重,是迟暮之人的无力感。眼前,亭宇楼阁、歌台舞榭,都曾是他笑谈欢饮之处,都曾是他与伊人携手并肩之处,如今,物在人亡,境是心非,如何不让人黯然神伤呢?

当日,沉香亭中,她娇艳动人,"云想衣裳花想容",今日,她埋身黄土,一瞑不视。可是对玄宗而言,一草一木,春花秋月,似乎都有她的影子。人们往往认为,帝王很难有真情,更难具深情。但是如果我们深入了解玄宗和杨玉环的爱情故事,不难发现二人之间确实是"真爱"。玄宗在遇到杨玉环之后,对她是专房之宠,宠爱的程度也超乎寻常。玄宗欣赏杨玉环在音乐上的造诣,也爱她温柔解语、举动可人。杨玉环去世之后,玄宗动辄感伤流泪,不能自已,且这种状态持续的时间有数年之久。或许,这不只是因为二人情深似海,也因为他在马嵬的"背盟",更使他长时间地沉浸在亲手毁掉爱情的伤感和内疚之中。

《明皇杂录》还记载了这样一个故事:玄宗从蜀地回来后,有天夜里登上了勤政楼。勤政楼是昔日玄宗款宴群臣、制科试士的地方。这一夜,他凭栏远望,只见烟云满天,他唱了一首卢思道的诗,其中有"庭前琪树已堪攀,塞外征夫久未还"的句子。唱罢,他对高力士说："不知梨园弟子还在吗？在的话，明天天明之后，帮我寻访。"第二天，高力士秘密寻访，果然在城中找到了昔日的梨园弟子。此夜，玄宗与梨园弟子一同登楼，身边跟随的只剩下高力士和杨玉环昔日的侍女红桃。玄宗命梨园弟子唱杨玉环创作的《凉州词》，自己在旁吹笛伴奏。一曲终了，众人相顾无言，黯然下泪。

玄宗对杨玉环的思念极为浓烈、长久，即使是观者，也不免唏嘘。不过，人们一般认为，帝王难以"深情"，更难"长情"，而且，玄宗此"情"，有没有"矫饰"的成分呢？如果他情深似海，当时何必割舍"私情"？而既然已经作了选择，且他自己还是亲口下诏赐死杨玉环的人，又有何立场来缅怀这份被杀死的爱呢？

其实，玄宗晚年的悲苦处境，并非仅仅因为爱情的失落。他返回长安后，由当年的繁华旧主人，成了如今的落魄失势者，他失去了权势，也失去了作为往日明君的荣光；他没有了"来日"，当下也一片惨淡。家国之颓败，年华之远逝，爱情之衰朽，再加上后来又被肃宗猜忌，形如软禁，他所能立足的只有"回忆"，他所能凭吊的只有"爱情"。万恨千愁郁积于心，也只有借着对往昔、对杨玉环的追忆，泄露出一点心声。

## 03　尤物、妖物或器物

正因如此，对杨玉环的死，玄宗多年未能释怀。他在返回长安、迁居南内之后，梦见杨玉环在死后去了海上仙山蓬山，居于太真院中。在梦中，一堵屏风隔断了他的视线，他只闻其声，未见其人。

醒来后，他觉得梦境历历在目，愁肠百结，便作了一首七绝，并命人将此诗送往马嵬坡焚烧，以告慰杨玉环泉下之灵。这件事情，便是《长恨歌》中玄宗命道士寻觅杨玉环的魂灵，而最终在"海上仙山"找到她的踪影这一故事的蓝本。《长恨歌》为何要着重描绘这段故事呢？我们须得了解其创作缘起，方能领会这一点。

与白居易《长恨歌》同时所作的陈鸿的《长恨歌传》，其文末记录了二作的写作背景：元和元年（806年）冬，白居易与友人陈鸿、王质夫到马嵬驿附近的仙游寺游览，谈及李杨故事，三人感叹不已。王质夫提出，这种传奇的事件，如果没有杰出的人物以佳作记录，恐怕就会随时间推移而渐渐不为人知。白居易不仅有诗才，又禀别样的情怀，何不试着作诗以记呢？据陈鸿所说，白居易作诗的目的在于"不但感其事，亦欲惩尤物，窒乱阶，垂于将来者也"，意即他写此诗，既是因为有感于其事，也有提醒君王"尤物惑人"，望其以史为鉴、励精图治之意。由此看来，《长恨歌》在创作的基点上就存在矛盾：从感性上来说，他认为李杨情事是一场令人同情的悲剧；而从理性上来说，他又觉得这是宠妃祸国、君王失德而合该自食的苦果。同情和批判的同时存在看似矛盾，其实，它却使得《长恨歌》具备丰富的意味：既富有诗人的悲悯，又不乏史论者的冷峻；既有对爱情的悲叹感慨，又不乏对国事的忧心反思。

《长恨歌》开篇就说"汉皇重色思倾国"，唐玄宗得到倾国佳人，最终使得国家如大厦倾颓，这讽刺是辛辣的。但诗歌在理性冷峻的批判之外，又不乏唏嘘感叹之辞，尤其是对玄宗与杨玉环死别之后的"长恨"反复渲染。何谓"长恨"？是贵为天子，却不能保全爱妃性命；是当日恩誓，如今都成虚言空掷；是死生别离，往日恩情空余追忆。玄宗是吞食苦果的人，也是酿成苦果的人，这"长恨"固然让人同情，却也发人深省。

　　白居易在叙写玄宗遭遇时，其态度颇为复杂。从"汉皇重色思倾国"到"惊破霓裳羽衣曲"，诗人多用春秋笔法来讽刺杨玉环恃宠而骄、玄宗荒淫无度。但是，从"蜀江水碧蜀山青"到"魂魄不曾来入梦"，写玄宗从驻跸蜀地到重返京城，夜雨闻铃、相思肠断，则饱含同情和感慨，其辞哀艳缠绵，极为凄美。

　　后世的诗人中，也有在评说此事时持和白居易相似的"矛盾"态度的，如清代诗人袁枚就曾一边感怀，一边批判。他的《马嵬》写道："莫唱当年长恨歌，人间亦自有银河。石壕村里夫妻别，泪比长生殿上多。"此诗篇幅虽短，讽刺却十分辛辣。他说《长恨歌》纵然哀感顽艳，催人泪下，但它所写的并非人世间最值得关注的悲剧。玄宗的荒淫误国导致了安史之乱，而在战乱之中，民间发生了无数生离死别之事，譬如杜甫《石壕吏》所写的那对年迈夫妻，他们被迫生离时洒下的涕泪，不是比李杨二人死别的涕泪更让人感伤吗？诗人巧妙地把《长恨歌》和《石壕吏》这两篇经典诗篇并举，前者写名动青史的帝妃的悲剧，后者写籍籍无名的小人物的悲哀，而后者的悲剧，又正是由前者导致的——诗人是在提醒世人，当我们为李杨二人的遭遇一掬同情泪时，不要忘了他们不仅不是"完美受害者"，甚至换个角度来说，还是千千万万悲剧的"施害者"——这一基于社会学和伦理学的思考，是从权责对等的角度来反思二人在此事件中所扮演的角色。尤其值得注意的是，袁枚通过转换视角，使得一个故事中的主角成为另一个故事中的"反派"，无疑在极大程度上消解了《长恨歌》的悲剧性。

但是，哪怕是袁枚本人，其实也有彻底抛开伦理批评而为杨玉环掬泪之时。他的《再题马嵬驿》其二立意就完全不同："到底君王负旧盟，江山情重美人轻。玉环领略夫妻味，从此人间不再生。"此诗也有与《长恨歌》唱对台戏的意思。白居易写杨玉环与玄宗所遣的使者相见时，表露的是旧情难忘的态度，而袁枚则说如果杨玉环在马嵬身死之后真的灵识未泯，那么想必也已懂得在君王心中，情爱的分量远不及社稷。她痛定思痛之后，定然不会再选择重回人间，再涉爱河了吧？诗人通过设想杨玉环的心境，来抒写对她这一感情中的被动方的同情，既别致，又动人。

杨玉环的身份是复杂的。她是宠妃，享受过无上的"天恩"；她是杨家一门熏天权势的倚仗，被世人羡慕、议论、憎恨；她也是马嵬驿兵变中被龙武军、被天下人目为始作俑者的"罪犯"，并最终领受了死亡的惩罚。哪怕时移世易之后，她依然是诗人们笔下的争议人物，被反复地叙写着。诗人们用不同的角度、不同的态度，写出迥异的诗篇，借评说她，评说着历史。

有的诗人从杨玉环与玄宗关系的不合理处写起。

杨玉环本是寿王妃，却成为丈夫父亲的妃子，这让曾经的丈夫情何以堪，而她自己又该如何自处呢？对此，史书语焉不详，而不少文人却早已作过相关的想象。我们不妨来读一读李商隐的《骊山有感》诗："骊岫飞泉泛暖香，九龙呵护玉莲房。平明每幸长生殿，不从金舆惟寿王。"诗人从骊山华清池的暖雾温香入笔，"九龙"指华清宫的九龙殿，同时也是代指玄宗，"九龙呵护玉莲房"显然有隐喻二人乱伦的意味。"长生殿"是华清宫中用于祭祀神灵的殿阁，诗人写道：玄宗与贵妃常在清晨一同驾临长生殿，其时皇亲国戚都随同前往，而诸位亲王之中，只有寿王没有同行。这个场景并无历史依据，是诗人因情所造之境。诗中所说的寿王不扈从圣驾的举动，正是他在皇权和父权的重压下所能作出的最大限度的不合作。这一举动自然并不能助其脱离失去妻子、失去尊严的屈辱困境，但此种无声的反抗，正是对李杨乱伦之举深深的讽刺。

有的诗人从杨玉环过蒙宠幸的事实写起。

杨玉环喜欢吃荔枝，但荔枝生长在南方，其原产地距京城有千里之遥，且不易保存。白居易《荔枝图序》就曾说："荔枝生巴峡间……若离本枝，一日而色变，二日而香变，三日而味变，四五日外，色香味尽去矣。"为了让她吃上新鲜的荔枝，玄宗专门命人快马加鞭奔驰千里传送，使者日夜疾驰，竟然真的在荔枝味道未变之时就将之送入了京城。杜牧的《过华清宫》其一就是吟咏此事："长安回望绣成堆，山顶千门次第开。一骑红尘妃子笑，无人知是荔枝来。"骊山的东绣岭和西绣岭郁郁葱葱，山顶上重重宫门依次打开，不知内情的人怎么也想不到，这疾驰的快马所送的不是紧急的国事文书，而是从南方运来的荔枝。

有的诗人以《霓裳羽衣曲》①为线索，串起这一段盛衰兴亡。

玄宗早年励精图治，任用贤能，故有"开元盛世"；晚年则重用奸佞，耽乐怠政，故有"安史之乱"，前后对比之强烈，令人叹惋。

---

① 《霓裳羽衣曲》是唐代的宫廷名曲，内容为道教神仙故事，融歌、舞、器乐演奏为一体。全曲共三十六段，其中散序六段、中序十八段、曲破十二段。散序为前奏曲，以乐器演奏为主，用磬、箫、筝、笛等乐器独奏或轮奏；中序是慢板的抒情乐段，有歌有舞；曲破是全曲的高潮，以舞蹈为主，乐声铿锵有力，节奏快慢交替。唐代的大曲在曲破的结束部分往往节奏迅疾，但《霓裳羽衣曲》比较特别，它在此处由急拍转为慢拍。白居易《霓裳羽衣舞歌》说"千歌万舞不可数，就中最爱霓裳舞……当时乍见惊心目，凝视谛听殊未足"，可想见此曲动人心魄之处。

安禄山的起兵，是玄宗数年以来任用佞臣、偏重外戚、过信藩镇、荒政失察的恶果。冰冻三尺，非一日之寒，当杨家兄妹权倾天下之时，当上至皇亲贵戚、下至平民百姓都为其跋扈而侧目之时，苦果就已经种下了。《长恨歌》中便有"渔阳鼙鼓动地来，惊破霓裳羽衣曲"的描写，以渔阳鼙鼓的震天之音"惊破"《霓裳羽衣曲》的"升平之乐"，将"因"和"果"凝聚于短短十四字中，又写出了年迈荒唐的玄宗对战事毫无准备的状态，可谓讽刺辛辣。杜牧《过华清宫》其二写道，"新丰绿树起黄埃，数骑渔阳探使回。霓裳一曲千峰上，舞破中原始下来"，用后来渔阳的战火突起，与当年《霓裳羽衣曲》的粉饰升平作对照，无疑也是借鉴了《长恨歌》的思路。中唐诗人李益的《过马嵬》其一说"世人莫重霓裳曲，曾致干戈是此中"，也是相似的用意。

而绝大多数的诗篇，都把视线聚焦到马嵬兵变、杨玉环身死一事上。

对此，他们秉持的态度也有所不同。有的是站在家国情怀的角度，认为在国家危亡的时刻，君王应弃绝私欲，力挽狂澜。杨玉环身死马嵬驿的场景，《长恨歌》中是以"君王掩面救不得，回看血泪相和流"两句带过。对于这两句，明代诗人李东阳曾在他的《马嵬曲》中针锋相对地批评："唐家国破君不守，独载蛾眉弃城走。金瓯器重不自持，玉环堕地犹回首。""金瓯"指江山社稷，这两句诗的意思是说玄宗作为统治者，不与臣民共进退，反而带着杨贵妃等人仓皇逃离都城；他面对国家的危亡不甚忧心，而面对杨玉环的死，却难以自持，心伤不已。诗人持与《长恨歌》相异的态度，强调君王在其位应谋其政，应该先国家后私情。君王对宠妃多情，却对国家寡情，在李东阳看来，绝对是本末倒置。

更有人站在传统伦理的角度，认为杨玉环是"红颜祸水"，玄宗将她赐死，是明智之举，如刘禹锡的《马嵬行》说"军家诛戚族，天子舍妖姬"。从"妖姬"二字，不难看出作者对杨玉环的定位和对此事的态度。郑畋的《马嵬坡》态度更加鲜明："玄宗回马杨妃死，云雨难忘日月新。终是圣明天子事，景阳宫井又何人。"诗人认为，玄宗能忍痛割爱，自是与亡国之时还要与宠妃张丽华一同躲在井底的陈后主不同，虽然玄宗"云雨难忘"，内心不免忧伤，但他此举让国政有了转圜的希望，称得上"圣明"之举。其实，让女性去承担"误国"的罪名，在古代是非常主流的态度。毕竟，皇帝是九五至尊，不会有错，即使有错也不是臣下可以非议的，所以面对天子"偶然"的失误，人们几乎习惯性地将之归咎于外因、归罪于他身边的女子。

但是，早有睿智的诗人对这种现象进行过反驳。唐人罗隐的《西施》一诗，就针对"西施亡吴"的说法发表过意见："家国兴亡自有时，吴人何苦怨西施。西施若解倾吴国，越国亡来又是谁。"诗人认为，国家的兴衰自有其规律，吴国人没必要把亡国的罪责归于西施。因为，如果说是西施导致了吴国的灭亡的话，那么越国的灭亡又该怪罪谁呢？这种思路，也可以用以评论杨玉环之事：如果说是杨玉环导致了安史之乱，那么后来安禄山的败亡，又是哪位"妖姬"导致的呢？唐人狄归昌的《题马嵬驿》正持此论："马嵬烟柳正依依，重见銮舆幸蜀归。泉下阿蛮应有语，这回休更罪杨妃。"唐僖宗广明元年（880年）十二月，黄巢大军攻破潼关，唐僖宗仓皇逃往四川。时隔一百多年，历史画出了惊人相似的弧线，诗人也借此感叹道：玄宗若是泉下有知的话，恐怕会说，这次的变乱就怪不到杨玉环的身上了吧？韦庄的《立春日作》与狄诗系同一历史背景，立意也很相似："九重天子去蒙尘，御柳无情依旧春。今日不关妃妾事，始知辜负马嵬人。"诗人以御街垂柳之春意不改，映衬京城动乱后之城郭已非，并由此引出三四句的议论：当年的安史之乱还能归罪于杨氏，今日的变乱却显然不是后妃受宠所致。如此说来，马嵬兵变中杨玉环被定了死罪，失去性命，算不算一桩"冤案"呢？

杨玉环该不该为安史之乱负责？她在马嵬驿被赐死，是不是罪有应得？这是历来马嵬诗所争论的核心。

李益在《过马嵬》中写道："汉将如云不直言，寇来翻罪绮罗恩。托君休洗莲花血，留记千年妾泪痕。"诗人说，皇皇大唐，良将如云，可为何他们在太平无事的时候不对国政的弊病直言不讳，却在安史之乱爆发后把国家的灾祸归咎于君王的爱情呢？诗人还用杨玉环的口气说："请不要将莲花上那一抹血痕洗净，那是我千年不灭的冤仇和泪痕。"

唐五代诗人徐夤在《开元即事》一诗中表述的观点与李诗相近：

> 曲江真宰国中讹，寻奏渔阳忽荷戈。
> 堂上有兵天不用，幄中无策印空多。
> 尘惊骑透潼关锁，云护龙游渭水波。
> 未必蛾眉能破国，千秋休恨马嵬坡。

国家的治乱之责，是在国君、臣僚，还是在妃子呢？战火纷飞之时，是应该让将帅兵卒来安邦，还是应该杀宫妃以安定军心呢？

诗人说，国中非无兵将，惜乎天子不用，而胡尘骤起、国家险些倾覆的乱局，真的是"倾国"的美人所导致的吗？徐夤通过"未必蛾眉能破国"一句指出：安史之乱的"责任人"，应该是国君和臣僚，而非深居后宫的妃子。宋人张齐贤的《华清宫》说得更加明白："当时不是不穷奢，民乐升平少叹嗟。姚宋未亡妃子在，尘埃那得到中华。"在安史之乱前的十数载，"升平之世"的表象下早已潜藏危机，但当时世人随波逐流者众，拨乱反正者少。张齐贤感叹，玄宗宠幸杨贵妃并非国家衰亡的根本原因，若是姚崇、宋璟这等贤臣依然在朝，作乱者又怎能找到机会呢？

千年以后，徐夤、张齐贤的观点，被鲁迅进一步阐发，他在《阿金》[①]一文中曾说："我一向不相信昭君出塞会安汉，木兰从军就可以保隋；也不信妲己亡殷，西施沼吴，杨妃乱唐的那些古老话。我以为在男权社会里，女人是决不会有这种大力量的，兴亡的责任，都应该男的负。"如他所说，在女性是门面、是器物、是猎物的男权社会中，被判为"俗物"的女性固然难有美好的生活，而被视为"尤物"的女性也未必离幸福更近。在被定义的人生中，哪怕美好的形容词也包含着危险，它不过是比"批评"更精美的枷锁罢了。世人写下无数对马嵬的想象和议论，却永远无人知道，被赐了白绫的杨玉环，在最后的时刻心中浮起的，是悲还是悔，是怨还是憾。

---

[①]《阿金》是一篇充满戏谑色彩的文字，文末说"我的讨厌她是因为不消几日，她就摇动了我三十年来的信念和主张"，本文所引的段落，即是他所言的"三十年来的信念和主张"。值得注意的是，鲁迅所谓信念被阿金"摇动"，实乃夸张戏谑之言，以此表达对阿金的不满，并非真的改换了观念。关于鲁迅在这方面的观念，可参读其《我之节烈观》一文。

# 李清照：
## 当一个女子决定成为她自己

元丰七年（1084年），是宋神宗即位的第十八年，熙宁变法推行的第十六年。这一年，司马光穷十九年之功主编的编年体通史终于书成，上起周威烈王，下迄五代，神宗御览之后，认为观其书能原始察终、见盛观衰，因此赐名《资治通鉴》，以明其鉴往知来、立万世不易之祚的志向。此时，虽然朝中有新旧党之争，但国家尚大体安宁，政局还相对平稳。世人自不知道，一年后，神宗将会去世，四十三年后，北宋将会灭亡，"盛世"的梦即将醒来，当时代的大悲凉把个人的小世界打破时，留给他们的将是亡国的屈辱、漂泊的凄苦、辛酸的涕泪。

时任郓州教授的李格非，在这一年又做了父亲。李格非一生娶过两位妻子，生了九个子女。当年二月，他的女儿李清照出生，而多年之后，这个女儿在男子方能"光宗耀祖"的时代，却成了使李家家声大振的关键人物，也留下了让世人或惊或叹的杰作。她所经历的，有繁华，也有幻灭；她所面对的，有赞誉，也有诋毁；她所遭逢的，有知赏，也有摧折。这一切，都是李清照的生命印迹的重要成分，也是我们走近她时绝不能忽视的。

## 01 "看"与"被看"

　　李清照出生在一个书香世家。父亲李格非曾以文章受知于苏轼，与其有师徒授受的关系。识者评论其文章，认为比同为苏轼门生的秦观、晁补之的文章更为出色；母亲王氏是仁宗朝状元王拱辰的孙女，能诗能文。李清照生于章丘，她出生不足两年，母亲便撒手人寰。所以她在成长中，主要是受到父亲的影响。

　　李格非在女儿的教育上可算开明。这既源于个人的趣尚，也有时代的因素。以个人而言，李格非是一个既有天赋，又勤于学问的人，他主张作文须秉持诚意，认为只有从肺腑中流出的文字，才真的高妙卓著，他为文典雅而淳朴，为人正直而通达；以时代而言，宋代士大夫家庭让女儿习文者，并不十分罕见。如宋代一位段姓女子的墓志铭记载："夫人自幼习见其父出入苏黄之门，言论俊伟，遂能诵苏黄之文，皆略上口而通其大意，至于六经、《国语》等书，皆涉猎焉。"（王庭珪《故段夫人墓志铭》）段氏因父亲曾从苏轼、黄庭坚问学，耳濡目染之下，也熟读了苏、黄的作品，对经史典籍也有涉猎，此事在当时并非孤例。李格非本是成名的学者，其多年来所任官职又与教育有关，他让李清照博览典籍，并在她展露文学才华之时，"举贤不避亲"地向僚友展示女儿的作品。旁人读到李清照的作品之后，也对这位诗情过人的少女交口称赞。

　　李清照少年成名，才华耀目。有宋一代，她的诗、词、文、赋皆传于士林，广为时人和后人叹赏。尤其是词的创作，使得她后来享誉文坛。我们不妨以此为重点，来了解李清照的特别之处。

　　词体萌生于唐代，发展于五代，繁荣于宋代；初生于民间，又渐渐由俗入雅，成为文人竞相创作的文体。五代间，词体影响力渐盛，诞生了最早的文人词总集《花间集》，由此更引领了一种趣尚，框定了词的表现内容和风格，即多以代言的形式，来写闺阁女性的伤春悲秋、相思怨别，追求柔婉之美，摹写绮丽之境。这就使得词具备了一个有趣的矛盾点：它多是由男性作者创作，但所写的情怀、境遇、场景却多是以女性为主体的，也就是说，它常常是"男子作闺音"，不是自抒情志、"我手写我口"，而是代人叙事、替人言情。虽然在词体的发展过程中，也有诸如李煜、柳永、苏轼等作者从不同的角度突破传统——或直抒己心，写亡国之血泪；或融入自我经历，写羁旅之愁思；或以诗为词，写人生之感慨——但总体而言，文坛的主流态度，还是将词体视为诗体的补充，以诗言志，以词写情；以诗去涵括对天地人生的种种感怀，以词去叙写偏于幽微细腻的情感体验。由此，词体成为一种特殊的文体：女性看似是词中的主角，但实际上她们只是作为"男性想象中的女性"而存在于词中，真正的主角，依然是隐藏在被塑造成抒情主人公的女性之后的男性作者。

在这种情形下，李清照的出现自然有其特殊意义。她不仅是一般意义上的"才女"，更是一位因其性别而具备其他作者所不具备的"先天"优势的作者：她有可能弥合词体中天然的"割裂"，将"作者"和词中的"抒情主人公"合二为一，也不需要再代人抒怀，而可以在不改换"经典"抒情主人公的前提下，直写自我的情怀。

试看两首李清照年轻时的作品：

卖花担上。买得一枝春欲放。泪染轻匀。犹带彤霞晓露痕。
怕郎猜道。奴面不如花面好。云鬓斜簪。徒要教郎比并看。(《减字

木兰花》)

　　昨夜雨疏风骤。浓睡不消残酒。试问卷帘人。却道海棠依旧。知否。知否。应是绿肥红瘦。(《如梦令》)

　　这两首词分别是李清照十八岁、十九岁时所作,同样充盈着青春的气息,不过,前者轻灵明朗,后者感伤低回,情味迥异。《减字木兰花》词写一位少女在走街串巷的卖花小贩手中买到一支含苞待放的鲜花,此花含露欲开,色艳香馥,和青春二八的少女一样,都是处在各自最好的时光中。少女一方面欣赏春花之美,一方面又起了与花争艳的心思。她怕情郎认为花比人美,便把花斜插在云鬓之上,再让情郎评赏:到底是花的颜色更鲜美,还是自己的娇容更夺目。这首词的抒情主人公是一位活泼可爱的春闺少女,词最别出心裁之处是词人摹写的她与花争胜的心态,那一派天真的少女情怀,由此跃然纸上。

　　《如梦令》写自己纵有惜花之心,无奈风雨摧花,欲怜不得。"惜花"本来并非诗词中鲜见的题材,但此词独特处在于她创造的场景和人物:酒后昏然,一枕浓睡,醒来以后,忽然想起夜里风声大作、雨声淅沥。由此担心起窗外的花儿来。此时人处室内,斜倚榻上,视线被垂下的帘子阻隔。侍女正在卷帘,她便询问站在窗边的侍女花儿是否被风雨摧折。侍女匆匆一瞥,回应道:海棠花还和之前一样。她听后却心生叹息:怎能说还是一样呢?经过了一夜的风雨,绿叶固然更加油润,而粉嫩娇艳的花朵却难免凋零了。

　　此词隐有借用前人诗意的痕迹。孟浩然名作《春晓》云:"春眠不觉晓,处处闻啼鸟。夜来风雨声,花落知多少。"不难看出,李词和孟诗一样，都是写窗内之人一番沉睡，窗外之花被风雨摧折，而此人又是惜花之人，面对春花不堪风雨的场景不免心下黯然。此外，《如梦令》还借用了唐人韩偓《懒起》诗末尾几句的诗意："昨夜三更雨，今朝一阵寒。海棠花在否，侧卧卷帘看。"李词和韩诗一样，都营造了人还未起便隔帘看花的场景，只是韩诗的重点在"懒起"，而李词的重点在"惜花"。《如梦令》用两个人物对雨后海棠的不同态度，来表现自己惜花的怅惘心境。词人在词中是"视角人物"，她在浓睡之后并未解醒，将起未起之时，忆起昨夜恍惚中听闻的风雨声，忽然挂念起窗外的海棠花，便急切地询问窗边的"卷帘人"花之境况。由此，"卷帘人"眼中有花而心底无花的漫不经意，与"惜花人"虽未见花而心中了然的情怀牵萦，形成了鲜明的对比。通过侍女对风雨摧花的漠然、对周遭环境的反应迟滞，来映衬主人公敏感的"春心"、丰富的情绪，而这种无可倾诉的心绪、无人懂得的孤独，也在二人的对话中充分展现出来。

这两首词虽然都是以女性作为抒情主人公，但是两位主人公的情态、个性、身份，似乎有所不同。前者明艳活泼、天真烂漫，后者情思宛转、多忧善感。如果将二者理解成同一人的性格不同侧面，恐怕并不是十分准确的解读。其实，结合前代和同时代作者的词作及李清照自己的词作，我们不难看出，《减字木兰花》中的主人公灵动而有生命力，开朗而不被拘束，是具有审美性的"少女"形象，也是词中比较典型的一类女性人物形象。李清照在写作此词时，使用描摹的笔法，以勾勒她的情态来表现她的性格、心境。且词中明显有隐藏的"他者"的观照视角——词中的少女自顾自地展现着她的生命活力，词外的观者静静地欣赏着她的天然情态。一隐一现的

"看"和"被看"的两者,共同构成这首词文本的"内"与"外",由此成为完整的结构。这也是代言词常采用的呈现方式,欧阳修、晏殊、晏几道等作者都有使用此种呈现方式的词作①。或许,现代诗人卞之琳的诗句会有助于我们理解这种结构:"你站在桥上看风景/看风景人在楼上看你/明月装饰了你的窗子/你装饰了别人的梦。"(《断章》)词中的女子自忧自乐,自悲自叹,在词境中她是完全自主的个体,可是如果把镜头拉远,我们会发现词境之外,有一双凝视的眼睛;而那看起来面容鲜活的女性形象,其实又是折射在观者眸子中的映像,凝铸着观者对世界的理解,所以说起来,她们更像是被想象、被塑造的女性形象,具备文学的真实和感染力,而未必拥有最真实的属于女性的情志。

在《如梦令》中也存在两个角色,这两个角色是存在于同一个"次元"和场景之中的。"卷帘人"是为了映衬"惜花人"而存在的,二人虽在对话,却互不理解,这种互不理解正是词人为了表现"惜花人"的情志而有意设置的。此处的"惜花人"既是词中主角,也是作者本人,而不再是被作者揣度、审视、描画的对象。简言之,《减字木兰花》写的纯真、热烈的少女虽然鲜活,却依然是代言,《如梦令》写的那位惜花人,才是李清照在词中的自我形象。

李清照在词中的自我形象是怎样的呢?我们可以从她的名作

---

① 如欧阳修《诉衷情·眉意》:"清晨帘幕卷轻霜。呵手试梅妆。都缘自有离恨,故画作远山长。　　思往事,惜流芳。易成伤。拟歌先敛,欲笑还颦,最断人肠。"晏殊《破阵子·春景》:"燕子来时新社,梨花落后清明。池上碧苔三四点,叶底黄鹂一两声。日长飞絮轻。　　巧笑东邻女伴,采桑径里逢迎。疑怪昨宵春梦好,元是今朝斗草赢。笑从双脸生。"晏几道《临江仙》:"斗草阶前初见,穿针楼上曾逢。罗裙香露玉钗风。靓妆眉沁绿,羞脸粉生红。　　流水便随春远,行云终与谁同。酒醒长恨锦屏空。相寻梦里路,飞雨落花中。"

《一剪梅》《醉花阴》二词中窥得一二：

  红藕香残玉簟秋。轻解罗裳，独上兰舟。云中谁寄锦书来。雁字回时，月满西楼。　　花自飘零水自流。一种相思，两处闲愁。此情无计可消除，才下眉头，却上心头。（《一剪梅》）
  薄雾浓云愁永昼。瑞脑消金兽。佳节又重阳，玉枕纱橱，半夜凉初透。　　东篱把酒黄昏后。有暗香盈袖。莫道不销魂，帘卷西风，人比黄花瘦。（《醉花阴》）

  此二词都是李清照婚后所作。徽宗建中靖国元年（1101年），十八岁的李清照和时年二十一岁的太学生赵明诚成亲。其时，李格非任吏部员外郎，赵明诚之父任吏部侍郎；李清照文名早著，赵明诚也饱读诗书，二人不仅般配，且兴趣相投，并非只基于父母之命、媒妁之言而成的夫妻，而可谓是心灵相契的爱侣。婚后，李清照与赵明诚有聚有离，她常在词中叙写两地相思的愁绪，由此而生的词作，也成为承载她最"经典"、最为后人所熟知的自我形象的载体。

  《一剪梅》是李清照有名的相思之作。荷花已经凋残，而枕衾之间已经有了凉意，是今年的秋寒来得太早吗？也不全是，恐怕是因为心中充满相思之情，所以比平时更加敏感了。音信难通，心中惆怅，幸好还有鸿雁为她传递书信，好趁这月明之夜，用"云中的锦书"来慰藉自己的孤独。下片写"愁"。相思只有"一种"，却影响着"两地"之人，这种闲愁清淡而缠绕不休，或在心头萦绕，或于眉间纠缠，时时不肯把人放过。

《醉花阴》也是李清照的代表作之一。词将相思之愁融入悲秋之感中。时近重阳，秋意渐浓，萧瑟之物候加上别离之愁苦，使得词人满眼凄凉。"薄雾浓云愁永昼"，"薄雾"迷蒙，"浓云"压抑，"永昼"漫长，诸般景致，都由"愁"而起。"瑞脑消金兽"句转入闺中，香炉中的龙脑香渐"消"，暗暗点出韶光催人、红颜空老。"佳节又重阳"，重阳节有登高饮菊花酒的习俗，而满心离愁的词人逢此佳节，只觉光阴之迫促、自身之孤独，并无胜赏之意。"玉枕纱橱，半夜凉初透"，玉枕冰润宜夏，但当此秋节，却有些不合时宜了。"半夜凉初透"暗含二层意：其一，词人因寂寞而善感，秋凉初至，便已入心了；其二，词人因相思而难眠，及至"半夜"还无法安枕。过片"东篱把酒黄昏后，有暗香盈袖"写赏菊饮酒，但其意态不是从容玩赏佳节，而似乎是借酒浇愁。菊花之"暗香盈袖"，词人却不能沉醉其中，而是顾影自怜，感叹相思煎熬，西风透帘，吹残了菊花，也吹瘦了词人的身影。

　　词就佳节而写相思。句句不离节候的特点，同时句句都在表现相思。因为相思，她觉得白昼太长，夜晚太冷；因为相思，她独自一人把酒东篱，品尝寂寞；因为相思，她"衣带渐宽终不悔，为伊消得人憔悴"。因为相思，薄雾、浓云、秋凉、暗香、西风、黄花，所有意象都带有忧伤的色彩，但是并不过分低沉和压抑，是一种经理性调和、克制后的忧伤。

　　这两首词都是直抒己怀，词人自己即是词中的抒情主人公。《一剪梅》词的名句"才下眉头，却上心头"是化用欧阳修的"都来此事，眉间心上，无计相回避"（《御街行》），虽是化用，却又生出一番新的意趣。在词中，词人是一位为离愁所困的闺中少妇，她不乏传统词作中"思妇"忧愁的特质,但又比被困于闺阁、最多也只能登楼遥望的传统"思妇"拥有了更大的空间,她踏上兰舟,仰望明月,目穷鸿雁,虽然依然不能远踏关山,但毕竟已经更自由了一些。她"轻解罗裳"的女儿情态中不无潇洒,她等待"锦书"的时候虽亦心焦,但还是自信对方与自己是两心相许的,阻隔只在山川之间;哪怕是为相思所困颦眉痛心之时,也不乏清醒的自我观照,"才下眉头,却上心头"的描述,节奏不疾不徐,是颇为优雅的"痛感"描写。

而在《醉花阴》中,她的自我形象更不同于传统思妇。独居寂寞、夜簟风凉,重在表现思妇的离愁;东篱赏菊、黄昏把酒,则又是文人的雅趣。而写菊花不写其雅静而将其凋残与人之消瘦相映,又是一种颇为女性化的表现方式,于是词便兼具了女性的细腻、离人的愁怀和文人的雅趣,颇为特别。

李清照另有一首咏桂的《鹧鸪天》,其上片云:"暗淡轻黄体性柔。情疏迹远只香留。何须浅碧轻红色,自是花中第一流。"此数句虽然是描摹桂花,但也透露了词人的审美观,甚至可以说暗含了她对理想人格的描绘和追求。词所咏的桂花,是一种色彩并不绚丽却清香沁骨的花。它情疏迹远,暗香幽然,不以"浅碧轻红"来炫人眼目;它虽然志不在与他物争胜,但格调超绝,令人心仪,"自是花中第一流"。其实,李清照作词、做人的态度,不也与之有相似之处吗?她不向往浮华和虚名,不走被规定好的道路,也并不如何在意他人的评断。这种自在而从容的态度,与她在词中描绘的境界颇为相似。

除写闺阁相思、春愁秋怨之外,李清照还写闲居的日常、雅淡的清欢，如"枕上诗书闲处好，门前风景雨来佳"（《摊破浣溪沙》）是也；写岁月的寥落、人生的寂寞，如"旧时天气旧时衣。只有情怀不似旧家时"（《南歌子》）是也。即使是写孤独，也不只是自怜自伤，亦有俯仰天地而知此身孑然的悲慨，如"临高阁，乱山平野烟光薄。烟光薄，栖鸦归后，暮天闻角"（《忆秦娥·咏桐》）是也；即使是写愁怨，也不是只有缠绵凄婉，亦有寄悲怨于萧散者，如"故乡何处是。忘了除非醉。沉水卧时烧。香消酒未消"（《菩萨蛮》）是也。

后人在理解、阐释李清照的词风和个性时，常喜欢举其《渔家傲》为例，尤其"我报路长嗟日暮。学诗谩有惊人句。九万里风鹏正举。风休住。蓬舟吹取三山去"等数句，以此说明她词风有豪放的一面，且志向高远，力求摆脱现实束缚。其实，他们的结论不能算错，但论证的过程未免过于简单，勾画出来的面目也扁平模糊。关键的问题在于，李清照是为何事所困，她是怎样与之对抗的？她想要去往何处，又是否最终到达？

## 02 人生悲欢与无物之阵

李清照十七岁那年，曾因所作的一组名为《和张文潜浯溪中兴颂》的诗，显露出不凡的诗才、学识和胸襟，在文坛崭露头角，名声初振。该组诗歌是对张耒《读中兴颂碑》的和作，而张耒此诗，又是基于元结的《大唐中兴颂》一文而生。唐肃宗上元二年（761年），元结作《大唐中兴颂》一文，十年后，他丁忧返回家乡浯溪，请时任抚州刺史的颜真卿书写此文,并将之刻于浯溪岸边的岩壁上。元结原文主要评述安史乱发和肃宗平乱,写对国家乱后再兴的期望。围绕此作而生的张耒诗和李清照诗,自然也把关注点放在了安史之乱上。二人之诗都反思了安史之乱发生的原因,但结论并不相同。张耒诗说"玉环妖血无人扫,渔阳马厌长安草。潼关战骨高于山,万里君王蜀中老。金戈铁马从西来,郭公凛凛英雄才。举旗为风偃为雨,洒扫九庙无尘埃",其中"妖血"一词,有鲜明的感情色彩和评判意味,暗示杨玉环是乱国元凶,而"潼关战骨高于山,万里君王蜀中老"二句,上句写兵将战败后死伤的惨状,下句写君王"西狩"时凄凉的情状,把本职为护卫国家安危的兵将视为"妖妃"祸国的受害者,更把对国家的兴亡负有首要责任的君主放在"无辜受难者"的位置。

而李清照的诗作则说:"五十年功如电扫,华清花柳咸阳草。五坊供奉斗鸡儿,酒肉堆中不知老。胡兵忽自天上来,逆胡亦是奸雄才。勤政楼前走胡马,珠翠踏尽香尘埃。何为出战辄披靡,传置荔枝多马死。"(《和张文潜浯溪中兴颂》其一)在她看来,正是因为玄宗不能居安思危,骄奢淫逸,"五坊供奉斗鸡儿,酒肉堆中不知老",才会有"胡兵忽自天上来"的乱局;正是因为玄宗当年为博杨玉环欢心而"奔腾献荔枝。百马死山谷"(杜甫《病橘》),才会有后来"出战辄披靡"的怪事。由此说来,她的结论与张耒的大不相同,直指玄宗是安史之乱的第一责任人。

李清照这组诗作的诗笔、史才、见识自然出色,且其中或许还体现了她与性别有关的立场,即剥除父权语境而公允评价历史事件的立场。张耒也是苏轼的门生,是与她的父亲平辈论交的前辈成名诗人，但李清照在和其诗作的时候，并未人云亦云，而是率直地阐论了自己与原作者对立的观点，又有理有据，文采斐然，其才华和胆魄都令人惊叹。

次年，她在汴京与赵明诚结为连理。

说起李清照的人生起落，其夫赵明诚是无论如何都不得不提的重要人物。

我们在描述她的经历和创作时，常以靖康之变为界，将之分为前后两期。认为前期她虽也时有相思别离之苦，但生活的色调整体是明朗的；后期她亡国、丧夫、失产，万般悲苦。由此，我们又常常将李清照后期词作的哀戚格调，与其丧夫一事作直接的关联。

这样的说法，同样不能算错，李清照前后期词作的情感基调，确实有明显的变化，此种变化当然与她的人生际遇息息相关，但仔细思量，却仍不免生出几分不解——丧妻的文人如元稹、梅尧臣、苏轼等，并未因其妻子逝去便人生灰暗、文风大变；先丧妻后亡国，且自己便是国主的李煜，使其文风大变的也并非丧妻，而是亡国。为何到了女性作者身上，我们便自然而然地认为"家"比"国"对她而言重要得多，认为爱情的失落、斯人的逝去，才是她所遭受的最大打击呢？此种苦难，是否会浇灭她全部的生命之火呢？

"丧夫使得李清照生活悲苦，词风大变"——这一结论确实有一个特殊的前提：李清照和赵明诚的夫妻关系在当时显然是非典型性的。古代典型的夫妻关系是一种伦理性的家庭关系，而非感情性的亲密关系。夫妻不论情爱，首重"合伦"。所谓"合伦"，又必然说到"夫为妻纲"这一原则，即丈夫是夫妻关系中的主导者，妻子是从属者，妻子的言行进退，要唯丈夫马首是瞻。传统所称道的模范夫妻如梁鸿和孟光者，世称"举案齐眉"，孟光爱梁鸿之才，梁鸿重孟光之德。其实，这种看似理想的相处模式，也并非求其二者彼此相和，而重在妇对夫遵奉扶持、亦步亦趋。如苏轼为续妻王闰之所作的祭文，就赞她"妇职既修，母仪甚敦，三子如一，爱出于天。从我南行，菽水欣然"（《祭亡妻同安郡君文》），说她是一位安处贫贱的贤妻、善待子女的良母，十分"称职"。

如若从"称职"的角度来评价李清照作为妻子的"成绩"，她似乎并不出色。她与赵明诚成婚二十余年，始终未生育儿女；她作为妻子，文名盖过了丈夫；她在丈夫去世后，还发生了一桩疑似再婚的公案，使得后人常就其真伪争讼不休。

但若抛开这些身后毁誉，李清照能与赵明诚遇合自然算得上幸运。二人都能诗能文，又都对金石书画的收藏、研究感兴趣。新婚的头两年，他们优游岁月，醉心于读书和收藏。由于当时并不宽裕，所以常常将衣物典当，拿着质押换来的钱去相国寺买碑文。购得满意的作品之后，便一同在灯下展读赏玩。两年后赵明诚出仕做官，便立下了要尽搜天下之奇字古文的志愿，而这一志愿也被李清照视为己愿。因为赵明诚父亲仕途顺利，渐渐官居高位，其亲旧常能接触到国家图书和馆阁史料，所以赵明诚也就近水楼台先得月，搜集到了很多珍贵的古文经传和竹简文字。每搜集到一篇作品，他们都一同抄写，深得其趣。后来搜集范围又扩大到了古人书画和上古奇器上。有一次，有人以二十万铜钱的价格售卖南唐画家徐熙的《牡丹图》，这个价格已远超他们的承受范围，他们把玩了两天两夜，虽然爱不释手，但最终还是因无法筹措到这笔巨款，忍痛还给了卖家。

这段"发愤忘食，乐以忘忧"的岁月，几乎是李清照人生中最好的时光。在若干年后所作的《金石录后序》一文中，她满怀眷念地记录下这些生活的片段。但是在这段时光中，她也有忧愁。北宋中后期，新旧党的党争绵延了数十年，政局暗流涌动。李格非系苏轼门生，被目为"旧党"。徽宗崇宁元年（1102年）七月，李格非被列入元祐党人名单，凡列此名单者，不能在京城任职，所以他被罢免了提点京东路刑狱一职。九月，徽宗又亲自书写了元祐党人名单，树碑于端礼门。李格非前途堪忧，赵挺之却接连升官，当年八月，官拜尚书左丞。李清照曾写信给他，希望他能对父亲施以援手，信中有"何况人间父子情"的句子，表达自己对父亲的担忧之情和对公公的请求之意，但是赵挺之并未如其所愿[①]。

李格非奉旨离京返回原籍后，局势还在恶化。崇宁二年（1103年）九月，徽宗下诏禁止元祐党人的子女居住京城，不久又诏令"宗室不得与元祐奸党子孙为婚姻"，次年复诏曰"党人子弟，不问有官无官，并令在外居住，不得擅到阙下（京城）"。严旨之下，无从抗命，李清照只能返回家乡与父亲同住。

崇宁四年（1105年），赵挺之自己也经历了仕途的风云变幻。他先是因屡次直陈蔡京的奸恶而被其排挤，便自请罢免尚书右仆射之位。不过次年，蔡京罢相，赵挺之又被起用。当年，徽宗令人毁掉元祐党人碑，解除前时的禁令，命相关人等返归京城，李清照也

---

[①] 李清照曾在崇宁元年（1102年）、崇宁四年（1105年）两度上书赵挺之请求他帮助父亲，均未成功。崇宁四年时，李清照有诗句说"炙手可热心可寒"，似乎是对公公明哲保身的冷漠态度有不满。由于该诗全诗已佚，我们也只能在此残句中，略微体会她的不平与愤懑。

得以返京与赵明诚团聚。

然而大观元年（1107年），一场更大的风波降临了。正月，蔡京复相位，三月，赵挺之在罢尚书右仆射之位后数日因病去世，赵家在汴京再难立足，而李清照也随丈夫回到了他的家乡青州，在此居住了十余年。

她初来之时，将其室命名为"归来堂"，自号"易安居士"，取陶渊明《归去来兮辞》"倚南窗以寄傲，审容膝之易安"句意，意谓跌宕不改其志，室陋不碍闲情，自有风骨。据《金石录后序》所言，这十多年间，她和丈夫更是把精力放在了搜集、整理、校勘金石书画上：

> 后屏居乡里十年……每获一书，即同共勘校，整集签题。得书、画、彝、鼎，亦摩玩舒卷，指摘疵病，夜尽一烛为率。故能纸札精致，字画完整，冠诸收书家。余性偶强记，每饭罢，坐归来堂烹茶，指堆积书史，言某事在某书、某卷、第几叶、第几行，以中否角胜负，为饮茶先后。中即举杯大笑，至茶倾覆怀中，反不得饮而起。甘心老是乡矣。故虽处忧患困穷，而志不屈。

虽然这是一段政治失意、生活动荡的时期，但赵、李二人的精神世界并不贫瘠，反而因醉心于文艺、相契于心魂而倍觉满足。李清照自述道，他们几乎摒弃了一切对浮华生活的追求，"食去重肉，衣去重采，首无明珠、翠羽之饰，室无涂金、刺绣之具"，生活之中却不乏"小确幸"和"大欢喜"。前者，如他们在校勘之余所玩的较量谁更博闻强识的游戏，规则是谁能说对某典故的出处，便能先饮茶，嬉闹之间，反而打翻了茶杯。"赌书泼茶"的会心之乐，非言语所能尽道。后者，是他们找到了一生的志趣所在，欣然于爱侣与己同心，也欣然于自己穷达不改，所以不免生出愿望：希望能在这样的生活中终老。

但天不遂人愿，靖康元年（1126年），金军进犯汴京，时任淄州知州的赵明诚闻时变后，意料到自己满屋的藏品在乱世难以保全，注目之间，"且恋恋，且怅怅，知其必不为己物矣"。建炎元年（1127年），赵明诚奔母丧南下，由于无法将藏品尽载，所以他作了一番痛苦的取舍，"乃先去书之重大印本者，又去画之多幅者，又去古器之无款识者，后又去书之监本者，画之平常者，器之重大者。凡屡减去，尚载书十五车"，辛苦辗转到达建康。此外，还有大量藏品收藏在青州家中，占地十余屋，计划以后有机会再运送。

次年九月，赵明诚被任命为建康知府，建炎三年（1129年）五月，他又被任命为湖州知州，奉旨入朝。六月十三日，李清照在舟中与他作别，心中已有不祥的预感。她忽然问道："如果城中局势危急，该何以应对？"赵明诚嘱咐道："若是万不得已，先丢弃包裹箱笼，再弃衣服被褥，再弃书册卷轴，再弃古董。只是那些宗庙祭器和礼乐之器，最好随身携带，与自身共存亡。"在他看来，浮华当先舍，生计可后谋，但那些辛苦收藏、蕴含着文化传承的重器，却与性命一样重要。只是乱世之中，连人命都危如累卵，身外之物更是难全，不幸往往会以想象不到的方式重重砸来。接下来，李清照的人生进入了急速的坠落期。

她先失去了丈夫。赵明诚到了建康之后，罹患了疟疾。李清照接信后昼夜兼程赶到建康，见到的是已病入膏肓的丈夫，她仓皇之间都不敢询问身后事如何安排。数日后,赵明诚留下绝笔诗,撒手人寰。

接下来,他们爱若性命的藏品也渐次失去。赵明诚死后,本来还留有古籍二万卷,金石刻二千卷及大量器物。但是在兵乱之中,意外接连发生。丈夫去世后,她大病一场,又听到了长江将要禁渡的消息,情势急迫,身心难支,便把大量的藏品托付给赵明诚时任兵部侍郎的妹婿,派人将之送到他所在的洪州(今江西南昌),结果数月后金军攻陷洪州,这批古物遂尽皆陷落。此时,李清照身边还存有一批卷轴、写本、书帖、鼎彝珍品。她考虑到长江上游局势莫测,便决定投靠时任敕局删定官的弟弟李远。但到了台州后,听闻台州知州已经逃遁,她不敢在此停留,又辗转数地,于绍兴二年(1132年)到达杭州。

在此过程中,又有两次打击,使得本已所余不多的藏品几乎尽皆失去。一次祸起于谣言——赵明诚生病时,有一位名叫张飞卿的学士携带一把玉壶过来看望他,离去时也已将此壶携去。可是不久,就有谣言传出,说这把玉壶是赵明诚委托张飞卿贿献金人的通敌证据,据说还有人暗中上表检举弹劾。如此重大的罪名,李清照不敢不辩,但面对谣言,又难以自证,于是她决定将家中所有的青铜器等古物投献给国家,以明清白。但当她赶到越州时,高宗已经离开越州前往四明了。李清照不敢将这批东西留在身边,便将之连同写本放在剡县,后来被官军搜去,据说被一位李姓将军所得。还有一次,是被贼人觊觎——此时,李清照只剩下五六筐书画砚墨,她将之置于床榻之下,生怕再失去。但寄居在越州一户钟姓人家家中时,一日夜里,有人挖穿墙壁,将她仅剩的藏品几乎尽数盗走。伤心之余,她发出悬赏,希望能够追回失物,一个叫钟复皓的邻居拿着十八轴书画来求赏。李清照心知他与偷盗之事脱不了干系,但也只能万般求恳,对方无动于衷。数年后,她得知,这批藏品已被贼人低价卖给了福建路转运判官吴说。

《金石录后序》一文,是李清照五十二岁时为赵明诚的《金石录》所作的序文。痛定思痛,痛何如之!文章的用词并不十分激烈,但悲咽之哀,有过于纵声痛哭。李清照一生,拥有过的何止金石藏品,她看过国家的繁华,享过世家的荣光,持着无双的彩笔,写过精妙的诗词。她在女性只被标举退守之"德"的时代,与男子一样读过经书;她在女性常被安排成为"贤内助"的时代,拥有了自己的灵魂伴侣;她在女性被视作见识短浅者的时代,无时无事不显露着自己超人的胸襟。在《金石录后序》的文末,她这样写道:

> 今日忽阅此书,如见故人。因忆侯在东莱静治堂,装卷初就,芸签缥带,束十卷作一帙。每日晚吏散,辄校勘二卷,题跋一卷。此二千卷,有题跋者五百二卷耳。今手泽如新,而墓木已拱,悲夫!……呜呼,余自少陆机作赋之二年,至过蘧瑗知非之两岁,三十四年之间,忧患得失,何其多矣!然有有必有无,有聚必有散,乃理之常。人亡弓,人得之,又胡足道!所以区区记其终始者,亦欲为后世好古博雅者之戒云。

《金石录》犹在,金石之物与撰此书者皆已不存。李清照忆起当年在青州故居,他们在灯下校勘题跋书卷的情形,只觉恍若隔世。凡将癖爱与心魂相系者,常常生死不能舍之,而如此艰辛所得之物，最后尽皆骤然失去，这自非情之所堪。但已过知天命之年的李清照，面对不可对抗的命运苦难，还是自宽说聚散离合是人世间的规律，有人失去，便意味着有人得到，而至少，这些珍物还有相当一部分留存于世间，那么它们是否属于自己，也不是最重要的了吧？

这些金石藏品是李清照半生心血所在，也是亡夫去世前谆谆嘱托要以命相护的，更是他们当年生命的印迹。失去它们所致的痛苦和绝望，绝非旁人所能想象。但是此时，李清照不仅接受了，还能以如此超然的眼光去看待此事，这是濡染着痛苦的平静，也是洞晓人生之无奈后不得不尔的坦然。亡国之人能在兵燹中留得性命，已是幸运，还能再求保全身外之物吗？这是无奈之一。身为女子，纵有过人的才具、通达的眼光，可是在失去丈夫又持有宝物的情况下，终究成了恶人谋算的对象，他们或者炮制谣言逼迫于她，或者有恃无恐地直接盗掠。李清照的才华，再加上她书香门第的出身，在治世还能为她谋得一些超过寻常女性的生存空间，在乱世却对她的困境于事无补。此时，她作为"女性"的弱势地位才是她身上最突出的东西。这是无奈之二。所以，她在《金石录后序》中所表现的通达，可以说是看尽悲欢之后的宠辱不惊，也可以说是直面人生无奈时，被掩盖在平静之后的心酸。

李清照的晚年境况如何？从她的后期词作来看，寂寞、悲苦确是主调。名作《声声慢》所描绘的"寻寻觅觅，冷冷清清，凄凄惨惨戚戚"的状态、见过雁而联想起自己寄书无人的悲凉、听梧桐滴雨而感慨时光难熬的哀愁，其实不仅是因为失去"丈夫"，还因为失去"知己"。

绍兴九年（1139年），她五十六岁时所作的《永遇乐》也是一首名作：

落日熔金，暮云合璧，人在何处。染柳烟浓，吹梅笛怨，春意知几许。元宵佳节，融和天气，次第岂无风雨。来相召、香车宝马，谢他酒朋诗侣。　　中州盛日，闺门多暇，记得偏重三五。铺翠冠儿，捻金雪柳，簇带争济楚。如今憔悴，风鬟霜鬓，怕见夜间出去。不如向、帘儿底下，听人笑语。

元宵节是古时大节。在实行宵禁制度的唐朝，元宵节当夜却不设宵禁，可以彻夜狂欢。宋代的城市发达程度又胜唐代，元宵节的盛况更是前所未有。据《东京梦华录》记载，在御街两廊下，有各种奇术异能、歌舞百戏表演，乐声、人声绵延十多里。运动类，如击丸、蹴鞠；杂技类，如踏索、上竿；魔术类，如吞铁剑、药法傀儡、吐五色水；乐器类，如古琴、箫管；戏剧类，如杂剧、杂扮；说书类，如说五代史故事；驯兽类，如"猴呈百戏，鱼跳刀门，使唤蜂蝶，追呼蟭蚁"，奇巧纷呈，别开生面，是满城士女游赏的盛会。当年在汴京，李清照定然有不少关于上元夜的美好回忆，但如今在临安，哪怕某些人仍有"直把杭州作汴州"的游兴，她也断然没有重赏繁华的兴致了。其一，是不忍重赏。"吹箫人去玉楼空，肠断有谁同倚"（李清照《孤雁儿》），经历过国破家亡、生离死别的悲苦之后，怎会再有沉醉红尘的心绪呢？鬓之灰犹不能重青，心之灰又岂能重热？其二，是不能重赏。李清照在北宋灭亡时所作的《夏日绝句》说："生当作人杰，死亦为鬼雄。至今思项羽，不肯过江东。"后人一般将其解作以赞颂项羽不渡乌江的气节,来讽刺南宋君臣丧权辱国、退缩苟安。这种解释自然是可以成立的。但是在此之外,性格刚毅、以"士"自期的李清照,在写作这首诗的时候,难道不会联想到自己也是仓皇渡过了长江,而没有像项羽一样以生命来捍卫尊严吗？作为普通人,渡江以图自存,不能算多大的错误；可是作为羞于戴南冠、作楚囚的读书人,此事毕竟是忍辱之举,又怎能在苟安之地再图欢会呢？所以,"风鬟霜鬓"的她,彻底作别了"铺翠冠儿,捻金雪柳"的承平岁月,甘作元夜"笑语"的旁观者。

所以,李清照的悲欢荣辱,仅仅牵系于爱情的得失一事吗？并不尽然。使得她晚年凄凉的,除了丧夫、无子的现实困境,还有国家的变乱、年华的老去、人生的孤独。她的《菩萨蛮》词说:

>风柔日薄春犹早。夹衫乍着心情好。睡起觉微寒。梅花鬓上残。　　故乡何处是。忘了除非醉。沉水卧时烧。香消酒未消。

这首词的格调并不十分晦暗,在早春的微风之中,初醒的她心情甚至是愉悦的。"此处"有微寒的春意、插鬓的梅花、燃尽的沉水香和未曾消尽的酒意。而"彼处",是忘不了的故乡、回不去的岁月。只有在酒醉之时,她才能从对"彼处"的怀念中暂脱,驻留在"此处"。梅花初残,暗喻草木零落、美人迟暮；"香消酒未消",意谓将醒未醒,那短暂的恍惚,隔断了现实和回忆,让此心获得片时的"安宁"。

屈原沉江,我们认为他是失意于政治故有此举；后主悲歌"问君能有几多愁",我们明了他是亡国被囚而陷入绝望。那么,李清照的悲吟,又仅仅是因丧夫而发吗?她身在闺阁而有家国之心,困于凡尘而怀锦绣之才,她拥有而又最终失去的,又岂止爱情呢?

## 03 "才女"的困境

当然,当我们强调李清照超乎一般女性的特异处时,仍然不能忘记,女性的身份在框定着她的一生,关于女性身份的标准在"定义"着她的言行举止,影响着她身后的毁与誉。

在古代社会,女性受教育的机会远比男性要少。从社会现实的角度而言,世人认为她们既然无法出仕为官,读的书没有用武之地,自然也无须多此一举去识字作文;从社会文化的角度而言,古人为女性和男性的"优秀"订立了两套完全不同的标准。男性有经世致用的才华,能作出锦绣文章,能在广阔的世界中有所作为,可谓"优秀";而女性的天地只有一方宅院,她们的"事业"只是相夫教子,所以被视为典范的女性,往往是贤惠、安分,没有自己特别的性情和欲求的。在这种文化氛围下,她们无法获得独立的个体价值,便只能在丈夫、儿子的成功中分得一些荣光。汉代班昭的《女诫》便是这种价值取向的经典文本,其《妇行》篇说:"夫云妇德,不必才明绝异也;妇言,不必辩口利辞也;妇容,不必颜色美丽也;妇功,不必工巧过人也。""德、言、容、功"被称为女性的"四德",她认为女性之"德",不在才高;女性之"言",不重巧辩;女性之"容",不必美艳;女性之"功",不尚工巧。换言之,在男性主导的社会中，女性不必、不需、也不应有自己独立的见解、自立的能力、超群的内在，而只需恬退、无争地成为男性在家庭中的辅弼和从属即可。所以其《敬慎》篇又说："阳以刚为德，阴以柔为用，男以强为贵，女以弱为美。""以柔为用""以弱为美"意味着女性成了天然的弱势者、附属物，这种观念又随着千百年的系统性教化，固化成人人都觉得自古皆然、天经地义的伦常。譬如前文提到的那位王庭珪为其撰墓志铭的段氏，虽然熟读经史子集，不乏文才，但最后依然是被这样赞誉的："夫人初以孝谨事其姑，称贤妇；以宾礼遇其夫，为贤妻；以诗书自教其子，而识其子之所与游者皆伟人，可谓贤母。妇人之德，莫隆于此。故略其细行而志之。"她虽然读书识字，但最后人生价值也只在相夫教子，而她在称职地完成了这个任务后，便被称道达到了女性德行的极致。

在这种前提下，一位女性既识了字、有了过人的才华，才名胜过了他的父亲、丈夫，又一生不育子嗣，甚至还有再嫁的传闻——那么，她虽称不上离经叛道，但定然已背离了女性人生的标准"模式"，她越是有才华、有自我、有个性，也就离基于传统道德的赞誉越远了。那么，她在文学上能被公允地评价吗？她的文学评价会被道德评价影响吗？

李清照的才华倒是早就得到了认可。北宋文人朱彧称赞她"诗之典赡，无愧于古之作者；词尤婉丽，往往出人意表，近未见其比"（《萍洲可谈》），说她诗词俱佳，完全可与古今名家比肩；南宋大儒朱熹把她和魏夫人视为宋代女性有才者之冠，还特别称赞她诗句中的风云之气，说其中的眼光、见识"岂女子所能"（《朱子语类》）。不难看出，论者对李清照的称赞是基于以下两点：其一，她确实秉超人之才，有惊人之作，本就值得世人注意；其二，她作为女性，能够有这样的文学造诣，尤其让人惊奇。

对于第二点，论者又有几种不同的态度。第一种态度是认为她在当时女性的才识水平普遍逊色于男性的前提下，能够有这样的文笔和胸襟，实在难能可贵，如前述朱熹之语，就是持这样的观点，明人祝允明称赞李清照"有此文才，有此智识，亦闺阁之杰也"（《古今文致》），亦是如此。第二种态度是认为她卓然名家，其成就已经超越了性别身份所限，不必将之视为"女性文人"，而只强调其"文人"身份即可。如明人杨慎说她的词不仅是宋代女性词的翘楚，也是宋词中的翘楚，"使在衣冠，当与秦七、黄九争雄，不独雄于闺阁也"（《词品》）。无疑，在男性文人和评论家为主体的古代文坛，杨慎所持的是一种较为通达、大气的态度。第三种态度则与之截然相反——论者也承认李清照才华过人，但他们立足于绝对强势的男性语境，以俯视的视角、审判的态度来看待李清照的文学创作和人生经历，如明代文人叶盛谈到她的《武陵春》词时，发出了这样的感叹："玩其辞意，其作于序《金石录》之后欤？抑再适张汝舟之后欤？文叔不幸有此女，德夫不幸有此妇。其语言文字，诚所谓不祥之具，遗讥千古者矣。"叶盛的态度很有代表性，他认为，李清照有才而"无行"，才愈多，所造成的"负面影响"也愈大。而他说李格非有女如此、赵明诚有妇如此十分不幸，其出发点依然是将李清照作为其父、其夫的附属物，认为她不安其位，有悖女德，所以她的文章，也就成了"不祥之具"。

无疑，李清照是男性占绝对优势的文学世界的"不速之客"，她的作品中体现的不同于一般闺阁女子的眼界和态度，她的经历中反映的不受传统伦理框限的心性和魄力,与她具有"超性别"特征的作品一起,构成了一道独特的风景线。对于她的"闯入",胸次高旷、眼界开阔者能够坦然欣赏;自矜身份、重视"道统"者,轻则傲然睥睨,重则搬出伦理规范,指责她未尽到作为女子、妻子的本分,虽然他们的评判严厉程度不同,但都有一种天然的傲慢。

当然,面对李清照这种文学史中的"意外",也有男性文人不仅欣赏,还引之为知音。如明人茅暎在他的《词的》中,曾一再表示对李清照的惺惺相惜:

> 易安,我之知己也。今世少解人,自当远与易安作朋。(《如梦令》)
> 易安往矣,不可复得。每作词时,为酹一杯酒。(《点绛唇》)

称赏李清照词的人并不少,但茅暎的态度依旧是独特的:他在评论易安其人其词的时候,全不为她的"女性词人"身份所拘牵,既不因她是女性而放低标准,格外加以青眼,也不因自身是男性而自视过之,畏惧对方锋芒盖过自己,而是以"平视"的态度,通过评赏作品来与她神交。她写出的,他看见了,于是便认为对方是自己的知己,只恨不能处于同一时代、与之相识,所以茅暎自己作词之时,想起这位"异代知己",不免心胸激荡,要以酒相酬,望通古今。

其实,读前人诗词而暗自叫绝,自称恨不能拊掌击节、浮白载酒者,在诗话、词话中本非稀见。但我们若将后人对李清照作品的评论稍加整理,却会发现在其中,这类表达是少有的。论者在面对李清照及其作品时,依然将她视作"闯入者",将她的作品视为"稀罕物"，或直接俯视，或以看似仰视、其实暗藏俯视心态的姿态来称颂，而不习惯将之与传统的作者、作品置于统一的标准下，破除身份偏见，立足文本本身。正因如此，茅暎的态度才显得别具一格。

欣赏李清照的人不少，批评她的人也很多。宋人王灼《碧鸡漫志》评论她时，首先承认她"才力华赡，逼近前辈，在士大夫中已不多得。若本朝妇人，当推词采第一"。不过接下来他笔锋一转，以两事直斥李清照：其一，在赵明诚死后再嫁张汝舟；其二，"作长短句，能曲折尽人意，轻巧尖新，姿态百出。闾巷荒淫之语，肆意落笔。自古搢绅之家能文妇女，未见如此无顾藉也"，说她作词虽然在情态上淋漓尽致，但常用市井口语，又毫无女性作者"该有"的含蓄蕴藉，太过肆意无忌，有违贵族女性的身份。

先说王灼批评的作词肆意无忌一事。抛开道德评判的部分，其实王灼的描述并没有错。李清照是一位很有自己主张和特色的词人，她的词常用赋法勾勒，力求曲尽人情；常以俗语入词，雅俗融合；常直写自我情怀，略无顾忌。譬如她在词中，常写自己饮酒、醉酒的情形，如"莫许杯深琥珀浓。未成沉醉意先融"（《浣溪沙》），"不如随分尊前醉，莫负东篱菊蕊黄"（《鹧鸪天》），"险韵诗成，扶头酒醒，别是闲滋味"（《念奴娇》），如词中所写，她独处时饮酒，赏菊时饮酒，写诗时饮酒，破闷浇愁，也要饮酒。"饮酒"这一对"文人"来说具有仪式性和诗性的常见活动，到了"女性文人"身上却好像复杂了起来。所以但凡是抱持"旧时代女性应安分守己"的要求或期待去读李清照词者，恐怕都会大失所望。

李清照所作的《词论》一文，也是她常被后人关注评论的作品。文章篇幅不长，在词史上却有相当大的影响力。她简单叙述了词的发展历程，还评论了宋代多位著名词人，指出他们的得失长短，阐述自己"词别是一家"的理论：

> 逮至本朝，礼乐文武大备。又涵养百余年，始有柳屯田永者，变旧声作新声，出《乐章集》，大得声称于世；虽协音律，而词语尘下。……至晏元献、欧阳永叔、苏子瞻，学际天人，作为小歌词，直如酌蠡水于大海，然皆句读不葺之诗尔。又往往不协音律……王介甫、曾子固，文章似西汉，若作一小歌词，则人必绝倒，不可读也。乃知词别是一家，知之者少。后晏叔原、贺方回、秦少游、黄鲁直出，始能知之。又晏苦无铺叙；贺苦少重典；秦即专主情致而少故实，譬如贫家女，虽极妍丽丰逸，而终乏富贵态；黄即尚故实而多疵病，譬如良玉有瑕，价自减半矣。

此处评论的词人柳永、晏殊、欧阳修、苏轼、王安石、曾巩、晏几道、贺铸、秦观、黄庭坚都是名家，她很直接地指出各家存在的问题，言辞不可谓不锋利。宋人胡仔在其《苕溪渔隐丛话》中表述了对她言论的不满，引用韩愈的诗句"不知群儿愚，那用故谤伤。蚍蜉撼大树，可笑不自量"来批评她。清人裴畅更是批评道："易安自恃其才，藐视一切，语本不足存。第以一妇人能开此大口，其妄不待言，其狂亦不可及也。"（冯金伯《词苑萃编》）言下之意是说李清照作为女子，竟敢公然批评诸位男性著名词人，实在是不知天高地厚。胡仔和裴畅二人的话严厉程度不同，但其实都秉承同一出发点：他们认为，女性作者本来就不具备与男性作者平等论文的权利。

再说传闻她曾在晚年与张汝舟成亲一事。关于此事是否真实发生过，文史学界至今犹有争议。关于此事的最早记载，见宋人赵彦卫的《云麓漫钞》。其卷十四载有一篇《投内翰綦公崈礼启》，据称为李清照写给綦崈礼的信。据此信说，张汝舟因觊觎李清照的资产，巧语欺骗她与之成婚，婚后李清照窥破张汝舟人品低贱，又难以摆脱他的纠缠，所以举报他"妄增举数入官"（虚报参加科举考试次数以获取官职）。而按照宋朝律法，若妻子状告丈夫，即使所告属实，仍要被判刑。而李清照正是因为得到了綦崈礼的援助，才能在被拘禁九天后得以释放。所以事态平息后她写信以表感谢。

对这桩"逸闻"，相信它是真实的人，或者如王灼一般，颇为不屑地说她"晚节流荡无归"（《碧鸡漫志》），或者颇为惋惜地说她"不终晚节，流落以死。天独厚其才而啬其遇，惜哉"（朱彧《萍洲可谈》）。当然，也有不少人斥此事为虚妄。清代文人孙原湘便持此态度，他借和其名作《声声慢》来为她"辩诬"，他说李清照在赵明诚死后曾哀悼道"白日正中，叹庞公之机捷；坚城自堕，怜杞妇之悲深"，如此情真意切，怎会改嫁他人呢？所以他和友人改琦谈起此事，改琦根据《声声慢》词意来作画，他则和词一首，想要"为居士一雪前谤"，还号召"天下有心人，同声和之"。

何须诉出，满纸凄风，如闻欲语又咽。梦已无踪，还似梦中寻觅。心头几许旧事，尽托与、玉阶残叶。雨外雁，雁边云、并作一天秋黑。　　我诉秋声愁绝。千古恨，除非见伊亲说。画不能言，却胜未曾省识。黄花尚怜瘦影，抱寒香、共守寂寂。纵自怨，怎肯负、霜后晚节。

此词上片勾画李清照的孤冷，下篇自道对她的相怜、相惜、相敬。孙原湘之所以笃定李清照"再嫁"一事不实，恐怕也与他自己的爱情经历有关。他和夫人席佩兰也是一对志趣相投、诗词唱和的佳侣。席佩兰是内阁中书席宝篆的孙女，亦是诗人袁枚的女弟子，袁枚曾称赞她的作品"字字出于性灵，不拾古人牙慧，而能天机清妙，音节琮琤"（袁枚《长真阁集序》）。孙原湘《天真阁集》自序说："原湘十二三时，不知何谓诗也。自丙申冬，佩兰归予，始学为诗。积两年，得五百余首。"据此看来，席佩兰是孙原湘在作诗一道上的老师，孙原湘说他们相处之时，既有闺房之乐，又有切磋之趣，"赖有闺房如学舍，一编横放两人看"（《示内》）。后来《天真阁集》得以付梓，也与席佩兰的大力支持有关，是她卖掉自己的首饰来为丈夫筹措资金，若从这一点来说，席佩兰似乎也有元稹之妻"顾我无衣搜荩箧，泥他沽酒拔金钗"的"贤德"（元稹《遣悲怀》其一）。但在孙原湘眼中，席佩兰却并不只是"贤妻"。他对她的才华、性情十分推崇，其《怜才》诗云："九州四海一倾城，独感怜才出至情。绛帖愿称诗弟子，红楼许拜女先生。隔帘遥授簪花格，立雪微闻咏絮声。佛意仙心多占却，最慈悲又最聪明。"很明显，孙原湘非常赞赏席佩兰的兰心蕙质，孙、席二人作为夫妇，其情感模式很有超越传统之处，与赵、李夫妇颇为相似。也许正是自身的经历，使得他在评论李清照时，也有自我投射的心理。但是，哪怕是这样一位有独特的爱情经历、对感情的态度也相对"开明"的诗人，在描述他心中的李清照时，依然暗含道德的期许，认为李清照必是能坚守"霜后晚节"的人物。

　　如果仅仅从文学的角度而言，李清照无疑是极为成功的文人。

她的词自成一体，且常被词人们效仿，宋代词人侯寘、朱敦儒、辛弃疾、刘辰翁等人都有"效易安体"的作品。如刘辰翁曾作有《永遇乐》词，词序云："余自乙亥上元，诵李易安《永遇乐》，为之涕下。今三年矣。每闻此词，辄不自堪，遂依其声，又托之易安自喻。虽辞情不及，而悲苦过之。"李清照的《永遇乐》是她遭遇家国之变、迁居临安之后所作，而刘辰翁此词也是在国破后所作[①]。他说自己曾于三年前上元节时触景生情，诵读李清照此词而潸然泪下，今日国家残破，再闻此词，更是情难自已，遂作同调词，并在词中摹拟李清照的心境。不需要举更多的例子，我们也能知道，李清照早已用她的作品，影响了古今无数的读者。

身后的毁誉非李清照所能知，而在她生时，她确实不止一次想要将平生所学传于后辈女子，想要让她们也和自己一样能在诗文中见天地，能以笔墨写己心。但是，这个愿望并非每次都能得到满足。有一次，她看中了一位十多岁的孙姓女子，想要收其为徒，结果该女子凛然拒绝道："才学可不是女子的本分。"[②]

李清照收过一位名为韩玉父的女弟子，她留存下来的作品只有一首《寻夫题漠口铺》：

　　南行踰万山，复入武阳路。黎明与鸡兴，理发漠口铺。盱江在

---

[①] 刘辰翁《永遇乐》："璧月初晴，黛云远淡，春事谁主。禁苑娇寒，湖堤倦暖，前度遽如许。香尘暗陌，华灯明昼，长是懒携手去。谁知道、断烟禁夜，满城似愁风雨。　宣和旧日，临安南渡，芳景犹自如故。缃帙流离，风鬟三五，能赋词最苦。江南无路，鄜州今夜，此苦又谁知否。空相对、残釭无寐，满村社鼓。"
[②] 陆游《夫人孙氏墓志铭》："夫人幼有淑质，故赵建康明诚之配李氏，以文辞名家，欲以其学传夫人。时夫人始十余岁，谢不可，曰：'才藻非女子事也。'"

何所，极目烟水暮。生平良自珍，羞为浪子妇。知君非秋胡，强颜且西去。

诗前有序①，叙述了自己作此诗的缘由。她是钱塘人，幼时曾从李清照学诗。及笄后，认识了一位名为林子建的太学生，与其订立了婚姻之约，并生下了子女。但是当林子建得以任官之后，却带着她倾囊相助的行费，背弃了自己"秋冬一定派人来接你"的承诺，从此一去无踪。她无计可施，只能带着孩子从钱塘前往闽地寻夫，间关千里，遍寻无着，在途中写下了此诗。

这是一个看似老套的痴心女子负心汉的故事，略微不同的是，这位女子通晓诗书，且能写出自己的遭际。也许，我们会觉得幸亏她还有言说的能力，能把自己的痛苦记录下来，让它留下痕迹；或许，我们把她和前述之孙氏并举，会得出一个令人不那么愉快的结论：在她们的时代，能否作诗词无补于命运，而能否嫁给一个可靠的丈夫，却会使得她们的遭际有云泥之别。

回到李清照的身上，当一位女性在窄小的天地中想要成为她自己，她将面临什么，需要战胜什么，又将被如何评说？李清照已经用极大的魄力和一生的努力给出了她的答案，而如何看懂这个答案，则需要一双不被历史烟云所蔽的明眸，和一颗能澄清俗世尘滓的心。

---

① 序云："妾本秦人，先大父尝仕。朝乱离落，因家钱塘。儿时，易安居士教以学诗。及笄，方择所从。有一上舍林君子建，为言者有终身偕老之约，妾信之。去年夏，林得官归闽，妾倾囊以助其行。林许：'秋冬间遭骑迎汝。'久之杳然。何其食言耶！不免携女挈自钱塘而之三山。至夏，林已归盱江矣。因而复回延平。经由顺昌，假道昭武而去。叹客履之可厌，笑人事之可乖。因理发漠口铺，漫题数语，留于壁间。如人从夫者也，士君子其无诮。"

# 第三章
# 真实世界与虚构之境：
## 从历史到故事的"变形"

**真与幻**

——本章关注历史上真实存在，又在文学世界中被重新塑造的人物：《三国演义》中神机妙算的诸葛亮、《西游记》中黑白不分的唐三藏，与他们的历史原型到底有多大差别？

# 诸葛亮：
## 成为镜，成为神，成为灯

建安二年（197年），十七岁的诸葛亮决定去隆中居住。此前，幼年丧父的他一直和弟弟妹妹一起，跟随叔父诸葛玄生活。诸葛玄曾做过袁术的属吏，也依附过刘表。这一年，诸葛玄在荆州去世，对刚刚成年自立的诸葛亮而言，这是一个噩耗，也让他自己第一次站在人生的十字路口上。

接下来的十年，他都在隆中躬耕。在外人的眼中，身长八尺的诸葛亮也算得上相貌堂堂，可惜似乎有些眼高于顶、言过其实。他常常以古之名相管仲、良将乐毅自比，这难道不是自视过高吗？不过，诸葛亮的朋友徐庶、崔钧等人都认为他这话不是无稽之言。诸葛亮躬耕之余博览群书，但读书风格又与众不同。友人徐庶、石韬、孟建等人治学都细致精研，而他却总是纵观大略。一日，他预测起三位朋友的前途来，说他们来日可以做到刺史、郡守。对方自然反问他："那你将来能官至何阶呢？"他笑而不答。

这个当年诸葛亮留下的悬念，在数十年后有了世人皆知的答案。他做了刘备的股肱之臣，为蜀汉基业之兴立下了汗马功劳。后来，他又成了刘备的托孤之臣，在其身后辅佐后主十一年。建兴十二年

（234年），他再一次率军北伐，不料因常年操劳而身染重病，八月，他怀着对未竟事业的遗憾，逝世于五丈原。

诸葛亮当年的得遇良主、功成名就，和后来的出师未捷、赍志而殁，单独看起来，都不算是历史中独一无二的故事。毕竟，在乱世中发挥才智并留下赫赫英名的，代不乏人，德才兼备却最后未得骋其志、抱憾而终的，也并不罕见。恐怕连诸葛亮本人也未曾料到，千百年后，他除是著名的历史人物外，还是著名的小说人物和文化人物。层层叠加之后，我们今日所见的诸葛亮，和历史上的诸葛亮，还是同一个"人"吗？

## 01　典范：幸运的人臣，有憾的英杰

汉灵帝光和四年（181年），诸葛亮出生在琅琊郡阳都县。这一年，千里之外的都城洛阳正好降生了一位皇子，他便是后来的汉献帝，汉朝的最后一位帝王。

汉献帝刘协虽是九五至尊，但其一生都身不由己。十岁时，他被司空董卓拥立为帝，被迫迁都长安；十六岁时，他又被时任兖州牧的曹操所挟，被迫迁都许昌。十九岁时，他曾策划过一次针对曹操的行动：他召来车骑将军董承，命他伺机刺杀曹操。但这次行动并未成功，事泄后，董承及不少涉事者被杀。

董承在这次最终失败的密谋中，曾经试图策动一个气候尚未大成，但已锋芒初露的人物——刘备。不过刘备忖度此事难成，并未答应与之合作。自称汉景帝之子中山靖王刘胜后裔的刘备，这一年

三十九岁。他父亲早亡，以织席贩履为业，虽出身穷苦，却幼有大志。他家中东南角有一株高逾五丈的桑树，其树冠远望如车盖，往来之人都觉得这是其家将出贵人的征兆。刘备幼时一次与族中同伴在树下玩时，忽然指着桑树说："我将来一定会乘上这样的羽葆盖车。"叔父刘子敬听到此语，大惊失色地训斥："你别胡言乱语，害我们家遭灭门之祸。"

这个故事见于《三国志·蜀书·先主传》，自然是在暗示刘备生来不凡。而将来必然应验的"祥瑞"和未显达时被视为僭越的"狂言"，几乎可以说是开国之君传记的"标配"。从这个角度来说，《史记·高祖本纪》中刘邦年轻时的故事，似乎就是《先主传》中这段故事的蓝本。而刘备发"狂言"后被叔父刘子敬训诫的场景，又和《史记·项羽本纪》中项羽说自己可以取代秦始皇之后被叔父项梁训诫的场景如出一辙。

在性情、爱好方面，刘备和他的远祖刘邦也有相似之处。刘邦好酒，常纵情声色，与同伴狎游；而刘备"不甚乐读书，喜狗马、音乐、美衣服"。二人都是胸怀奇志而并不显山露水、深有城府者。刘备平时喜怒不形于色，话不多，但很有交际能力。一直以来，他都有心结交豪雄，招纳贤士。

刘备的起家之路漫长而曲折，处处显露出他蓬勃的欲望和超群的魄力。中平四年（187年），黄巾之乱又一次爆发，刘备率领自己的队伍参与镇压黄巾军，事平后，他以军功被封为安喜县县尉。但不久之后，因与来巡查的督邮有隙，他将督邮绑住后痛打二百杖，把自己的官印挂在其脖颈上，弃官而逃。后来，他做过下密丞、高唐尉、高唐令等地方小官，依附过公孙瓒、陶谦、曹操、袁绍、刘表等豪强。虽然也曾收到过曹操"今天下英雄,唯使君与操耳"的"认证",成了诸侯们不敢小觑的人物,但直到四十七岁时,仍觉得自己的梦想如在云端,遥不可及。此时,他在荆州已经数年,岁月蹉跎,不免心中焦虑。有一天,他与刘表宴饮,席间如厕时,看到自己大腿内侧的赘肉,不禁垂泪。刘表见状惊问他为何悲伤,刘备回答说自己多年戎马,大腿一直筋肉遒劲,但如今看到"髀里肉生",只觉得功业未成,岁月将晚,突然悲从中来,不可抑制。

与此同时,二十七岁的诸葛亮已经在隆中躬耕十年。田园生活绝非他的人生理想,躬耕也只是一种暂时的生活方式。他虽然身在乡野,但读书不辍,精骛八极,心游万仞,一直都在待时而动。建安十二年(207年),对诸葛亮、对刘备而言,都可说是命运转折的一年,伯乐得遇名马,良禽终得梧桐,而天下形势也将要发生大变。

在诸葛亮和刘备的知遇中,徐庶发挥了很大的作用。徐庶早年任侠使气,是重义轻生的豪侠,一次为人报仇时失手被擒,险些被杀,幸为友人所救。此后弃武从文,静心读书,成了颇有学识和谋略的文士。刘备对徐庶非常欣赏,本想重用他,但徐庶却对刘备说:"诸葛孔明才是潜卧的龙,您想要结识他吗?"刘备向来好结纳贤才,闻言答道:"那就麻烦你请他一块来吧。"但徐庶却说诸葛亮这等人物,刘备应该亲自去拜访,而非勉强他来求见自己。刘备倒也听劝,"由是先主遂诣亮,凡三往,乃见"。

昔日,子贡曾请教孔子,一块美玉,是应该珍藏匣中,还是应该找一位识货的买主卖掉它。孔子听出子贡所言的"美玉"是一个譬喻,其实是借此问自己对出仕的态度,所以他也顺着这个譬喻说:"沽之哉!沽之哉!我待贾者也!"(卖掉它吧,卖掉它吧,我在等待识货的商人啊。)

诸葛亮在隆中的数年,其实也是在等待识货的贾者。这次会面,刘备显露出充分的诚意和争雄天下的决心。他的开场白如是:"汉室倾颓,奸臣窃命,主上蒙尘。孤不度德量力,欲信大义于天下,而智术浅短,遂用猖獗,至于今日。然志犹未已,君谓计将安出?"话不多,但信息量很大。首先,他强调了自己出发点是扫除"窃命"的奸臣,解救"蒙尘"的主上。这就将自己想要在乱世中分一杯羹的雄心,安放在了一杆道义的旗帜之后。其次,他说自己决心虽坚,但身边没有可倚赖的谋臣,所以一直未有大的作为,接着,他挑明来意——不知诸葛先生你,是不是来日我可以视为左臂右膀、携手共襄霸图的人呢?

刘备的才智韬略,诸葛亮必然早有所知;刘备的雄心壮志,他也不难闻见。那面"义旗"是必然要标举的,因为只有这样,无"天时""地利"之便,也暂乏名望、兵力的刘备,才有可能占据"人和",期与群豪一争。双方都对掩藏在"大义"之后的雄韬心照不宣,诸葛亮听了刘备的话,明白这便是他一直等待的时机了。对方既然诚意拜访、坦率求教,他自然也要证明自己名下无虚。于是,他纵谈对天下局势的看法,为刘备设计了先取荆州、再谋益州,以求与曹操、孙权相争锋的方案。刘备此时是荆州的客卿,荆州牧刘表一直以礼待之。但诸葛亮却说"荆州北据汉、沔,利尽南海,东连吴会,西通巴、蜀,此用武之国,而其主不能守",意谓荆州地处中枢,可称宝地,而其主刘表无法守住这块宝地,这便是刘备的机会了。所以,诸葛亮直接问他"此殆天所以资将军,将军岂有意乎"——你能不能下定决心、放开手脚,把荆州抢过来呢?

这场对话虽然以"匡扶汉室""欲信大义"为话头，但本质上是在商议如何在乱世的丛林之争中立自己的山头。话说到这个份上，刘备决定不再遮掩，他确实"有意"，而诸葛亮恰好有谋，他们都需要对方来成就自己，这是雄主与良臣之间"目成"的历史性时刻，也是汉末新局面将成的序章。"隆中对"之后，二人的人生轨迹都发生了重大的变化。在诸葛亮的帮助下，刘备联孙抗曹，在赤壁之战获胜后，取荆州，得益州，建立蜀汉而称帝。而诸葛亮在赤壁战火之燃、三分局面之成、蜀汉政权之兴等重要的历史事件中，都发挥了举足轻重的作用。

此时，诸葛亮年方二十七岁。次年，刘备遭遇新野之围，危急之时，诸葛亮受命出使东吴，与孙权订立抗曹之盟。建安十三年（208年），刘备任命诸葛亮为军师中郎将，督令零陵、桂阳、长沙三郡。十三年后，刘备在成都武担山之南即皇帝位，宣布嗣武二祖（汉高祖刘邦、汉光武帝刘秀），年号"章武"，并任命诸葛亮为丞相。三年之后，刘备病势沉重，自知不起，在永安托孤于丞相诸葛亮和尚书令李严，并对诸葛亮说了这样一番话："君才十倍曹丕，必能安国，终定大事。若嗣子可辅，辅之；如其不才，君可自取。"刘备去世后，刘禅封诸葛亮为武乡侯，许其开府理事，不久又任命他为益州牧，对他言听计从，"政事无巨细，咸决于亮"。诸葛亮善理内政、安民心，同时又不愿安于现状，保守求存，所以他在平定西南之后，又计划征讨曹魏。从建兴六年（228年）开始，他数次北伐，可惜均未奏功。建兴十二年（234年），他在第五次北伐的途中身染重病，最终逝世于五丈原军中。

诸葛亮一生的出与处、起与伏、成与败，可谓精彩绝伦。不过，若论"处"(隐居)之坚定,许由的临流洗耳比他更甚;若论"出"(入仕)之戏剧化,张良刺杀秦始皇不成而隐居,于圯上受《太公兵法》,又在十年后以之受赏于刘邦,则无疑戏剧性更强;若论"起"之骤然,那么使得诸葛亮初闻名于天下的出使江东一事,也不及战国时齐国人鲁仲连以布衣之身入魏军营帐,游说魏将新垣衍,最终使其出兵救赵一事;若论"成"之高度,则诸葛亮身为辅佐之臣,自然也不及朝代更迭时能亲自逐鹿问鼎的帝王们、豪杰们。

但是,诸葛亮的特别,正在于他的"调和"。

他身上有"喜剧性"和"悲剧性"的调和。喜剧性在于他不蒙祖荫,起于陇亩,却能得到明主器重,荣膺绝顶勋名,影响天下政局。这对诸葛亮自己来说自然圆满,而对天下欲以读书来立德、立功、立名的白衣士人而言,也是一个"励志"的喜剧范本。而悲剧性在于他虽然建立了不世之功,但在辅佐刘备、刘禅两代君主的过程中,都有时不我与的遗憾,最后更是病逝于北伐途中,抱恨而终。

他身上有"人事"和"天命"的调和。常言道,"尽人事,听天命",意谓事可行时,须得尽己所能,事不可行时,须得放下执念。诸葛亮是个有智慧的人,深明进退之道,也很擅长看准时机、把握机会;但他同时又是个重信念之人,有时虽然深知其事难成,但若此事是理之必行之事,则"鞠躬尽力,死而后已;至于成败利钝,非臣之明所能逆睹也"(《后出师表》)。

他身上有"自由"和"执着"的调和。自由者从心所欲不逾矩,执着者虽千万人吾往矣,各有各的选择,各有各的精彩。但这两种不同的气质、态度往往会导向不同的人生道路,很难集于一人之身。诸葛亮虽然是以刘备的谋臣、蜀汉的开国辅弼留名青史,但他在自己的人生之路上，无疑有着很强的自主性。他对"择木而栖"一事至为慎重，在遇到良主之前，能安心蛰居南阳将近十年，虽然早有令名，却并不将明珠美玉售与瞽者。而在认定对方、蒙知遇之恩后，就一心相随，奉才献智，终身不渝。

正因为这种"调和"，诸葛亮成了青史中一个独特的范本，而这个范本的内涵又十分丰富。对于渴望"朝为田舍郎，暮登天子堂"的人而言，他是杰出的榜样；对于自认为身负高才、渴望知赏的人而言，他是成功的"模板"；对于信奉"士为知己者死"的人而言，他是尽其所能以报知音的典范；对于期待以文章立功业、以才智安天下的人而言，他是高明的先辈。

在其身后，"诸葛亮"的形象并未褪色，反而在长期被注视、被阐述、被构建的过程中，有了新的样子。

## 02　镜子：透过他，照见"我"

在诸葛亮去世五百多年后，唐代诗人杜甫结束安史乱中的数年漂泊，来到了成都。他在严武的帮助下，在成都西郊的浣花溪边建造了一座草堂，客居于此。在成都期间，他来到武侯祠——成都的武侯祠初建于晋代，与供奉刘备的昭烈庙毗邻。诸葛亮本是杜甫崇敬之人，而当他身临祠庙，见古柏参天、绿茵匝地，遥想诸葛亮的英姿时，恍觉千古如梦，百感交集，更难自已。

杜甫一生服膺诸葛亮，为诸葛亮作过不少诗篇，而这些诗大多作于他中年以后。四十九岁，在成都作《蜀相》；五十五岁，在夔州作《咏怀古迹》①《八阵图》；五十六岁，在夔州作《诸葛庙》《武侯庙》《古柏行》。

在这些歌咏诸葛亮的诗作中，《蜀相》无疑是最负盛名的一首，诗云：

> 丞相祠堂何处寻，锦官城外柏森森。
> 映阶碧草自春色，隔叶黄鹂空好音。
> 三顾频烦天下计，两朝开济老臣心。
> 出师未捷身先死，长使英雄泪满襟。

此诗追想诸葛亮一生事业，既有对历史的评说，又有现实的寓托。起句似乎是明知故问，明明已经身临祠庙，却又问"丞相祠堂何处寻"。其实，诗人所要"寻"的，不是已在眼前的武侯祠，而是已经湮灭在时光中的古时雄杰，也是暗叹如今烽烟四起，却难有像诸葛亮这样能讨贼平乱、忠勇双全的人物。"锦官城外"四字，表面上是对上句的回答，但加上"柏森森"三字后，却又转使氛围变得沉重肃穆，森森的柏树上沉淀着数百年的光阴，提醒着诗人与诸葛亮异代难觏的现实。颔联写武侯祠的自然环境，有声有色，色彩明艳，声音婉转；碧草掩映阶前为静，黄鹂鸣叫叶间为动，动静之间，似有幽趣。这样美好的景色，诗人却着一"自"字，着一"空"字，乐景突生悲情。诸葛亮已矣，绿草虽然青葱，黄鹂鸣叫虽然动听，却都是无人可赏、无心可赏的。经过前四句的铺垫，颈联直写诸葛

---

① 《咏怀古迹》为组诗，共五首，其四咏刘备，其五咏诸葛亮。

亮的一生功业。"三顾频烦天下计"写刘备慧眼识珠，而诸葛亮果然有雄才大略，"两朝开济老臣心"写诸葛亮忠心耿耿，鞠躬尽瘁。尾联"出师未捷身先死，长使英雄泪满襟"，则道出了杜甫对诸葛亮事业未竟而身先陨灭的痛惜。

杜甫在此数年间多咏诸葛亮，简而言之，有地缘上的原因，也与他个人的情怀、经历、愿望和遗憾有关。杜甫在乾元二年（759年）冬入蜀，居成都，接下来数年，到过梓州、渝州、忠州、云安等地，又于大历元年（766年）至夔州，居于此。上述数地都属蜀地，在三国时是蜀汉辖地，杜甫一方面为山川风物所感，更能怀想旧事，沟通古今，一方面又多闻诸葛亮旧事，对"诸葛蜀人爱"（《八哀诗》）深有所感。而更深层次的原因在于杜甫不仅仅将诸葛亮视为一位功业彪炳的古人，还将他视为精神的楷模、异代的知己。在《咏怀古迹》其二中，杜甫说他怀想宋玉，是"怅望千秋一洒泪，萧条异代不同时"，而他对诸葛亮，更有惋惜与其心志相近而"异代不同时"的心理，对他的感情，是既有敬佩、尊崇，又有叹惋、悲怜。总的来说，杜甫诸作中流露出的对诸葛亮的感慨，主要有三种情绪，而这三种情绪，《蜀相》都有表现。

其一，是感叹、歆羡他与刘备君臣相得，艰危扶持。如在《咏怀古迹》其四中，他先从当时已经旧迹不存的空山野寺，怀想数百年前刘备兴蜀汉的历史风云，末二句一转，说"武侯祠屋常邻近，一体君臣祭祀同"，谓君臣二人生时如鱼水相合，死后也被同奉同祭，感叹时光流转，人间仍有精诚不灭。《诸葛庙》也说"君臣当共济，贤圣亦同时"，谓二人各有才具已是难得，更难得的是能同处一时、互相知赏。这些感慨自然是就诸葛亮和刘备而发，而其中蕴藏的却是杜甫自己的心期。他心怀远志，可惜早年求官艰难，后来又沉沦下僚，遭遇国变，辗转漂泊。即便如此，年轻时渴望被明主知赏、成为社稷良臣的愿望却始终未泯。三十岁时，他作过一首《房兵曹胡马》："胡马大宛名，锋棱瘦骨成。竹批双耳峻，风入四蹄轻。所向无空阔，真堪托死生。骁腾有如此，万里可横行。"诗以咏骨骼嶙峋、蹄腿轻捷的骏马，来寄托自己骁腾万里的志向。马待伯乐，人期明主，可以万里驰骋、生死相托的良骏，最终能遇到他的九方皋吗？此时年方而立的杜甫，对此问题是颇有自信的。而十四年后他所作的《自京赴奉先县咏怀五百字》一诗，给出的答案却是相反的。诗歌开篇便尽诉衷情："杜陵有布衣，老大意转拙。许身一何愚，窃比稷与契……穷年忧黎元，叹息肠内热。取笑同学翁，浩歌弥激烈。非无江海志，萧洒送日月。生逢尧舜君，不忍便永诀。当今廊庙具，构厦岂云缺。葵藿倾太阳，物性固莫夺。"十四年间，他求官无成，报国无路。百般艰难地入仕，也只得了河西尉[①]、右卫率府冑曹参军这样的小官。早年"致君尧舜上，再使风俗淳"的志向已成梦幻泡影，但其爱君之意、忧民之心，并未随着人生的沦落而稍减。有时他也自笑未在其位、空忧其事，但徘徊辗转间，还是难以弃绝此心。从早年的踌躇满志到中年的黯然神伤，其变令人感叹。在杜甫看来，没有得到像诸葛亮那样的被明主知赏的机会，是他生命中的一大遗憾。所以当他表达对诸葛亮的敬羡时，其实也在哀叹自己无此幸运。

其二，是激赏、慨叹他鞠躬尽瘁，矢志不渝。诸葛亮在辅佐刘

---

[①] 杜甫于天宝十四年（755年）辟河西尉，但据其《官定后戏赠》诗看，他并没有就职，而是改官。该诗前四句云："不作河西尉，凄凉为折腰。老夫怕趋走，率府且逍遥。"诗下有注："时免河西尉，为右卫率府兵曹。"

备、刘禅两代君主的过程中，都尽其才智、竭其心力。他出使东吴，斡旋局势，有谋士风度；他镇守成都，立法定局，有名相风范；他领军对敌，进退有度，有良将风采。从出山开始，到他生命的最后一刻，他都是尽其所能，毫无保留，纵知事有难为，但从未袖手退缩。杜甫对此很是感喟，他在《咏怀古迹》其五中说"运移汉祚终难复，志决身歼军务劳"，悲叹诸葛亮如风中之烛，独对罡风，燃尽自身，最终蜡泪成灰，竟也难终大业。

由此，也引出了第三种情绪：惋惜、哀怜他赍志而殁，抱憾终天。《八阵图》一诗，主要就是抒发此种情感："功盖三分国，名成八阵图。江流石不转，遗恨失吞吴。""八阵图"是诸葛亮推演兵法而创设的一种阵法。史载，诸葛亮"长于巧思"，他改进了连弩，发明了运送粮草的木牛流马，又"推演兵法，作八阵图"，此数举对提升军队战力均有助益。此诗由此而发，贯穿着对诸葛亮谋略盖世却时运不与的悲叹。首句总写诸葛亮的功绩，次句点出其智慧的杰构八阵图。八阵图遗址在夔州西南永安宫前平沙上（一说在新都弥牟镇），晋代名将桓温见之，曾评价说这是"常山蛇势"[1]，言下之意，颇为赞许。据《刘宾客嘉话录》记载，每年冬天洪波涌动、岸边合抱的大树都被水波吞没之时，八阵图的遗址却依然如故，六百年来，沧桑不改。苏轼在其《东坡志林》中简单描述了八阵图的形制："平沙之上，垒石为八行，相去二丈。"如果从山上远瞰，行列点阵十分清晰，但神奇的是，走近看时，这些圆形的标记却隐没入周围的环

---

[1] 《孙子·九地》："故善用兵者，譬如率然。率然者，常山之蛇也。击其首则尾至，击其尾则首至，击其中则首尾俱至。"常山蛇是传说中的一种蛇，据说能首尾互相救应，所以该书用之以喻首尾相顾的阵势。

境中。诗歌的三四句分别对应前二句,一写八阵图神妙无比,世易时移,它岿然不动;一写诸葛亮空有盖世的谋略和功绩,可惜先主吞吴失计,国祚不永,诸葛亮九原之下,必然遗恨千古。在诸葛亮言,是有心无力;在杜甫言,是物是人非——古今之人,同此太息。而"江流石不转"又取《诗经·邶风·柏舟》"我心匪石,不可转也"的诗意,暗喻诸葛亮辅佐先主、后主之心坚如磐石,不随物改易。然而,他纵然德才兼备,百折不挠,最终却还是赍志而殁。于是,理之"应成"与事之"未成"之间的割裂,就形成了强烈的悲剧感。

历史上的诸葛亮,身上本就具有悲剧性,而当他作为文学创作的客体,进入诗人笔下的世界时,其悲剧性又被诗人们大大加强了。就杜甫而言,在他观照下的诸葛亮之所以充满"遗恨",之所以"长使英雄泪满襟",是因为他在诸葛亮其人的经历之上,又叠加了自己的"滤镜"。这个"滤镜",是他"君子疾没世而名不称焉"的焦虑,是他因人生价值无法充分实现而生的遗憾和恐惧。中晚年的杜甫,曾在其诗中多次表现自己的时间焦虑。岁月相催,他本已觉得时不我待,而安史之乱的爆发打破了社会政治秩序和个人生活秩序,更让他觉得难以立身成事。他对月生愁,感叹朗月之下,"只益丹心苦,能添白发明"(《月》),独酌之时,虽然文思泉涌,"诗成觉有神",却依然心绪沉重,因为"兵戈犹在眼,儒术岂谋身",既愁国事,又叹迟暮。最令人不忍卒读的诗篇,当数他去世前一年在沅湘所作的《楼上》:

天地空搔首,频抽白玉簪。皇舆三极北,身事五湖南。恋阙劳肝肺,论材愧杞楠。乱离难自救,终是老湘潭。

此时，杜甫衰病相仍，纵然壮心未已，但已"身"不由"心"。他有至死难泯的恋阙爱君之心，有卅年未忘的"一览众山"之志，但是在沦落、漂泊、战乱、疾病、衰老的摧折下，他不得不承认：丹心纵然无极，但人力毕竟有限；壮心纵可不随光阴老去，但时运未必会格外垂青孜孜不倦之人。他早已"白头搔更短"，他在天地间的浩歌低吟，也总是只闻空谷回音。他漂泊江湖已久，再难说起"致君尧舜"的昨梦。纵然早知道忧国催人心肝，却依旧情难自已。年轻时他认为自己是济世之材，但如今却叹息自己做不了国之栋梁，只是一片赤诚至老不衰。末二句的哀叹尤其悲切，他说自己一生气高志大，可是倏然回首，却发现离乱之中连立身自保都万分艰难。湘水之滨，也许就是他此生的终点，将会埋葬他毕生的热烈和悲凉——杜甫此言竟最终成了对自己命运的预言，一年后，他去世于从潭州去往岳阳的水路中。

　　如此看来，诸葛亮成为杜甫赞叹、咏叹、哀叹的对象，实在其来有自。诸葛亮是杜甫所期待的进退遇合的真实"模板"，是他对天下士人才智命运的想象、描摹的极致，也是他所笃信的儒家人生道路的典范，更是他眼中人格美的绝佳载体。

## 03　古柏：诸葛亮身上的悲剧美学

　　诸葛亮的人生态度和人生道路，很符合儒家的价值。

　　孔子曾对其得意弟子颜渊说"用之则行，舍之则藏，惟我与尔有是夫"，其意在褒奖颜渊，认为他和自己一样，都是对自我有期许、对时势有洞见的人，因此进退有度，出处从容。诸葛亮未得明主之时，能在隆中安心躬耕；既得明主之后，又能倾其所有地尽谋臣的本分，他既明智，又不失君子的"刚毅木讷"。

孔子提倡"君子食无求饱，居无求安，敏于事而慎于言"，诸葛亮就是一个内心充裕而不重享受、行为果决而处事谨慎的人。明人李贽撰联曰"诸葛一生唯谨慎，吕端大事不糊涂"，对诸葛亮的定位十分准确。我们不妨看看《三国志·蜀书·诸葛亮传》中记录的一件小事。诸葛亮随刘备在荆州时，刘表的长子刘琦苦于父亲受继母影响偏爱弟弟刘琮，深感难以自立。他很佩服诸葛亮的智计，多次向其求教，但诸葛亮每次都拒绝他的拜访。原因很容易猜到，因为他和刘备都是客，如若置喙主家的嫡庶继承之事，难免陷入嫌疑之地，惹来纷争。直到有一次，刘琦在与他一同游园时找到机会，趁着他们在楼上宴饮之时，派人抽去上楼的梯子，说道："今天我们上不至天，下不至地，您说的话，只会有我一人听到，现在您可以教我了吗？"诸葛亮方才回答道："你忘了太子申生留在城内故而危险重重，公子重耳逃离故国反而获得生机的事了吗？"诸葛亮的话依然说得很隐晦，也十分巧妙，刘琦果然一点就通，他在江夏太守黄祖战死之后，自请担任江夏太守，远离风暴中心。就在当年，刘表病逝。而刘琦麾下的江夏一万人马，成为后来赤壁之战中刘备的生力军。诸葛亮一向"敏于事而慎于言"，如对刘琦，适时的一句点拨，不仅切中肯綮，还最终对时局产生了大的影响，这似乎就是孔子说得"临事而惧，好谋而成者"，不能不让人佩服。

诸葛亮在蜀汉，名位声望臻一时之极，但他并未因此而骄奢失度。他曾向后主上表自述自己在成都有田地十五顷、桑树八百株，有此产业，足以供给子孙。并说自己从未以职位之便牟取私利，"若臣死之日，不使内有余帛，外有赢财，以负陛下"。他在去世之前留下遗言，定其冢在汉中定军山，命人据山势造一个仅够容下棺材的坟茔，下葬时就穿去世时所穿的衣服，也不必用贵重的器物陪葬。这在重厚葬的时代，实在是非常少见的。

古代士人推崇的"儒家人生道路"，其实是以《论语》所体现的孔子的人生态度、价值观念、政治观念为核心，形成的一种理想层面的人生路径。毕竟，虽然孔子本人就秉持着"用之则行，舍之则藏"的观念，但他的用舍行藏，也未必能时时潇洒从容，如其所愿；虽然孔子本人敏而好学，视"不义而富且贵"如浮云，但他在自己的人生中最终成功实践的道路，主要还是在坚持自我人格的方面，而非对当时社会、政治产生实际影响的方面。从孔子的本心而言，他当然希望既能成己，又能成人，既能立德，又能立功，而处在乱局中又不得其时的他，最终离自己理想的人生道路，还是有一间之隔。

不过，孔子的伟大正在于穷达、贵贱、安危，都始终没有消泯他追求"理之宜然"的热情。而那条孔子为自己、弟子、世人所铺就的"君子"的达善之路，他自己也并未穷尽——这自然无损于他的伟大，但如果后世能有人在这条路上从容地走得很远，证明这条"理想之路"的可实现性，对信奉它的人而言，则无疑是一个莫大的鼓舞。当我们想明白了这一点，我们也许就能在一定程度上理解为何以杜甫为代表的诗人，是如此地敬佩诸葛亮。

不过，诸葛亮是纯然的儒家之士吗？其实不然。他身上有不少法家的影子。他早年自比的名相管仲,是法家的人物;他后来治国理政,重视刑罚,主张令行禁止。他曾说:"夫一人之身,百万之众,束肩敛息,重足俯听,莫敢仰视者,法制使然也。若乃上无刑罚,下无礼义,虽有天下,富有四海,而不能自免者,桀纣之类也。"他将"刑罚"与"礼义"并举,但刑罚在先,礼义在后,这种态度与孔子截然不同。孔子曾说:"道之以政,齐之以刑,民免而无耻。道之以德,齐之以礼,有耻且格。"认为以政令来治理国家,以刑罚来制约百姓,纵然会因其威慑力而使得百姓遵纪守法,但百姓却不会受发自内心的道德准则的约束;而如果用道德来引导他们,用礼制来同化他们,他们就不仅有廉耻之心,还能通过自省回归正道。将此语与诸葛亮的主张对比,不难看出二者的根本性分歧。不过,有趣的是,兼融法家、儒家的诸葛亮,在后人眼中却成了儒家的成功典范。

而诸葛亮能成为后世诗人眼中人格美的载体,则主要基于以下两点:其一,如前所述,他的身上,体现出"人"之能实现自身价值的一种极理想的状态。作为一位杰出的政治家,他的眼光、谋略、胸怀、魄力均远胜常人,也有谋三分、联东吴、治益州、征西南、伐中原的实绩。其二,他的某些经历,有一种生于"幸运"的"不幸"。在古人看来,能与知赏自己的人相遇相知、共谋宏业,是一件十分幸运的事。诸葛亮遇到刘备之后,刘备对其信任倚重,二人刚共事时,关羽、张飞曾因刘备对诸葛亮的亲密态度心有不满,口生怨怼,而刘备马上对他们说:"我有了诸葛亮,如鱼得水,希望你们不要再对此有看法。"这种状态十余年不改,且刘备临终前还向诸葛亮托孤,这份被信任的"幸运",是古今企望为良臣者心向往之的。

而"不幸"在于，这种信任同时也十分沉重，尤其当被信任者是一个重义、重责之人，那就自然是要以性命还报的了。而当在魏、吴夹缝中的蜀汉，其创立和维持都始终要倚重一人的时候，那这个人身上承担的，自然万分沉重。

诸葛亮被托孤之时，刘备说了一番意味深长的话："君才十倍曹丕，必能安国，终定大事。若嗣子可辅，辅之；如其不才，君可自取。"他说诸葛亮的治国之才远胜魏主曹丕，定能治理好蜀汉。如果刘禅值得辅佐，那便好好辅佐他；如果他不值得辅佐，那便"自取"好了。这个"自取"为何意，历来有争议。有人认为是说可以取而代之，自立为君，有人认为是说可以行废立之事，另立新君。但不论刘备原意为何，所赋权之事都远超臣子的职分。对刘备此语的用意，后人也有不同的解读。有人认为是真心实意、无条件信赖，有人认为是对诸葛亮的试探，更有人认为是一种考验或者震慑。之所以有这些分歧，正是因为刘备将为臣的诸葛亮与为君的曹丕对比，又对他陈说"可辅"和"不可辅"两条路，这确实超过了一般的"托孤范围"。诸葛亮听闻此言后，是纯然的感动，还是觉得泰山压顶，甚至栗栗危惧，已经不得而知了。据《三国志》记载，诸葛亮痛哭流涕，说道："臣敢竭股肱之力，效忠贞之节，继之以死！"哪怕我们将刘备、刘禅与诸葛亮的君臣关系全作诗意的、美好的理解，也不难想象出诸葛亮在此承诺之下所要承担的千钧之责。而此后十一年中他的每一步，都是对这个承诺的践行，他自己也说，"受命以来，夙夜忧叹，恐托付不效"（《前出师表》）。在此期间，他虽然荣誉加身，名位高绝，也难免处于某种嫌疑之地。虽然他与刘禅之间并未有因"功高震主"而生的嫌隙或现实争端，但诸葛亮自己却依然不能无忧。他在前、后《出师表》中所言的自然是心曲,不过,又何尝没有为自己辩白的意思呢?

更具悲剧性的事件是他的死亡。诸葛亮从建兴六年(228年)开始,五次对曹魏北伐都未成功,最终还病逝于军中。这个过程,也完全印证了他自己"鞠躬尽力,死而后已"的诺言。若以"全知"视角来看,比起先主刘备,后主刘禅自然是"不可辅"的。蜀汉存祚四十二年,于景耀六年(263年)灭亡。凡粗知史事的人,大概都知道刘禅"乐不思蜀"的故事。这个故事出自《汉晋春秋》,说司马昭请作为降臣的刘禅吃饭,一旁有以前蜀汉的歌伎献艺,在座的其他人都为他感到悲怆,而他自己却嬉笑自若。连有意试探他的司马昭都看不下去了,对贾充说:"一个人竟然能无情到这种地步吗?即使有诸葛亮这样的良臣,也没办法辅佐好他,何况姜维呢?"贾充回答道:"他要不是这么没心肝的话,怎么会为您所降服呢?"过了一阵子,司马昭问刘禅:"你想不想念蜀地呢?"刘禅答了六个字:"此间乐,不思蜀。"

此事还有下文。蜀汉旧臣郤正听说此事,特意求见刘禅,同他说道:"如果再被问起此事,最好这么说:'父辈的坟墓远在陇蜀之地,我心中悲伤,没有一天不思念。'"除了台词,他还给刘禅设计了全套动作——说这话的时候要哭,说完了要闭上眼睛,以示情动于中,难以自已。后来司马昭果然又问起此事,刘禅就忠实地按照郤正所教的来对答。司马昭说:"这话怎么那么像郤正的口气?"刘禅马上交了底:"您猜得对啊!"旁人听了都不禁失笑。

当然,对刘禅的"乐不思蜀",可以有两种截然相反的解读方式:一是同司马昭一样,将他视为"全无心肝"的昏聩之辈;二是反过来，将他近乎无耻的态度理解为"政治智慧"，认为他是特意藏拙露丑、装疯卖傻，以使司马昭不再忌惮自己。刘禅的本意到底怎样，后人已难以证实。但哪怕是后者，与先主和诸葛武侯的文韬武略相比，此举也不过是止于自保的雕虫小技罢了。无论如何，作为继承者，断送了父辈辛苦创立的基业，其后的行止，总是难脱或滑稽、或悲哀的境地。当世人怀想其前辈的文治武功时，自然忍不住要扼腕叹息。

　　唐代诗人刘禹锡所作的《蜀先主庙》一诗，正是抒发此种感叹："天地英雄气，千秋尚凛然。势分三足鼎，业复五铢钱。得相能开国，生儿不象贤。凄凉蜀故妓，来舞魏宫前。"刘备多年奔走筹谋，方能在鼎足三分的形势中立稳脚跟，其霸业之创立何等艰难，却因子孙不肖，难以为继，千秋事过，只余庙宇俨雅，空对残阳，怎不教后人凭吊伤怀！明人夏原吉的《孔明》一诗，则是将诸葛亮的逝去与后主的亡国相联系："八阵图成已绝伦，出师二表更忠勤。可怜五丈星宵殒，后主含酸入魏军。"他说诸葛亮才华超绝，忠勤无双，可惜他星陨五丈原之后，蜀汉的大局无人主持，所以最终亡国，后主也成了阶下囚。蜀汉的亡国，其实是在诸葛亮逝世二十九年之后，此二事并非前后相续的关系；而天下之势的复杂性，也非一人之生死可定。不过，在诗中将诸葛亮的生死与蜀汉的兴亡直接联系，却已经逐渐成为一种惯例。毕竟，诗歌是一种容量有限，且又先情感而后逻辑的文学体式，所以往往对现实按需取材，并以情感为线索将因果贯串起来。

　　当我们用这种方式将历史"简化"时，就会看到这样一个悲剧性的故事：刘备的托孤、诸葛亮的承诺、刘禅的"不可辅"，三者共同构成了一个不可解的死局,此局的主角自然是诸葛亮,他宵衣旰食,至死不负承诺,但丹心碧血,最终尽付东流。当"主角"能力极强、意愿极纯粹强烈、所付出的努力也极多,而其所投身的事业却最终失败时,此人、此事也就必然深具悲剧性。

具体而言,在诸葛亮的故事里,这种悲剧性随着时间的推移逐渐被强化,证据之一是,在诸葛亮被后人传颂的过程中,还形成了一种用以喻托他的悲剧性的经典意象:古柏。杜甫的《古柏行》是这个意象被固化的重要环节。且看其诗:

> 孔明庙前有老柏,柯如青铜根如石。霜皮溜雨四十围,黛色参天二千尺。君臣已与时际会,树木犹为人爱惜。云来气接巫峡长,月出寒通雪山白。忆昨路绕锦亭东,先主武侯同閟宫。崔嵬枝干郊原古,窈窕丹青户牖空。落落盘踞虽得地,冥冥孤高多烈风。扶持自是神明力,正直原因造化功。大厦如倾要梁栋,万牛回首丘山重。不露文章世已惊,未辞剪伐谁能送。苦心岂免容蝼蚁,香叶终经宿鸾凤。志士幽人莫怨嗟,古来材大难为用。

杜甫所咏的这株柏树在夔州的孔明庙中。对于这首诗的作意,王嗣奭曾说"公生平极赞孔明,盖窃比之意。孔明才大而不尽其用,公尝窃比稷契,而人莫之用",认为此诗是通过"材大难为用"的古柏来写诸葛亮,并表现自己胸中的苦闷。这段评论,深得杜甫诗心。

诗中的这株古柏,以年岁久远、枝干庞大而著声名,而此诗表现柏树之巨大也不遗余力,谓其干如"青铜",其根如铁石,树皮被雨冲刷得光滑,树色苍黛青黑,树高千尺。除了描画其形,更写其神:"云来气接巫峡长,月出寒通雪山白",气接巫峡,色通雪山,这自然是夸张的手法,说此树高峻到了极致。而诗人表现其高大,是为了凸显"材大"与"难为用"之间的矛盾,愈是说此树"崔嵬枝干""落落盘踞",那它的被"剪伐"、被蝼蚁所噬就愈让人痛心。诗人咏柏,倾注了满腔热情和孤愤。这株柏树之高是"孤高",其直是"正直",它其实便是诗人心中诸葛亮的化身——它正直孤高,有神明扶持;它落落盘踞,得地形之利;它是栋梁砥柱,没有浮华的"文章";它曾经巢鸾宿凤,是何等的高洁。可惜,高处有猛烈的孤风,"大厦之倾,非一木所支",柏树空有"苦心",也难免成为蝼蚁的居所,正如诸葛亮一心扶持蜀汉,可是时运不与,终究功亏一篑。杜甫此诗处处渲染古柏的卓尔不群,又处处慨叹它不为所用的时运,正是要抒发类似《咏怀古迹》其五中"运移汉祚终难复,志决身歼军务劳"的感叹,同时,也是自叹。

在杜甫之后,唐代诗人雍陶、李商隐,宋代诗人郑思肖,清代诗人洪亮吉等人都曾在自己写诸葛亮的诗作中,以"古柏"意象来托寓,雍陶和李商隐的同名诗作《武侯庙古柏》更是将"古柏"和诸葛亮紧密联结[1]。"古柏"具有一种复杂的悲剧美感。它有宏大之美,高标出世,绝非凡物;它有落寞之美,天生我材,不得其时;它有刚强之美,独力难支,却依然傲立不屈;它有孤独之美,烈风肆虐,天地间仿佛只剩这一株挺立的孤树。这株古柏,无疑就是诸

---

[1] 雍陶《武侯庙古柏》:"密叶四时同一色,高枝千岁对孤峰。此中疑有精灵在,为见盘根似卧龙。"李商隐《武侯庙古柏》:"蜀相阶前柏,龙蛇捧閟宫。阴成外江畔,老向惠陵东。大树思冯异,甘棠忆召公。叶凋湘燕雨,枝拆海鹏风。玉垒经纶远,金刀历数终。谁将出师表,一为问昭融。"

葛亮身上悲剧美的一种象征。

## 04 神仙：超凡的"神"，空洞的"人"

　　从三国到唐五代的数百年间，虽然诸葛亮一直被后人关注、解读，但其路数大略是中规中矩的。在此过程中，后人选择性地强化了一些部分，使他的某些切面和线条凸显出来，但其形象基本没有脱离他原初历史形象的大范畴。而在元代问世的小说《三国志平话》中，诸葛亮的形象突然发生了极大的变化。

　　《三国志平话》是讲史话本。所谓"话本"，是宋元说书艺人表演"说话"的底本。"说话"是一种民间技艺，形式为口头讲演一些情节精彩的传奇故事，与现代的说书有相似之处。讲史话本讲说历代兴废和战争故事，一般是根据历史传记来加工润色，所以有实有虚。《三国志平话》以这样一个故事来开头：汉光武帝时，玉皇派秀才司马仲相做阴君断狱，判韩信、彭越、英布分别托生为曹操、刘备、孙权，三分汉室天下，刘邦则托生为汉献帝。又让蒯通转生为诸葛亮。这种安排，有很强的古代民间信仰的"因果报应"色彩，因为刘邦、吕雉大杀功臣，韩信、彭越、英布作为辅汉功臣，最后都惨遭杀戮，令人唏嘘。所以作者安排他们"转世"成为汉末分争天下的曹、刘、孙等三人，又让刘邦转世为献帝，强弱之势倒转，俎肉身份交换，很有"因果循环，报应不爽"的意思。蒯通又是谁呢？他是秦汉间一位极具辩才的谋士，曾助韩信破齐，又劝他自立为王，与刘邦、项羽三分天下，不过此计未被韩信采纳。若干年后韩信被吕后使计斩杀，死前痛悔未曾听蒯通的计策，致贻后来之祸。故而韩信死后，刘邦命人擒拿了蒯通，且一度想要将他煮了，蒯通又施展辩才，说服了刘邦，免于杀身之祸。《三国志平话》的作者安排蒯通"转世"为诸葛亮，恐怕就是看中了蒯通辩才无双，曾订"三分之计"等特点与诸葛亮有相似之处，便让他再世为人，重来一次。

从这个开头，我们也能大略体会到此书的风格。诚如鲁迅所言，该书文辞浅陋，"词不达意，粗具梗概而已"（鲁迅《中国小说史略》），情节不甚吸引人，文学价值也有限。但值得注意的是它体现的思想倾向，及它在从"三国史事"到"三国故事"的变迁路径中所处的重要位置。

三国史事，主要见于陈寿所撰的《三国志》。陈寿本是蜀汉巴西郡安汉县人，生于建兴十一年（233年），在蜀汉曾任官职，但因不愿依附弄权的宦官黄皓，屡遭贬黜。蜀汉降晋后，陈寿入晋任著作郎、长广太守、治书侍御史、太子中庶子等职。太康元年（280年）他的《三国志》撰写完毕，广受当时学者好评。如夏侯湛当时也在撰写《魏书》，但他看过《三国志》之后，觉得己作无法超越该书，索性销毁其手稿。张华也赞陈寿道："应该委托你来撰写《晋书》。"陈寿撰《三国志》本是私人修史，但是在他去世之后，尚书郎范頵等人上书晋惠帝，援引汉武帝在司马相如病重之时派人搜集保存他的著作的史事，请求朝廷也存抄陈寿的《三国志》，说其书"辞多劝诫，明乎得失"，是"有益风化"且值得传之久远的。晋惠帝允准了他的提议，由此，《三国志》的影响力也更大了，后来还与《史记》《汉书》《后汉书》并称为"前四史"。

三国鼎立，所以《三国志》的撰述，面临的第一大问题是以哪一国为正统。陈寿的答案是：以魏为正统。何以见得呢？以编次言，《魏书》居首，《蜀书》居次，《吴书》再次。以篇数言，《三国志》的六十五卷中，《魏书》三十卷，《蜀书》十五卷，《吴书》二十卷，魏书数量最多。以体例言，关于曹操、刘备、孙权三人的著述，曹操的叫作《武帝纪》，刘备、孙权的分别为《先主传》《吴主传》，这是承续前辈史家传统，"纪"为帝作，"传"为王侯、将相、豪杰、枭雄、异人作。虽然曹操在世时并未称帝，其帝号是曹丕称帝后追谥的，但陈寿将之入"纪"，态度已明。那么，陈寿为何将魏视为正统呢？最重要的原因是陈寿撰书时为晋臣，而晋朝是承魏而王天下的，所以以魏为正，是基于以晋为正的需求。

　　其实，三国时，魏、蜀、吴除在军事上相争外，在"正统"身份上的争夺也同样激烈，因为政治"身份"与军事实力，本是一表一里，二者兼备，自然更有望成事。总的来说，魏以"禅让"说相争，蜀以"传承"说相争，而吴以"天命"说相争。

　　曹丕称帝，是以力逼迫汉献帝，使得他"禅位"。由于汉室刘氏称自己是尧的后裔，曹丕就宣称曹姓子孙是舜的后裔，意思是当年尧禅位给舜，那么今日尧的子孙禅位给舜的"子孙"，就是踵武前贤的合理之举。刘备早在身处草野之时，就自称是中山靖王刘胜之后，并与汉献帝攀上了"叔侄"的关系，后来又以皇叔的身份征讨"汉贼"。在曹丕称帝的次年，刘备抓住世人谣传汉献帝为曹丕所杀的由头，命群臣为其服丧，追谥他为孝愍皇帝，并以复兴汉室为旗，建国号为"汉"，称帝立位——这一行为，与刘邦在听闻项羽杀义帝熊心之后号召诸侯征讨项羽何其相似。只是，熊心是真的被杀了，而献帝却尚在人世。而孙权既未得献帝之封，也与皇室中人没有血缘关系，于是他便命人在吴境之内制造各种祥瑞，称这是受命于天的征兆，为后来的称帝造势。

虽然在后世，曹魏国统的合理性饱受质疑、诟病，但是无论是从历史脉络而论、从政治规则而论、从实力影响而论，或是从地缘而论，曹魏的正统性都明显强于蜀、吴。但是到了宋代，却从尊魏为正统，变成了"尊刘贬曹"。这种变化是如何发生的呢？东晋时习凿齿撰写《汉晋春秋》，以蜀汉为正统，算是"尊刘"的先锋。习凿齿尊为正统的对象和陈寿的不同，但二人的出发点则十分相似。因为习凿齿生在东晋，东晋是晋室南渡之后由司马睿在南方所建立，系偏安的政权，与蜀汉的处境有相似之处。所以习凿齿为蜀汉争正统，也是为偏安者争正统。

北宋成书的《资治通鉴》依然以魏为正统，但是南宋大儒朱熹在其撰写的《通鉴纲目》一书中，将蜀汉作为正统。该书意在用春秋笔法，"辨名分，正纲常"，而由于朱熹和其学说的影响力，尊刘贬曹开始成为主流。为何北宋、南宋对三国"正统"问题，给出的答案迥异呢？《四库全书总目提要》对此见解犀利[1]。它说北宋得以建立，是宋太祖赵匡胤从后周恭帝柴宗训手上篡得其位，与曹魏之兴非常类似，所以北宋诸儒为防"相似性联想"，都自觉避讳，不指责魏篡汉之事。而南宋是高宗南渡之后在南方偏安而治的政权，原来的中原之地都被金朝所得。南宋的情形与蜀汉有相似之处，所以

---

[1] 《四库全书总目提要》：此犹宋太祖篡立近于魏，而北汉、南唐迹近于蜀，故北宋诸儒皆有所避而不伪魏。高宗以后，偏安江左，近于蜀，而中原魏地全入于金，故南宋诸儒乃纷纷起而帝蜀。此皆当论其世，未可以一格绳也。

南宋诸儒同气相求，都以蜀汉为尊，这自然也是出于尊南宋而贬金的现实需求。

上有所好，下必甚焉。尊刘贬曹的倾向，除了体现在大儒的著作中，还在民间的讲史故事中展露无遗。这些故事如何将尊刘贬曹的政治主张形于具体的故事中呢？简单来说，有以下几种方法。其一，在塑造人物时，将所欲崇扬者美化，而将欲贬斥者丑化。所以作为并世豪杰的曹刘，在这些故事中成了一善一恶、一忠一奸两种截然相反的形象。讲述者不仅对人物进行道德定性，还明确将道德评判作为评骘政治人物的最高标准。其二，在叙述故事时，采用修饰、加工、挪用甚至虚构的方法，为蜀汉阵营增色，使其拥有更多的光环。其三，在烘托氛围时，默认蜀汉得天下人心，其兴是势之必然，其亡是历史悲剧。总而言之，就是以道德作评判、以虚构作张本、以情感作导向。而实际上，政局的成败往往不以道德之高下为首要影响因素，历史的真实容不下虚构和想象，而当时的天下人心，真的尽归蜀汉吗？尤瓦尔·赫拉利的《人类简史》说："历史的铁则告诉我们，每一种由想象构建出来的秩序，都绝不会承认自己出于想象和虚构，而会大谈自己是自然、必然的结果。"南宋人构建的"蜀汉正统"，似乎也合乎其论。

当然，故事的灵魂就是"虚构"，尽可飞腾想象，只要我们不将"故事"和"历史"完全混淆即可。在尊刘贬曹的倾向下产生的小说，常常将刘备、诸葛亮作为美化、神化的焦点，因为他们本是人生精彩纷呈、充满戏剧性的杰出人物，且又是蜀汉的核心人物。回到《三国志平话》，这本在元代出现的话本，更是把重点放在了诸葛亮身上，"虽说的是叙述三国故事，其实只是一部诸葛孔明传记"

（郑振铎《中国文学研究》）。书中正话的故事起于刘关张桃园结义，终于诸葛亮病死。此书中的诸葛亮，从"人"一跃而成"神"。在描述他的外形时，作者说他"身长九尺二寸，年始三旬，髯如乌鸦，指甲三寸，美若良夫"，把原本身长八尺的诸葛亮拔高了一尺二寸，三寸长的指甲，也是为了佐证他并非凡人的身份——"诸葛本是一神仙，自小学业，时至中年，无书不览，达天地之机，神鬼难度之志；呼风唤雨，撒豆成兵，挥剑成河。司马仲达曾道：'来不可袭，坐不可守，困不可围，未知是人也，神也，仙也？'"为了增强可信度，作者还让书中人物多次赞叹诸葛亮的能耐，如徐庶说"那人有测天之机，今观天下如拳十指"，孟获说"诸葛非人也，乃天神也"。

此外，书中的诸葛亮还具备了种种神奇的能力。他能呼风唤雨。据《三国志》所载，孙刘联军能在赤壁之战中获胜，确实有得天时之便的因素。黄盖诈降放火之后，正好风势强烈，使得大火迅速蔓延开来，"悉延烧岸上营落。顷之，烟炎张天，人马烧溺死者甚众，军遂败退"（《三国志·吴书·周瑜鲁肃吕蒙传》），而《三国志平话》则将这场凑巧的天风归功于诸葛亮。在战前，众人作战略谋划时，周瑜让众人在手心书字，众人都写了"火"字，只有诸葛亮写了"风"字。周瑜不解，诸葛亮解释道："众官使火字，吾助其风。"周瑜自然又质疑："风雨者，天之阴阳造化，尔能起风？"诸葛亮则说天下有三个人会祭风：一是黄帝，二是舜帝，三是自己。后来，"诸葛上台，望见西北火起。却说诸葛披着黄衣，披头跣足，左手提剑，叩牙作法，其风大发"。除了这一次，在蜀军收西川和七擒孟获之战中，诸葛亮都曾祭风。不光能祭风，诸葛亮还能使江水降温。在南征孟获时，军队到了泸水江，"其江泛溪热，不能进。武侯抚琴，其江水自冷"。引军过焦红江时,其时为六月,"其热不可受,皆退",诸葛亮再次抚琴,六月酷暑中,竟然使得天降大雪。

除能改变自然节候外,此书中的诸葛亮还能沟通生死,驱使鬼神。在刘备去世时,他作法"压住帝星",自己去世前,又作法"压住将星"。作法时,他"左手把印,右手提剑,披头,点一盏灯,用水一盆,黑鸡子一个,下在盆中"。这个形象,已经接近方士、巫师了。作者还写了诸葛亮去世后,司马懿所见的一桩奇事:"至当夜,狂风过处,见一神人言:'军师令我来送书。'司马接看,书中之意略云:'吾死,汉之天命尚有三十年,若汉亡,魏亦灭,吴次之。尔宗必有一统。若尔执迷妄举,祸及尔也。'"看来,诸葛亮不仅能在去世后驱使人送信,还能预知天命,且所言准确无误。至于书中所言的其他能耐,如精通医术、以天文水文来预言吉凶、造风轮渡江等,比之跨越生死的异能,似乎都显得平平无奇了。

《三国志平话》或许是三国主题的作品中,在神化诸葛亮方面力度最大的一部,不过它并不是肇端之作。早在西晋之时,郭冲曾作"条亮五事",说了诸葛亮的五件逸闻,但陈寿认为其事皆不可靠,故未收入诸葛亮传中,后来裴松之为《三国志》作注时,运用史料详细驳斥了这五事的荒谬。这五事虽然于史无征,却为后世欲虚构诸葛亮故事者开了个生动的头。以其第二事为例:

曹公遣刺客见刘备,方得交接,开论伐魏形势,甚合备计。稍欲亲近,刺者尚未得便会,既而亮入,魏客神色失措。亮因而察之,亦知非常人。须臾,客如厕,备谓亮曰:"向得奇士,足以助君补益。"亮问所在,备曰:"起者其人也。"亮徐叹曰:"观客色动而神惧，视低而忤数，奸形外漏，邪心内藏，必曹氏刺客也。"追之，已越墙而走。

此事是说有人求见刘备，与之议论天下形势，颇合刘备之意，但他很快被刚刚入席的诸葛亮识破了身份。此人见诸葛亮目光犀利，心惊胆战，便以如厕为由遁走。诸葛亮对刘备说此人神色犹疑、目光闪烁、形迹可疑，断定他是曹操派来的刺客，派人去追时，果然他已经翻墙逃走了。

郭冲的虚构是寻常的"野史"风格，系以奇趣的故事为人物增色，并未脱离"逻辑真实"的范围。而到了《三国志平话》，诸葛亮却忽然成了神仙，为何跨度如此之大？除前述的尊蜀汉以正宋统的缘由外，还因南宋以来，汉民面对异族入主中原的情形，内心渴求有"受任于败军之际，奉命于危难之间"的能臣来力挽狂澜、拯危济困。陆游《书愤》诗的名句"出师一表真名世，千载谁堪伯仲间"，悲叹举世碌碌，无人能有诸葛武侯的忠勤，正是这种心理的体现。

虽然"神仙"式的诸葛亮出现在小说中有其原因，但是，从文学的角度来说，这种"神化"的表现效果真的会好吗？一位能呼风唤雨的神仙，面对一群肉体凡胎的普通人，"降维打击"本是题中应有之义。而书中诸葛亮的无所不能，已经成了一种纯功能性的能力，对人物的可信、丰满、动人毫无助益。而文学作品感染力的根源，在于塑造"真人"——所谓"真人"，是指有渴求、有欲望、有追寻、有挣扎的人。他们的刚强中也可以有脆弱，坚定中也可以有徘徊，希望中也可以有失落，正因为他们会失败、会犹豫、会受伤，正因为成败荣辱总非定局，他们的笑与泪、平静与嘶吼才会各有温度、各有气味。人都想得自己的"道"，但得道之路如此之难，路上的踉跄与颠沛，便是他们生命的刻痕，一呼一吸，有笑有泪。成功的故事可以有千百种情节，但共同点是，它们总是在讲"真人"在锋刃上的行走，描摹他们在黑夜中手执火把的轮廓，捕捉他们悄然背过身去时微不可见的颤抖，如此这般，他们在事定后的"看山还是山"才别有意境，他们转头时的从容一笑才耐人寻味。

《三国志平话》"神仙"般的诸葛亮身上，并没有这种"真人"的气息。他无所不能，却面目模糊，宛如假人；他无往不胜，却得来容易，其成就或许令人惊叹，却难以触动人心。就文学表现而言，这样的人物形象基本是失败的。不过，它仍有价值，在诸葛亮的"成神之路"上，它是重要的里程碑。若干年后问世的长篇历史演义小说《三国演义》，也颇受它的影响。

## 05 明灯：苍山负雪，明烛天南

《三国演义》，全名《三国志通俗演义》，是明人罗贯中所作。《三国演义》的开篇也是用说书人口吻，不过文辞通俗而凝练，远胜《三国志平话》："话说天下大势，分久必合，合久必分。周末七国分争，并入于秦；及秦灭之后，楚汉分争，又并入于汉；汉朝自高祖斩白蛇起义，一统天下；后来光武中兴，传至献帝，遂分为三国。"作者不用玄幻故事，而是点出"分久必合，合久必分"的主题，以简练的语言勾勒数百年历史，接着直接入题，写汉末历史。其书写人物、叙故事，也远比《三国志平话》更厚重、更高明。

《三国演义》描写了东汉末年到西晋初年间近百年的政治、历史的风云变幻，大致可分为黄巾起义、董卓之乱、群雄逐鹿、三国鼎立、三国归晋五段，其中三国的建立、对峙、衰亡又是其重点。《三国演义》是据《三国志》和民间流传的三国故事为蓝本创作的。《三国志》是后世三国故事之源。它是纪传体史书，对所传述的人物生平、所历大事要事都有记载，但是相对后世情节曲折、细节丰富的三国故事而言，它毕竟还有些简略。南朝宋人裴松之为《三国志》作注，增补了不少奇闻逸事，使其书的戏剧性得以增强，不过，这些都还在"史事"范畴。

中唐时，虚实相杂的三国故事已经在民间流传，宋代的说话艺术中，已经有了专说三国故事的"说三分"一类，且已表现出尊刘贬曹的倾向。据苏轼《东坡志林》记载，小孩子听"说三分"，"闻刘玄德败，颦蹙有出涕者；闻曹操败，即喜唱快"。金元时期，随着戏剧的兴起和流行，也出现了大量以三国故事为题材的剧目，如《赤壁鏖兵》《诸葛亮秋风五丈原》《隔江斗智》《连环计》《复夺受禅台》等，据载，元杂剧中就有近三十种此类戏剧。

《三国志平话》作为现存仅有的一部以三国故事为题材的平话，是以三国为主题的通俗文学作品中与《三国演义》"亲缘关系"最近的一部，虽然血肉未丰，但已初具筋骨。如将二书稍作对比，至少能发现以下共同点：二书都秉持尊刘贬曹的态度，都是以蜀汉阵营的重要人物作为"主角团"，都将诸葛亮作为蜀汉阵营的"高光"人物加以表现，都为表现诸葛亮的超凡而修饰、改易历史事件，挪用其他人物故事，甚至有意矮化其他与诸葛亮并非敌对但存在"竞争"

关系的谋臣、武将。

先说修饰、改易历史事件的。诸葛亮与刘备的初见情形,《三国志·蜀书·诸葛亮传》中记载得十分简略:"由是先主遂诣亮,凡三往,乃见。"但《三国演义》将这短短十余字,增益情节,添加人物,写成了完整的一章,名为"司马徽再荐名士,刘玄德三顾草庐"。《三国志》中的"三往",到底是刘备几次前往拜访,诸葛亮都不方便见面,致使其一去再去,还是几次见面,他都未曾下定决心,又或者是其他情况,其实是很有想象空间的。而罗贯中将"三往"的原因叙写成诸葛亮对刘备有意的试探,是故意冷待,以看他是否有耐心、有风度、有胸怀。三次拜访的具体情形各有不同,但又有相似的要素反复出现,仿佛一曲重章叠句的乐歌,反复吟唱而终至高潮。

第一次拜访时,刘备只见到诸葛亮的书童:

> 玄德曰:"汉左将军宜城亭侯领豫州牧皇叔刘备,特来拜见先生。"童子曰:"我记不得许多名字。"玄德曰:"你只说刘备来访。"童子曰:"先生今早少出。"玄德曰:"何处去了?"童子曰:"踪迹不定,不知何处去了。"玄德曰:"几时归?"童子曰:"归期亦不定,或三五日,或十数日。"玄德惆怅不已。

刘备先说了一长串头衔以自高身价,不料书童不吃这一套,说自己"记不得许多名字",这其实是以仆喻主,暗示诸葛亮不爱虚文俗套,如果想深入交谈,得要拿出诚意来。刘备面对童子的顶撞,态度平和,马上改口说"你只说刘备来访",区区七字,颇见其胸怀气度。而后面的一小段对话，很有贾岛诗"松下问童子，言师采药去。只在此山中，云深不知处"的意味，初步勾勒出一位世外高人的轮廓。

在这三次拜访中，刘备前两次并未见到诸葛亮，但是他听到了诸葛亮教农人唱的歌谣，敬佩其人，心情变得十分迫切，竟将诸葛亮的友人崔钧、石韬，其弟诸葛均，其岳父黄承彦先后错认为诸葛亮。这几次错认十分离奇，毕竟这几人虽然或容貌清奇，或气度非凡，或谈吐奇特，但毕竟年龄相差太大，有的是少年，有的是老者。且刘备既然识得诸葛亮之友徐庶，如何会连他年龄几何都不知道呢？当然，不以是否符合生活真实为标准的话，这种写法非常有趣、有效。推迟诸葛亮的出场，让其亲友"轮番上阵"而正主隐身其后，不仅吊足了读者的胃口，还有以叶衬花的效果。物以类聚，人以群分，一个身边亲友个个不凡的人，又岂会是庸常之辈呢？

在这段曲折的故事中，作者还让关羽、张飞全程陪同出场，且将刘关张三人的态度设置得十分参差：刘备求贤若渴，有无限的耐心；关羽持观望态度，逐渐心生疑虑；张飞性急莽撞，对诸葛亮的"难见"愤愤不平，出言不逊。这种写法，既让故事奇趣横生，引人入胜，也在以诸葛亮为主角的故事中，丰富了其他人物的个性，足见作者的大家手笔。

譬如对张飞态度的描写，语言生动，人物个性跃然纸上。第一次寻访未得，数日后刘备携同关、张再次前往。时值隆冬，张飞牢骚满腹：

张飞曰："天寒地冻，尚不用兵，岂宜远见无益之人乎？不如回新野以避风雪。"玄德曰："吾正欲使孔明知我殷勤之意。如弟辈怕冷，可先回去。"飞曰："死且不怕，岂怕冷乎！但恐哥哥空劳神思。"玄德曰："勿多言，只相随同去。"

此处，刘备仅用一句"怕冷"，就堵住了张飞的口。而张飞对诸葛亮"无益之人"的误判，既是对刘备能慧眼识珠的衬托，又是对诸葛亮将来出场后高光时刻的提前烘托。由于第二次拜访也无功而返，刘备要再次前往时，张飞的态度更是激烈：

张飞曰："哥哥差矣。量此村夫，何足为大贤？今番不须哥哥去，他如不来，我只用一条麻绳缚将来！"玄德叱曰："汝岂不闻周文王谒姜子牙之事乎？文王且如此敬贤，汝何太无礼？今番汝休去，我自与云长去。"飞曰："既两位哥哥都去，小弟如何落后？"玄德曰："汝若同往，不可失礼。"飞应诺。

张飞上句还说要用麻绳把诸葛亮捆来，经刘备一激，下句就立马应允同去。他这种既莽撞粗鲁又率真可爱的性格，其实正是作者的有意设置，以与诸葛亮智慧稳重、文雅成熟的个性形成对比分明的两极，让他们彼此映衬，同时也为后来关、张对诸葛亮有忌惮之心，而刘备郑重要求他们尊重诸葛亮一事埋下伏笔。

至于诸葛亮的逝世，《三国志》只说："其年八月，亮疾病，卒于军，时年五十四。及军退，宣王案行其营垒处所，曰：'天下奇才也！'"而《三国志平话》中写了诸葛亮死前作法"压住将星"、派人给司马懿送信等情节。《三国演义》在此基础上再加敷演修饰，详细写了诸葛亮禳星、以木像吓退司马懿等情节。书中，诸葛亮死前曾有这样一番安排：

> 孔明写毕，又嘱杨仪曰："吾死之后，不可发丧。可作一大龛，将吾尸坐于龛中，以米七粒，放吾口内，脚下用明灯一盏；军中安静如常，切勿举哀，则将星不坠，吾阴魂更自起镇之。司马懿见将星不坠，必然惊疑。吾军可令后寨先行，然后一营一营缓缓而退。若司马懿来追，汝可布成阵势，回旗反鼓。等他来到，却将我先时所雕木像安于车上，推出军前，令大小将士分列左右。懿见之必惊走矣。"杨仪一一领诺。是夜孔明令人扶出，仰观北斗，遥指一星曰："此吾之将星也。"众视之，见其色昏暗，摇摇欲坠。

相比《三国志平话》的描写，此段落文字上更精致，技法上更高明。诸葛亮行将就木，死前还留下最后一计，不失他此前算无遗策的风度，但是遥指北斗告知众人将星所在，而此星晦暗摇动的描写，又分明含有一种英雄迟暮、天命难违的悲怆。他兼具神仙的"神通"和凡人的局限，智比神仙，身犹凡躯，且此身即将陨灭，他再清醒、再不甘，也不能阻止死亡的到来。由此产生了美好存在被撕裂、摧毁的悲剧感。

在《三国志平话》中，诸葛亮是不会失败、不会痛苦、不会动情的神仙，而在《三国演义》之中，他的"能耐"依然不凡——善辩论、懂天象、会预知、能祭风、擅长抓住人性弱点，但是，作者着力突出他的智谋和忠贞，他的德、才近于神但并非神，他的情、义同于人且深于人。这样写来，奇趣未减，滋味顿深。

准确地说，《三国演义》不是神化诸葛亮，而是将他"全能化"，如果说作者写刘备，是用强化其"德"的方法来创造美感，那么写诸葛亮，就是用强化其"能"的方式来创造美感。他才智兼具，文武兼擅，识古通今，内外兼修。他几乎是仁、义、礼、智、信的化身，良臣的极致。《三国演义》的读者经常会产生这样一种感觉：这世上没有诸葛亮不能知、不能为的事。即便如此，《三国演义》中的诸葛亮其实还是过于"强"了。他借来东风，火烧曹军；他气死周瑜，骂死王朗；他空城对敌，死后退军……凡此种种，基本都是夸张的小说家笔法。

其实，书中关于诸葛亮潇洒形象、辉煌胜绩的描述里，有相当多的部分并不真的属于他，而是罗贯中挪用或者创造的。譬如，羽扇纶巾的儒雅形象，本来并不是诸葛亮的，而是周瑜的；说服孙权联刘抗曹的功臣，不是诸葛亮，而是鲁肃。至于周瑜，在《三国志平话》和《三国演义》中都是才华远逊诸葛亮且器量狭小、善于嫉妒的，《三国演义》还详细写诸葛亮如何三气周瑜，使他最终病怒交加，吐血而亡。而实际上，赤壁之战的首要功臣就是周瑜，火攻也是由他定计的，反而是诸葛亮，被陈寿评述为"治戎为长，奇谋为短，理民之干，优于将略"，其将才、军略未必强于周瑜。再说鲁肃，在《三国演义》中是一个庸碌、老实、畏缩、缺乏主见的老好人形象，而历史上的鲁肃颇有谋略和魄力，善识天下局势，还曾在诸葛亮隆中对之前向吴主提出类似的鼎分天下之策。为美化主角而矮化与他有"利益冲突"的人物，对作者来说是便捷好用的手法，但平心而论，这实非为主角赋予亮色的最佳手段。

此外,《三国演义》中诸葛亮的个性与《三国志·蜀书·诸葛亮传》中的差别也很大。《诸葛亮传》中的诸葛亮是沉稳、谨慎、严肃、热忱、执着的,而《三国演义》中的诸葛亮,则变得十分大胆、敢冒险、狡黠、机灵,简直可以说判若两人。

以"说故事"的标准而言,《三国演义》非常成功,至少大部分读者喜闻乐见。而很多由罗贯中虚构的故事、改写过的人物,甚至取代了历史中真实的史事、人物,被世人当成事实而传诵。"七实三虚"的《三国演义》有时候被读者认作了完全的真实。不过,如果以较为严格的文学评论标准来看,它也并非全无弊病,譬如鲁迅就说它在写人物方面,"亦颇有失,以致欲显刘备之长厚而似伪,状诸葛之多智而近妖"(《中国小说史略》),不能不说,他的评论切中肯綮。

鲁迅强调《三国演义》重在写诸葛亮的"智",其实除"智"之外,"忠"也是罗贯中着力描绘的焦点。他突出诸葛亮的"智"和"忠",其实是为了增加历史的厚重感和历史人物的悲剧性,因为站在全知的视角看,诸葛亮必然赍志而殁,蜀汉必然中道而衰,天下必然久分而合。《三国演义》的结尾处,有一首概述、感叹这段历史的长诗,末尾四句说"纷纷世事无穷尽,天数茫茫不可逃。鼎足三分已成梦,后人凭吊空牢骚",正是为了首尾呼应,对"分久必合,合久必分"的历史发出深长一叹。作者相信,哪怕"天道"不因人力转移,但忠诚坚贞、善良智慧等优良品质,依然是可以超越成败而具备其价值的。

明人薛瑄曾作《诸葛武侯庙》十首叙写他所理解的诸葛亮,其十云:

> 乾坤不复有斯人，间气奇才绝等伦。
> 管乐规模难并驾，伊周事业可相亲。
> 红旗几出褒斜道，绿野还耕渭水滨。
> 时去千年犹庙食，英风凛凛汉忠臣。

此诗沉雄悲壮，颇有气概，不难看出作者对诸葛亮人品、事业的高度赞誉。宋代之后，诸葛亮在文学作品中的形象基本定型。民间故事更重其"智"，诗词歌咏更重其"忠"，也许方向和侧重不同，但有一点是肯定的：他们都认为，诸葛亮是才华横溢的人杰，是全始全终的忠臣，总之，他是良才美德的集中代表，值得无上的赞誉。

昔年东吴弄珠客为《金瓶梅》作序，曾有言曰："读《金瓶梅》而心生怜悯者，菩萨也；生畏惧心者，君子也；生欢喜心者，小人也；生效法心者，乃禽兽耳。"此言颇有深意。说起诸葛亮，我们似乎也可以说：渴遇知音者，羡诸葛亮之幸运；高自期许而未遂其愿者，见诸葛亮之遗恨；有骐骥千里之志者，见诸葛亮之功业；有砥砺名节之心者，敬诸葛亮之执着。世间只有一个诸葛亮，但世人所见的诸葛亮，却从来不止一个。而看见哪样的他，其实取决于你燃着哪一种心火，仰望着哪一颗夜星。

# 玄奘：
## 心灯一盏，千载孤明

贞观元年（627年）①，二十六岁的玄奘正在考虑是否要西行——去，还是不去，这是个关乎他一生的问题。

在内心纠结之时，他做了一个梦，梦见了佛教中的神圣之地——苏迷卢山。苏迷卢山即须弥山，以佛教的理念说，须弥山是一个小世界的中心，被咸海围绕，由金、银、琉璃、水晶等四宝构成。梦中，这座山矗立在海中，四周波涛汹涌。在岸边远望的他意欲登山，但苦无船可渡。忽然间，他心中对神山的向往盖过了本能的恐惧，于是他举足踏入波涛，此时奇景忽现：他每踏出一步，都有石莲花生于脚下，而待他抬脚，石莲花又随之消失。行至山下，

---

① 关于玄奘的历史资料虽然不少，但是在现有的资料中，对玄奘的年岁、玄奘西行的起始时间的记载，经常存在抵牾，甚至在同一本书中，也存在说起同一个问题时出现互相矛盾的说法的情况。如对玄奘西行的时间，本应以《大唐西域记》和《大慈恩寺三藏法师传》的说法为准，但哪怕是《大慈恩寺三藏法师传》一书，在主采"贞观三年"出行说的基础上，又有时间上自相矛盾之处，其引录的玄奘所作的《还至于阗国进表》写作于贞观十八年，文中称自己是贞观三年偷渡出境开始西行，又说到写表文为止，西行已经十七年，但如从当时反推十七年，应为贞观元年而非三年，这便自相矛盾了。贞观玄奘西行的时间，目前学界有贞观元年、二年、三年说，其中尤以元年说、三年说拥护者多，也各有多项论据。本文采用贞观元年说，持这种说法的有梁启超、刘汝霖、罗香林、曾了若、冯承钧等人。可参看梁启超《中国历史研究法》。

但见山壁陡峭无法攀登，他依然不顾其险峻，纵身欲上，此时，忽然又刮起旋风，扶摇而上，把他托到了山顶。他置身巅峰，举目四望，只觉天地辽阔，豁然开朗。

梦醒之后，玄奘联想起他出生后不久母亲做过的一个梦。母亲梦见成年的他穿着白衣远去，焦急之下，对着他的背影呼问他要去哪里，他回答道："我要求法，所以要走了。"当他把这两个梦串起来的时候，忽然觉得佛祖早就给他的西行作出了"预示"，犹疑徘徊之意全消，决定即日启程。

今天，我们相信，梦境是人类念想的映射、心灵的镜子，人生中所求、所欲、所爱而不得的东西，往往会成为梦境的素材，共同投射出光怪陆离的画面。所以，如果再反过来用梦观照现实的话，似乎总能发现梦中有别具意味的"预示"。

不过当年的玄奘自然不会这样理解梦境，在他而言，这个梦是助他展翅的天风、为他引路的明灯。剥开层层包裹，这个梦境的核心在于"信心"，对信仰的信心，对自我的信心，对人生在世须留痕于天地的信心。正是秉着这种信心，他踏上了去往他心中的圣地——那烂陀寺的道路。这条路漫漫无涯、艰险重重，哪怕付出生命，也未必能跨越绵亘千万里的赤水黄沙、青林黑塞。但玄奘此后的经历，恰巧如他的梦境所示，他跨过看似绝无可能安度的艰险，走到了无穷远的理想之地，看到了最高迥开阔的世界，也将自己的名字，刻在了相信"信心"的力量的人们心中。

## 01 《佛国记》：一个先贤的背影

玄奘是洛阳人，生于隋朝仁寿二年（602年），本名陈祎，是家中幼子。他是个早慧的孩子，悟性高而性格稳重，从小就向慕先哲，亲好仁德。他少年老成，不怎么和同龄的孩子玩耍，却喜欢研读典籍。读书的时候，哪怕门外有市朝集会，锣鼓喧天，他也能静心安坐，完全不受打扰。

玄奘的曾祖、祖父都曾入仕为官，父亲也曾在隋朝任县令，是一位博学通经的儒者。玄奘为何没有像祖辈、父辈那样学儒、入仕，而是踏入了佛门呢？这有时代的因素，有生活的原因，也是命运的因缘际会。五岁那年，他的母亲去世，十岁那年，父亲也去世了。父母双亡，家道中落，又时值隋末的社会变乱，幼失怙恃的玄奘跟随先出家的二哥长捷，进入了洛阳的净土寺学习佛经，这一年他才十一岁。按照隋朝的典律，僧人须有"僧籍"，进入佛门学习者，并非只要夙心向佛、勤学佛典就能受戒为僧，而是需要经过考核、遴选，最终的"录取"比率很低。十三岁这年，玄奘在一年一度的考核中脱颖而出。这一年，德业优良的人至少有数百人，但录取名额只有十四个。玄奘其实并未达到年龄标准，本来只是在考场旁观，凑巧的是，时任大理寺卿的郑善果被这个少年的独特的气质吸引，了解了他的身世之后，问了这样一个问题："你出家意欲何为？"玄奘答道："意欲远绍如来，近光遗法。"意思是说不仅想要精研佛理、传承教义，还想要光大佛法，使其泽被众生。少年的大志令郑善果惊讶，他感叹"诵业易成，风骨难得"，说要找博闻强识的人容易，但要寻有风度有骨气的人却很难。因此，他将玄奘破格选入，还预言道，这个少年他日定会成为佛门中了不起的人物，只可惜自己未必有足够长的年寿，能活到看到他鹤翔九天的那一天。

通过了考核的玄奘有了僧籍，成为沙弥。二十一岁时，他受具足戒，成为比丘①。在净土寺期间，他学习了《涅槃经》《摄大乘论》等经书，学的是大乘佛法。佛教本是公元前六到前五世纪，由古印度蓝毗尼（在今尼泊尔）的释迦牟尼创立的宗教，它在汉代传入中国，其不同的教派在中国也各有传承、发展、变化。大乘、小乘是佛教的派别。"乘"是梵语 yàna 的意译，是指能把众生从苦海中救度出来的车乘。简而言之，小乘教派和大乘教派的区别主要在于：在认知上，小乘只认释迦牟尼为佛，大乘认为十方三世有无量诸佛；在修行理念上，小乘以自我完善和追求解脱为宗旨，认为只有极少数遵循佛陀教导的人能够到达彼岸，大乘强调自度和度他，认为众生都能成佛②。玄奘所修习的是大乘教派。他在少年时期研习佛典时，已经显示出惊人的天赋，不仅过目不忘、掩卷能诵，而且对经义掌握准确，还能自行阐发。

---

① 沙弥指年龄在七岁到二十岁之间，受了十戒的出家男子。比丘指二十岁以上，受了具足戒的出家男子。具足戒又称近具戒、大戒，关于它的数量有不同说法。据《四分律》记载，比丘的具足戒有二百五十条戒律。

② 小乘即为小车乘，用意自载自度；大乘即为大车乘，发心载人度他。当然所谓"小乘"佛教，其自身是不认可"小乘"这个称呼的，而自称"上座部佛教"。本文为叙述方便，仍以大、小乘称名。"自度"还是"度人"，系大、小二乘根本区别。由此衍生出的其他区别则有：小乘认为佛不可及，只证阿罗汉果位，大乘认为人皆可以成佛，当行菩萨道及佛道；小乘破"人我执"，证得"人空智"，大乘在破"人我执"外，还要破"法我执"，证得"法空智"；小乘解脱之后，不再回身三界，被称"有余涅槃"，大乘"为度众生愿成佛"，所以解脱前后，都不脱离三界，而是普度众生，证"无余涅槃"。另外，二者之间是可以转化的：比如发心改变后，从"自度"走向"度人"，或者由"度人"回向"自度"，那么大、小乘根性也就相应转化。

玄奘十七岁这年，隋亡而唐兴，洛阳陷入了混乱，社会失序，盗匪横行，疾病、灾荒、劫掠所在多有，净土寺也如覆巢之卵，难以独全。玄奘认为，洛阳虽是他的故乡，但丧乱之下，不可死守一地，于是便和兄长一同去了长安。不料长安也没有合适的佛寺可以栖身，所以他们又转而南下，去往绵州、蜀州，最终在成都停留下来。玄奘在此转益多师，于佛学更加精进，两三年后，他已精研多部经书，名声渐大。而蜀地在纷乱的时世中尚算宁静，所以也吸引了四方的僧侣，玄奘的讲席一开，总有数百人前来听他说法。由此，他的名声已经不限于蜀地，而是传遍了南方广大的地区。后来，他在游历了相州、赵州等地后，又回到长安，师从多位法师，所悟更深。

　　此时才二十多岁的玄奘，已是一个阅历丰富、饱学穷经的僧人。他既有过人的禀赋，又能虚怀若谷、孜孜不倦；既能静守青灯黄卷，又并非食古不化、不通世务。甚至，在变乱四起的时世中，他依然能不为外物所困，变通求索，不断向前。无疑，他一直在努力践行自己十三岁时对郑善果说出的"远绍如来，近光遗法"的理想。对玄奘而言，当年的郑善果是第一个慧眼识英的人，但绝非唯一的一个。十多年后，长安的两位高僧法常、僧辩在与玄奘面谈之后，也由衷感叹他是佛门的千里马，只是遗憾他来日的成就，自己未必能够看到了。法常、僧辩的感叹，和郑善果的慨叹何其相似！他们的赞语中所透露的信息，最直观的一层意思当然是说玄奘是不世出的人才，相信他能光大佛门。但另一层意思也很重要——这条弘法之路漫长而艰难，绝非轻车缓步所能走完，也非一朝一夕所能成就，所以，他们才都遗憾自己也许没法亲眼见到玄奘成就之日。

数年的学法和传法过程中，玄奘发现了当时汉传佛教的困境，那就是各教派的教义有所出入，但佛经的梵文原典传入中国的还不完整，没办法细细地参详原典来探索教义的得失。一个僧人会为此所苦，说明他已经不满足于承继法业，而是有了要延续法统的雄心。在苦苦思索如何解决这一困境时，他在长安碰到了一位名叫波颇的僧人。波颇是中天竺（属于古印度）人，十岁出家，修习多年，德业俱佳。他曾在那烂陀寺师从高僧戒贤法师，学《瑜伽师地论》，后来他北上传法，到达西突厥，受到了叶护可汗的赏识。武德九年（626年），他不远万里来到了长安，先后在兴善寺、胜光寺讲经、译经。当玄奘与波颇谈起自己心中的疑难时，波颇告诉他：那烂陀寺是现今世上佛学的最高学府，保存着佛教教义最原始、最正宗的面貌，戒贤法师通晓大乘、小乘的各种典籍，定能解答他的疑惑。这段话在玄奘心中播下了一颗火种，使得他产生了西行求法取经的想法。

那烂陀寺在古印度的摩揭陀国（在今印度哈尔邦）。在当时，如果要从长安前往古印度，走陆路的话都要通过丝绸之路，在到达中亚之后再转而向南。当时，丝绸之路有北道、中道、南道，北道的起点为瓜州，经伊吾、庭州、伊犁等地，到达碎叶；中道的起点为玉门关，经楼兰、车师、高昌、龟兹，到达大宛；南道的起点是阳关，经过鄯善、于阗、莎车，到达葱岭。丝绸之路是汉代的张骞在出使西域时，穷十三年之力而开辟的道路，数百年来，行走在这条路上的主要是商人，偶尔也有使臣和僧人。商人为利，使臣奉命，僧人则是为了求法或传法。无论踏上此路出于何种原因，出行者都明白这是搏命之举，因为险恶的自然环境、不测的政治局势、漫长路途中有可能发生的疾病和意外,已经夺走了无数行者的性命。

玄奘有了西行的打算后,他定然会想到一位先行者——东晋的高僧法显。法显因为觉得中国所存的佛教"律藏残缺",所以在晋安帝隆安三年(399年),以六十多岁的高龄,约同慧景、道整、慧应、慧嵬四人同往天竺寻经,这支五人的队伍在途中又扩大到十一人。他们从长安出发,至张掖,过敦煌,渡沙河,出西域,经鄯善、焉彝、于阗等国进入葱岭,然后越过葱岭前往北天竺。在到达北天竺的罗夷国前,昔日十一人的队伍只剩下了法显和道整二人。其后数年,二人又游历了中天竺、南天竺诸国,饱览各国文化风俗、风土人情,并学习、抄写了不少梵文佛典。数年后,道整决定终身留在天竺学法,而法显决定携经卷回国。晋安帝义熙七年(411年),法显乘坐商船走海路东归,途中遭遇风暴、海盗、缺水等厄难,艰难险阻,难以尽述。次年七月,终于在广州登陆。归国后,法显撰写了《佛国记》一书,记述这十余年的经历见闻,其书共记录了西行途中三十二国的见闻,是长安至天竺的陆路行程的最早记录,也是记述当时西域诸国、天竺诸国历史的珍贵史料。

但是,对于后人而言,法显所经历的、《佛国记》所叙写的最有价值之处,或许还不是其所具备的历史、地理、政治意义,而是此次西行壮举的开创性意义。常人视为畏途的万里雪原、荒漠,他何以能最终穿越?人生中宝贵的、应该安闲度过的十三载暮年时光,他为何用来做一件看起来"疯狂"的事?他在不可能的路上留下足迹,只靠着心中坚毅的志愿,靠着一双着草履的脚。

在《佛国记》的末尾,法显直言道:"顾寻所经,不觉心动汗流。所以乘危履险,不顾此形者,盖是志有所存,专其愚直,故投命于不必全之地，以达万一之冀。"法显心中其实也有后怕，当过往种种在眼前闪过时，他心中并不平静，回想所经的种种艰险，甚至都要流下冷汗。那么，他当时为什么还迎难而上、不顾其身呢？他说是因为求法的"志"高过了一切，所以凭着一股"傻劲"去往九死一生之地——他将生死置之度外之时，并没有考虑用生命作代价来追求信仰是否值得。

两百多年后，当法显的身影浮现在玄奘眼前时，他觉得自己并不孤独。相比法显，他的优势是年纪轻得多，但法显西行的种种困境，在玄奘的时代依然都存在着。而且，他还遇到了法显未曾遇到的棘手问题。

## 02 《大慈恩寺三藏法师传》：一个僧人的史诗

孤行太难，像法显一样，与同道之人共谋其事无疑更佳，所以玄奘联系了一些有类似想法的僧人联名上表朝廷，请求允准西行。但此时是唐王朝开国之初，西北边疆并不太平，大唐与西突厥之间形势紧张，与西域诸国之间也常有摩擦，唐太宗实施"禁边"的政策。所以，朝廷的回复是，禁止他们踏出西北边疆、西行求经。

后人在了解、描述玄奘的时候，会注意到他"正统"的一面。二十六岁西行前，他是正统的佛家弟子，入寺、得籍、受戒、讲经的每一步，都符合释家的规范。四十四岁归国后，他是正统的大德高僧，受诏、译经、授徒、传法的每一步，都展示了高僧的风范。

后人如想了解玄奘的一生，总会读《大慈恩寺三藏法师传》一书，此书是玄奘的弟子所作。唐高宗麟德元年（664年），玄奘去世，其弟子慧立为弘扬玄奘的功业，将他的事迹撰写成书。慧立是豳州昭仁寺住持，曾参与玄奘主持的译经工作近二十年，他博通佛典，妙擅文辞，也对玄奘的为人、志向、经历十分了解和敬佩。书成之后，他担心未记述全备，将之藏放于地下，直到临终前才嘱咐弟子将其挖出。另一位玄奘的弟子彦悰受命为此书作序，而彦悰不仅作序，还自撰了五卷新的内容，与慧立所撰之书合为十卷，名为《大慈恩寺三藏法师传》。

此书是最有助于我们了解玄奘的经历的原典，尤其是该书的第一卷，写玄奘从出生到成年后决定西行、经历千难万险到达高昌国的经历，可谓全书最震撼人心的部分，因为它所写的，正是最能体现玄奘的智、勇、信的部分，也是世人最容易忽略的事——玄奘之名之所以能铭刻青史、玄奘之业之所以能弘扬万里，正因为从二十六岁到四十四岁他那"不正统"的十余年，正是因为在这十余年的起点，他没有安分守己地遵守朝廷的诏令，而是做出了"偷渡"的决定，并且，当磨难接踵而至时，他总是八风不动、谨守心期。

在朝廷下了禁令后，玄奘并未遵行。他先和一位法号为孝达的僧人一起从长安经秦州、兰州，到了凉州（今甘肃省武威市）。凉州属于陇右道，是河西一带的重要城市，这里常有西域诸国的商人、僧侣来往，佛教氛围很浓厚。玄奘在这里开坛讲授《涅槃经》《摄大乘论》《般若经》等经，同时也在暗暗筹谋西行之事。他的讲法受到了中外人士的称道，渐渐的，"有高僧要去婆罗门国求法"的消息传到了西域诸国，很多信奉佛教的国家已经洒扫相待。而这个消息也传到了凉州都督李大亮的耳中。李大亮对朝廷的禁边政策一向执行得很到位，便询问玄奘为何来凉州，玄奘如实回答说"欲西求法"，李大亮闻言严令他马上返回长安。

凉州待不下去了，但玄奘并不打算掉头向东返回长安。此时，河西佛教界的领袖慧威法师伸出了援手，他密令慧琳、道整（与法显的同行者道整同名）两名弟子偷偷地送玄奘西行。因系违令而行，三人竭力隐藏行迹，白天休息，晚上赶路，风雨兼程赶到瓜州（在今甘肃省）。瓜州刺史独孤达并不知道凉州之事，听说有高僧到了治所，供奉得很殷勤。在凉州被逐，在瓜州被厚待，好转的处境并未使得玄奘的心境宁和下来，因为从瓜州再往西北走，就接近当时唐朝的国境，国境之外，就是西域诸国了。但此时随着了解的深入，他也愈加明了自己将要面对的困境：从瓜州往北五十多里有一条河名为瓠𬬻河，水深而浪急，无法轻易横渡。河的源头即玉门关，欲出国境，必经此关。玉门关外有五座烽火台，五烽都有士兵守卫，它们彼此之间相隔百里荒漠，绝无水草、人烟。这时，他的坐骑又死去了，彷徨无计之下，玄奘在瓜州盘桓了一个多月。

不久，凉州的通缉令又发到了瓜州，上书"有一位法号玄奘的僧人想要去西域，所在州县应该重视此事，等候其到来，并将其捉捕"云云（《大慈恩寺三藏法师传》："有僧字玄奘，欲入西蕃，所在州县宜严候捉。"）。瓜州有一位叫李昌的小吏，他本是信佛的，接到这道公文之后，立即想起了上月到达瓜州的这位高僧，便偷偷地持公文来问玄奘他是不是被通缉之人，玄奘有了与李大亮对答的教训，不敢再轻易泄露身份，迟疑未答，李昌表明心迹说："请法师据实相告，如果您真是玄奘法师的话，弟子一定帮您想办法。"玄奘便告诉李昌，他的猜测是对的。李昌深深感叹玄奘的苦心孤诣、矢志不移，当下将手中的通缉令撕毁,并劝他为安全计,早日离开瓜州。

此前,道整已经离开瓜州去了敦煌,玄奘知道慧琳也无法陪同自己西行,所以就让他返回凉州了。他买了一匹马,想找人指引出关的道路,但一无所得。困顿之下,他在所寄居寺庙的弥勒佛像前求祷,希望能有人指引道路。求祷的当晚,该寺就有一位法号达磨的胡僧,梦见玄奘坐着莲花向西而去,梦醒后,他把这个梦告知玄奘,玄奘联想起自己曾经做过的足下生莲、渡海行至苏迷卢山的梦,觉得这梦也一样是个吉兆。不过他此时很谨慎,只淡淡地说梦是虚妄之事,让达磨不要放在心上。

凑巧的是,这天有一位叫石槃陀的胡人来到寺庙礼佛,他热切地向玄奘说自己想要受戒,想拜他为师,玄奘见他态度诚挚,便为他授五戒[①]。受戒之后,石槃陀十分欣喜,又回家去取了食物来供奉玄奘。玄奘觉得他身体强健、为人恭肃,又是居住在边境的胡人,或许对地形十分熟悉,所以心下盘算一番后,把自己意欲西行的事告诉了石槃陀,询问他能否为自己指引道路。石槃陀当即答应下来,说能帮他走出玉门关外的五座烽火台,玄奘大喜,二人约定次日出发。

到了次日黄昏,石槃陀带着一个胡人老翁前来,玄奘觉得此事不宜为外人所知,见石槃陀偕第三人前来,心中不快。石槃陀解释说这位老翁对西行的道路很熟悉,曾经在此地和伊吾国之间往返过三十多趟,所以请他前来商量商量。老翁对玄奘说西行之路万分险恶,有陷人无数的沙河、难以抵御的热风,劝他不要不顾自己的性

---

① "五戒"是大乘佛教中针对居士五条戒律:不杀生、不偷盗、不邪淫、不妄语、不饮酒。

命轻易前往。但是玄奘答道:"贫道为求大法,发趣西方,若不至于婆罗门国,终不东归。纵死中途,非所悔也。"老翁见劝不住他,便说自己牵来的老马堪为坐骑,此马已经往返过伊吾国十五次,虽然年齿已长,但体健而识途。听了老翁之言,玄奘忽然想起从长安出发前的一件小事:当时,他请一位叫何弘达的术士就西行之事卜了一卦,何弘达说此事可成,并说他会乘着一匹年老的红马前去,此马的马鞍上漆镶铁。而眼前的这匹红马及其马鞍的情状,都和何弘达所言一模一样,所以他就将自己的马和老翁的马作了交换。

整束行装之后,玄奘和石槃陀趁着夜色出发了。三更时,他们到了瓠𬬻河,此河果然如传闻所言波涛汹涌,好在只有一丈多宽,人力尚有可为处。石槃陀砍下岸边的梧桐树,搭了一个简易的桥,又在桥上铺上草和沙子,让玄奘驱马过桥。渡桥之后,他们驻马铺褥,准备睡一觉。玄奘还未入眠,忽然听到身边有动静。二人铺褥子的地方本来相隔五十步左右,此时玄奘发现石槃陀竟然抽刀起身,蹑手蹑脚地潜行,但在走了十多步后,又转身回到他自己的褥边。玄奘猜测他生了异心,当即坐起来诵经,石槃陀见状不再动作,真的睡了。天亮之后洗漱完毕,石槃陀不肯前行,对玄奘说担心荒漠无水,会饥渴而死;又说担心难以通过五烽,若潜行过境,一旦形迹败露就会被戍卫杀死。所以他说以万全计,不如掉头回瓜州。玄奘充耳不闻,策马前行,石槃陀以刀弓相逼,玄奘依然不肯屈服。最后石槃陀说他不能去了,一是放不下家人,二是不想犯法。石槃陀其实并不想真的下毒手,前夜他的逡巡,已是他在理智和情感间摇摆的证据,但他又觉得玄奘肯定会为守卫所抓,担心他泄露自己也曾参与其事。最后,玄奘起誓道:"纵使切割此身如微尘者,终不相引。"石槃陀这才稍微放心，玄奘分了他一匹马，感谢他的指路之德，与之辞别。

石槃陀与玄奘相识相处，总共只有三天。第一天，他是虔诚的弟子；第二天，他是得力的向导；第三天，他就成了摇摆不定但终究没有犯下大错的陌路人。玄奘心中不无遗憾，不过他还是感念石槃陀给自己带来的机缘，没有他，也许自己的计划还要推迟。现在，玄奘一个人孤立于茫茫天地间，这里上无飞鸟，下唯黄沙。在行程中，玄奘似乎看到了军队、驼马，但走近一看空无一人，他不知道这是沙漠里的海市蜃楼之景，以为是鬼怪作祟，又仿佛听到空中传来"勿怖"的语声，心中稍定。

他走了八十多里，到了第一座烽火台，因为怕被守卫发现，只能潜身沙沟之中，等夜色降临才敢继续走。到了烽西取水处，刚要用皮囊装水，就有一支箭射在他的身旁，他心知已被守卫发现，赶紧大声道出自己僧人的身份。进入烽火台后，他见到了校尉王祥，对其自道是僧人玄奘，此行是前往婆罗门国求法。王祥是信佛之人，他说可以对玄奘网开一面，不追究他擅自越关的罪责；又说西行路远，认为他不可能到达，愿意送他到自己的家乡敦煌，介绍他与该地的高僧认识。玄奘见王祥崇佛，对他也很坦诚。他说自己在两京、吴、蜀已遍识高僧，如果只是想要修法、修名，哪一地比敦煌差呢？他之所以"无贪性命，不惮艰危"地西行，是为了全经义、求佛法。他说王祥作为信佛的人，应该理解他的苦心，而不是劝他回还，并说自己哪怕受刑，也"终不东移一步以负先心"。王祥被他的虔诚坚毅感动，答应亲自送他，助他安全离开此处，次日，他将玄奘送到了十多里外，并为他指点了前往第四烽的道路，告诉他那里有他一位宗亲王伯陇，也是崇佛之人，届时可以请他帮助。玄奘行了一日到了第四烽，本来他不想多生事端，打算悄悄取水后离开，但又一次险些被飞箭射中。他只好说出王祥之名，守卫果然没有留难，并且告知他第五烽的人不好说话，不如取道百里之外的野马泉取水。

从此地出发，就到了莫贺延碛，野马泉就在莫贺延碛中。莫贺延碛古名沙河，法显也曾在《佛国记》中描述它的艰险，说这里"上无飞鸟，下无走兽"，完全无法辨认方向，只能"以死人枯骨为标帜"。两百多年后玄奘所见与法显大致相同，在穿越这数百里沙河之时，玄奘总是自诵《般若波罗蜜多心经》以坚心志。走了一百多里路后，致命的意外发生了：他在拿起水囊饮水的时候，因水囊太重，失手将其打翻。在广袤的沙漠中，缺水是最可怕的事情，哪怕有水都常有无法及时补充之虞，现在涓滴不剩，继续进发，岂不是自寻死路吗？再加上此时他也已经不辨去往野马泉的方向，所以只能沮丧地折返原路，往第四烽的方向走。但是往回走了十多里后，他想到自己立下的不到天竺决不东归的誓愿，想到自己回去后可能不会有第二次越关的机会，便对自己说"宁可就西而死，岂归东而生"，于是调转马头，再次向西北进发。

对玄奘西行的志愿，知者以敬佩态度为主；但对他此行能否真的成功，持乐观态度的人却不多。如石槃陀和王祥，看起来他们的做法很不一样：一个初时坚定跟从，两三日后就心念动摇；一个初时好意劝阻，交谈后就决定倾力相助。但有一点他们很相似：都觉得玄奘必不能到达天竺。这是基于经验和理性作出的判断，就连法显当年的队伍，不也死伤十之七八吗？何况孤身一人，又是违令出行的玄奘呢？

但是，玄奘自己却一直怀着坚定的信心，这种信心也是他在多次遇阻之后，又屡屡获得转机的关键——纯粹的信念、炽热的期望，总能触动人们内心最深处的柔软之地。可是，纵然玄奘能以情感人、以义动人，如今面对自然的伟力，又如何度过眼前的困厄呢？此时，白天是"惊风拥沙，散如时雨"，晚上是"妖魑举火，烂若繁星"，前者对他的身体是极大的折磨，后者对他的心态是极大的考验。今天我们知道死者的骸骨中含磷，磷可自燃，形成"鬼火"的奇观。但玄奘自然无此知识，他孤身一人对抗着疲劳、饥渴、恐惧，甚至是死亡的威胁，一边祝祷，一边勉力前行。到了断水的第五天，他已经出现了幻觉，眼前一片昏花，同样缺水的马儿也倒地不起。不知在地上躺了多久，夜幕四垂时，忽然一阵凉风吹来，他如沐春霖，眼前突然清楚起来，马儿也挣扎着站了起来。他又强行支撑，驱马行了十余里，竟然找到了一片沙中绿洲，池塘中的水明澈如镜，他扑上去痛饮一番，庆幸自己捡回了一条性命。他在此休息了一天，随后又走了两天，终于走出了莫贺延碛，来到了国境外的第一个西域国家：伊吾（在今新疆哈密）。

玄奘来到伊吾的一座寺庙中，该寺僧人中有三位是汉人，其中一位老者听说有汉僧前来，衣冠未整，赤足奔出，见到玄奘就哽咽流涕，说没想到这辈子还能见到本国人——毕竟，从当时的中原到伊吾，道路何其险峻！玄奘本欲在伊吾稍作休息以后继续出发，取道可汗浮图，谁知在伊吾的高昌国使者将他到来的消息报给了高昌王，又使得玄奘的旅程生出一番周折，也给他带来了奇妙的机缘。

高昌国地处吐鲁番盆地，是东西交通要塞，也是西域的政治、文化、经济要地，高昌国立国一百多年来，历经阚氏、张氏、马氏、麴氏四姓王朝，这四朝统治者都是汉人。玄奘来到西域时，高昌王为麴文泰。此时高昌国举国上下笃信佛教，其政治制度仿效的是中原王朝的制度。近年来，麴文泰一直在思考一个对高昌国来说生死攸关的问题：随着唐朝的崛起，地处西突厥和唐朝之间的高昌国在政治上也处在夹缝之中，到底应该与哪一方亲近，才能使自己的国家更好地生存下去呢？得知玄奘西来的消息，麴文泰十分欣喜，作为信徒他尊敬这位法师，作为国王他希望这位来自唐朝的智者能给自己带来有价值的信息、为国家的未来指引方向。

　　在高昌国使者的盛情邀请下，玄奘放弃了原来的计划，跋涉六日，于某日黄昏到了高昌国的白力城，入王城后已是夜半，让他意外的是，当时麴文泰竟然偕妻子亲自在宫门等候。他对玄奘执弟子礼，还引妻子前来行礼。双方见礼交谈一番，天色将明，麴文泰便请玄奘先去休息。上午玄奘还未起来，他又早早侍立门外等待。后来，他听玄奘说起这一路上的种种惊险遭遇，敬佩感动以至流泪。麴文泰将玄奘奉为上宾，种种礼遇，一时难以尽述。玄奘在高昌国停留了十多日后，想要辞行启程，但麴文泰说自己深慕玄奘风采，这种仰慕在信佛半生、多见高僧的他而言，也是前所未有，所以想要终身供养玄奘，也让高昌国人都以他为师。

　　玄奘自从有了西行的打算以来，遭遇过朝廷的通缉、追捕，也被质疑过、劝阻过。无论何种情形，他总是不卑不亢、志不可移。此时他再陈心志，表示虽然心下感念，但绝不会中道改志。但麴文泰似乎比他还要坚定，他说："弟子慕乐法师，必留供养，虽葱山可转，此意无移。"双方各持己志，说到后来，麴文泰勃然变色，放出狠话来，说如果玄奘坚辞，自己或者强留他，或者将他送还唐朝，总之不会让他通关离去。面对麴文泰的君王之怒，玄奘并未生畏，说对方哪怕能留住他的肉身，也定然留不住他的神识。

事情陷入僵局，但麴文泰恭敬供养的态度并未改变，每天他还亲自捧盘奉饭——对方既是至诚，又手握权柄，现下软硬兼施，玄奘如何应对？他孑然一身，所持者只有不移之志。于是他开始端坐冥想，不饮水，不进食。麴文泰日日探望劝说，但玄奘不为所动。到了第四天，麴文泰发现他虽然还在端坐，但已气息微弱，命悬一线，顿时心中惭愧震动，终于稽首告罪，说自己改变了主意，决定放玄奘西行，只求他赶紧饮水进食。玄奘怕他此语只是权宜之计，请他指天为誓，麴文泰便说，既是如此，不如在佛像前起誓。于是二人到佛前礼拜，结为兄弟，并约定待到玄奘从天竺归来时，再回高昌国，在此说法三年。并且，麴文泰承诺，会为玄奘置办西行所需的人员、物资。

二人的分歧终于解决，麴文泰在置办行装期间，还为玄奘大开讲帐，让王室人员、朝中大臣都来听讲。讲经时，麴文泰亲自奉香炉为玄奘导引，在玄奘升座之时，还蹲伏在地，让他踏着自己的身体走上讲座，每日如是。过了一段时日，行装置办完毕。我们有必要详细地说说这份行装：物资方面，有黄金一百两、白银三万两、绫和绢五百匹、骏马三十匹，这是麴文泰以往返需二十年计，为玄奘准备的路费。他还为玄奘置办了三十套衣服，还有御寒的面罩、手套、靴、袜等若干套。人员方面，他选了四个沙弥作为玄奘的弟子，以便侍奉，还选了二十五名随从跟随玄奘西行。文书方面，他已经派遣殿中侍御史将自己亲手所修的书信送往叶护可汗处，请他关照玄奘，又写了二十四封书信给屈支国等二十四国的君王，且每封信都附大绫一匹。叶护可汗是西突厥领袖，控制着葱岭范围下的西域诸国，身份不同其他君王，所以给叶护可汗送信时，麹文泰附上了绫、绡五百匹，干果两车。信上说玄奘是自己的弟弟，希望可汗像关照自己一样关照玄奘，助他前往婆罗门国。

玄奘面对这等深情厚谊，心中感动，写了一篇启文表示感谢，文中说高昌王对他的情谊，可谓"决河之水比泽非多，举葱岭之山方恩岂重"，麹文泰则回应道："法师既然与我结义为兄弟，那么高昌的所有东西都是我和你共有的，何必言谢。"玄奘离开高昌国那天，麹文泰率领着国中僧侣、大臣、百姓出城相送。麹文泰抱着玄奘痛哭失声，玄奘自己也非常伤感。西行路远，自己何时能够回还与麹文泰重见？他们的约定，真的能够实现吗？

## 03 《大唐西域记》：一个行者的世界

高昌国是玄奘西行之路的转折点，高昌王麹文泰无疑是他生命中的贵人，是与他倾盖如故的知音，也是助他最终取经成功的最大功臣。在到达高昌国之前，玄奘一路上跌跌撞撞，靠着一股血气、一腔孤勇去面对种种磨难，在冒险越关时、在穿越荒无人烟的莫贺延碛时，他都是孤身一人。而从高昌国再度出发时，他已经有了规模可观的队伍，有徒弟、有副手、有物资、有文书，前路不再孤独，梦想不再遥不可及。自此，西行从基于个人心志的缥缈之事，变成了有坚实现实基础、有可行性的事业。此前，他也收获了不少善意和帮助，像慧威、王祥提供的帮助，都让他感念不已，但麹文泰的付出和帮助依然是无可比拟的——他穷一国之力助玄奘西行，却不是为了政治上的目的、现实方面的收益，全是出于对玄奘人格的景慕、对他全心的敬佩和爱护。哪怕他们有再度相聚的后约，但彼此心中都明白，能不能再聚，非人力可以决定。

从高昌国出发后，玄奘便到了阿耆尼国。在数年的西行过程中，他一共到过一百一十多个国家，深感各地政治、文化、风俗有异。多年以后他返回长安，声望日隆，其西行一事的价值也渐渐为世人所重视。后来，他口述、弟子辩机执笔，写成了《大唐西域记》一书，记述各国的风土人情、自己的见闻经历。除涉及自己亲至的各个国家外，还记录了途中听闻的二十八个国家，其中有的曾见于史籍，有的是首次为中国人所知。此书所记的第一个国家就是阿耆尼国，换句话说，玄奘把高昌国当成另一种意义上西行的起点，虽然这有政治上的考虑——在玄奘作此书时，高昌国已经不复存在，其地已经是唐朝治下领土，不再属于"西域"；但从另外一个角度看，玄奘确实可以说是从高昌国起，才得以昂然、坦然地开始他的西行之路。

从高昌国到那烂陀寺，玄奘花了四年的时间。这四年中，他所遇的危险、所历的奇境、所逢的机缘，数不胜数。

我们先看他经历的危险。西行途中，最直接的危险来自险恶的自然环境。西域有苦寒的荒野、常年积雪的雪山、流沙陷人的沙漠，这都是玄奘历险跋涉过的。如跋禄迦国以北三百里的凌山（即葱岭的北峰），就是一处险峻的雪山。此山高峻，在山脚仰视，唯见白雪皑皑，只有夏天时会有短暂的时间积雪稍融。山上还常有冰凌掉落，数百尺长的冰凌横亘道路，让本就崎岖险峻的道路更难通行。玄奘一行在屈支国时就听其国人说起凌山难越，为了等待合适的时机，他们在屈支国停留了两个多月才出发，前行六百里到了跋禄迦国，停留一夜后又跋涉了三百里，到达了凌山。《大唐西域记》记述他们翻山的情形道："经途险阻，寒风惨烈，多暴龙，难凌犯。行人由此路者，不得赭衣持瓠大声叫唤，微有违犯，灾祸目睹。暴风奋发，飞沙雨石，遇者丧没，难以全生。"说山上不仅道路难行，还有肆虐的寒风，还"多暴龙"。何谓"暴龙"？根据后面所说的行路者不能高声叫唤的禁忌，可以推测出这是指雪崩。狂风暴雨，飞沙走石，玄奘一行虽然都身着厚重的皮袭，却还是浑身冰冷、瑟瑟发抖，休息时也找不到干燥的地方，只能把瓦罐挂起来煮东西吃、在冰上铺褥子休息。他们在山中穿行七天，才走出这片凶险之地，但已经有三四成的人失去了生命，马和牛也死去了很多。玄奘自己也因此落下了寒疾的病根，这使得他晚年时饱受病痛的折磨。

出山之后四百里，又到了一处名为"大清池"的水域。它又名热海、咸海，"周千余里，东西长，南北狭。四面负山，众流交凑，色带青黑，味兼咸苦，洪涛浩汗，惊波汩淴，龙鱼杂处，灵怪间起"。他们沿着大清池往西北走了五百多里到了素叶城，见到了西突厥的领袖叶护可汗，在此停留了数日。期间，叶护可汗也力劝玄奘不要前往印度[1]，但见他心志坚决，还是决定帮助他。叶护可汗在军

---

[1] 唐人将印度和其他印度次大陆国家统称为天竺，后来玄奘西行，根据梵文读音，将其定名为"印度"，见《大唐西域记》卷二："详夫天竺之称，异议纠纷，旧云身毒，或曰贤豆，今从正音，宜云印度。印度之人，随地称国，殊方异俗，遥举总名，语其所美，谓之印度。"

中寻到一位通汉语和多国语言的人，让他写了多封给沿途诸国的国书，并命他送玄奘到迦毕试国（在古印度）。

类似凌山这样的险境，途中所遇者不胜枚举。譬如葱岭附近的窣堵利瑟那国的西北，有一块名为"大沙碛"的地方，和玄奘前时经过的莫贺延碛颇为相似，也是一望无际，绝无水草，只能根据路上的死者遗骨来大略辨认方向。后来归途中经过的尼壤城附近的"大流沙"的情形，也是如此，"沙则流漫，聚散随风，人行无迹，遂多迷路。四远茫茫，莫知所指，是以往来者聚遗骸以记之"，而且这里还有热风袭人，当时人相信它能让人畜昏迷，在此处穿行时，还会听到如歌、如啸、如哭的怪声，但是四面一望，又绝无人烟。有不少人在这里死去，玄奘等人自然不知道这些怪状有可能是缺水导致的幻觉，他们认为此地有鬼魅，最终靠着坚强的意志熬了过去。

在自然的困境外，他们遇到的另一大危险就是盗匪。在刚出高昌国境不久，他们就在银山的西面遇到了强盗，只能拿出一些钱物，而强盗也没有伤害他们，就此离去了。但是再往前走了一段路，他们就看到了之前遇到的一群商人尸横就地，无一幸免，既悲悯其惨遇，又对前时遇匪之事感到后怕。在从屈支国到跋迦禄国的路上，他们遇到了二千多人的突厥盗匪队伍，在如此强大的力量面前，他们无从反抗。但幸运的是，这伙盗匪竟然为分赃的问题，互相内斗起来，最后来不及劫掠玄奘一行，就一哄而散。

最危险的一次是在恒河边。当时玄奘一行从阿逾陀国出发，乘船往东，准备前往阿耶穆佉国。当时所乘的船上有八十多人，船开出一百多里后，所经的一处航道两边都是密林，突然有十多只船从密林中开出，冲向玄奘等人的座船。船上乘客心知遇到了强盗，惊慌之下，有不少人投河想要逃走。剩下的人都被强盗挟持，被强令脱衣，并将所有财物献出。这群强盗信奉突伽天神，按照他们的习俗，每年秋天都要找一个俊美壮健的人，将他杀掉，用他的血肉来祭祀。于是，他们看中了玄奘。玄奘身长八尺，"美眉明目"（《大慈恩寺三藏法师传》），气质又十分出众，"松风水月，未足比其清华；仙露明珠，讵能方其朗润"（《大唐三藏圣教序》），按照他们的标准，确实很合适。盗首派人前去取水，并在林中设置地坛，用泥来涂地，令两人用刀架着玄奘，准备将他杀了。玄奘面对这种生死之厄，并未露出惧色，强盗们见他如此冷静，都相顾愕然。玄奘请求对方给他一点时间，"使我安心欢喜取灭"。

于是他端坐下来，集中意念静心观想。他祝祷自己能够往生极乐，受持《瑜伽师地论》——这是他当年听波颇说起那烂陀寺，心生向往的因由之一。他还求祷自己能再度降生人间，教化世人，广弘佛法，利乐众生。在观想之中，他似乎已经登上了苏迷卢山，看到了菩萨和诸天神，全然忘记自己身在祭坛、将成刀下亡魂的现实。玄奘的同伴们见事不可回，心中悲恸，放声号哭，忽然间，"黑风四起，折树飞沙，河流涌浪，船舫漂覆"。强盗们大惊失色，这才想起询问玄奘的同伴"坛上的和尚是何来历"，同伴回答说他是从唐朝前来的求法者玄奘，如果杀了他，罪过匪浅，而且现在风起浪涌，恐怕就是天神震怒的表现。

强盗们心中生畏，竟然一改前时的强横，来向玄奘忏悔告罪、稽首顶礼。而此时玄奘物我两忘，全不知外界发生之事，直到有强盗用手推他，他才睁开眼，还以为对方是要下手了，不料对方说："我们不敢谋害法师了，希望法师能让我们忏悔过错。"于是玄奘解说佛理，劝其改过自新、再勿作恶。强盗们都发愿说从今天开始，定要断绝恶业、重新做人。为表信心之坚决，他们将打劫的用具全部丢入河中，又把抢来的财物都归还原主，之后请玄奘为他们授了五戒。这件事，令观者、闻者都觉得十分震撼——玄奘竟然能化险为夷，置之死地而后生。而且，信念的力量、人性的光辉，竟然真的能照亮走入歧途的人的道路，让他们重新选择人生的方向。

祸福相依，悲喜相随。在西行的途中，玄奘也有不少奇遇。譬如，他曾到过一个叫飒秣建国（在今乌兹别克斯坦）的国家，《大唐西域记》描述该国道：

> 飒秣建国周千六七百里，东西长，南北狭。国大都城周二十余里，极险固，多居人。异方宝货，多聚此国。土地沃壤，稼穑备植，林树蓊郁，花果滋茂。多出善马。机巧之技，特工诸国。气序和畅，风俗猛烈。凡诸胡国，此为其中，进止威仪，近远取则。其王豪勇，邻国承命，兵马强盛……其性勇烈，视死如归，战无前敌。

这个国家自然条件优越，文化、商业、手工业都较发达，上至国王，下至平民，都很勇武善战，是一个容易给远行者留下深刻印象的国度。《大唐西域记》一贯用旁观者的视角来观察，以冷静的笔调来记述，这段文字也是如此。其实，玄奘曾在此国做成了一件超乎想象的事。该国是一个信奉拜火教的国家，他们视佛教徒等人为异教徒，国中有两座荒废的佛寺，当有外来的僧侣投宿其中时，有的激进的拜火教徒就会放火烧逐。玄奘刚来到此国时，国王对他很是轻慢，但在玄奘和他彻夜长谈、阐说佛法之后，他竟然全然抛开成见,从信奉拜火教转为信奉佛教。这时,正好玄奘的弟子前来汇报:他们二人前夜在该国的佛寺中寄宿,被拜火教徒放火驱逐。此时已经改信佛教的国王下令将放火者抓来,准备公开审理。本来国王想要砍掉他们的手,以昭严惩之意,但在玄奘求情之后,改为鞭笞后驱逐出境。从此,佛教在该国从异教变为正教。

历经千难万险之后,玄奘于贞观五年(631年)来到了他心中的圣地摩揭陀国。这里有五十多所寺庙,一万多名僧侣。玄奘西行的目的地那烂陀寺就在这里。来到此国的第十天,那烂陀寺派了四位高僧前来迎接玄奘,在去往该寺的途中,又有二百多名僧人和一千多名信众前来迎接。到达后,二十名法师作导引,请玄奘去参见该寺住持戒贤法师。玄奘西来的一大目的,就是师从戒贤法师学《瑜伽师地论》,他间关万里,数历生死,如今得至圣地,得见大德,不禁百感交集,恍如梦中。为表对戒贤法师的尊敬,他五体投地,"膝行肘步,呜足顶礼"。行礼完毕后,戒贤法师请他就座,问他从何处而来,玄奘恭敬答复,戒贤法师听到他的话,突然流下泪来。经过他身边弟子的解释,玄奘才明白他流泪的原因:多年前,戒贤法师患上了痛风之病,发作起来手脚如被火烧刀割。他饱受病痛的折磨长达二十年,由于三年前病况加剧,他深感肉身受羁,本想绝食而死,但有一天忽然梦见三位天神,分别作金色、琉璃色、银色,三人自道是观自在菩萨、慈氏菩萨、曼殊室利菩萨,前来为他指点迷津。他们劝戒贤不可自尽,并说之后会有来自汉地的僧人跟他学法,嘱咐他用心教导。自从做了这个梦后,戒贤法师的病突然好了,这已是一奇;更奇妙的是,当日梦中听闻的将有僧人远来学法的预言,今日竟然真的实现了。

那烂陀寺是当时印度最宏伟、人才最多的佛寺。寺庙中每天都有一百多场讲座，场场听众云集。该寺在摩揭陀国也有极高的地位，国王对它的供奉十分慷慨，每天供奉给寺中的粳米、酥油就有数百石。寺庙建制宏伟，气象超凡，"宝台星列，琼楼岳峙，观竦烟中，殿飞霞上，生风云于户牖，交日月于轩檐"。

佛教典籍有经、律、论三体，是为"三藏"。那烂陀寺中能解经、论二十部的有一千多人，能解三十部的有五百多人，能解五十部的有十人，而能穷览一切经论的只有戒贤法师一人，所以被众僧推为宗师，被尊称为"正法藏"。玄奘在那烂陀寺从戒贤法师学经数年，除《瑜伽师地论》外，他还学了其他数十部佛典，又精心学习梵语、研读梵文原典。学有所成后，他禀明戒贤法师，决定继续游历印度。之后，他游历了多个国家，足迹遍布南亚。

游历途中，有一天他忽然做了一个梦，梦见那烂陀寺成了断壁颓垣，众僧不知去向，却有水牛被系于断墙上。走入寺庙，见到曼殊室利菩萨。菩萨指着寺外某一方向让他张望，只见该处火光连天、村邑成灰。菩萨对他说："你可以回国了。十年后，戒日王会崩逝[①]，印度会陷入动乱。"若干年后唐朝使臣王玄策出使印度，就正好见证了戒日王崩逝、印度饥荒两大事件，竟然恰如玄奘梦中所闻。

梦醒后，玄奘深感世事无常，他马上返回那烂陀寺继续学习，并著述了《会宗论》，此书受到戒贤法师等人的交相称赞，也为玄奘在印度佛教界赢得了广泛的声誉。数年的修习，使得玄奘成为人才

---

① 戒日王是印度戒日王朝的国王，是印度历史上最有影响力的国王之一，于公元606年到647年在位。他统一了北印度，在其统治期间，印度的文化、经济较为繁荣，他还多次派使者出使唐朝。他自己也是著名剧作家、诗人。

济济的那烂陀寺的十大高僧之一。玄奘的声名也为戒日王所知,他提出,要为玄奘举办一场辩经大会,让不信佛教之人广闻教义,以期"绝其毁谤之心,显师盛德之高,摧其我慢之意"。这场大会在曲女城举行,有十八国的国王、大小乘的僧人三千多人、外道二千多人参加,那烂陀寺有一千多名僧人参加。数千人中,自然不乏覃思典籍、辩才出众者。会议的规则是这样的:玄奘作为论主,类似于"擂主",他作文立论,由僧人将其文公开宣读,又抄写一份,悬挂在会场门口任众人观览,任何人都可以与他辩论,只要能难住他,他便甘愿斩首谢罪。但大会举行了十八天,竟然没有一个人敢上来跟玄奘辩论。由此,印度诸国皆知玄奘乃大德高僧,大乘佛教尊称他为"大乘天",小乘佛教尊称他为"解脱天"。玄奘作为一个从异域来求法的僧人,在佛教的发祥地、当时教内人才最集中的地方,得到了广泛的尊崇。

贞观十五年(641年),玄奘意欲归国,戒日王提出,希望他在回国前能参加五年一度的无遮大会。戒日王在位三十多年来,无遮大会已经举行了五次,如今是第六次。该会持续七十五日,是当时规模最大、等级最高的佛教经义辩论大会。玄奘欣然应允。此次大会仍在曲女城举行,盛况空前。共有十八位国王前来,僧、俗人众五十多万人到场。这是毕生难见的盛况,也是玄奘印度之行中闪耀着华彩的一笔。在无遮大会之后,玄奘向戒日王辞归,戒日王殷勤挽留了十多天,劝他不要归国,还许诺称要供养他,说要为他修建一百座寺庙。玄奘并未动心,反复陈说自己当初西来之意,说佛教传入汉地较晚,典籍缺失,经义不全,所以当时备尝辛苦,就是为学习正宗的佛教典籍并将之带回中国,光大法门。戒日王为其诚挚所感，终于不再挽留。

从印度回国的路线有陆路和海路，海路虽然也有波涛之险，但路线较短、费时较少，亦不用冒生死之险跋涉，明显是较陆路更优的选择。在玄奘之前，含法显在内，也有几位西行万里求经的僧人，但从来没有人从陆路来回。而玄奘说自己要从陆路回去，原因是为了履行十多年前他和高昌国王麹文泰的约定，所以他对戒日王说："情不能违，今者还须北路而去。"戒日王问他需要什么物资，玄奘说并无所需，但戒日王、迦摩缕波的鸠摩罗王还是为他准备了很多贵重的物品。除鸠摩罗王准备的一件雨披之外，玄奘全辞谢不受。

这是玄奘人生中又一场永难忘怀的离别，戒日王和僧众将他送出都城数十里之外，彼此呜咽而别。在玄奘一行人出发后，戒日王还是派人送来了一头大象以供玄奘骑乘，还送了三千两金子、一万两银子作为他们的路费。玄奘一行在路上走了三日后，忽然看到远处有一队轻骑驰骋而来，定睛一看，其中竟有熟悉的身影。原来戒日王别情难遣，又偕同鸠摩罗王、跋吒王等率领数百轻骑前来再次送别。最终告别前，戒日王还选派了四名官员为玄奘向回程所经国家奉送国书，直至他最终归国。

比起危险迭出的去程，回程安稳了不少。不过，意外也不是没有。当他们在横渡一条叫信度大河的河时，玄奘乘象涉水渡河，其他人坐船渡河。但船行至河中时，忽然风激浪起，船几近倾覆，虽然最终无人伤亡，却有数十本珍贵的经书落入河中。他们还在揭盘陀国附近遇到了强盗，大象在被强盗追逐时溺水而死。还好这群盗贼没有伤人，玄奘无法再乘象，行了八百多里才走出严寒的葱岭。

玄奘是为履约而选择走陆路归国，可他守诺虽诚，此诺却无法再践了。在行程中,他得到了一个迟来的消息:高昌国因为在对立的唐朝和西突厥之中亲近后者,引起唐朝的强烈不满,已经在贞观十四年(640年)为唐朝所灭。当时,唐太宗派侯君集领兵十万西征高昌。兵临城下之时,麴文泰急火攻心,吐血而亡。当年一别,如今竟然死生睽违,玄奘心中的悲伤感慨,实在难以言表。但他也只能遥望黄沙,将感激、伤痛和遗憾永留心底了。

乡思催人,玄奘去国十多年,自然归心似箭。可是,到了于阗国,他却停留了七八个月。因为,他还面临着一个棘手的问题:当年他离开唐朝是违反诏令偷渡出境,严格来说,他还是个"待罪之身"。虽然如今他名扬天竺、声重西域,但他能在故国找到自己的位置吗?这个问题不解决,他就没法堂堂正正地归国。所以,当路过于阗国,被于阗王相留讲法时,他便索性停留下来,写了一封上给朝廷的表文,派一个高昌人随商旅入唐朝,代自己将表文上呈朝廷。

文中,他先引述古人事例,说汉之郑玄、晁错为跟随明师,都曾千里求学,自己为访学印度,所以当年"冒越宪章,私往天竺"。他描述此行经历道:

> 践流沙之浩浩,陟雪岭之巍巍,铁门巉崄之涂,热海波涛之路。始自长安神邑,终于王舍新城,中间所经,五万余里。虽风俗千别,艰危万重,而凭恃天威,所至无鲠,仍蒙厚礼,身不苦辛,心愿获从,遂得观耆阇崛山,礼菩提之树,见不见迹,闻未闻经,穷宇宙之灵奇,尽阴阳之化育,宣皇风之德泽,发殊俗之钦思。历览周游,一十七载。今已从钵罗耶伽国,经迦毕试境,越葱岭,渡波谜罗川归还,达于于阗。

他说，他的行程起于长安，终于王舍新城，全程有五万里之遥，跨过了茫茫沙漠、巍巍雪山，踏遍险峻雄奇之地。虽然途中有不少艰险，但都在太宗的洪福护佑之下化险为夷，且因唐朝国威远扬，他也受到了沿途各国的看重，不仅没有受什么苦，还实现了夙愿，在印度学法礼佛，并宣扬唐朝的德化。如今计划归国，已至于阗境内。

玄奘通达世事人心的一面再度在这篇表文中显现出来：他绝口不提自己在西行途中所付出和经受的一切，而将自己的成就都归功于太宗的"天威"、唐朝的"德泽"，这是非常有政治智慧的做法。因为对太宗而言，时过境迁之后，赦免、接纳一位已经名扬异域的高僧，让他用带回来的典籍为本国弘扬佛法，让他记述所见所闻，为国家提供地理、军事上的资讯，是很划算的事情，而开放的唐朝、有远见的太宗本也有这种胸怀。果然，数月后，玄奘等来了回归于阗的送信者，随同他而来的还有太宗派来的使者，使者带来的诏令是："闻师访道殊域，今得归还，欢喜无量，可即速来与朕相见。"太宗还下敕令，命西域各属国护送玄奘归国，还让敦煌的官员到流沙一地相迎。

贞观十九年（645年）正月，玄奘回到了阔别多年的故国。他带回了若干佛像和佛典，其中佛典总计有六百五十七部。不久，太宗接见了玄奘。作为一位雄才大略的君主，他不仅对玄奘越境之事既往不咎，还称赞他"委命求法，惠利苍生"。太宗问起西域各国的情形，玄奘对答如流，细致入微，太宗大悦，更称赞他"词论典雅，风节贞峻"，说他比前秦时期被皇帝苻坚称为"神器"的高僧道安还要出色。

之后将近二十年时光中，玄奘确实成了唐朝的"神器"。他受到了太宗、高宗的高度认可、信任，与弟子辩机共同完成了《大唐西域记》，在长安弘福寺、大慈恩寺主持译经工作。他因精通经、律、论，被尊称为"三藏法师"。贞观二十二年（648年），太宗亲自为其作《大唐三藏圣教序》，赞颂他道：

> 超六尘而迥出，只千古而无对。凝心内境，悲正法之陵迟；栖虑玄门，慨深文之讹谬。思欲分条析理，广彼前闻；截伪续真，开兹后学。是以翘心净土，往游西域；乘危远迈，杖策孤征。积雪晨飞，途间失地；惊砂夕起，空外迷天。万里山川，拨烟霞而进影；百重寒暑，蹑霜雨而前踪。……引慈云于西极，注法雨于东垂。圣教缺而复全；苍生罪而还福。湿火宅之干焰，共拔迷途；朗爱水之昏波，同臻彼岸。

在《圣教序》中，太宗肯定的不只是他过人的才智、骄人的成就，更是他作为僧人的虔诚、作为行者的坚韧、作为释家的慈悲。玄奘的一生，可谓以一人之力而影响千万人，以一人之心而垂范千百年，无论是在佛教界，还是在整个中国文化史上，他都是一个足以光耀千古的人物。

## 04 《大唐三藏取经诗话》：一个凡人的传奇

然而，历史轮盘的转动常常不由人去预测。有的人在世时寂寂无名,身后却赢得了昭彰的美名;有的人在世时名震寰宇,身后却渐渐归于寂寞。玄奘并不属于上述两种情况,他的情况更为特殊和复杂:后人以他的经历为蓝本,创作了不少"取经""西行"的故事,有话本、有杂剧、有小说。在新故事不断被创造的过程中,"玄奘"的形象也一直在变化。在明代,该领域最杰出的作品《西游记》问世,其中的人物"唐僧"也就逐渐取代了世人记忆中真实的玄奘,久而久之,世人常常将唐僧等同于玄奘,而忘记了他们完全是截然不同的两个人。

这是一个饶有意味的变化过程。在说到《西游记》之前,我们需要提到一部在此过程中也很重要的作品:《大唐三藏取经诗话》(又名《大唐三藏法师取经记》)。《大唐三藏取经诗话》是一本说经话本。所谓说经话本大略有两类:一类是讲说佛经故事的话本,这是比较"正宗"的说经;一类是"俗讲",讲说在佛教背景、佛教思想下的民间故事,此书属于后者。它的成书年代存在争议,有成于宋代和元代二说[①]。它是较早的将内容分章的小说,共三卷,分十七章,因每章都有诗,故称"诗话"。今传本第一章已佚,余下的十六章,第二章写唐僧遇到了"猴行者",其他十五章都是写西行过程中到某国、某地的奇遇、险遇。此书之所以在西游故事体系中引人瞩目,是因为它较早将历史人物玄奘小说化,书中不称"玄奘",而称其为"僧""法师""三藏",并将其西行经历戏剧化、神话化。此外,它还创造出孙悟空、沙和尚两个人物的雏形——"猴

---

① 学界一般认为此书成于宋代,但鲁迅《中国小说史略》认为此书或为元刊:"卷尾一行云'中瓦子张家印',张家为宋时临安书铺,世因以为宋刊,然逮于元朝,张家或亦无恙,则此书或为元人撰,未可知矣。"

行者""深沙神",并让前者加入取经队伍。且看其对猴行者登场情形的描绘:

> 行经一国已来,偶于一日午时,见一白衣秀才从正东而来,便揖和尚:"万福,万福!和尚今往何处?莫不是再往西天取经否?"法师合掌曰:"贫僧奉敕,为东土众生未有佛教,是取经也。"秀才曰:"和尚生前两回去取经,中路遭难,此回若去,千死万死。"法师云:"你如何得知?"秀才曰:"我不是别人,我是花果山紫云洞八万四千铜头铁额猕猴王。我今来助和尚取经。此去百万程途,经过三十六国,多有祸难之处。"法师应曰:"果得如此,三世有缘。东土众生,获大利益。"当便改呼为猴行者。

唐僧一行本有六人[①],途中遇到了一位"白衣秀才",他自称乃"花果山紫云洞八万四千铜头铁额猕猴王",是自愿来助唐僧取经的。据他说,唐僧前生已经两度前去取经,但都在中途遭难,如果没有他的帮助,那么此次也会有死无生。所以唐僧欣然接受他的帮助,与他同行。

据猴行者自称,他已经"九度见黄河清",如果按照古人"黄河一千年一清"的说法,他已将近万岁。在第三章中,他还从大梵天王宫的天王处得了隐形帽、金镮锡杖、钵盂宝物。在取经路上,他既像是唐僧的导游,又像是保镖,在到达一地时,他会和唐僧介绍此地的风土人情、奇闻逸事,若是有精怪作祟,他便挺身而出

---

① 《大唐三藏取经诗话》多称该人物为"僧"而非"唐僧",但因脱离该文本引称时,称"僧"意义不明,所以本文姑且称其为"唐僧"。

将之降服：

> 前行百里，猴行者曰："我师前去地名蛇子国。"且见大蛇小蛇，变杂无数，攘乱纷纷。大蛇头高丈六，小蛇头高八尺，怒眼如灯，张牙如剑，气吐火光。法师一见，退步惊惶。猴行者曰："我师不用惊惶。国名蛇子，有此众蛇，虽大小差殊，且缘皆有佛性，逢人不伤，见物不害。"法师曰："若然如此，皆赖小师威力。"

作者让猴行者担任"导游"之职，其实主要是为了满足叙述故事的需求。因为这篇小说虽有虚构、渲染的部分，但其行文结构与《大唐西域记》比，变化不大，都是按序罗列各国见闻。但是《大唐西域记》是游记，尽可直叙各地地理、人文、风俗情况；《大唐三藏取经诗话》是说书的话本，要有人物、有情节，所以作者就通过猴行者为唐僧介绍各国、各地风情，来向读者展示。它套上了小说的模子，但是，"风俗见闻"和"传奇历险"两套结构只是强行嵌套在一起，叙述结构很单一，文笔也较为生硬，与后来《西游记》两套结构的水乳交融相比，自然不可同日而语。

那么，作者为什么让猴行者担任唐僧的"保镖"呢？这与此书对西行史事的重大改造有关：此书将历史传奇化，虽以玄奘西行的经历为蓝本，但神、怪迭出，譬如猴行者作法，带着唐僧来到了大梵天王宫，只见该处"香花千座，斋果万种，鼓乐嘹亮，木鱼高挂；五百罗汉，眉垂口伴，都会宫中诸佛演法"，迥非人间。唐僧刚刚来到宫中，上界大梵天王就发现天宫中出现了"凡人俗气"。书中还有个地方名"火类坳"，唐僧在此地附近看到地上有一具长四十余里的白骨,猴行者称"此是明皇太子换骨处"①。翻过此坳后,还遇到了一名为"白虎精"的妖怪,该怪以白衣妇人的形象出现,"身挂白罗衣,腰系白罗裙,手把白牡丹花一朵,面似白莲,十指如玉"。猴行者觉得古怪,上前交涉。双方对答一番,就动起手来。该妖怪"张口大叫一声,忽然面皮裂皱,露爪张牙,摆尾摇头,身长丈五。定醒之中,满山都是白虎"。双方各显神通,猴行者最终将白虎精制服——不难看出,晚出的《西游记》中的"白骨夫人"这一妖怪(见第二十七回《尸魔三戏唐三藏,圣僧恨逐美猴王》),就是此书的白骨和白虎精糅合之后的产物。在神、怪的面前,凡人的智慧再高、心志再坚,还是难当其法力,所以就需要同样有法力的猴行者来保驾护航;凡人本来能自行解决或面对的种种困境,在传奇化之后已经超出了凡人应对能力的极限,只能仰仗有"神力"的猴行者来解决。

由此,小说中唐僧的形象相较历史人物本来面目,也有了不少变化。在现实中,玄奘最开始是孤身西行,在从高昌国出发之后有了队伍,而他自然是队伍的核心——他一直是团队的精神领袖,是计划的制订者、危险的第一承担者。但是,在此书的取经队伍中,唐僧的能力被弱化了。他基本是被猴行者引领着前进,他也把对方当成精神支柱。现实中,玄奘是一个洞明生死、超然无畏的人,但《大唐三藏取经诗话》中的唐僧,常因所见所遇而恐惧,甚至会有强烈的精神和肢体反应。譬如他来到香山寺,"见门下左右金刚,精神猛烈,气象生狞,古貌楞层,威风凛冽。法师一见,遍体汗流,寒毛卓竖"。又如前述的蛇子国,唐僧见众蛇怪异,"退步惊惶",称要

---

① "明皇"即唐玄宗。唐玄宗的生年(685年)晚于玄奘的卒年(664年),玄奘不可能看到与玄宗之子有关的遗迹。此处舛误,应是作者对人物生活年代认知有误而致。

仰仗猴行者的法力脱离危难。

总的来说，《大唐三藏取经诗话》是一部叙述简略、笔致粗疏的话本，文学价值不高。但《西游记》的一些名故事，在这里已具雏形，尤其是它对玄奘性格、形象的"变形"，也是《西游记》的先导。在改写玄奘的形象方面，《西游记》走得更远，甚至将唐僧写成了和他的原型玄奘名同实异的两个人。

## 05 《西游记》：一个觉者的隐身记

《西游记》承《大唐三藏取经诗话》《西游记平话》等书而生，在沿用前人故事的基础上又有不少创造。中国的白话长篇小说中，有很多世代积累型的故事。所谓世代累积型故事，是不同时代的人对同一个题材进行加工而成，其人物、情节具有传承性或关联性。《西游记》就是这种类型的小说。《西游记》诞生于明代，现存最早的版本为《新刻出像官板大字西游记》，系金陵世德堂刊行，故又称世德堂本。该本仅题"华阳洞天主人校"，未题作者，其余的几种明刊本也同样未题作者。现在一般将其归于吴承恩，但也有学者持不同看法[①]。

---

[①] 如郭英德教授认为，历来将吴承恩判断为西游记的作者，只是依据《淮安府志》的一条说吴承恩著录了一本叫《西游记》的著作的记录，但清代著名文献学家黄虞稷在《千顷堂书目》中却把这部著作放在"地理类"里面，可见这本《西游记》或许并非小说，而是一部游记类作品。且论证吴承恩作《西游记》的人，也只有《淮安府志》的这一条论据，按照"孤证不立"的原则，似乎宜重慎。另外，"西游记"的名字，在文学史上也不是首次出现，如李志常记录丘处机应成吉思汗之邀西行的经历的书，名为《长春真人西游记》。

《西游记》想象跳脱，笔调诙谐，描写细致，是一部非常有个性的神魔小说。全书共一百回，始于石猴出世，终于取经成佛。全书故事大致可以分为三个部分：第一回到第七回，写孙悟空出世、学艺、大闹天宫、被如来镇压，第八回到十二回，写玄奘的身世和取经缘起；第十三回到第一百回，写取经队伍形成及经历八十一难，最终取经成功[1]。

　　这三个部分中，第二、第三部分的故事有典型的世代累积痕迹，其中不少情节是在玄奘真实经历的基础上加工、修饰而成，但又在事实基础上有了不小的变化，在此，我们略举几例。

　　在《西游记》中，玄奘在取经之前，就已经拥有了显赫的身份：他不仅是著名的法师，还是"御弟"——唐太宗的结义兄弟。他如何成为"御弟"的？他为何去取经？原来，唐太宗曾魂游地府，在枉死城中被冤魂拦路，幸得崔判官作保才能通行。他与崔判官相约，回到阳间之后做一场水陆大会，超度冤魂。期间还有臣子们就该毁佛还是该崇佛发生了争论，但唐太宗最终被提倡崇佛者说服，决定选拔一位高僧作为坛主，主持道场，随即，他选中了玄奘。玄奘开坛讲法之时，观音菩萨下凡点化太宗和玄奘：

　　　　那法师在台上，念一会《受生度亡经》，谈一会《安邦天宝篆》，又宣一会《劝修功卷》[2]。这菩萨近前来，拍着宝台，厉声高叫

---

[1] 胡适将《西游记》的故事内容分为三个部分，第一部分（第一回到第七回）为"齐天大圣的传"，第二部分（第八回到第十二回）为"取经的因缘和取经的人"，第三部分（第十三回到第一百回）为"八十一难的经历"。
[2] 这三部"经书"是作者杜撰的，佛教中并无此三书。且以命名风格看，其更接近道教，而非佛教。

道："那和尚，你只会谈小乘教法，可会谈大乘教法么？"玄奘闻言，心中大喜，翻身跳下台来，对菩萨起手道："老师父，弟子失瞻，多罪。见前的概众僧人，都讲的是小乘教法，却不知大乘教法如何。"菩萨道："你这小乘教法，度不得亡者超升，只可浑俗和光而已。我有大乘佛法三藏，能超亡者升天，能度难人脱苦，能修无量寿身，能作无来无去。"

按照此段的说法，玄奘本来只通晓小乘佛法，不解大乘佛法——这自然与事实相悖，因为玄奘修习的一直都是大乘佛法，只是觉得还有义理不明、典籍缺失的情况，才赴天竺求法。另外，虽然玄奘瓣香大乘，且大乘、小乘也有义理、宗派之争，但若说小乘较大乘等而下之，或许有失公允。可是以《西游记》的表现来看，作者将大乘作为小乘的"进阶版"，说玄奘本修小乘但心慕大乘，这就与事实"似是而非"了。观音菩萨所说的大乘佛法的妙处也打动了太宗，所以他询问群臣："谁肯领朕旨意，上西天拜佛求经？"接下来的对话尤其值得注意：

旁边闪过法师，帝前施礼道："贫僧不才，愿效犬马之劳，与陛下求取真经，祈保我王江山永固。"唐王大喜，上前将御手扶起道："法师果能尽此忠贤，不怕程途遥远，跋涉山川，朕情愿与你拜为兄弟。"

《西游记》前文已说唐僧的真身是如来佛座下二弟子金蝉子，此生合该取经证果。再加上此处的叙述，就将玄奘的取经目的，从原先的为光大汉传佛教、消弭大乘、小乘佛教之争，改为完成自己的宿命，及为皇帝分忧、为国家和民众谋福祉。这种改换在故事的表现上或许是有益的：它为玄奘的取经添加了更多的戏剧性因素，让他的取经缘由更加世俗化，也更加能为普通读者所理解和赞同；它加入的"宿命"和"预言"的情节预示着玄奘的取经必然成功，由此把玄奘悲壮的取经行为变成喜剧性的情节；它为玄奘虚构了唐太宗"御弟"的身份，这也符合通俗小说常以贵人、才人、"超人"作为主角的习惯。

真实的玄奘虽然并非唐太宗的"御弟"，但他却是高昌国王麴文泰的"御弟"；小说中太宗非常支持他的取经活动，而现实中对他的取经活动万分支持的也是麴文泰。很明显，玄奘的太宗"御弟"身份虽系作者杜撰，但却是受玄奘的经历的启发而创造出来的。

玄奘当年西行，本是"冒越宪章，私往天竺"，这实在与《西游记》改造后的荣宠加身、奉旨出行迥然不同。前者的情形能见出玄奘对理想的笃定和执着，后者的情形则重在昭示玄奘与众不同的身份、此行对于国家举足轻重的意义。于是，从个体叙事变成了集体叙事，从正剧变成了"爽剧"。

再看一个情节方面的例子。《大唐西域记》记载了不少令人啧啧称奇的奇风异俗、神怪传说。如玄奘在僧伽罗国听到了这样一个传说：南印度有一位国王将女儿嫁到邻国，结果送亲队伍在路上遇到狮子，侍卫们四散逃窜，公主坐在车中不敢动弹，只能默然等死，没想到狮子并未伤害她，而是背着她回到深山中。狮子捕鹿、采果给公主吃，并与她成为夫妻，公主还生下了一儿一女。她生的孩子形貌与人无异，但性情与野兽相近。公主的儿子长大后通晓人事，见母为人、父为狮,对自己的出身十分疑惑,公主便将旧事告诉了他。于是在儿子的谋划下,趁着狮子出门,一家人一起逃到了公主的故国,但其时该国已改朝换代,所以他们隐姓埋名,自称是流落异国多年后还乡的平民,倒也受到了本地人善意的资助。但狮子见妻儿逃走,既愤怒,又不舍,也追到了该国,它咆哮山林,危害人兽,使得国人束手无策。国王发兵逾万人,仍然无法捉捕到狮子,所以对全国招募勇士,说如有能擒获狮子者,必将重赏。公主之子听闻有重赏,觉得这是改善目前饥寒交迫的生活的机会,想去应募,但公主严加劝阻。其子未听劝告,依然前去擒狮。当时狮子藏身树林,积威之下,众人都不敢靠近,但当公主的儿子进入树林时,狮子却一改前时的暴戾,显得温柔驯服。甚至直到儿子把刀刺入它的腹部时,它都是一副恋恋之态,并未因感受到背叛、恶意而发怒。待到儿子将它的腹部剖开,它便带着苦痛与眷念死去了。

为何众人皆无法降服的狮子却对一个平凡的男子如此温情脉脉?当国王以此疑问相询时,公主的儿子将内情和盘托出。但等待他的不是重赏,而是严责。国王认为此人连亲生父亲都能狠心杀死,其心可诛。又因忌惮公主子女特殊的出身,所以将此前许诺的赏赐给了公主,而将其子女各自放逐海外,让他们随船漂荡,远离本国。其子漂流到了一个满地宝物的地方,他杀掉来这里寻宝的商人,留下了他们的子女,繁衍生息,这就是僧伽罗国的由来。而公主的女儿也飘流到一处地方繁衍生息,这就是后来的西女国。据《大唐西域记》记载,西女国"皆是女人,略无男子",此国是拂懔国的附属国,所以每年拂懔国会派一些男子过来,与其女子交配。西女国还有一个奇怪的风俗:产下女子便抚育长大,产下男子,则将之遗弃。

在《西游记》中，没有哪个故事可以直接和狮子国的传说对应得严丝合缝，但是这个传说中公主被妖精掳走、被迫与之生活的那一部分，却似乎是《西游记》中奎木狼私自下凡、化为妖魔占山为王、将宝象国公主掳走并与她生下孩儿这一情节的蓝本。至于公主女儿被放逐至某个岛屿繁衍而生的只抚育女性、不抚育男性的西女国，无疑是世人熟知的"女儿国"的原型。不过在《西游记》之前，《大唐三藏取经诗话》已经将"西女国"改为"女人之国"，还写出了该国国王心仪唐僧、有意与他成亲但遭到唐僧拒绝的故事：

> 僧行入内，见香花满座，七宝层层：两行尽是女人，年方二八，美貌轻盈，星眼柳眉，朱唇榴齿，桃脸蝉发，衣服光鲜，语话柔和，世间无此。一见僧行入来，满面含笑，低眉促黛，近前相揖："起咨和尚，此是女人之国，都无丈夫。今日得睹僧行一来，奉为此中，起造寺院，请师七人，就此住持。且缘合国女人，早起晚来，入寺烧香，闻经听法，种植善根；又且得见丈夫，凤世因缘。不知和尚意旨如何？"法师曰："我为东土众生，又怎得此中住院？"女王曰："和尚师兄，岂不闻古人说：'人过一生，不过两世。'便只住此中，为我作个国主，也甚好一段风流事！"和尚再三不肯，遂乃辞行。两伴女人，泪珠流脸，眉黛愁生，乃相谓言："此去何时再睹丈夫之面？"女王遂取夜明珠五颗、白马一匹，赠与和尚前去使用。

故事说，因此国没有男子，该国的女性见了唐僧后满心欢喜，以此为毕生奇遇。也许是出于同样的原因，国王也想将唐僧留下与之成亲，并许他权势富贵。但唐僧志不在此，仍要继续西行，国王也未阻拦，准备了厚礼送他离开。

而《西游记》在此基础上又作了有趣的调整。在《西游记》中此国名为"西梁女国"，从国名看，明显由《大唐西域记》的"西女国"而来。作者也写女王中意唐僧，想要留他当夫君，在表现上，他突出了女王性情的温柔、对爱情的强烈渴望，所以唐僧面对的诱惑，不仅是女色、权势，还加入了"爱情"。如此润色后，更能通过他的坚拒来表现其心志的坚毅。《大唐三藏取经诗话》的国王对遭拒一事能坦然接受，而西梁女国的国王则在唐僧已经表明无世俗之情的前提下，还是就如何留住他费了一番心思。她提出，只有唐僧同意留下，才会给他的三个徒弟签发文书，让他们三人通关继续取经行程。而唐僧在孙悟空的建议下，假意接受国王的提议，才得以解决这一困境。

回想玄奘的取经经历，我们不难发现《西游记》"女王强留唐僧"这一情节的灵感由何而来。实际上，《西游记》是将高昌国王麹文泰强留玄奘不成，改变心意转而支持他西行，并与他结拜为兄弟这一真实事件，拆分出来一些要素，放在"唐太宗与玄奘结拜，助他取经"和"女儿国国王强留玄奘不成，放他西行"两个故事中。

《西游记》的第九十九回《九九数完魔刬尽，三三行满道归根》写道，唐僧师徒取到真经之后，欲渡通天河而苦无舟楫，幸亏遇到了昔年曾经驮它们渡河的老鼋，再次得到它的帮助。但是到了河中，老鼋说起昔年曾请求唐僧代自己向如来佛询问何年可以修行圆满，唐僧方才想起自己未践前诺。老鼋恼怒之下，将他们掀入河中。很明显，这段情节是根据《大唐西域记》所记载的玄奘的真实经历改编的：玄奘一行在归国途中，在渡信度大河的时候遇到风浪，虽然人未落水，却损失了一批珍贵的经书。后来通晓此地风俗的迦毕试王问玄奘，在离开印度的时候有没有带一种叫"华果"的植物种子，玄奘回答带了，迦毕试王说这恐怕就是船出事的原因，说自古以来，凡是有人带着华果种子坐船，船都会出事。

《大唐西域记》所记的此事的本来形态，其实也很有戏剧性，但相比《西游记》改写的情节，它的互动性和冲突感明显要弱一些。值得注意的是，哪怕在有现实痕迹的故事中，玄奘的形象也发生了很大的变化。譬如在《西游记》中上述的失约于老鼋的情节中，在听到老鼋的问话后，唐僧默然不语，作者解释道："原来那长老自到西天玉真观沐浴，凌云渡脱胎，步上灵山，专心拜佛及参诸佛、菩萨、圣僧等众，意念只在取经，他事一毫不理，所以不曾问得老鼋年寿。"昔年老鼋载唐僧渡通天河，帮过他的大忙，可他却许诺不诚，有约不践，不免有自私、油滑之嫌。这与玄奘的千金一诺、慈悲度世完全不同。

其实，情节的改写，是从历史到虚构的过程中必然存在的现象。而故事要素、情节架构的变换，自然也会导致精神气韵、价值取向的改变。从《大唐西域记》到《西游记》，"玄奘西游"故事的内核已经完全改变了，从主角出于个人的信仰，基于个人的智、勇，成于个人的奋斗的动人故事，变成了主角有天选的出身、受到至尊的庇佑、有"神人"的保护、过程曲折而结局毫无悬念的"好看"的故事。"玄奘"和"唐僧"二人，除共享了一个身份、重叠了某段经历外，几乎没有相同之处。

在记述玄奘西行见闻的《大唐西域记》中，玄奘是绝对且唯一的主角，所有的叙述都是以他的视角来展开，他虽然不直接在"台前"出现，但统观全书自然可以知晓，能走过这五万里艰难历程的人，绝非寻常。辅以《大慈恩寺三藏法师传》中对他经历的详细记叙，更可以看出他是一个天资卓绝、心地仁善、心性坚毅、智慧通达的人。他既是不世出的豪杰，又有悲天悯人的情怀；既能立超凡之志，又能砥砺前行、死生不渝。僧人所修持的"戒、定、慧"，他都几乎达于极致。玄奘是一个凡人，也是一位"觉者"；而唐僧虽然有"金蝉子"的身份，也对取经事业有虔诚的态度、坚持的精神，但他总体是一个浑身毛病的俗人。

唐僧的第一个毛病是懦弱。

由于作者给了一个特殊的设置——唐僧"乃十世修行的好人，但得吃他一块肉，便做长生不老人"（第四十三回《黑河妖孽擒僧去，西洋龙子捉鼍回》），所以他成了妖怪们眼中的香饽饽，它们使尽手段捉拿唐僧，而在九九八十一难的历劫经历中，妖怪觊觎、唐僧被捉、悟空等人奋力相救也就成了常用的故事结构。在这个过程中，唐僧不再是坚韧不拔、主动应对困境的取经者，而在一定程度上被物化成了人人争抢的"宝物"。在被抓住之后，他"享受"的也是"物"的待遇，譬如被红孩儿所擒时，他就被"选剥了衣服，四马攒蹄，捆在后院里，着小妖打干净水刷洗，要上笼蒸吃"，俨然一份珍稀食材。作者用这种奇特的设置、幽默的笔调，消解了唐僧作为大德高僧的神圣感，为他添上了更多的世俗性。

在取经路上，他十分被动，似乎是被命运推着随波而去，毫无还手之力。他的遭际的好坏，似乎只是取决于妖怪们欲望、手段的高低，取决于孙悟空与妖怪们的实力对比。作者还常常表现他遇到困难、危险时的束手无策、畏缩胆怯，譬如在西梁女国，他没有善策应对国王的强留时，"不敢回言，把行者抹了两抹，止不住落下泪来"；在黑松林遇到妖怪，他"唬得打了一个倒退，遍体酥麻，两腿酸软，即忙的抽身便走"。别说处变不惊，就连腿软、颤抖、流泪甚至向妖怪哀求，都成了家常便饭。若说作为凡人，见到妖怪心生畏惧还情有可原，但在遇到普通强盗时，唐僧的应对也同样让人不以为然：

> 正走处，忽听得一棒锣声，路两边闪出三十多人，一个个枪刀棍棒，挡住路口道："和尚，那里走！"唬得个唐僧战兢兢，坐不稳，跌下马来，蹲在路旁草科里，只叫："大王饶命！大王饶命！"（第五十四回《神狂诛草寇，道昧放心猿》）

此时唐僧纵马在前，徒弟们一时没有跟上，所以他遭遇盗伙时是孤身一人。他战战兢兢、躲闪求饶的样子，或许会让我们联想起真实的玄奘在恒河边遭遇盗伙时的情形，玄奘面对死亡的威胁从容不迫、不卑不亢，与书中的唐僧可谓两个极端。

唐僧的第二个毛病是刚愎自用。

在取经途中，唐僧是队伍的精神核心，他对取经一事也有虔诚的心、坚持不懈的态度，所以每次唐僧被妖怪抓走，心志最不坚定的猪八戒就总是喊着要散伙回家。不过，路上真正应对和化解危机的，总是孙悟空。作者让这两个角色既同心，又不同心。孙悟空在被如来镇压、观音点化后，基本接受了取经的任务，但是他毕竟没有唐僧那样坚定的信仰，本身又十分桀骜不驯，所以他虽然对唐僧十分感激，铭记他的解救之恩并使出全副本事保护他的安全，但二人并不完全同步。作者为二人设置的矛盾之一，就是唐僧肉眼凡胎、不识妖怪，而孙悟空火眼金睛、明察秋毫。作者巧用这种参差，让不少妖怪对唐僧用伪装、欺骗的方式来下手。这种伎俩总是被孙悟空轻易识破，但唐僧不仅常被妖怪蒙蔽，还总是怀疑孙悟空的判断，甚至质疑他的品格，对他严加惩戒。然而，每次他落入妖怪彀中性命交关之时，又总是由被他冤枉的孙悟空来救他性命。此类事件反复出现时，读者自然会为饱受委屈的孙悟空愤愤不平，也会对刚愎自用、昏聩无知的唐僧心生鄙薄。

在第五十回《情乱性从因爱欲，神昏心动遇魔头》中，就有这样情节。起先，孙悟空已经发现此地凶险，所以他去化缘前，预先已经想了一个法子来确保唐僧的安全：

  行者又向三藏道："师父，这去处少吉多凶，切莫要动身别往。老孙化斋去也。"唐僧道："不必多言，但要你快去快来。我在这里等你。"行者转身欲行，却又回来道："师父，我知你没甚坐性，我与你个安身法儿。"

孙悟空说唐僧"没甚坐性"，即不太沉静、无法安坐。佛门高僧一般都是能安定己心，不为外物所扰的，而唐僧这一特点已大违一位高僧应有的状态。孙悟空用金箍棒就地划圈，让唐僧等待在圈内，称此圈外人无法进入，让他们也千万不要出去。此法本可确保无虞，但在小说中，"禁忌"往往就是用来打破的，孙悟空去了一段时间后，意外就发生了：

却说唐僧坐在圈子里，等待多时，不见行者回来，欠身怅望道："这猴子往那里化斋去了？"八戒在旁笑道："知他往那里耍子去来！化甚么斋，却教我们在此坐牢！"三藏道："怎么谓之坐牢？"八戒道："师父，你原来不知。古人划地为牢。他将棍子划个圈儿，强似铁壁铜墙，假如有虎狼妖兽来时，如何挡得他住？只好白白的送与他吃罢了。"三藏道："悟能，凭你怎么处治。"八戒道："此间又不藏风，又不避冷，若依老猪，只该顺着头，往西且行。师兄化了斋，驾了云，必然来快，让他赶来。如有斋，吃了再走。如今坐了这一会，老大脚冷！"三藏闻此言，就是晦气星进宫。遂依呆子，一齐出了圈外。

猪八戒在队伍中是个"不稳定因素"，他好吃懒做，还经常挑拨离间，但唐僧不仅常偏心于他，还常被他挑唆。这次，他果然又听信了猪八戒的话走出圈子，使得孙悟空的苦心安排落空。又如在第二十七回《尸魔三戏唐三藏，圣僧恨逐美猴王》中，唐僧三次遇上了白骨夫人幻化的"人"，他屡屡上当，而孙悟空总是一眼识破并将其"人"打死，但每次唐僧都不信孙悟空的辩解，反复以念诵紧箍咒相惩，最后竟至将其驱逐。按照佛教的标准，唐僧的"贡高我慢"，实在厉害得很。

唐僧的第三个毛病是自私计较。

按照佛教的标准，修行者应该放下对自我、对名相的执着，《金刚心总持论》云："菩萨之人，知身是幻，悟世无常，不惜身命，何况资财。但学大乘佛之教法，名无我相，等观众生，皆如赤子，不择冤亲，平等济度。"意谓能发菩提心的觉者，明白"色即是空"，懂得世界的无常，所以连自己的生命都不吝惜，更不会对钱财有什么眷念。因而，学大乘佛法的人，能够破除对"我相"的执着，对众生皆抱慈悲心，皆能平等地救度。从更高的标准而言，佛教还赞颂"割肉饲鹰""舍身饲虎"的精神。唐僧是佛门高僧，本来应该比常人更淡泊、更宽厚、更仁德，但是我们在读《西游记》的时候，会发现他不仅没有放下对"名"的执着，甚至有时比常人还要寡恩薄义、有己无人。譬如前述的路遇盗伙的情节，后来他被群盗吊在树上，又是被孙悟空救了下来。孙悟空打死强盗后，唐僧命众徒将其收葬，还念了一篇祝文：

> 拜惟好汉，听祷原因：念我弟子，东土唐人。奉太宗皇帝旨意，上西方求取经文。适来此地，逢尔多人，不知是何府、何州、何县，都在此山内结党成群。我以好话，哀告殷勤。尔等不听，反善生嗔。却遭行者，棍下伤身。切念尸骸暴露，吾随掩土盘坟。折青竹为香烛，无光彩有心勤；取顽石作施食，无滋味有诚真。你到森罗殿下兴词，倒树寻根，他姓孙我姓陈，各居异姓。冤有头债有主，切莫告我取经僧人。

这篇祝文很能见出作者的幽默感，它全无悲情或严肃的色彩，唐僧本心的认真和祝文呈现的诙谐效果形成一种喜剧的张力。而末尾数句的撇清，不仅显得刻薄寡恩，还能见出他怕事、缺乏担当、不念他人之情的特点。

显然，作者对唐僧的这些毛病心知肚明，这从接下来他所写的孙悟空的反应就能看出来：

大圣闻言，忍不住笑道："师父，你老人家忒没情义。为你取经，我费了多少殷勤劳苦，如今打死这两个毛贼，你倒教他去告老孙。虽是我动手打，却也只是为你。你不往西天取经，我不与你做徒弟，怎么会来这里，会打杀人！索性等我祝他一祝。"揝着铁棒，望那坟上捣了三下，道："遭瘟的强盗，你听着！我被你前七八棍，后七八棍，打得我不疼不痒的，触恼了性子，一差二误，将你打死了，尽你到那里去告，我老孙实是不怕：玉帝认得我，天王随得我；二十八宿惧我，九曜星官怕我；府县城隍跪我，东岳天齐怖我；十殿阎君曾与我为仆从，五路猖神曾与我当后生；不论三界五司，十方诸宰，都与我情深面熟，随你那里去告！"

　　如孙悟空所说，他一路上忠心护卫师父，没有功劳，也有苦劳，但唐僧总是坦然受恩、随时撇清，这不由得让人心中不快。所以孙悟空也作了一篇祝文，全都逆着师父的意思来，说要告状尽管告，他不惧玉帝，不怕阎王，不畏"报应"。作者有意将唐僧的畏畏缩缩和孙悟空的无法无天作对比，以制造戏剧冲突，凸显喜剧效果。在作者而言，他当然是有意将唐僧作为一个世俗化、平庸化的角色来塑造，以让自己笔下的取经"团队"的四人各有参差，相映成趣。

　　为何一个根源于历史人物的小说人物，最终可以和其原型天差地别呢？除分析作者的创作意图外，我们还可以从以下两方面稍加分析。

　　首先，玄奘是佛教人物，而《西游记》虽然以唐僧为主角、以"取经"为核心事件，但它并不是反映佛教思想的小说，只是涉及佛教故事的小说。关于《西游记》的主题，历来学者的看法并不一致，有人认为它反佛崇道，有人认为它扬道贬佛，有人认为它的故事是"心学"的隐喻。大体来说，佛教只是它的"皮"，不是它的"骨"，所以它对佛教教义、高僧，常常都是有意"解构"、大胆调侃。

其次，《西游记》的第一主角，表面上是唐僧，其实是孙悟空。虽然如果没有唐僧，取经之事无从说起，但是如果没有孙悟空，《西游记》也只会是一本平平无奇的小说。唐僧的重要，只在故事解构的层面；而孙悟空的重要，则涉及此书的意蕴、艺术表现、独创性等方方面面。此书前几回石猴出世、求师学艺、上天入地、大闹天宫的故事，别开生面而引人入胜，这既是超出已有的西游故事素材的独特创造[1]，也是将读者成功带入情境的关键性情节。孙悟空的形象，在中国小说史上是独一无二的。他生于石中，本无父母、无社会关系，无社会身份之限；他篡改生死簿，跳出生死，无时间之限；他一个筋斗十万八千里，任何地方都能轻松到达，无空间之限；他有七十二变，植物、动物、建筑物都能变化，无存在形式之限。总之，他是超脱了人类一切有限性的"超人"。然而作者给这样一个"超人"加上一道挣不脱的锁链，让他先突破限制，与天相齐；再饱受限制，与"我"相争。从"看山是山"，最终到"看山还是山"。这样的安排，十分有意味。

无疑，孙悟空的形象，无论从象征深度的方面，还是从人物丰满度的方面来看，都非常成功。而唐僧这一人物则不同，他身上所具备的主要是情节功能。甚至再进一步探析，我们也可以说，作者是将玄奘身上的诸多优良特质拆成两份，分别赋予了孙悟空和唐

---

[1] 胡适在其《〈西游记〉考证》中说，孙悟空的形象是受到印度传说中猴神哈奴曼的影响而生的，文章举出了数条论据，不无道理，可参看。

僧：玄奘坚强果敢、兀傲不屈、百折不挠、清醒通达的一面，他赋予了孙悟空；玄奘对佛法虔诚执着的一面，他赋予了唐僧。如此看来，在精神特质的方面，孙悟空其实比唐僧更"像"玄奘。在现实中，玄奘是独自面对种种艰险，而在《西游记》中，作者拆分出了"保护者"和"被保护者"的角色，所以，"被保护者"自然要变得无能、怯懦，以加强"保护者"存在的合理性。

在中国历史上，有不少历史人物在其身后被写入了小说，并在虚构化的过程中，进一步扩大了知名度。但是一般而言，被虚构的历史人物，但凡是正面人物，以被强化、被美化的居多，像玄奘这样，被弱化、被矮化的，其实较为罕见。而《西游记》实在是一本太有名的小说，所以，世人知唐僧者多，知玄奘者少。

这是否是遗憾？是否有不公？对了解玄奘生平经历，被他的智慧和勇气、善念和恒心触动过的人而言，恐怕不免会愤愤不平，抚膺长叹，觉得这是藏玉于匣、投珠于地；但对玄奘本人而言，当他迈出玉门的关隘时，当他越过葱岭的雪域时，当他踏上那烂陀的土地时，他所有的意义都已自足，身后虚名，何足道哉？行者只专注于脚下，觉者不留滞于外物，生死尚能看破，又何况世人的误解呢？

佛教说，诸行无常，诸法无我，"无常"，本就是世间的恒常。当年玄奘荣归故国，扬名天下，甚至后来太宗为其作《圣教序》，也说他的功绩和福祉，"将日月而无穷""与乾坤而永大"——不过，我们可以把"永远"当成美好的祝愿，但最好不要对它抱有太切实的期待。在时间的波流中，引人瞩目的高处的浪花，和不为人所见的深处的潜流，都是这条河的河水激荡盘旋而生。我们既是观浪的人，又何尝不是构成浪的水珠呢？我们在理解和误解着他人，又何尝不被他人理解和误解呢？只有逝者如斯，不舍昼夜，才是恒常不改之事。

# 第四章

# 不遇人生与身后盛名：
## 跨越时间的回响

**隐与显**

——本章关注在世时默默无闻，身后被人发现的"宝藏"文人：他们曾俯仰天地，感叹无人知赏，而千百年后仰望历史星空的人，却借着他们的星光，照亮了自己脚下的道路。

# 陶渊明：
## 先生不知何许人也

晋义熙十一年（415年），五十一岁的陶渊明[①]身患疟疾，虽然药石不辍，却未见好转，病势日重。死生之无常是多年前他就认识到并坦然接受的事，但是，当感觉自己真的走到这道隔绝存在和虚无的门前时，他依然有了此前从未有过的复杂体验。

回望自己的一生，陶渊明想起了很多事：早年的砥身砺行，中年的彷徨犹豫和后来的弃俗从心。零散的画面串成一条少有人走的路，这条路说起来简单，走起来却并不容易——与走在此路上的人时时相伴的，有如影随形的寂寞、衣食匮乏的困扰，更有因异于世人，而不免遭受的毁誉之议。

如果说以前，寂寞、饥寒、俗议还能让他不免有心灵的震颤的话，那么如今，处在知天命的年龄，面对随时有可能到来的死亡，陶渊明的心静如止水，波澜不兴。既然自谓将死，怎能不对自己的一生做个总结？既然也许将要永诀，怎能不向自己的至亲之人倾吐心语？于是，他把心中所思所想，尽汇入写给儿子陶俨、陶俟、陶

---

[①] 关于陶渊明的名字，有不同的说法。《晋书·隐逸传》："陶潜，字元亮。"萧统《陶渊明传》："陶渊明，字元亮。或云潜，字渊明。"

份、陶佚、陶佟的《与子俨等疏》一文。

在此文中，陶渊明谈到了对生死的看法，谈到了对儿子们立身处世的期待，但是，他最想谈的，还是自己：

> 天地赋命，生必有死；自古圣贤，谁能独免？……吾年过五十，少而穷苦，每以家弊，东西游走。性刚才拙，与物多忤。自量为己，必贻俗患。俛俛辞世，使汝等幼而饥寒。余尝感孺仲贤妻之言。败絮自拥，何惭儿子？此既一事矣。但恨邻靡二仲，室无莱妇，抱兹苦心，良独内愧。

> 少学琴书，偶爱闲静，开卷有得，便欣然忘食。见树木交荫，时鸟变声，亦复欢然有喜。常言五六月中，北窗下卧，遇凉风暂至，自谓是羲皇上人。意浅识罕，谓斯言可保。日月遂往，机巧好疏。缅求在昔，眇然如何！

"我是谁"？表层的答案很简单：他是浔阳柴桑人，生在晋宋之际；他是东晋开国名将陶侃的后人，也是东晋名士孟嘉的外孙，但到他幼时，祖辈的光辉已成故事，家境清寒，"少而穷苦"；他曾几次出仕，历任江州祭酒、镇军参军、建威参军、彭泽县令等职，最终在彭泽县令的任上，遂了自己的隐逸之志，从此归耕田园，终身不仕。

但是，作为一个不能在尘世久驻的人，他更想说的，不是一眼便能望知的标签或定义，而是拨开光环或迷雾所展露的自己灵魂真正的样子：我是什么样的人？我为了认识自己，曾经历过什么？我为了坚持自我，曾付出过什么？

——这也是陶渊明一生中最重要的三个问题。此时，深受疾病之苦的他，心境却无比清明，他在文中说：我是曾羁旅迷途而最终返归自由之境的鸟；我是曾想以立德、立功、立言来重振家声，但最终发现只想找寻自己内心安宁的人；我未必是称职的丈夫或父亲，但算得上一个怡然自得的真人。回首我的一生，我绝没有获得世俗的成功，也并非他人艳羡的榜样，但是，我听过鸟的啼鸣，感受过风的温度，有幸脱离了心灵的桎梏而遨游于天地之间，到底没有辜负造物的恩赐。

## 01　飞鸟与游鱼：仕与隐

在魏晋的门阀政治环境中，陶渊明的家世，算是比上不足比下有余。他自然没有谢安那种一旦隐居，天下人都要哀呼"安石不出，如苍生何"的光环；但想必也和因出身寒微而久困仕途，疾呼"世胄蹑高位，英俊沉下僚"的左思，并无深刻的共鸣。毕竟，他的先祖陶侃曾凭一己之力让陶氏一时间引人瞩目。可惜，陶渊明出生后，家族昔日的光辉已经淡去。和所有受过儒学熏陶的年轻人一样，少时的陶渊明，也曾"游好在六经"（《饮酒》其十六），将读书求仕、修身齐家乃至跻身风云端，作为自己的人生方向。

对于入仕的过程，他是这样描述的：

　　余家贫，耕植不足以自给。幼稚盈室，瓶无储粟，生生所资，未见其术。亲故多劝余为长吏，脱然有怀，求之靡途。会有四方之

事，诸侯以惠爱为德，家叔以余贫苦，遂见用于小邑。（《归去来兮辞》序）

他说出仕的主要原因是家中贫困，光靠耕植无法自给自足，见此情形，亲友劝他出去做官，又适逢有人知赏他的才华，叔父也帮忙举荐，所以他便做了江州祭酒。生活的压力是一方面，另一方面，年轻时的陶渊明尚未脱离儒家所确立的人生价值范围，仍有"猛志逸四海，骞翮思远翥"（《杂诗》其五）的志向，所以出仕的选择，在当时而言是势在必行。

常人的一生，往往受礼法、俗规、世人评断的影响，按部就班地长大，半推半就地被裹挟，悄无声息地老去，幸运者闪出零星的火花，平庸者则被拂过荒野的风带走，不留下一丝痕迹——无可厚非，引人喟叹。而哲人的一生，也常有这个生而不知、行而不觉的阶段，但其与众不同之处在于：他们往往能够从同样的生活素材中，获得不雷同于众人的感悟，从而最终选择不一样的道路。那条路，用俗世的标准看，或者"事倍功半"，或者"不合时宜"，甚而"多此一举"，但在他们看来，那绝不虚幻、绝不多余，而是赋予生命真正意义的自由之路。

无疑，陶渊明就是选择这种道路的人。他前半生所有的努力，都在于弄清楚这条路对他有多重要；而后半生所有的努力，则是让自己坚定而从容地在这条路上走下去。他所选的路是什么呢？不妨读一读《始作镇军参军经曲阿》一诗：

弱龄寄事外，委怀在琴书。被褐欣自得，屡空常晏如。时来苟冥会，宛辔憩通衢。投策命晨装，暂与园田疏。眇眇孤舟逝，绵绵归思纡。我行岂不遥，登降千里余。目倦川涂异，心念山泽居。望云惭高鸟，临水愧游鱼。真想初在襟，谁谓形迹拘？聊且凭化迁，终返班生庐。

陶渊明曾数度做官，又数度罢官。晋安帝元兴三年（404年），四十岁的他在数年的半隐居生活之后，再度出仕，做了镇军将军刘裕府中的参军，此诗便是这一年所作。其实，早在十余年前，他已对出仕一事生出反感的情绪。当年，"少而穷苦"、迫于生活的压力，也受到未曾尽歇的事功之心的驱动，他开始步入仕途。可是，混乱的政局、纷扰的人事、沉沦下僚而不免忙于逢迎的处境，让他渐渐只余勉强支撑周旋的气力。他分明感受到，自己不善趋奉、不好作伪，与人情练达者相比，自己的耿直、率真，很容易被视为木讷呆板、格格不入。作《始作镇军参军经曲阿》时，他明明是要重回官场，却一再说自己志不在此。他说，自己爱好弹琴读书，也安贫乐道，有孔子、颜回那样箪瓢屡空、其乐不改的情怀。然而，为了养家糊口，同时也因心中尚未完全放下高飞远骞、立身扬名的梦，所以还是不能做自己最想做的事——放怀得失，归隐田园；所以他面对振翅高天的飞鸟、潜游碧水的游鱼，心中不无惭愧，因为它们能遂其本心、事其天然，而自己却情与境忤、身与心违。不过，他觉得自己虽然没能纵情任性，但一直还保存着真朴之念、出尘之想，如此看来，即使暂时心为形役，也是一时的际遇，不妨随运顺化，也许终有一天，自己能返归旧庐，得遂逍遥。

陶渊明的内心从未真正认同过世俗的规则，作为一个有强烈的内在自我的人，这段压抑真我、口不对心的经历，成了他精神上的一种类似于创伤的存在，以至于多年以后他彻底离开了官场、回顾前尘时，还愤愤不平地说"少无适俗韵"（《归园田居》其一）、"少年罕人事"（《饮酒》其十六）——"我从小就没有迎合世俗的本事"，"我年轻的时候不懂得社会的规则"。此二句都是将个性、自我与群体的抵牾凸显出来，表面上说自己因素少天赋、少不更事而适应不了社会的要求，实际上却是在声明因拥有独立的人格而不愿被流俗绑架，自有一种骄傲。

陶渊明说自己的的兴趣点、价值观与当时的主流并不重合，那么他真正的生活理想是什么呢？我们不妨从他归隐数年后迁居南村时所写的《移居》其二中找找答案：

> 春秋多佳日，登高赋新诗。过门更相呼，有酒斟酌之。农务各自归，闲暇辄相思。相思则披衣，言笑无厌时。此理将不胜？无为忽去兹。衣食当须纪，力耕不吾欺。

春和景明，登高望远，欣然有得，随意赋诗。室有新酒，邻有同道，忙时务农，闲时谈心，行止无定，言笑随心。简言之，便是与自我相知相许，与知交相鸣相和，与自然相近相亲，而这一切，都是乘兴而行，兴尽而止。

要实现这一生活理想，可以说很容易，亦可以说很难。说容易，是因为此种生活，似乎较少受时代的治与乱、身份的高与低、物质的丰裕与贫乏的影响，核心在于退居到以精神的安宁、身体的寡欲、内心的自足为满足的世界。说难，是因为人生中，最难消除的就是自身的欲望，最难摆脱的就是世人的评断，最难达到的就是自足的境界。

庄子曾在《逍遥游》一篇中用多个寓言着力描绘他所认为的绝对自由的境界。他说，大鹏是鱼鸟双形的神物，它栖于北冥，乘长风，垂巨翼，上达九天，可它并未获得绝对的自由；又说听闻列子可以御风而行，十分轻妙，可他也未臻绝对的自在，因为他们的潇洒、超然依然有凭借、有条件。庄子认为，只有达到无己、无功、无名的物我两忘的境界，才是真正的"逍遥游"。其实，陶渊明的人生理想，就是如庄子所说，想要"乘天地之正，而御六气之辩，以游无穷者"，只是，他把庄子"藐姑射之山，有神人居焉。肌肤若冰雪，淖约若处子，不食五谷，吸风饮露，乘云气，御飞龙，而游乎四海之外"的富有象征意义的精神理想，具体到了田园隐居生活中，可以说，方宅草屋就是他的姑射山，"心远地自偏"（《饮酒》其五）就是他吸风露、乘云气、御飞龙、游四海的方式，而"聊乘化以归尽，乐夫天命复奚疑"（《归去来兮辞》）就是他将"肌肤若冰雪，淖约若处子"这一不染尘俗的象征实体化的结果。

如此热切的愿望，必然不可能被久久地压抑；将心灵的需求放在生命价值首位的人，也不会一直甘心羁于外物。所以，义熙元年（405年），陶渊明在彭泽县令的任上，终于做了解印归田、不再入仕的决定。这一年，他四十一岁。

他从当年八月开始任职彭泽县令，仅仅八十多天之后就决定辞官，原因何在？《宋书·陶潜传》和萧统的《陶渊明传》都说是因为郡中督邮要来巡查，而小吏提醒他按例有一番迎接上官的仪式，言下所指，并非正常情形下的下级接待上级，而是要着意迎合、倒履相接。陶渊明道："我不能为五斗米折腰向乡里小人"，不久便挂印而去。其实，前后四次出仕、累计六年在任的他，定然不是第一次碰到要恭迎上官的事情，此次之所以决然不再相从，根本原因是多年来，仕与隐的选择、身与心的相悖，早已成为他人生最大的难题。他自己在《归去来兮辞》的序言中自言辞官原因，正是强调这一点："及少日，眷然有归欤之情。何则？质性自然，非矫厉所得。饥冻虽切，违己交病。尝从人事，皆口腹自役。于是怅然慷慨，深愧平生之志。"在彭泽令任上不久，他归心渐切。自己真率的本性，并不愿意随俗而改，这种"遥遥从羁役，一心处两端"（《杂诗》其九）的撕裂渐渐成为他最大的痛苦，相形之下，安贫守志带来的饥寒反而是可以忍受的。身在长安路上，心在八荒之外，岁月驱驰，愈觉淹留无成，辜负光阴。

陶渊明的思想虽然以受道家影响为主，但儒家对他的影响也是十分明显的。孔子说"君子固穷，小人穷斯滥矣"，意思是君子哪怕困顿，也能固守内心的操守，贫贱不能移，而陶渊明始终都是个固穷守节的君子。

孔子说"天下有道则见，无道则隐。邦有道，贫且贱焉，耻也；邦无道，富且贵焉，耻也"，意思是在政治清明的国家，如果不能奋发上进而居于贫贱，是一种耻辱，反之，如果在昏乱无道的国家，靠同流合污而求得富贵，也是一种耻辱。而陶渊明正是因为身处动荡不安的时代，不愿为了富贵而屈心丧志，才选择退守本心。

孔子还曾经在和学生谈论人生志向时，赞同过曾皙"莫春者，春服既成，冠者五六人，童子六七人，浴乎沂，风乎舞雩，咏而归"的志向。曾皙的志向，与当时在场的子路、冉有、公西华等人的颇不相同。其他人的志向都着眼于现实生活，聚焦于人生价值的实现，而他的畅想则偏重于审美理想：暮春时节，五六个成年人，六七名少年，在沂水沐浴后，在舞雩台上吹吹风，回家时轻快地唱着歌——这无关家国天下，不拘穷达高低，只要心有余裕，胸无尘滓，便随时能够感受领会。而陶渊明所期待向往的自由生活，也与孔子、曾皙所向往的这种悠然之境颇为相似。

当然，更深刻地影响陶渊明的，还是老庄哲学。毕竟，按照《论语》的倡导，人生的终极意义，一定要从内而外地实现，要从小处到大处来践行，且不能仅限于个人之一身，要弘毅致远、克己复礼、天下归仁。而陶渊明所渴慕的人生终极意义，与道家所论更为契合。他不向慕高车驷马、威权令名，独独在意能否心魂相守、遂其初服；他不在意千秋万代、天下六合，而是相信只要此心自适，俯仰亦有天地。就像《逍遥游》中，惠子说一棵巨樗弯弯曲曲、松松垮垮，没法做木料，可谓"无用"，正如庄子的"道"，大而无当，一无可用。而庄子则反驳道："今子有大树，患其无用，何不树之于无何有之乡，广莫之野，彷徨乎无为其侧，逍遥乎寝卧其下。不夭斤斧，物无害者，无所可用，安所困苦哉。"他对惠子的"无用"之论提出了根本性的质疑——为何一个生命须得以"是否有用"为标准？把此树种在虚无之乡、辽阔之野，随意地在它边上散步，逍遥地躺在树荫下休憩，这样树就不会因为"有用"而被砍下，而人也因不再执着于"是否有用"而超然自适，岂不是好？陶渊明最终选择归耕田园，便是选择了将自己置于"无何有之乡，广莫之野"，而彻底摆脱了以是否"有用"为衡量的世俗标准。

因着这一选择，他终于感觉到套在自己身上的无形锁链解开了。

在诗中，他经常用飞鸟和游鱼来映衬、比喻自己的处境与心境。昔日游宦的生活，让他"望云惭高鸟，临水愧游鱼"(《始作镇军参军经曲阿作》)；对于政局的动荡，他颇为自危，"密网裁而鱼骇，宏罗制而鸟惊"(《感士不遇赋》)；年过不惑，终于回归山林，正是"羁鸟恋旧林，池鱼思故渊"(《归园田居》其一)。陶渊明尤其偏爱"鸟"这一意象，当他心境安适时，他笔下的鸟儿也总是安居无患。写心与境惬的悠然，是"山气日夕佳，飞鸟相与还"(《饮酒》其五)，说乐天晏如的生活，则是"众鸟欣有托，吾亦爱吾庐"(《读山海经》其一)。相反，当他写自己的凄惶、无助和焦虑时，他笔下的鸟儿便是流离失所、茫然孤独的状态。如有次他遭遇意外的火灾，房屋烧毁，无家可归，则说"果菜始复生，惊鸟尚未还"(《戊申岁六月中遇火》)，回忆当年在仕途中的迷茫，则说"栖栖失群鸟，日暮犹独飞"(《饮酒》其四)。

《饮酒》其四，是一首采用整体象征的手法来叙写的诗歌：

栖栖失群鸟，日暮犹独飞。徘徊无定止，夜夜声转悲。厉响思清远，去来何依依。因值孤生松，敛翮遥来归。劲风无荣木，此荫独不衰。托身已得所，千载不相违。

诗的主角是一只因离群而惶惶不安的鸟儿，暮色四合，它犹未归巢，徘徊无定，哀鸣不歇。这自然是一个因没有找到自己的归宿而凄惶痛苦的灵魂的象征。在漫长的流浪之后，它终于遇到了一棵挺立于旷野的松树。它是"失群鸟"，对方是"孤生松"，两"孤"相遇，同气相求。它将孤松视为安居之所，放心地合拢翅膀，归于其中，以之为家。四野并不太平，罡风呼啸而过，可这颗孤松却傲立不折，能够将鸟儿庇护周全。其实，"孤生松"并非象征具体的人或事，而是喻指诗人所选择的遁名远俗、乐天委命的人生道路。这是一条行者罕至的路，未必能被世人所理解，正如松乃"孤生"，而非同万木共荣；这是一条属于兼具倔强的意气和凛然的骨气的人的道路，正如松之树荫"不衰"，且能抵挡"劲风"。孤鸟和孤松的邂逅，亦即内心需求与生活道路的相谐，在陶渊明看来是一件值得欣喜、感动的事情，那句"千载不相违"的誓言，既有平静，又有决绝。

## 02　田园与心期：忧与乐

从彭泽县令任上辞官后，陶渊明作了《归去来兮辞》一文。诗文一直是他感怀天地、认识自我、鸿飞留迹的凭借，而他的一生的努力，都是为了看清并忠实于自己的本心。当局者迷，人的一生中，自见、自知、自明并非易事，而陶渊明最重要的那些作品总是在表达这一点：当我看不见自己时，我多么愚顽、混乱、痛苦；而当我看见自己时，我如此悠然、轻松、安宁。

归田是他长久以来的心愿，然而当他真正踏上回乡之路时，心中却并非只有欢欣：

> 归去来兮，田园将芜胡不归？既自以心为形役，奚惆怅而独悲？悟已往之不谏，知来者之可追。实迷途其未远，觉今是而昨非。舟遥遥以轻飏，风飘飘而吹衣。问征夫以前路，恨晨光之熹微。

他当然为此时终能返归山林而欣慰，但同时也回忆起那段身不由己的岁月。幸好前非能改，来日可追，心中且悲且喜。过往压抑的生活让他不免觉得沉重，而对来日闲居生活的向往又让他觉得一身轻松，念及此，只觉舟行太缓、日出太迟。

三径就荒，松菊犹存。携幼入室，有酒盈樽。引壶觞以自酌，眄庭柯以怡颜。倚南窗以寄傲，审容膝之易安。园日涉以成趣，门虽设而常关。策扶老以流憩，时矫首而遐观。云无心以出岫，鸟倦飞而知还。景翳翳以将入，抚孤松而盘桓。

旧居已空置多年，室外道路不免生了荆榛，室内陈设也十分简朴，但在陶渊明看来，有松菊可赏，有亲人相伴，有酒可以自酌，有一隅可以自处，有山水可以盘桓，便于愿已足，别无他想。

在归田之初，陶渊明诗文中的情绪，确实以"乐以忘忧"为主。譬如名作《归园田居》其一：

少无适俗韵，性本爱丘山。误落尘网中，一去三十年。羁鸟恋旧林，池鱼思故渊。开荒南野际，守拙归园田。方宅十余亩，草屋八九间。榆柳荫后檐，桃李罗堂前。暧暧远人村，依依墟里烟。狗吠深巷中，鸡鸣桑树颠。户庭无尘杂，虚室有余闲。久在樊笼里，复得返自然。

此诗为陶诗名作，其中也有一些忧伤、沉痛的底色，因为他毕竟过了数十年羁于"尘网"的生活，强行去"适俗"让他感受到对自我的不忠，忆之愁生。所谓苦乐，本就是通过人的认知而生发，人之蜜糖，我之砒霜，而一人畏如蛇蝎的事物，另一人也可能甘之如饴，关键在于是否"心安"。对陶渊明而言，从久处的樊笼得"返自然"，是人生第一大乐事。"方宅""草屋"，足以居处，"开荒"不算艰苦，"守拙"让内心安宁。堂前桃李，屋后榆柳，远村父老，近处炊烟，巷中犬吠，树梢鸡鸣，都是他对于美好人间的具体想象。那曾经日夜想望的一切，终于切切实实地成为日常。如今，他"无尘杂""有余闲"——"尘杂"是以往羁绊他灵魂的一切，而"余闲"是他此后拥有的广阔的自由世界，一取一舍、一得一失之间，怎不让人欣然，觉得足慰平生呢？

既然有"余闲"，该如何安排自己的日常呢？对这一问题，他在《归去来兮辞》中曾这样说：

归去来兮，请息交以绝游。世与我而相违，复驾言兮焉求？悦亲戚之情话，乐琴书以消忧。农人告余以春及，将有事于西畴。或命巾车，或棹孤舟。既窈窕以寻壑，亦崎岖而经丘。木欣欣以向荣，泉涓涓而始流。善万物之得时，感吾生之行休。

此处设想有正反两个方面。一是绝不想再做的事情：无谓的社交、虚文俗套的交游；二是要作为以后生活核心内容的事情：读书抚琴、开荒种田、流连山水。《宋书·陶潜传》说陶渊明不懂音律，他家中有一把无弦琴，每当他喝酒喝到微醺的状态时，就取出来作抚琴状，以抒发意兴。但是，他却不止一次在谈到自己对理想生活的设想时，将"琴书"并举，令人好奇他的"乐琴书以消忧"中的抚琴，是否只是一种艺术生活的象喻？还是他其实会抚琴，却被后人所传说的"无弦琴"故事所误？

总之，他的设想十分美好，要么亲近自然以自适，要么沉浸艺术而遨游。可是，人生中没有一劳永逸，田园也并非永无忧思的安乐乡。从"樊笼"中解脱出来后，他仍有忧患和烦恼。他子女众多，还要抚养去世的妹妹的孩子，家庭的负担不算轻。而这几年中，他又遭遇意外的火灾，后来移居南村。多年的田园生活，不乏饥寒交迫、饮食无着的时候，甚至窘迫到要去向人乞食："饥来驱我去，不知竟何之。行行至斯里，叩门拙言辞。"（《乞食》）虽然不拒农事、不畏人言，但陶渊明到底是一位修习儒道的"士"，而非真正的庶民，更不是失产的流民，他能接受守拙归田，因为这种选择哪怕是从儒家的思想来说，也是合辙的。孔子就曾说过："富而可求也，虽执鞭之士，吾亦为之，如不可求，从吾所好。"孔子的价值判断标准重点不在贫富，而在于所取是否合道，如果是非义而得的富贵，则宁可不取，陶渊明也是如此，他也曾经描述过面对"贫而乐道""富而不义"两种截然相反的情形时的心理状态，"贫富常交战，道胜无戚颜"（《咏贫士》其五），和所有人一样，他也向往富足，但是"道"在他的心中毕竟比"物"要重，所以"贫而乐道"是他最终的选择。

"量力守故辙，岂不寒与饥"（《咏贫士》其一），"从吾所好"的生活自是心安，但现实的困顿是切切实实摆在眼前的问题，陶渊明有田有产，"乞食"自然是在青黄不接或发生其他意外时才会出现的较为极端的、特殊的情况。当他被饥饿感驱驰决定乞食时，他似乎是不自主的，自尊感被求饱足的本能压制，但毕竟没有完全丧失。

他无颜向近邻乞食，行路时恍恍惚惚，心神不属，最终到了一个离家有一定距离的村落，磨蹭许久终于举手叩门，主人开门问询何事，他却嗫嚅难言。

"忧道不忧贫"是陶渊明心中的道德律令，所以，在"守道"的前提下，他纵然感觉羞惭，也终能自宽。然而，后世文人并非都能赞同他、理解他。李白曾在诗中说"龌龊东篱下，渊明不足群"，此处的"龌龊"，意思是拘于琐碎、限于狭隘，他认为陶渊明归田的生活实在窝囊，不足取法。王维则论述得更明确，谈到陶渊明的乞食，他说："近有陶潜，不肯把板屈腰见督邮，解印绶弃官去。后贫，《乞食》诗云'叩门拙言辞'，是屡乞而惭也。尝一见督邮，安食公田数顷。一惭之不忍，而终身惭乎？此亦人我攻中，忘大守小，不计其后之累也。"[①]（《与魏居士书》）王维十分反对陶渊明去官之举，说他为尊严而不愿折腰侍奉上官，却因贫困而要受乞食之辱，岂不是更无尊严？所以，王维给了陶渊明一个"因小失大、目光短浅"的评语。

陶渊明此前不愿为五斗米折腰，此后却甘愿乞食，这是否矛盾？乞食是否是短视而导致的后果？其实不然。

折腰事人，其实只是"心为形役"的一个侧面，在整个游宦的过程中，陶渊明所感受到的外物对心灵的压抑是全面而深刻的。且看《饮酒》其十：

---

① 原文的"不"字后缺一字，后人在此补录的字有"鞭"（俞樾《茶香室续钞》）、"恤"（吕留良撰、俞国林笺释《吕留良诗笺释》）、"知"（李贽撰、陈仁仁校释《焚书·续焚书校释》）等，皆言陶渊明顾前不顾后。

> 在昔曾远游，直至东海隅。道路迥且长，风波阻中途。此行谁使然？似为饥所驱。倾身营一饱，少许便有余。恐此非名计，息驾归闲居。

道阻且长、风波险恶，是陶渊明对多年宦游生活的整体体验，身在此而心在彼、求进而思退的矛盾让他不禁反躬自省：既然本来所求只是温饱，那么长久身陷迷途，谋求远超此身所需的富足，是否值得？最终，他得出了否定的答案，有了决断。

而且，"折腰"之苦，苦在心灵无法自主，内在自我是蜷缩、扭曲、被遮蔽的状态，如日薄西山，寰宇无光；而"乞食"之苦，所刺伤的只是自尊，并没有损害他对自我的整体认同，如浮云蔽日，云过日出。此外，身处仕途的陶渊明，常觉无法呈现自己的真性，而归田之后，他明显更放松、更舒展，哪怕是《乞食》所写的情形，也还是未脱率性真如的大范畴，且他所遇之人也并未对他予以鄙薄，"主人解余意，遗赠岂虚来？谈谐终日夕，觞至辄倾杯"，主人赠他以食，飨他以酒，闲坐对谈后，陶渊明终于一扫胸中阴霾，感而赋诗。毕竟，在他的认知中，乡村之中，人与人相处时无心、无为，既有界限、又不失亲近的状态，是极为理想的。偶然遇见，是"相见无杂言，但道桑麻长"（《归园田居》其二）；闲暇相访，是"过门更相呼，有酒斟酌之"（《移居》其二）；共耽诗书，是"奇文共欣赏，疑义相与析"（《移居》其一）。总之，彼此间既熟知、信任，又各有自己的生活空间，他们的关系颇似后来李白在《月下独酌》其一中所说的"无情游"，是"醒时同交欢，醉后各分散"，如水之清澈通透，如水之随物赋形。

其实，陶渊明的《归园田居》其三，是对王维的质疑最好的回应：

种豆南山下，草盛豆苗稀。晨兴理荒秽，带月荷锄归。道狭草木长，夕露沾我衣。衣沾不足惜，但使愿无违。

对于此诗，我们可以从两个层面进行解读。首先，无妨将它视作陶渊明在现实层面对自己归耕生活的真实写照，是"开荒南野际"的具体描绘：他种豆于山脚，初垦的田地杂草未被刈尽，依然繁茂，而新生的豆苗反而显得稀稀落落，显然"植杖而耘耔"一事不像他之前设想的那么简单。即便如此，他依然夙兴夜寐，倾心打理，直至暮色深沉，月出天际，才荷锄而归。归路难行，野草高而盛，夜露沾湿了他的衣衫，但是种种艰辛曲折，他都并未挂怀，因为身虽劳瘁，愿已无违，心中只觉欣慰。

但是，要真正理解此诗，则不能停留在写实的层面上。诗中种种场景、行为虽与陶渊明的日常生活状态相近，但其实处处都是象征。开篇的"种豆南山下，草盛豆苗稀"是化用汉人杨恽的《报孙会宗书》中的诗："田彼南山，芜秽不治。种一顷豆，落而为萁。人生行乐耳，须富贵何时。"该诗说在南山上种田，可是杂草丛生，耕耘甚难。种下一顷地的豆子，收获一堆无用的豆茎，所以，人生在世不如及时行乐，富贵功名实在是虚无缥缈的事情。种豆者所期在豆，但所得为萁，不能不说是事与愿违。此处"求豆得萁"的描写，是暗示"求富贵"恐怕也是缘木求鱼，不如忘怀所欲，及时开怀。在杨恽的文中，"种豆"已经是"人生中难求之事"的隐喻，陶渊明沿用了这种隐喻，但他所求之"豆"并非富贵，而是归隐安贫的道路，此诗的意旨，是"宁愿身苦，以求心安"。"躬耕"本是儒家不取的道路，孔子曾说："君子谋道不谋食。耕也，馁在其中矣；学也，禄在其中矣。"孔子少年贫苦，也曾从事过多种工作，对人间疾苦不无心得，所以他说耕田令人劳瘁，并非臆测。陶渊明身体力行，自然更了解农事的辛苦，也深知世间人恐怕大多觉得他由仕返耕、从士而庶的选择是荒唐之举，所以诗中处处都在自表心志。"豆苗稀"写所得之稀少，"晨兴""带月"写全情投入，"道狭"言此路不易，"草木长"代指前行之阻碍，"夕露沾衣"却在所不辞，则是指愿意为从心而甘受艰辛。

由此可见，王维的批评，实在是因为他依然站在陶渊明早已抛弃的价值体系中对他加以评判，某种程度上，他在此事上忧乐的标准，正与陶渊明的相反。数百年后，苏轼读到这些批评，忍不住为陶渊明辩护，说他"欲仕则仕，不以求之为嫌；欲隐则隐，不以去之为高。饥则扣门而乞食，饱则鸡黍以迎客。古今贤之，贵其真也"（《书李简夫诗集后》），觉得他的真率、坦荡和对自我的真诚，足以让人心折。

《世说新语·品藻》中有这样一则故事：东晋权臣桓温年少时与殷浩齐名，所以他也在心中将殷浩视为竞争对象。有一次他忍不住问殷浩："你和我相比，谁强一些？"殷浩回答道："我与我周旋久，宁作我！"这一回答十分巧妙：我这辈子最重要的事就是和自己相处，我和"我"相熟，与"我"相知，又何必与"你"相较，在意人、我的高下之分呢？虽然陶渊明无法得知数百年后的王维对他的批评，且如若得知恐怕也并不会在意他的评语，但我们也不妨联想：殷浩对桓温的回应，如果用作"穿越"的陶渊明对王维的回应，倒是十分合适。

辛弃疾和苏轼一样，也是陶渊明的拥趸，他曾在词中颂赞陶渊明的不从流俗、自得其乐："晚岁躬耕不怨贫，只鸡斗酒聚比邻。都无晋宋之间事，自是羲皇以上人。"（《鹧鸪天》）此外，他另一首并非为陶渊明而作的《鹧鸪天》，也与陶渊明的生活态度和价值取向十分接近：

不向长安路上行。却教山寺厌逢迎。味无味处求吾乐，材不材间过此生。　宁作我，岂其卿。人间走遍却归耕。一松一竹真朋友，山鸟山花好弟兄。（《鹧鸪天·博山寺作》）

"长安路"是屈心抑志之路，而"归耕"则是弃名任真之选。山鸟山花闲居闲生，一松一竹春荣秋杀，都顺随天道，无违其时，如能厕身其中，与天地同心，难道不是极快乐的事吗？

孟子曾说："君子有三乐，而王天下不与存焉。父母俱存，兄弟无故，一乐也；仰不愧于天，俯不怍于人，二乐也；得天下英才而教育之，三乐也。"此三乐，其一是家庭和美的快乐，其二是心安自得的快乐，其三是薪火相传的快乐，由内而外，由己及人，十分完备。当然，就"人生的快乐"这一问题而言，孟子的答案并非唯一。陶渊明也多次在诗中谈他认为的人生至乐，尤其是《读山海经》其一，说得十分详细：

孟夏草木长，绕屋树扶疏。众鸟欣有托，吾亦爱吾庐。既耕亦已种，时还读我书。穷巷隔深辙，颇回故人车。欢然酌春酒，摘我园中蔬。微雨从东来，好风与之俱。泛览周王传，流观山海图。俯仰终宇宙，不乐复何如？

环顾田舍，树荫浓密，鸟得安居，人得安闲，春耕秋收，偶弄琴书，虽在深巷，犹有良朋，慢酌春酒，新摘园蔬，徐徐微风，绵绵细雨——不难看出，他所见闻、描绘的景物，都适得其时，恰如其分。内心和谐，方能见外物之静穆，心物互感，彼此无违，构成了稳定而有序的整体。他惬意地读着《穆天子传》《山海经》这样的奇书，感受宇宙的真谛、生命的欢畅，此"乐"并非狂喜，却更深远、厚重、持久、稳固。

## 03 "大化"与归途：生与死

五十一岁的那场病，并没有夺走陶渊明的生命，写完《与子俨等疏》后，他反而渐渐好了起来。虽然他真正辞别人世是在十二年后，但对于生死的思考，一直贯穿在他的生命中，这场疟疾也促使他更深入地考量"生死"这个他早已十分关注的问题，同年，他还作了《拟挽歌辞》三首来抒写自己的体会。六十三岁时，他又作了《自祭文》来自挽，作文两月后，因病去世。

《与子俨等疏》和《自祭文》的行文重点虽然并不相同，但都有这样几个重要的内容："我是谁""我曾来过""我将安然地离开"。一千多年后，英国诗人沃尔特·兰德的一首短诗，也恰巧作了和他一样的表达。

我和谁都不争／和谁争我都不屑／我爱大自然／其次就是艺术／我双手烤着／生命之火取暖／火萎了，我也准备走了（杨绛译）

此诗是兰德七十五岁时所作，暮年的诗人觉得自己或许将要不久于人世，但关于死亡的想象并没有给他带来焦虑或恐惧，他安然地自述：我一生不愿与人争胜，因为与人相争从来不是我的兴趣所在。说起我的兴趣，在自然，在艺术，而这些，我在过往的岁月中都曾感受过、陶醉过。生命的火焰如今已渐渐暗淡，我也做好了起身离开的准备。

两位作者都是站在人生的边上，以告别者的心态作一场从容的退场演说，而那场演说的真正对象都并非世人，而是自己。在《与子俨等疏》中，陶渊明自述"少学琴书，偶爱闲静，开卷有得，便欣然忘食。见树木交荫，时鸟变声，亦复欢然有喜"，这与兰德的爱自然、爱艺术、不羁名，实在非常相似。另一个有趣的相似点是，提前以诗作为"遗言"的兰德，也是十多年后才去世。

死亡让生命完整，也让生命沦于虚无。若无死亡，生命将轻如云烟；而有了死亡，生命又似乎终将渺若云烟。孔子说"未知生，焉知死"，建议人们把生活的重点放在人世的事情上，而陶渊明偏偏不尊儒训，长久而深入地思考着生死，在所有欢愉怡然的时刻，死亡的阴风都不曾相离：

日暮天无云，春风扇微和。佳人美清夜，达曙酣且歌。歌竟长叹息，持此感人多。皎皎云间月，灼灼叶中华。岂无一时好，不久当如何？（《拟古》其七）

清夜中熏风徐来，淡月微云相映，绿叶繁花相辉，如此良辰美景，诗中人临风畅饮，先歌后叹、不喜反忧，原因就在最后两句，"岂无一时好，不久当如何"——希望美景不休、良辰永驻是人情之常，但世事变幻、人命短促又是无法改变的事实，生命的欲望在现实中无法被满足，是诗人痛苦的根源。

中国诗歌史上最早集中叙写这种关于"存在"的思考的是汉代的《古诗十九首》。稚子不知道死亡为何物时，常觉自己是造物的宠儿，觉得己身能万古长存、将有大用。等到年龄渐长后初识生死，不免心魂震动，既惊且忧，悲思难已。从文学史的发展来说，汉魏人对于生死的悲叹，就像第一次认真审视生命的少年就生死而发的曼声长叹。而到了晋宋之交，玄言诗成为诗坛的流行，此声已渐渐消歇，然而陶渊明这位自我边缘化的诗人，还是时常关注生死问题，并且在汉魏人的基础上又发新声。

《古诗十九首》中有不少感叹人寿不永的诗句，如"人生天地间，忽如远行客"（《青青陵上柏》）、"人生寄一世，奄忽若飙尘"（《今日良宴会》）、"生年不满百，常怀千岁忧"（《生年不满百》）、"人生忽如寄，寿无金石固。万岁更相迭，贤圣莫能度"（《驱车上东门》），在他们看似平静的表述中，都藏着深沉的忧伤和无奈，悲叹之余，一筹莫展。陶渊明不止一次记录与之类似的情怀和感触，譬如《归园田居》其四，就可以和《去者日以疏》并读：

去者日以疏，来者日以亲。出郭门直视，但见丘与坟。古墓犁为田，松柏摧为薪。白杨多悲风，萧萧愁杀人。思还故里闾，欲归道无因。（《去者日以疏》）

> 徘徊丘垄间，依依昔人居。井灶有遗处，桑竹残朽株。借问采薪者，此人皆焉如？薪者向我言，死没无复余。一世异朝市，此语真不虚。人生似幻化，终当归空无。（《归园田居》其四）

《去者日以疏》写见到郊外荒坟后对世事沧桑、人生无常生出的哀叹。松柏曾荣，终作柴薪，昔之古墓，今成田垄，世间唯一不变的事就是变化永远存在，而以千万年的尺度来看，人又何尝不是天地间朝生暮死的蜉蝣呢？因此，诗人忧思满膺，恍惚间不知何去何从。《归园田居》其四所思、所述与之极为接近，诗人所见的丘垄曾是前人的家宅，桑竹曾为庭树，井灶犹有余痕，但是昔日的主人早已故去，在物是人非的对照中他不禁感叹：人生中何者为常？只有"无常"一事。

《古诗十九首》的作者在惊叹罢"死亡"的威力之后，常常得出这样的结论：既然人生有限，还是及时行乐、莫负辰光为好，"不如饮美酒，被服纨与素"（《驱车上东门》），"昼短苦夜长，何不秉烛游。为乐当及时，何能待来兹"（《生年不满百》）。而陶渊明面对同样的问题，得出的结论却不相同。他曾经作有《形影神》三首，其序云，"贵贱贤愚，莫不营营以惜生，斯甚惑焉；故极陈形影之苦，言神辨自然以释之。好事君子，共取其心焉"，说世人对生命过度眷念，这未必是智慧的态度，他作这组诗就是为表达自己对死亡异于众人的态度。他赋予"形""影""神"思维和意志，让"形""影"先陈述自己对生命的困惑，再让"神"来开释它们。

这种写法并非陶渊明的独创。"形影神"问题是中国哲学史上的经典问题，它主要关注的是人的身体与灵魂的关系、人类的生死问题。对此，有一派佛教徒或受佛教影响的诗人认为形和神能分立独存，此种论调在陶渊明的时代还颇有影响。当相信灵魂能脱离身体而存在时，亦即相信人不只拥有此生此世，"前生"和"后世"不再虚无邈远。在此前提下，人类当下的生命不再是唯一的、不可逆的，还有更美好的彼岸值得期许、寄托，那么，又何必如此畏惧死亡，何必感怀逝水滔滔，何必对所有的生长和陨落怦然心动呢？

  陶渊明的态度与他们的相反，他认为人的灵魂与身体是同一的，生则同生，灭则同灭。"形"悲叹"天地长不没，山川无改时。草木得常理，霜露荣悴之。谓人最灵智，独复不如兹"，意谓天地山川亘古长存，草木能在春风秋霜中枯荣相继，而人类自谓万物的灵长，却不如山川草木恒长久远。"影"哀呼"此同既难常，黯尔俱时灭。身没名亦尽，念之五情热"，意谓自己虽然与"形"时时相伴，但当"形"消亡之日，自己也会黯然与之俱灭——从"形""影"的感叹中就能看出，陶渊明认为人死魂灭，万事皆空。"神"宽慰它们道："彭祖爱永年，欲留不得住。老少同一死，贤愚无复数。……纵浪大化中，不喜亦不惧。应尽便须尽，无复独多虑。"[①] 形神同体，意味着人生的意义都在今生今世，这种认知自然也会带来一种强烈的焦虑：有限的生命如沙上之塔，如果一朝年命将尽，便如风吹沙动，再华美精致的宝塔也会轰然坍塌。所以，持此认知的古人大都不免灰心失落，他们常取的应对之计是加强生命的密度，秉烛夜游，先据要路。只是这种方式只治标不治本，不能真正缓解人们面对死亡时的焦虑。

---

① 本诗首句中的"爱"字，有的版本作"受"，或"寿"。逯钦立认为，也许原文应作"受"，"音讹成寿，形讹成爱"（陶渊明撰、逯钦立校注《陶渊明集校注》）。

陶渊明根据同样的前提得出不同的结论。他曾说"人生似幻化,终当归空无",看似低沉,其实是勘破迷障、坦然受之后的平静。《形影神》其三的"纵浪大化中,不喜亦不惧。应尽便须尽,无复独多虑"同样如此,人在无常之中,犹如浮荡于波浪之中,此水无穷无岸,涵盖万物,与其扑腾挣扎,不如随波轻漾,摈弃过多的预期和焦虑,随顺悲喜,让所有的当下成为它们本身,而非昨日的回味、明日的预演。此种人生态度说来简单,但要身体力行则很有难度。陶渊明曾在《杂诗》其四中较为细致地描述过这种心境下的生活状态:

丈夫志四海,我愿不知老。亲戚共一处,子孙还相保。觞弦肆朝日,樽中酒不燥。缓带尽欢娱,起晚眠常早。孰若当世士,冰炭满怀抱。百年归丘垄,用此空名道!

别人有四海之志,他只愿乐而忘忧、不知老之将至。他追求心灵的自由,也不拒绝世俗的幸福,亲友能时时相见,子孙能无灾无恙,樽常有酒而不劳于形,就已经心满意足。在他看来,人生的痛苦来自欲望的漫溢、来自对名相的执迷。一个人该如何充实地度过有限的一生?陶渊明认为,减去负累比加上枝蔓更有意义。

不过,正如钱志熙所说,"对于生命的盛衰和生死之变,陶渊明是有一种比较旷达透脱的思想的,但那只是理性的超越,在感情上,是永远也不可能真正漠视生命的盛衰生死之变的"(《陶渊明传》)。人生在世,很难彻底忘情,豁达如陶渊明,也有理性与感性不完全同步的情形,譬如他的自挽、自祭作品,既有平静面对死亡的坦然,又有"理固宜然,情难自已"的震颤。从体式和用法来看,挽歌、祭文都是生者为亡者所作的纪念文字。它们或者感怀生死，或者哀悼死者，对死亡一事满怀戒惧、喟叹、忧怖。而陶渊明的《拟挽歌辞》和《自祭文》打破了挽歌、祭文是为他人而作、为死者而作的定式，直面死亡，所思所感也与前人大不相同。

死者无知无觉，无情无欲，他无法真正"体悟"死亡，所以当陶渊明假设自己是永归高冢的死者时，加入了一个艺术上的调整：站在生者的角度与死者"共情"，着重从死者失去所有生命感知的能力，但仍有生命欲望的矛盾上着笔。在《拟挽歌辞》其一中，他说"娇儿索父啼，良友抚我哭。得失不复知，是非安能觉。千秋万岁后，谁知荣与辱"，此时死亡的可悲，在于他还爱孩子、朋友而不再能与之相亲，也无法再回应对方的悲哭思念，他留恋世间却再不能参与世事，他被死亡无情地抛入永恒的荒野，其心还残存着作为人的"情"，其身却已成了冰冷的"物"。诗歌还描述死后的不能自主，"肴案盈我前，亲旧哭我傍。欲语口无音，欲视眼无光"，一旦死去，他就成了这个世界的旁观者，他失去了声音，失去了视野，纵然还想停留，也只能被送入异于人间的"荒草乡"，永不能归来。此组诗中，最精彩的是第三首：

荒草何茫茫，白杨亦萧萧。严霜九月中，送我出远郊。四面无人居，高坟正嶣峣。马为仰天鸣，风为自萧条。幽室一已闭，千年不复朝。千年不复朝，贤达无奈何。向来相送人，各自还其家。亲戚或余悲，他人亦已歌。死去何所道，托体同山阿。

这首诗交织着理性上的超然和感性上的悲情。他假想家人要将已死的自己出殡下葬，此时是肃杀秋节，所去之地是四面无人的荒原。四方悲风，天地同感，马鸣萧萧，人心凄然。当最后一抔土洒落，坟茔就将永远地把光明隔在外面，"幽室一已闭，千年不复朝。千年不复朝，贤达无奈何"四句，是心胸荡漾，言之不足故嗟叹之。死亡带来无穷的幽寂，而没有任何人可以和死者分担这深重的、不能被抚慰的痛苦。死者落葬，生者还家，至亲随时间而慢慢消化悲痛，泛泛之交则很快回归自己的生活——人生就是一场偶然的相遇，而死亡会在此再一次把人们散入渺远的星河，让他们永不再互睹。陶渊明看得太清楚，说得太残忍，或者换一句话说，在他看来，看清、说清人生的真相，安然接受人类的终极孤独，更加专注于"此刻"，比活在幻象中、期待彼岸更有意义。

《拟挽歌辞》其三对于死者居于坟墓中的寂寞的描绘，很明显受到了古诗十九首的《驱车上东门》中"白杨何萧萧，松柏夹广路。下有陈死人，杳杳即长暮。潜寐黄泉下，千载永不寤"等句子的影响，但是因为视角变换，此时作者不再是立在地上想象、悲悯墓中人的"生人"，而已成了困在墓中、远别世界的"死者"，所以同样是抒发"人生忽如寄，寿无金石固"的感慨，陶诗却更加震撼人心。

正因为他认为生命是人在天地间暂时的寄寓，所以他能够对人生中许多常人难以自解的事情放怀。陶渊明的五个儿子都没有他的颖悟之才、好学之志，要么不勤谨，要么不爱读书，要么天资平庸，要么喜欢玩耍，如此看来，自己希望儿子肖父、不改己志的想法多半要落空，但是他只是说"天运苟如此，且进杯中物"(《责子》)。有人读到这首诗，推测陶渊明太爱喝酒，使得孩子先天不足，生来驽钝，这恐怕是过于质实的想象。的确，陶渊明十分爱酒，他曾作

《饮酒》二十首，借饮酒来谈对世事、对历史、对生死的看法；他在描绘理想生活画卷时，总是将酒作为要素之一，他也常把饮酒作为愁不可解时的寄情方式。不过，陶渊明爱酒，与其说是爱作为"饮品"的酒，不如说是爱作为放怀得失、勘破生死、安居尘寰的"符号"的酒。还是萧统说得好，"有疑陶渊明之诗，篇篇有酒。吾观其意不在酒，亦寄酒为迹焉（《陶渊明集序》）"，酒不是陶渊明的现实的瘾，而是他寄托性情、忘怀得失、笑对生死的一个符号。

## 04　平淡与豪放：温与厉

如果用史传的标准衡度，陶渊明的一生功业自然不算昭著；谈到他的文学成就时，古今的评论者也得出过不太一致的结论。南朝梁诗论家钟嵘的《诗品》将魏晋到近世的诗人分为上、中、下三品，并对具体作者予以简单的评定。这部在当时可谓权威的著作，将陶渊明置于中品，评语为：

> 其源出于应璩，又协左思风力。文体省净，殆无长语。笃意真古，辞兴婉惬。每观其文，想其人德。世叹其质直。至如"欢言酌春酒""日暮天无云"，风华清靡，岂直为田家语耶？古今隐逸诗人之宗也。

总的来说，钟嵘对陶渊明还算欣赏，认为他为人为文都有可取之处，其人质朴直率、其文真纯古雅。但是其"中品"的定位和较为克制的赞许，都反映出当时主流文坛最欣赏的并非陶渊明的诗风，尤其如果将此段文字与赞颂曹植的"骨气奇高，词采华茂。情兼雅怨，体被文质，粲溢今古，卓尔不群"的评语比较，更能看出陶诗在当时是有些边缘化的。

这块裹藏石中的连城之璧的被"发现"是一个漫长的过程。梁朝的昭明太子萧统是这段"发现史"上的重要人物。他编选的《文选》收录了陶渊明的诗文十余篇，他还编纂了《陶渊明集》，在序中大力褒扬道："其文章不群，词采精拔，跌宕昭彰，独超众类，抑扬爽朗，莫之与京。横素波而傍流，干青云而直上。……余爱嗜其文，不能释手，尚想其德，恨不同时。"他对陶渊明的认可度与钟嵘对曹植的青眼有加有些相近。为何萧统会对陶渊明的诗文爱不释手，对不能与他同时而惋惜不已？因为他对陶渊明的取舍进退有极强的认同感：

> 处百龄之内，居一世之中，倏忽比之白驹，寄寓谓之逆旅，宜乎与大块而荣枯，随中和而任放。……玉之在山，以见珍而招破；兰之生谷，虽无人而犹芳。……尝谓有能读渊明之文者，驰竞之情遣，鄙吝之意祛，贪夫可以廉，懦夫可以立，岂止仁义可蹈，亦乃爵禄可辞！

萧统认为人生百年，迅如白驹过隙，这与陶渊所说为的"一生复能几，倏如流电惊"（《饮酒》其三）非常相似，他觉得人生在世"宜乎与大块而荣枯，随中和而任放"，这也与陶渊明的"纵浪大化中，不喜亦不惧。应尽便须尽，无复独多虑"同一机杼，都是知命不忧、细宇宙齐万物的态度。他和陶渊明都是深知"身"之困顿易朽而追求"心"之自由长久的人,深度的精神契合使得他与陶渊明神交而心许,萧统在其诗文中读出的不仅是恬静、高古、透彻,还有刚强、仁善、自足。

唐代也不乏钦慕陶渊明的诗人。孟浩然赞扬他隐逸的志趣,说"尝读高士传,最嘉陶征君,目耽田园趣,自谓羲皇人"。唐人中对他最不吝赞誉的莫过于白居易。他曾去过陶渊明的故居,作有《访陶公旧宅》一诗:

> 我生君之后,相去五百年。每读五柳传,目想心拳拳。昔常咏遗风,著为十六篇。今来访故宅,森若君在前。不慕樽有酒,不慕琴无弦。慕君遗荣利,老死此丘园。柴桑古村落,栗里旧山川。不见篱下菊,但余墟中烟。子孙虽无闻,族氏犹未迁。每逢姓陶人,使我心依然。

读前贤之作,因钦慕其人其文而遗憾自己不能与他们同时,是一种常见的心态。孔子对周公、李白对谢朓、杜甫对庾信、王安石对杜甫,都有过类似的心境和表述。白居易说自己常畅想陶渊明的风度,曾写过《效陶体诗》十六首来效仿陶渊明,如今访其故宅,见旧日丘山不改而其人已殁,不禁怅然若失。他崇敬陶渊明到每次遇到姓陶的人,心中都不免生出波澜,这种爱屋及乌的微妙心理,实在非亲历者不能道。

陶渊明接受史的另一个重要时期是宋代,此时,发现、欣赏他的诗人大量涌现,尤不乏大家、名士。宋诗最重要的诗歌流派江西诗派的代表诗人黄庭坚说，自己对陶渊明作品的认知曾有过明显的变化。年轻的时候，读陶渊明的名作，觉得"如嚼枯木"，索然寡味，而"绵历世事"，对人生有了更深的领悟后再重读其诗，则"如渴而饮泉，如欲寐得啜茗，如饥啖汤饼"（《书陶渊明诗后寄王吉老》）。虽然自己已经读懂了陶诗，但他仍然觉得世间能读懂陶诗者未必很多，因为如果志趣异于陶渊明，就很难从他的诗中品出深厚的滋味。

黄庭坚的老师苏轼是陶渊明异世的知音、坚定的支持者。苏轼博览群书，对陶诗格外推崇，他曾与弟弟苏辙分享自己读诗心得："吾于诗人，无所甚好，独好渊明之诗。渊明作诗不多……自曹、刘、鲍、谢、李、杜诸人，皆莫及也。"（《与苏辙书》）把陶渊明放在当时已处在文学史上一流位置的曹植、李白之上，可以说是较为激进的评价。他遍和陶诗，黄庭坚说他和陶渊明"出处虽不同，风味乃相似"（黄庭坚《跋子瞻和陶诗》），有着相似的人格。苏轼是当世文豪，无论为文、为人，都有常人不可及处，他对人生既执着、又通达的态度，确实很有陶渊明的风度，但是他却说，"我不如陶生，世事缠绵之"，觉得自己到底没有陶渊明那种知而能行、欲舍则舍的潇洒。苏轼还说，自己舍不得读陶诗——因为陶诗数量不多，苏轼重读时常常一次只读一首，生怕一次读完了以后就"断粮"了（"每体中不佳，辄取读，不过一篇，唯恐读尽后，无以自遣耳"）。

宋代是陶渊明被广泛欣赏的时代。王安石曾说他"晋、宋之间，一人而已"，是赞他德、言并茂；杨万里说"渊明之诗，春之兰，秋之菊，松上之风，涧下之水也"，是说他的诗既有生气，又有风度，既轻灵，又端庄；辛弃疾说"若教王谢诸郎在，未抵柴桑陌上尘"，认为他的诗文和人生中的风流，比自诩标格的王谢诸人远高数筹。

朱光潜在《诗论》中曾盛赞陶渊明道："大诗人先在生活中把自己的人格涵养成一首完美的诗，充实而有光辉，写下来的诗是人格的焕发。陶渊明是这个原则的一个典型的例证。"从古至今的读者对于陶渊明的人、文兼美已有共识，但是在对陶渊明的人格特质、诗文风格的理解上，则未必十分一致，有时甚至有严重的分歧。

说到陶渊明的诗风，有人认为是冲和、自然、淡雅①，也有人认为这种理解太过皮相，苏轼说陶诗是"质而实绮，癯而实腴"，朱熹说"陶渊明诗，人皆说是平淡，据某看他自豪放，但豪放得来不觉耳"。在现代，这种争论还在持续。朱光潜盛赞陶渊明的诗"静穆"，认为他达到了诗歌的"最高理想"，而鲁迅则强烈反对这一观点，说陶渊明其实是"金刚怒目"。

平淡和豪放、静穆和金刚怒目，其实不一定十分矛盾。陶渊明对世事有强烈的、清晰的好恶，这是"金刚怒目"，他对自我有坦然的、平静的接受，这是"静穆"；他的诗歌中没有澎湃的世俗之欲，可见内心之安宁，这是"平淡"，他对人生的取舍有超乎一般的决绝和勇气，这是"豪放"。

后人对陶渊明的发现和欣赏，既是对他的作品、人生道路本身的赏识，也不无自我人格理想的寄望和投射。陶渊明的身上，有他们期而未得的超然和勇气。实际上，世人赞陶者多，效陶者少。哪怕是对田园有意者，"归田"也多在功遂之后，在此之前，虽然叹息

---

① 杨时《龟山先生语录》："陶渊明诗所不可及者，冲澹深粹，出于自然。若曾用力学，然后知渊明诗非着力之所能成。"又杨万里《诚斋诗话》："五言古诗句雅淡而味深长者，陶渊明、柳子厚也。"

江湖风波恶、人间行路难,但大都停不下奔波在长安路上的脚步。元人薛昂夫的《塞鸿秋》说,"功名万里忙如燕。斯文一脉微如线。光阴寸隙流如电。风霜两鬓白如练。尽道便休官,林下何曾见?至今寂寞彭泽县",曲意颇多嘲讽,说世人口称向慕,却绝无陶渊明的手眼和魄力,或许有时候,"慕陶"甚至成了一种流行的标榜。

薛昂夫的批评很是辛辣,一针见血地道中了世人的痛脚。不过如果抱着宽和的态度,也不妨为慕陶而不效陶者稍加辩护:对后人而言,陶渊明的种种,真是"心向往之"而其实难至。陶渊明何许人也?用所谓"超然""淡泊""达观"的美好词汇的堆叠,也许固然能勾勒一点他精神世界的轮廓,但恐怕难以道出"欲辨忘言"的真意。与其去定义,不如看看陶渊明的《五柳先生传》中的自画像:

> 先生不知何许人也,亦不详其姓字,宅边有五柳树,因以为号焉。闲静少言,不慕荣利。好读书,不求甚解;每有会意,便欣然忘食。性嗜酒,家贫不能常得。亲旧知其如此,或置酒而招之;造饮辄尽,期在必醉。既醉而退,曾不吝情去留。环堵萧然,不蔽风日;短褐穿结,箪瓢屡空,晏如也。常著文章自娱,颇示己志。忘怀得失,以此自终。

《五柳先生传》中有一个关键字"不",其高频出现绝非巧合,陶渊明通篇都是在阐述"我不是什么人",以此来告诉世人"我是什么人"。他说,我不歆慕荣利,哪怕环堵萧然,身居陋室,心安即乐处;我不像经学家一样皓首穷经,只要偶然会意,就欣然自得;我经常买不起所嗜爱的酒，但亲友如果招待我，我也从不客气，欲饮则饮，想睡就睡；我的屋子不蔽风日，我衣食不周，但这都不妨我读书著文的闲情。

从这篇正话反说的《五柳先生传》中，也许我们能稍微窥得一丝陶渊明对于幸福的真谛与人生的真意的感悟。

陶渊明希望我们了解他吗？自然是。但是他更在意的是他能了解自己是什么人。古来凡大诗人，都是拥有强大的自我、精神世界自成一格的人，他们有不同于人的观物之眼、写心之手；他们虽不特意标新立异，也从不畏惧不合时宜；他们的诗文常有强烈的自我表现的愿望，但其歌哭笑骂都随本心，欢则歌，悲则哭，何曾畏惧世人评断、误解。陶渊明的好友颜延之在他身后为其作《陶征士诔》一文，感叹道："夫璇玉致美，不为池隍之宝；桂椒信芳，而非园林之实。岂其深而好远哉？盖云殊性而已。"他说无瑕的美玉不属于护城河，芬芳的桂椒也不属于园林。你说是他们特意隐匿在深山茂林吧，那也不然——决定这一切的，只是他们独特的天性。昔日庄子说自己的人生趣尚，说宁愿做拖着尾巴在泥塘中爬来爬去的乌龟，也不愿意做留骨庙堂、深藏宝匣中的"祥瑞"，其重点不是厌弃富贵、好处贫贱，而是如果富贵要用泯灭天性来换的话，那就宁可选择贫而自由。世人的选择总是在呈现自己内心最强烈的那一种需求，在庄子而言，自由远比富贵重要；在陶渊明而言，自适远比荣利重要，他们不过是听见了内心的声音并努力忠实于它，但这明心见性、知行合一的功夫，实在并非易事。

"先生"到底是怎样的人？有人看见他的冲淡平和，也有人欣赏他的刚猛豪放；他隐居自适，忘怀得失，又自悲生不逢时，不能尽其所用，只能固穷守节；他有孔颜的安贫乐道，也有老庄的乐天委命；他的诗文里面有大悲苦，也有大欢喜。

他是谜题，也是答案。

# 蒲松龄：
## 梦饮酒者，旦而哭泣

## 01 三生石上旧精魂：清醒的造梦人

明崇祯十三年（1640年）春，济南府淄川大旱，禾苗焦枯，流民满路，甚至有饥民扒开新坟，以尸体为食。千里之外的锦州城为清兵所围，一场大战一触即发。而对淄川蒲家庄的蒲槃而言，此时最重要的事还是妻子董氏临盆之事。蒲槃和原配孙氏没有子女，便过继了从兄的孩子为长子，次子为续妻董氏所生，此时将要降生的是他的第三个孩子。四月十六日这天，他做了一个奇怪的梦，梦见一个身材清瘦、面有病色的和尚走入他的房间。和尚身着袈裟，裸露的左胸上贴着一块铜钱形状的膏药，二人未接一语，蒲槃忽然醒来。不多时，家人来告知：孩子出生了，是个男孩。

当他抱起新生的孩子时，忽然发现他身上有一个黑色的圆形胎记，位置在左胸，正与梦中和尚身上所贴膏药的形状、位置相同。蒲槃心中不免有些忐忑，梦见天边祥云、五色金光是祥瑞之兆，梦见金甲神送子、菩萨现身则预示孩子未来非池中物，却没听说有人梦见病和尚的——这是什么兆头？

蒲槃的怪梦也许来自他对这个风雨飘摇的时代的不安全感。伴着父亲的隐忧和期待，蒲松龄慢慢长大了。他三岁时，清兵进犯锦州，崇祯帝派洪承畴率军十三万前去支援，结果明军大败，洪承畴被俘降清，锦州无法再守，总兵祖大寿最终也投降清军，山海关外全为清人所据。

蒲松龄五岁，时值崇祯十七年（1644年）三月，淄川有飓风自西北而来，天地一色，日月无光。按照当时人的观念，反常的物候折射的是政局的动荡。这一年，闯军攻入北京，崇祯皇帝自缢于煤山。北京被李自成的大顺政权立为国都，但很快又被清军攻下，十一月，七岁的清幼主福临登极，改元顺治。可以说，自从蒲松龄能够记事以来，他便是清朝治下之民了。

蒲松龄的祖上向有读书之风，但上溯数代，入仕为官者只有他的叔祖父蒲生汶，其所任玉田知县之职已经是五代以来蒲家仕宦的顶点。蒲槃并没有走读书考学的道路，而是以经商为业。在灾荒、饥馑、战事频仍的末世，他也只能勉力维持着家人的衣食供给。中年以后，家境日衰，他没有余钱延请塾师，便亲自教子侄读书。在这些孩子中，蒲松龄的天赋最为突出，他记忆力好，过目成诵，颇得父亲的青眼。

顺治十四年（1657年），蒲松龄十八岁了。他娶了早已定亲的刘家女儿。刘氏比他小两岁，性格和顺，家境清寒，其父也是个读书人。成亲之后不久，蒲松龄便开始参加科举考试。

清朝的科举考试沿袭了明朝的制度。按制，应试者称为"童生"，先参加县、府、院三级考试，考取者称为"生员"，即俗称的"秀才"。秀才再参加资格考试，成绩优异者方可参加乡试。乡试在各省贡院举行，每三年一次，考期在秋八月，故又称"秋闱"，朝廷会选派主考二人、考官四人主持考试，考中乡试者称"举人"，榜首为"解元"。举人可于次年春二月参加"春闱"，即"会试"，因该试由礼部主持，故又称"礼部试"。会试有一正三副四位主考，另有考官十八人。会试中榜者称"贡士"，榜首为"会元"。会试之后还有殿试，由皇帝亲自主持。乡试和礼部试是筛选优胜者的考试，而殿试不作筛选，只排名次，分为三甲：一甲三名，赐进士及第，依次为状元、榜眼、探花。二甲赐进士出身，三甲赐同进士出身。进士榜单用黄纸书写，所以美称"金榜"。"金榜题名"，是古代读书人的共同理想。

在才子佳人小说之中，中状元是才子的"标配"，似乎是一件十分轻巧的事。但在现实中，哪怕中进士也非常难。而对蒲松龄而言，踏入会试、殿试的考场都成了遥不可及的梦想，因为他考了大半辈子，都没能在乡试中突围。

然而，当十九岁的蒲松龄参加地方上的考试时，却十分顺利。当时，县试由知县费祎祉主持。蒲松龄交卷后在旁跪候，请他面试。费祎祉看过蒲松龄的考卷之后十分欣赏，说其文章功力不错，只要好好用功，以后前程无量。不日发榜，蒲松龄名列榜首。

之后的府试也十分顺利，蒲松龄又得了第一。接下来便是由一省学政主持的院试。当时的山东学政为施闰章，他以诗文驰名当世，和宋琬并称为"南施北宋"。明清科举以八股取士，题目都是从"四书"原文中摘取章句，让举子依经义作文。这次的题目取自《孟子·离娄下》的"齐人有一妻一妾"，取其中的"蚤起"二字为题。蒲松龄的文章以"尝观富贵之中，皆劳人也。君子逐逐于朝，小人逐逐于野,为富贵也"立意,描述和讽刺世人醉心富贵,受欲望驱驰劳苦而不自知的情形。施闰章对他的文章十分赞许,说读他的文章如"空中闻异香,百年如有神,将一时富贵丑态毕露于二字之上",着重点出其文描摹人物情态、心理的穷形尽相。此次考试,蒲松龄又获第一。

三试第一,是十分光彩又鼓舞人心的事。一方面,蒲松龄在淄川诸生间变得小有名气,另一方面,他自己也信心百倍,踌躇满志,想要一鼓作气,在乡试中再获佳绩。现下他取得了生员的身份,可以入府学或县学读书。按照规定,生员三年两考,第一次为岁考,第二次为科考,科考中取得一等、二等的可以参加乡试。蒲松龄进入县学读书,寓居县城之东,与李尧臣、张笃庆等人结成郢中诗社,并自述结社的目的是"由此学问可以相长,躁志可以潜消,于业亦非无补",说其意不在吟风弄月,而在加深学问,为举业之裨益。他日日苦学,"日诵一文焉书之,阅一经焉书之,作一艺、仿一帖焉书之。……一日无功,则愧、则警,则汗涔涔下也"(《醒轩日课序》),从不敢虚耗光阴。这一切,都是在为乡试做准备。

乡试共三场,头场考时文即八股文五篇,二场考论一篇、表一篇、判五条、试帖诗一首;三场考奏疏一道。第一场从当年的八月初九日开始,但实际上考生需要提前一天入场,初九凌晨开始考试,初十交卷出场,三场考试,共在号舍中住九天六夜。入贡院前先经搜身检查,防止夹带。之后领签,进入各自的号舍,号舍宽三尺,深四尺,前檐高六尺,后檐高八尺,按照公制换算面积只有一平方米多,时人感叹,这三场考试,若非有龙马之精神、驴骡之筋骨、蝂蝂①之呆气、骆驼之毅力，则无法完成。

但是，年少的意气最终被岁月消磨，数十年后回首前尘，蒲松龄发现困顿的不止自己，李尧臣、张笃庆二位好友也如是。李尧臣为吏、张笃庆坐馆，三人同病相怜，潦倒半生。从顺治十七年（1660年）到康熙四十一年（1702年），蒲松龄断续参加了十次乡试，场场抱望而来，无功而返。从弱冠青年到花甲老人，屡败屡战，屡战屡败，四十余载的艰辛，非一言可尽。

这几十年间，随着年齿渐增，中举之望日减，生活压力日增。当年分家以后，他只有"农场老屋三间，旷无四壁，小树丛丛，蓬蒿满之"。三十岁之前，他曾在同乡家坐馆教学，以赚取酬劳养家糊口、支持科考所需，但随着几个孩子的出世，他开始考虑另谋职业。康熙九年（1670年），他应江苏宝应知县孙蕙之请，离开家乡去做了孙蕙的幕僚。他曾作过一首记述途中心情的诗："身在瓮盎中，仰看飞鸟度。南山北山云，千株万株树。但见山中人，不见山中路。……挽辔眺来处，茫茫积翠雾。"（《青石关》）此诗写途径青石关时所见之景，或许全是实写，但是那种身处瓮中，仰天如井，回望来路，举目茫茫的描述，真可作为蒲松龄困于科举之路的状态的象征。

蒲松龄在孙蕙幕下从事文牍事务，代他写一些书、启、谕、记等，他与孙蕙的私交也还不错，公务之余，还经常写诗酬赠。在宝应做幕僚一年后，他既有思家之情，又有回乡参加来年乡试的打算，所以向孙蕙辞幕返回家乡，结束了人生中唯一一次远游。

---

① 柳宗元作《蝂蝂传》，称蝂蝂是一种擅长负重的小虫，背负重物时即使十分疲累，也不会休息。

但是，康熙十一年（1672年）的乡试，蒲松龄再次铩羽而归。

这几年，他在同乡王氏家中坐馆，以补生计。康熙十四年（1675年），蒲松龄迎来了第四子的诞生，而当年的乡试，他再次落榜。次年春，他在与好友李尧臣相聚痛饮后，作了《水调歌头·饮李希梅斋中作》一词：

为问往来雁，何事太奔忙。满斟一盏春酒，起舞劝飞光。莫要匆匆飞去，博得英雄杰士，鬓发已凌霜。梦亦有天管，不许谒槐王。　昨日袖，今日舞，已郎当。便能长醉，谁到三万六千场。漫说文章价定，请看功名富贵，有甚大低昂。只合行将去，闭眼任苍苍。

数年的科场蹭蹬、韶华空老，使得蒲松龄心中有强烈的时间焦虑。时光难留，鬓发染霜，前路茫茫，百忧相侵，在一片荒芜的人生中，如何找到安慰呢？"梦亦有天管，不许谒槐王"二句，极为沉痛。这里用了唐人李公佐《南柯太守传》的典故，《南柯太守传》写淳于棼在某次醉倒后的"奇遇"。淳于棼家住广陵，本是淮南节度使副将，因冒犯主上而被罢官，心情抑郁，借酒浇愁。一日醉酒后，被朋友扶回家中，恍惚间有两位紫衣使者前来，将他迎去了槐安国。他在此极受礼遇，成为驸马，任南柯太守二十年，与金枝公主生了五子二女，功名利禄一时尽享。但后来乐极哀来，他在与檀萝国的交战中败北，公主病死，其后又被谗言攻讦，最终被遣返，也是由当年迎接他的两位使者送行。到了暌违数十载的旧居，两使者高呼数声，淳于棼忽然梦醒。醒后恍恍惚惚，定睛看去，只见前时两位送他回家的朋友还没离去,斜阳落在西墙,剩酒置于东窗,原来这二十年的悲喜,都是枕中一梦。后来淳于棼发现梦中的槐安国、檀萝国,恐怕就是自己家附近的大槐树和檀树,而槐树下蚁穴中的一窝蚂蚁,就是槐安国的居民。在这个故事中,真与幻、醒与梦被极巧妙地混融于一,让人不免思索在有限的人生中受欲望驱使而劳生营营,是否真的有意义。既然在现实中无法圆梦,那么能否到梦境中寻得片时的满足?蒲松龄说,可惜的是,梦境也不由自己主宰,世人也许觉得淳于棼的幻梦是镜花水月,而自己连像他那样酣梦一场的机会都没有,"只合行将去,闭眼任苍苍",只能闭着眼走下去,任造物安排,任风霜摧折,任命运腾挪。三年后的乡试,他毫无意外地再次落榜,愤懑之际,不禁在诗中感叹"四十年来人似旧,可怜险阻已全经"。

康熙十八年(1679年),蒲松龄四十岁了。这是他生命中颇为重要的一年。一是他经友人介绍,到同邑西铺村的毕际有家去做塾师,并在此坐馆长达三十年。毕际有之父叫毕自严,号"白阳",在明朝官至户部尚书。毕际有比蒲松龄年长十八岁,顺治三年(1646年)拔贡生,曾任稷山知县、通州知州,康熙二年(1663年)被免官,返乡居住。蒲松龄在毕家,主客之间较为投契,时有诗文唱和。而每年十六金的酬金,也使他基本衣食无虞。蒲松龄在毕家先后教授了十余位子弟,十多年后毕际有去世时,蒲松龄作了《哭毕刺史》八首,称赞他"量可消除天下事,志将读尽世间书",又以"涕随挽曲声中堕,人向游仙梦里寻"来抒发哀情。这一年,另一件重要的事情是《聊斋志异》的书稿大体写成。《聊斋志异》的创作始于他而立之后,到此时已初具规模。

《聊斋志异》是短篇小说集，写狐鬼花妖，状世间百态，他在此中创造了无限的空间、各色的人物，而这个人类与"异类"共存的神奇世界，也是他眼中的现实世界的映射。对于现实，蒲松龄常觉得它不合理、不如人意，譬如他在《除日祭穷神文》中，曾以诙谐的笔调来抒发一腔不平之情：

　　　　穷神，穷神，我与你有何亲，兴腾腾的门儿你不去寻，偏把我的门儿进？难道说，这是你的衙门，居住不动身？你就是世袭在此，也该别处权权印。我就是你贴身的家丁、护驾的将军，也该放假宽限施施恩。……自沉吟：我想那前辈古人也受贫，你看那乞食的郑元和，休妻的朱买臣，住破窑的吕蒙正，锥刺股的苏秦。我只有他前半截的遭际，那有他后半截的时运？

　　民间送穷神和接财神出于同样的心理，本质上都是祈求富足，希望拥有美好的生活。此文是依传统而作，表现孤寒之人想要送走穷神的急切心情，文中的寒士不能完全等同于蒲松龄本人。但不难看出，作品中强烈的情感贯注和细致的心理描写，定然也融入了多年来他在清贫生活中的种种体验。尤其是感叹自己和早年艰难、大器晚成的古人不同，"只有他前半截的遭际，那有他后半截的时运"，则完全可以说是他的心声。

　　此外，蒲松龄还有一篇《穷神答文》，摹拟穷神的口吻来回复想要送走他的寒士。穷神的回复出人意料，他教了对方一个"免穷歌"，这支歌的要诀就是弃绝廉耻、多行不义，"只要学鄙吝，只要学一毛不拔，只要学利己损人，只要学行乖弄巧，只要学奸诈虚文，只要学伤天害理,只要学瞒昧良心",如此这般,就能由贫转富,家业兴旺。当然,蒲松龄借穷神之口道出惊人之语,并非教人作恶,而是反语讽刺,潜台词是说自己熟读圣贤之书,明了礼义廉耻,为人正直,治学勤谨,却一贫如洗,一事无成;放眼世间,那些寡廉鲜耻、损人利己的人,却有不少比自己显达富贵。这种贤佞倒置的情形,让他心生激愤,愈发对天道产生了怀疑。

他还曾写过一首《沁园春》,词意与《穷神答文》很是相似:

鬓发已催,头颅如故,怅怅何之。想涧边花朵,今生误落,尘中福业,前世或亏。龌龊佣奴,跳梁伧父,举足能教天意随。思量遍,欲仿他行径,魂梦先违。　　常期勉改前非。须索把小人一伪为。要啁啾善语,怜人似燕,笑号作祸,迕世如鸱。赚得苍苍,抛来富贵,鬼面方除另易衣。旋回首,向天公实告,前乃相欺。

这首词的讽世之意也十分明显。一方面,他感叹自己功业无成、困顿潦倒,另一方面,他又不忿身边小人得志、恶徒横行。至于下片说通过弃善从恶、巧言令色来赚取富贵,自然是激愤之语,是对"佞谄日炽,刚克消亡;舐痔结驷,正色徒行"的荒诞现实的讽刺。

所以,在自己身为"造物主"的《聊斋志异》中,他一边揭露、讽刺人性的阴暗、社会的失序,一边创造心目中的"真人"和能够"赏善罚恶"的世界。"他在虚渺的空中建造城堡,创作出那种我们叫作'白日梦'的东西来"(弗洛伊德语),靠着这个"白日梦",他不安的内心在一定程度上被安抚了。

## 02 落魄科场五十年：勘不破的执念

岁月如流，康熙二十二年（1683年），四十四岁的蒲松龄终于补了个廪生。所谓廪生，是明清官府赐予在岁考、科考两次考试中名列一等前列的考生的一种身份，成为廪生后，每月可以领六斗米。

蒲松龄对科考一直未曾放弃，只是年纪越来越大，心态越来越疲惫，感慨也更深。

他曾写过一首《寄紫庭》："不恨前途远，止恨流光速。回想三年前，含涕犹在目。三年复三年，所望尽虚悬。五更闻鸡后，死灰复欲然。"参加科考似乎成了一个习惯，中举成了他的情结，只是希望变得越来越渺茫。

让我们来看看这十次乡试中颇有些遗憾的两次。

康熙二十六年（1687年），四十八岁的蒲松龄第六次参加乡试。入场之后看到题目，他感觉文思泉涌，稍加构思便开始下笔。等到文章几乎快要写完，才发现自己犯了"越幅"的错误。所谓"越幅"是考生答卷违例的一种。科考时每页的行数、每行的字数都有规定，如果超页、超行书写都是违例，违例者轻则黜落，重则论罪。蒲松龄的"越幅"具体来说是答题的时候跳过了一页，因为清代的答题卷是类似经折装的形制，像是奏折，每一个对折后的卷面就是一幅，书写时要逐页逐行写，而蒲松龄在翻页时不慎多翻了一页。等到发现时，已经基本成文，无法修改了。考试结果出来，他果然被黜落。

考试结束后，他心情抑郁，既觉数年努力、一腔热忱无谓付之东流，又觉无颜面对关怀自己的友人，由此写了一首《大圣乐》，记录这番心情：

> 得意疾书，回头大错，此况何如。觉千瓢、冷汗沾衣，一缕魂飞出舍，痛痒全无。痴坐经时总是梦，念当局从来不讳输。所堪恨者，莺花渐去，灯火仍辜。　嗒然垂首归去，何以见江东父老乎。问前身何孽，人已彻骨，天尚含糊。闷里倾樽，愁中对月，欲击碎王家玉唾壶。无聊处，感关情良友，为我欷歔。

词中所写纯是失意者的心态。发现错误前"得意疾书"和之后"冷汗沾衣""魂飞出舍"的对比，连观者都觉得揪心。在如豆的灯光下经年苦读、空自想望而每每落空，眼看韶华逝去却自觉一事无成，此种切肤之痛实在非未经历者所能想象。而对蒲松龄而言，他"战时"不怕失败，但"战后"如何面对关切、怜悯他的良友，却成了一个难题。当然，无法面对别人，归根结底其实还是因为无法面对自己。

他第七次参加乡试是三年之后。这次第一场结束时他自我感觉不错，第二场入场后，却突发急病，"呻吟直到天明"（《醉太平·庚午秋闱，二场再黜》），实在难以支撑，未能成文，再次被黜。他自嘲说这种情形就像有丰富生育经验的妇人，将新生儿倒着包入襁褓中，笑语之中，辛酸无限。

如何排遣备考的孤寂、落榜的苦闷和怀才不遇的愤懑呢？现实中说不出的苦、做不成的梦，他便在文学的世界中说出来、做下去。在《聊斋志异》中，蒲松龄创作了大量科考主题的故事，有的喜，有的悲,有的令人愕然,有的引人叹息。这些故事,多多少少都有他的牢骚和涕泪。

这些科考故事中,《司文郎》是很值得一提的一篇,情节精彩,令人捧腹,不过它其实是披着喜剧外衣的悲剧。《司文郎》一文以王平子的视角展开,他这年参加科考,投宿报国寺,认识了同为考生的余杭生。余杭生为人狂傲,自恃才气,对王平子十分无礼。后来有一位来自登州的宋生,既有才华,为人又谦恭,宋、王二生颇为投契,而余杭生觉得北方少才士,说宋生既然是北方人,恐怕也无甚才学。宋生与他相约当场出题、口占作文来比试才艺,结果余杭生连败两次,不敢再放狂言。一日,宋生在寺中见到一位眼盲的僧人,认出他是一位能识断文章的奇人,便回居处取文章,王平子和余杭生也一同携文前来:

王具白请教之意。僧笑曰:"是谁多口?无目何以论文?"王请以耳代目。僧曰:"三作两千余言,谁耐久听!不如焚之,我视以鼻可也。"王从之,每焚一作,僧嗅而颔之曰:"君初法大家,虽未逼真,亦近似矣。我适受之以脾。"问:"可中否?"曰:"亦中得。"余杭生未深信,先以古大家文烧试之。僧再嗅曰:"妙哉!此文我心受之矣,非归、胡何解办此!"生大骇,始焚己作。僧曰:"适领一艺,未窥全豹,何忽另易一人来也?"生托言:"朋友之作,止此一首;此乃小生作也。"僧嗅其余灰,咳逆数声,曰:"勿再投矣!格格而不能下,强受之以膈;再焚,则作恶矣。"生惭而退。

此处情节非常新奇。当宋、王二生恳请诵读自己的文章以向盲僧求教时，盲僧说没耐心听那冗长的文章，不如烧了让他凭气味来判断优劣。王平子便如其言焚文，僧人嗅味后判断：其文虽未臻化境，但中举不成问题。余杭生开始并未深信僧人之能，便试焚古文名家的作品，而对方一嗅之下，就断言这是名家手笔，让他不得不服。于是他改焚己作，不料僧人又咳嗽又打嗝，明言此文气味逼人，并非良作。

从这奇趣的情节看来，此僧确乃高人。高人之预言是否会应验呢？不日考完发榜，结果出人意料：被他断言能中的王平子名落孙山，比王平子更有才华的宋生也榜上无名，而被他贬斥的余杭生则金榜题名。

宋、王二生愕然，前去询问盲僧，余杭生则气势汹汹地前来"问罪"，盲僧如何分说？他回复宋、王道"仆虽盲于目，而不盲于鼻"，但考官则目盲、鼻盲、心盲；回复余杭生则称"我所论者文耳，不谋与君论命"。这两处应答，都是强调自己对文章的评价绝无问题，反而是掌握考生前途的考官的判断有误。这是他的一家之言，余杭生既然怀疑，如何证明呢？僧人要求他遍寻诸考官的文章，一一焚烧，称自己定能从中辨得取中余杭生的考官之文。

> 生与王并搜之，止得八九人。生曰："如有舛错，以何为罚？"僧愤曰："剜我盲瞳去！"生焚之，每一首，都言非是；至第六篇，忽向壁大呕，下气如雷。众皆粲然。僧拭目向生曰："此真汝师也！初不知而骤嗅之，刺于鼻，棘于腹，膀胱所不能容，直自下部出矣！"生大怒，去，曰："明日自见，勿悔，勿悔！"越二三日，竟不至；视之，已移去矣。乃知即某门生也。

这是一场关乎双方尊严的赌约，结果还是盲僧胜出。他在数篇文章之中精准地找出了取中余杭生的考官的作品，所谓"臭味相投"——昔日余杭生的文章让他不适，今日该考官的文章的味道更冲，让他觉得刺鼻、扎腹，以至于当场便要腹泻。而余杭生数日后不见踪影，正说明他的"反应"十分准确。

《司文郎》的这段情节既谐趣又讽刺。僧人目盲而鼻灵，能以气味辨别文章优劣，且回回精切，此第一奇；他有此异能，却不能准确预测科考结果，三人之中榜与否皆与他所言相反，此第二奇；他预测不准，是因为真正具有评骘权的考官粗陋无才，手中有权而目中无珠，使得真才弃置、庸才得志，此第三奇。在故事的设计中，还有几处"颠倒"甚为精奇。其一，瞽者比明目之人更加"眼明"心亮，这是明与暗的颠倒；其二，"焚书"一事，自古以来都代表对文化的毁灭，而盲僧判断文章却是将之焚烧，这是存与毁的颠倒；其三，在后文中，作者揭开悬念，原来宋生并非活人，而是一个漂泊的游魂，只因生逢明末之乱，未得遂志而死，于是飘荡世间，想要得一良朋，借襄助他来实现自己平生未遂的科场之愿。可即使他有死生不渝的意念、过人的才华，也未能帮助本非庸才的王平子中举，而文笔低劣的余杭生却能金榜题名，这是贤与愚的颠倒。

透过这篇文章，不难看出蒲松龄作为考生的愤恨不平。他痛恨黑白颠倒、贤愚错置，认为无才者忝列官场导致选拔人才的科考成为笑话。在这个故事中，王平子是视角人物，虽然他戏份不少，但其实宋生才是核心人物，蒲松龄把自己的情志赋予他、把自己的心结写入他的人生经历中，他既是文采风流、锦心绣口的理想人物，又和蒲松龄一样是青衫落拓、有志难骋的底层文士，在他身上，蒲松龄自然有深深的投射。

不过说起自我的投射，则首推《叶生》。故事的主人公叶生是淮阳人，他"文章词赋，冠绝当时"，却久困科场，一直未得功名。后来，新任淮阳知县丁乘鹤读到他的文章后十分赏识他，便让他到县学来读书，还资助他、擢拔他，使得他免于饥寒、科试折桂。但是接下来的乡试，他却铩羽而归。落榜的挫败感和自觉愧对知音的内疚感让他"形销骨立，痴若木偶"，丁公悯之慰之，并相约等自己任满入京，偕他一同北上。叶生感激应允，但不久以后他积郁成疾，服药百副，未见成效。而丁公忽因冒犯上司被免职，将要离任回乡，他寄信与叶生，说想要候他痊愈同归。叶生接信后感而下涕，答复道自己恐怕不能在短期内病愈，请他先回乡。丁公不忍弃他而去，仍然耐心等待。数日后，门人通报叶生来了，丁公喜而相迎，二人相偕去往丁公的家乡。到家后，丁公让自己十六岁的儿子丁再昌拜叶生为师。丁再昌此时并不会写文章，不过他天资聪颖，过目成诵。叶生倾力教导一年后，丁再昌便能落笔成文，顺利考入县学成为秀才。叶生将自己过去备考的习作给他诵读，结果乡试出的七个题目，都在这些习作之中，丁再昌考了第二名。丁公不由感叹学生中举而老师未取功名，实在是命运的不公。后来丁再昌又考上了进士，被授京官之职，上任时他带上了叶生，并送他进入国子监读书。一年后，叶生参加顺天府乡试，终于考上了举人。此时丁再昌新任职之所正好离叶生家乡不远，他劝叶生还乡省亲，叶生也欣喜地同意了。

行文至此，这似乎是一个普通的科场悲喜、人生起落的故事，但其实悬念早已隐藏其中。叶生归家之后，意想不到的事情发生了：

见门户萧条,意甚悲恻。逡巡至庭中,妻携簸具以出,见生,掷具骇走。生凄然曰:"今我贵矣!三四年不觌,何遂顿不相识?"妻遥谓曰:"君死已久,何复言贵?所以久淹君柩者,以家贫子幼耳。今阿大亦已成立,行将卜窀穸,勿作怪异吓生人。"

家中门庭冷落,妻子见到叶生,并无久别重逢的惊喜,反而怛然失色,惊骇地跑开。叶生十分不解,说自己今朝终于显达了,即使三四年没见面,妻子也不至于不认识自己。妻子却说:"你死去已久,还谈什么显达不显达呢?之所以停灵家中,是因为当年家贫子幼,无力安葬。现在孩子长大,将要择地安葬了,请你不要作怪吓唬活人。"被叶妻此语所惊的不止叶生,还有读者。原来,数年前叶生乡试落榜后一病不起,已经去世了。他身死魂驻,且并不知道自己已成游魂,跟随知己千里辗转,只为实现自己科考之梦,也是为了酬答丁公,以明其青眼未尝空付。此时,叶生如梦初醒,"怃然惆怅。逡巡入室,见灵柩俨然,扑地而灭"。这里寥寥数笔,情调低沉凄婉,叶生乍知真相的震惊、面对残酷现实时的黯然跃然纸上。他见到自己的灵柩后,便"扑地而灭",倏然消失。此场景极具冲击力——那个有情有志、能行能言的"人",其实早已是"人间失格"的魂灵,当他不知道自己"死者"的身份时,他行动如常,有欲望、有期待、有感受;而当他突然意识到自己已经不属于人间时,一缕幽魂马上扑地湮灭,飞灰不存。"妻惊视之,衣冠履舄如蜕委焉。大恸,抱衣悲哭",衣冠如蝉蜕委地的场景,更增加了"扑地而灭"的悲怆感。此处是整个故事的关键情节,因为它包含了故事最核心的隐喻:人的执念,可以超越现实中最大沟壑——死亡。对某些人来说，执念成了他们的筋骨、血肉、灵魂，支撑着他们的人生。所以，当他们的执念破了，便瞬间迎来最终的幻灭。执念是他们的明灯，也是他们的业火，照亮了迷航，也烧毁了自己，焚心啮骨，一瞬微明。"扑地而灭"的最终结局，是蒲松龄给叶生，也是给自己的最终判词：念念不忘，未必终有回响。

这个故事不仅有悬念，更富含悲剧的美感。清人冯镇峦曾评价道："余谓此篇即聊斋自作小传，故言之痛心。"他犀利地指出，这篇文章是蒲松龄把自我情志灌注在主角身上的产物，甚至可以说是他为自己作的一篇小传，所以读来令人深感痛切。尤其是文末的"异史氏曰"一段，更是饱含失落和哀愁、牢骚和怨望：

异史氏曰："魂从知己，竟忘死耶？闻者疑之，余深信焉。同心倩女，至离枕上之魂；千里良朋，犹识梦中之路。而况茧丝蝇迹，呕学士之心肝；流水高山，通我曹之性命者哉！嗟乎！遇合难期，遭逢不偶。行踪落落，对影长愁；傲骨嶙嶙，搔头自爱。叹面目之酸涩，来鬼物之揶揄。频居康了之中，则须发之条条可丑；一落孙山之外，则文章之处处皆疵。古今痛哭之人，卞和惟尔；颠倒逸群之物，伯乐伊谁？抱刺于怀，三年灭字；侧身以望，四海无家。人生世上，只须合眼放步，以听造物之低昂而已。天下之昂藏沦落如叶生其人者，亦复不少，顾安得令威复来，而生死从之也哉？噫！"

此段中，至少有两个要点值得注意：其一，蒲松龄对当时科考中"有才者不用"的现象十分不满。科场之上，"成王败寇"，中榜与否、名次先后，与考生的命运息息相关，也几乎决定了随之而来的社会评价和自我评价，蒲松龄觉得自己胸有锦绣、下笔成文，可事实上却久困科场，蹉跎半生。他自傲，也自卑；他希望满怀，也牢骚满腹。"频居康了之中，则须发之条条可丑；一落孙山之外，则文章之处处皆疵"，多次落榜之后，他从人到文章，都受尽冷眼和贬斥。他还曾在词中向友人发出过类似的感慨：

> 天孙老矣，颠倒了、天下几多杰士。蕊宫榜放，直教那、抱玉卞和哭死。病鲤暴腮，飞鸿铩羽，同吊寒江水。见时相对，将从何处说起。　　每每顾影自悲，可怜肮脏骨，销磨如此。糊眼冬烘鬼梦时，憎命文章难恃。数卷残书，半窗寒烛，冷落荒斋里。未能免俗，亦云聊复尔尔。(《大江东去·寄王如水》)

此词和《叶生》的"异史氏曰"部分都提到卞和抱连城璧而被刖足，这是蒲松龄眼中自我形象的写照。他是铩羽的飞鸿、暴腮的鲤鱼，荒斋独处，顾影自怜。日复一日的失望，使他壮心渐渐消磨。此时他渴望中举，除了出于功业心本身，还有证明自己并非失败者、无能者的需求。

其二，蒲松龄有强烈的"知音情结"，这和他对良才见弃的不平，其实是对同一事态度的正反面。他特别期待具眼的伯乐、顾曲的知音，所以他在文中借叶生之口说，"借福泽为文章吐气，使天下人知半生沦落，非战之罪也，愿亦足矣"，"士得一人知己可无憾"。

在故事中，叶生科场失意，十分落魄，蒲松龄就为他安排了一位伯乐、知己丁乘鹤。"丁乘鹤"一名也有出典。据《搜神后记》载："丁令威，本辽东人，学道于灵虚山。后化鹤归辽，集城门华表柱。时有少年，举弓欲射之。鹤乃飞，徘徊空中而言曰：'有鸟有鸟丁令威，去家千年今始归。城郭如故人民非，何不学仙冢垒垒。'遂高上冲天。"丁乘鹤之姓取该典故中丁令威的姓，其名则取"化鹤而去"之意。由丁令威的传说衍生出的"辽东鹤"的典故，常用来形容久别重归而叹世事变迁，或喻人去世。叶生的经历兼有此二义，他正是去世之后以游魂返乡，发现物是"人非"。此二义本写叶生，为何蒲松龄要将其用在丁乘鹤名字上呢？对叶生而言，知赏他如丁乘鹤者，像在空谷中低吟时所闻的回响，像在暗夜中独行时所见的星光——此人一言之褒贬，重逾千金；此人存于世间，证明他的追寻还未彻底落空，他的落寞也不会无人看见。叶生在患病身死之后，魂魄跟随知己而去，竟然忘记自己是已死之身，蒲松龄说这看似离奇的事他"深信焉"，既然倩女可以因爱情而离魂，那么叶生为何不能为友情而忘死呢？何况"茧丝蝇迹，吐学士之心肝；流水高山，通我曹之性命者哉"——文章是读书人的心血所在，知音则是他们自我价值的另一种证明。

所以，《叶生》这个故事，归根到底是写人的"执念"。世人之"执念"，光辉灿烂者被称为"信念"，晦暗阴郁者则近乎"魔障"。"执念"在现实人生中往往多生苦果，在文学世界里却能化出动人的故事。蒲松龄的执念是有才无人赏——既无法自证才华，也无法纾解寂寞，所以一个"知音"，既能借他之口代世人评骘，又能以他之青眼为自己证明人生价值，一举解决两种困境。所以，叶生死后离魂，追随知己，以教导他的儿子来证实自己的才华，以最终中举来解开生前心结，这从现实层面看很荒诞，但从情感和心理逻辑来看，则十分合理。

蒲松龄对叶生，到底是宽待，还是残忍呢？说他残忍，他又给了叶生一个知己、一点慰藉；说他宽待，他又让叶生的从友、中举、衣锦还乡都成了死者的黄粱一梦，到头万事俱空。叶生的执念，最后得到满足了吗？他见灵柩而忽有所悟、委地湮灭的场景，是执念在被满足后随风而去，还是最终被现实碾碎了呢？尽管叶生已经是一个遭遇凄惨的悲情人物，但蒲松龄却说自己羡慕他、不如他，他也是"昂藏沦落如叶生其人者"，但却少了一个丁乘鹤这样的人，让他能"生死从之"。

《叶生》强烈的悲剧性，来自蒲松龄自己强烈的情结和执念。当年他以县、府、院三试头名，受赏于知县费祎祉和学政施闰章。时光流转，意气风发的青年却成了困顿科场的中年人。费、施二人未必会因此萦怀或感叹看错了人，蒲松龄自己却不能释怀，《聊斋志异》中有两篇故事，名为《折狱》《胭脂》，是他分别以费、施二人为主人公创作的，都以赞颂他们的廉洁、公正为主。《胭脂》一文中，他说施闰章对青年士子和蔼关切，爱才如命；《折狱》一文，他在"异史氏曰"中说："松才弱冠，过蒙器许，而驽钝不才，竟以不舞之鹤为羊公辱。是我夫子有不哲之一事，则某实贻之也。悲夫！"在这多年后的追忆中，他依然对自己弱冠受赏于费祎祉的场景念念不忘，只不过因为自己仕进无成，所以自觉"过蒙器许""驽钝不才"。"不舞之鹤"用《世说新语·排调》中的典故，晋人羊祜养了一只善舞的鹤，他曾经很自得地向人称道过。但当他有朋友来时，朋友想让鹤起舞，鹤却羽毛松垮，不肯起舞，所以世人常以"不舞之鹤"比喻名不副实的人。蒲松龄说费公实在是明达之人，而当年赏识自己，却是他人生中一大不智不哲之事。其实，这并不能算费氏的疏漏,而是蒲松龄自己的郁结。

康熙四十九年(1710年),七十一岁的蒲松龄终于通过岁贡,成为贡生。贡生是从生员中挑选出的优秀者,可以升入京师的国子监读书①,这个迟来的"安慰奖"并未使他欣喜,当亲友前来道贺时,他反而写诗自伤道:"落拓名场五十秋,不成一事雪盈头。腐儒也得亲朋贺,归对妻孥梦亦羞。"在早已成书的《聊斋志异》中,蒲松龄写了很多科场故事,嬉笑怒骂,不一而足。对于科场的不公,他早有洞察,但是身为局中人,他既无力解脱,也并无别的更好的出路。在《王子安》一篇中的"异史氏曰"中,他曾经发出这样的感慨:

> 异史氏曰:"秀才入闱,有七似焉。初入时,白足提篮,似丐。唱名时,官呵隶骂,似囚。其归号舍也,孔孔伸头,房房露脚,似秋末之冷蜂。其出场也,神情惝恍,天地异色,似出笼之病鸟。迨望报也,草木皆惊,梦想亦幻,时作一得志想,则顷刻而楼阁俱成,作一失意想,则瞬息而骸骨已朽。此际行坐难安,则似被絷之猱。忽然而飞骑传入,报条无我,此时神情猝变,嗒然若死,则似饵毒之蝇,弄之亦不觉也。初失志,心灰意败,大骂司衡无目,笔墨无灵,势必举案头物而尽炬之;炬之不已,而碎踏之;踏之不已,而投之浊流。从此披发入山,面向石壁,再有以'且夫''尝谓'之文进我者,定当操戈逐之。无何,日渐远,气渐平,技又渐痒;遂似

---

① 关于蒲松龄成为贡生的时间有两种不同的说法:一说为康熙四十九年(1710年),如王洪谋《柳泉居士行略》"庚寅贡于乡",蒲箬《柳泉公行述》"庚寅岁贡";一说为康熙五十年(1711年),《淄川县志·贡生门小传》、鲁迅《中国小说史略》采用此说。本文采用第一种说法。

破卵之鸠,只得衔木营巢,从新另抱矣。如此情况,当局者痛哭欲死;而自旁观者视之,其可笑孰甚焉。……"

《王子安》的故事很简单,是说因于科场的王子安在一次醉酒后被狐狸戏弄,误以为自己金榜高中。一篇诙谐的故事,却引出了一段包含万千感慨的议论。这"七似"其实是蒲松龄为自己画像:似丐,是似其形状落魄;似囚,是似其了无尊严;似秋末冷蜂,是似其局促;似出笼病鸟,是似其失神落魄;似被絷之猱,是似其神魂牵系、心有挂碍;似饵毒之蝇,是似其魂飞魄散、心胆俱裂;似破卵之鸠,是似其心灰又转心热、破巢又复营巢。这些比喻中,最有趣的是第七似"破卵之鸠":考生初落榜之时,心灰意冷,愤愤不平,此意难平,势必要迁怒于案头的笔墨文章,要"拉杂摧烧之,摧烧之,当风扬其灰"。"炬之""碎踏之""投之浊流"的排比,足显其怨愤之深。但是时日一长,气恼渐消,却又慢慢技痒起来,甚至最后忘记自己的信誓旦旦,又悄然投身彀中,如此循环。

对此情况,蒲松龄说"当局者痛哭欲死;而自旁观者视之,其可笑孰甚焉"。那么,他到底是痛哭欲死的"当局者",还是不屑嗤笑的"旁观者"呢?答案耐人寻味:他既是当局者,又是旁观者;他既看透了奔波科场的虚妄,又无法放下自己的欲念和期待、解开自己的心结和执念,所以只能一边自笑荒唐,一边继续营营。看得破,走不出;拿得起,放不下——这是蒲松龄人生中最大的悲哀。

## 03  青林黑塞有知音：一场热闹的寂寞

《聊斋志异》是志怪小说，志怪小说是时人好读、爱读但往往以游戏之笔视之的体裁。譬如与《聊斋志异》并列"清代三大志怪小说"的纪昀的《阅微草堂笔记》和袁枚的《子不语》，明显便是作者的消闲游戏之作，因其既不是专力所作，也并未凝铸他们强烈的情感、核心的人生体验。而《聊斋志异》的特别之处在于：它是蒲松龄浇愁的酒杯、书愤的锦帛、避世的梦枕、惩恶扬善的王国。从他所作的《聊斋志异·聊斋自志》中，能够看出此书在他生命中的重量：

> 披萝带荔，三闾氏感而为《骚》；牛鬼蛇神，长爪郎吟而成癖。自鸣天籁，不择好音，有由然矣。松，落落秋萤之火，魑魅争光，逐逐野马之尘，罔两见笑。才非干宝，雅爱搜神；情类黄州，喜人谈鬼。闻则命笔，遂以成编。久之，四方同人，又以邮筒相寄，因而物以好聚，所积益夥。……遄飞逸兴，狂固难辞；永托旷怀，痴且不讳。展如之人，得毋向我胡卢耶？然五父衢头，或涉滥听；而三生石上，颇悟前因。放纵之言，或有未可概以人废者。

文章的一开头，他就将屈原的《山鬼》、李贺奇谲诞幻的诗歌与自己的《聊斋志异》相提并论，既有借前人作类比以自高身价的意思，也是强调自己并非唯一对"牛鬼蛇神"、奇谈怪事感兴趣的人。至于为什么对此情有独钟，他说这是天性使然，前贤如干宝、苏轼，不也和他同癖吗？一开始他是就自己见闻的奇事来创作的，后来朋友知此情况，又将他们的见闻写在信中提供给他。对于这本或许不会受到世人重视的志怪小说，蒲松龄反复强调，这是他的"逸兴"的勃发、"旷怀"的寄托，此中的"狂"和"痴"，更表明此书是自己一腔热血、半生执念所在。也许在现实中，他常自卑于自己的清寒落魄，但是在这奇幻的文学世界中，他是自信、自豪，甚至有些自负的。表面上，他自谦说这些故事或许是道听途说、有些耸人耳目，但其实它们是他以笔来重构这个世界的成果，他在奇诡的故事后建构的善恶、美丑、赏罚的规则，是他面对现实的失意时的宁心剂。

在《聊斋自志》中，蒲松龄还叙述了父亲在自己出生前做的那个怪梦。小时候他对这个听来的梦未曾多加留意，但是后来却越来越产生一种想法：难道父亲梦中的那个病和尚就是前世的自己？少年时体弱多病、长大后命途多舛，"门庭之凄寂，则冷淡如僧；笔墨之耕耘，则萧条似钵"，如此种种，都被他作为论据来支撑这个结论。因为在长期的失意生活中，他更坚信人生的际遇都有"前因"。

在《聊斋志异》中，蒲松龄写了不少关于前世因果的故事，《三生》便是其中之一。故事的主角刘孝廉能够记得此生之前数世的事情。他说自己某一世是人，身为乡绅，多行不义，死后见到阎王，对方对他倒是恭敬，赐座又赐茶。刘孝廉看阎王盏中茶色清澈，自己的浑浊如米酒，怀疑自己这杯是世人传说的迷魂汤，就趁阎王不备偷偷倒掉。不一会，阎王命鬼卒清算他的生前善恶，罚他转世为马。他被鬼卒押到一户人家门口，挣扎拉扯间摔了一跤，再定睛一看自己已身在母马身下，耳边响起旁人"生了，是一匹公的"的说话声。生而为马，口不能言，却保留了作为人的心智。四五年后长成成年马，体型魁伟，但不像一般的马那样能耐鞭打、耐骑乘，主人骑乘时总会给它配上保护马腹的障泥，缓缓按辔而行。但有一天马夫不用辔、不加障泥，骑乘时用腿猛夹，它痛得死去活来，心中愤愤不平，绝食而死。死后到了地府，阎王怪责它未到罚期而擅自求死，剥皮后罚它转生为犬。"犬生"更是不堪回首，它闻着尿液就本能地觉得香甜，不过，它依然用理性克制自己不去食尿。久而久之，它不堪身心之分裂，故意咬噬主人，被乱棍打死。再至冥司，又被罚而为蛇。"蛇生"它依然以人的身份自居，自誓不捕杀动物，于是只能以草木果实果腹。后来趁车马经过，从草中快速窜出，自尽而死。"蛇生"中它不杀生的积善，终于抵消了前恶，被准再次托生为人，即这一世的刘孝廉。他生而能言，过目不忘，每每跟人闲谈间，总是劝人道："骑马时一定要记得用厚的障泥，须知用大腿夹马腹，对马而言比鞭打还要疼。"

从《聊斋自志》的自述和《三生》的情节来看，蒲松龄似乎是相信因果和转世的，但他也认为，此事十分渺茫难知，譬如《聊斋志异》的名篇《席方平》就表述了这种观念。席方平的父亲席廉和富户羊氏有嫌隙，羊氏死后数年，席廉忽然患病垂危，死前告诉儿子席方平，这是羊氏在阴间贿赂鬼使所致。席廉死后，席方平立志要为父亲申冤，便强行离魂。离魂后，先后见到城隍、阎王，结果他们官官相护，不仅不惩治违法者，还将席方平反复炮制。席方平铁骨铮铮，百折不挠，面对械梏、鞭笞、锯解都未尝低头。阎王还一度让他投胎成为新生儿，席方平愤而绝食，三日而死，魂魄飘摇，依然矢志不渝。最后，终于遇到二郎神为他主持公道。在这篇文章的结尾，蒲松龄叹息道：

异史氏曰："人人言净土，而不知生死隔世，意念都迷，且不知其所以来，又乌知其所以去；而况死而又死，生而复生者乎？忠孝志定，万劫不移，异哉席生，何其伟也！"

此处他明确表示，哪怕人存在前生后世，但"生死隔世，意念都迷"，所以才以极端戏剧化的情节来表现席方平这种为心中誓愿生死不渝、艰危不改的人，以赞叹坚强的意志、清晰的认知对于人世迷途的重要——数百年后，作家莫言受蒲松龄影响，以《三生》的情节为骨肉，以《席方平》的情节为框架，创作出结构宏伟的长篇小说《生死疲劳》；而在他之前，日本作家芥川龙之介也曾多次从《聊斋志异》故事中取材创作小说，但这些都非蒲松龄所能知的了。

蒲松龄对自己的人生的一个基本认知是，他今生的苦楚定有前因，但他在孤寒、凄凉的处境中也要找到出路，除了迫切地想要在科考场中获捷，他所能找到的最大安慰来自文学的、幻想的世界：

独是子夜荧荧，灯昏欲蕊；萧斋瑟瑟，案冷疑冰。集腋为裘，妄续《幽冥》之录；浮白载笔，仅成《孤愤》之书。寄托如此，亦足悲矣。嗟乎！惊霜寒雀，抱树无温；吊月秋虫，偎阑自热。知我者，其在青林黑塞间乎！

此处他明言，《聊斋志异》不是他用来消遣或者逞才的，而是他寂寞的慰藉、心灵的归处。甚至他还认为，也许那些精灵鬼怪之中，会真有他的知音。

蒲松龄这一想法，或许与他出生时的奇事有关，或许与他天生喜爱"搜神""谈鬼"有关，又或许与他长久的寂寞难遣有关。但在这些之外，他的一桩未成形的爱恋，也是催生此念的重要因素。

蒲松龄曾做过宝应知县孙蕙的幕僚，与其妾顾青霞产生了朦胧的情愫。顾青霞本是青楼女子，后来孙蕙帮她赎身并纳她为妾。她兰心蕙质，识文断字，擅长吟诗、作诗。初见之时，蒲松龄年过而立，顾青霞青春二八，十多年后，这惊鸿一面还深深刻在他的记忆中，"当日垂髫初见君，眉如新月鬓如云"（《孙给谏顾姬工诗，作此戏赠》）。

蒲松龄还曾赞她吟诗是"曼声发娇吟，入耳沁心脾。如披三月柳，斗酒听黄鹂"（《听青霞吟诗》），说她声音娇柔，清新动人。他还曾选唐诗绝句百首，抄写成册，作为礼物相赠，并作了《为青霞选唐诗绝句百首》一诗："为选香奁诗百首，篇篇音调麝兰馨。莺吭唤出真双绝，喜付可儿吟与听。"此诗从题到正文，都隐隐泄露出一丝春光。顾青霞是孙蕙之妾，蒲松龄是孙蕙的幕僚，以当时伦理规范来看，内外有隔，男女有别，二人不应有单独的交往，也不应有逾矩的亲昵。可是蒲松龄在此不称"顾姬"而称"青霞"——古代婚礼"六礼"之一为"问名"[①]，若是在谨守礼仪的高门大户，女子名字只有家人才知晓，外人无从得知，或者哪怕知道也不宜直呼。顾青霞虽然出身不高，但此时已是孙蕙的家眷，蒲松龄直呼其为"青霞"，自然有些不同寻常。至于末句的"可儿"，是妙人、知心人之

---

① 婚礼"六礼"为纳采、问名、纳吉、纳征、请期、亲迎。

意,也绝非普通男女之间可用的称呼。

当然,顾青霞有夫,蒲松龄有妻,蒲松龄作为一个守礼崇德、忠厚老实的人,不宜也不愿有真正的逾矩之举。所以尽管他在诗中一再表现对顾青霞的欣赏,实际上他们却并没有真正的不伦关系,甚至连顾青霞对蒲松龄的态度,后人也无从得知。蒲松龄自称为她编选的诗都是"香奁诗","香奁"是女子的妆匣,诗中有"香奁体",是以女性情感、生活为题材,多写绮罗脂粉、春怀秋恨的作品。在他编选的这本册子中,顾青霞最爱王昌龄的《西宫春怨》诗:"西宫夜静百花香,欲卷珠帘春恨长。斜抱云和深见月,朦胧树色隐昭阳。"这是一首宫怨诗,写一位在花繁月冷的良宵中的寂寞女子,她萌动的春心只能在孤独中冷去,而时光的消磨无休无止。蒲松龄因顾青霞爱赏此诗一事还专门作诗:"旗亭画壁较低昂,雅什犹沾粉黛香。宁料千秋有知己,爱歌树色隐昭阳。"(《听顾青霞吟诗又长句》)

顾青霞之所以喜爱《西宫春怨》,或许是因为她与该诗的主人公同病相怜,而诗句也是她的心境的写照。顾青霞虽被蒲松龄爱重称赏,但却不被姬妾众多的孙蕙重视。康熙十四年(1675年),孙蕙升任户科给事中,进京赴任,并没有带顾青霞前往,而是将她留在淄川宅中。她并非淄川人,在孙家也不受优待,加之思念丈夫,寂寞难遣,内心不免苦闷。蒲松龄还曾代她作《闺情呈孙给谏》九首,都是叙写她相思的孤独,如其四云"寒窗风雨暮愁多,憔悴芳魂怯翠罗。薄幸不来春又暮,阶前芳草没凌波",将独处幽闺的惆怅与凄风冷雨的环境融合,春将暮,人未归,情难解。代言体诗是古诗的一种传统写法,是代他人言情,作者在写作时完全代入对方,替其歌哭笑骂。但是蒲松龄在代顾青霞言情时，却又时不时"出戏"，忍不住站在旁观者的角度表达怜意，譬如其五云："深坐珠帘鬘[①]翠蛾，玉人何处醉弦歌。泪中为写相思字，写到相思泪转多。"对顾青霞的寂寞伤情，他深有怜意，甚至暂时忘记了自己代言的"职责"，而采用了旁观的视角来描摹。

蒲松龄为顾青霞代言的作品不少，除以上组诗外，他还作有《菩萨蛮》四首，以及《庆清朝慢》《东风齐着力》等词为顾青霞抒怀。

蒲松龄为顾青霞作了这么多代言诗词，是为诗中的"萧郎"孙蕙，还是为"玉人"顾青霞呢？我们没有直接的证据，但是可以从蒲松龄对二人去世的不同态度中找寻答案。康熙二十五年（1686年），孙蕙在家乡丁忧时生病去世。两年后，顾青霞也因病去世。孙蕙去世时，蒲松龄没有为他撰写悼念的诗文，而顾青霞去世后，他却写下了《伤顾青霞》一诗：

吟声仿佛耳中存，无复笙歌望墓门。
燕子楼中遗剩粉，牡丹亭下吊香魂。

一二句写伊人突然撒手人寰，音容宛在，生死已隔。第三句用唐代将领张建封的妾关盼盼在张建封死后独居燕子楼的典故，以切顾青霞的身份和处境。这倒无甚特别。关键在第四句的用典。明人汤显祖的名剧《牡丹亭》，写太守之女杜丽娘因在游园时春心勃

---

[①] 鬘，一作"锁"。

然，倚石入梦，与柳梦梅有了云雨之欢。梦醒之后她怅然若失，相思入骨，以至于骤然病起，最终不治。死前，她留下了一幅自画像。她去世后，其父杜宝升任淮扬安抚使，在去往任所前，杜宝将女儿葬在后花园梅树下，并修成"梅花庵观"。而后来柳梦梅赴京赶考，途中染病，便寄宿在梅花庵观，偶得杜丽娘的自画像，一见生情，不能自已。而杜丽娘的幽魂便来与他相会，虽天人有隔，却情比金坚。最后他们跨越重重障碍，杜丽娘得以还魂，二人终成眷属。

《牡丹亭》是一个表现"至情"的力量的故事。汤显祖在《牡丹亭记题词》中说：

> 情不知所起，一往而深。生者可以死，死可以生。生而不可与死，死而不可复生者，皆非情之至也。梦中之情，何必非真，天下岂少梦中之人耶？

他认为，情之所起无需因由，情之所往不受限制；秉至情者，可以为情生、为情死；哪怕是梦中的爱情，也可以让人如痴如醉。换言之，他认为至情可以超越一切限制，成为永恒的、至善的存在。所以，杜丽娘会为梦中的遇合而付出自己的生命，死后依然一灵不昧，徘徊于人间，想要继续完成这段感情；所以，柳梦梅会为画中人神魂颠倒，一往情深，与杜丽娘相知之后也并不计较她"鬼"的身份。汤显祖让二人都有至情的"精诚"，也赐予他们理想的结局。这自然是他对"至情"的坚信和良愿。

蒲松龄说"牡丹亭下吊香魂"，也是他的坚信和良愿。他在现实中无法完成的爱情，在人世间无法找寻的人，只能放在幻想中、梦中，希望她"香魂"有知，能与自己续上一段未实现过的缘分。当我们了解蒲松龄的这一隐秘的愿望，再去看《聊斋志异》中诸多的人鬼情缘的篇目，会发现它们有一些值得注意的地方：其一，"鬼"为女性，"人"为男性，二者结缘往往是女性更为主动；其二，"鬼"常常是在世时情感未获满足、怀有遗恨的女性，想要寻求相怜的爱侣、相惜的知音；其三，某些篇目中，人鬼炽热的爱情结出硕果后，男子带女鬼返家，读者才注意到男子已有妻子，而妻子对新来的鬼妾十分宽和，最终，家宅和睦，爱情美满，男子坐享齐人之福。不过，虽然这些鬼还有狐狸精、花妖、其他精怪等"异类"身上，不无蒲松龄"造梦""圆梦"的影子，但她们又往往天真鲜活、重情任性，不受俗理成规羁绊，有旺盛的生命力。她们面貌各异，栩栩如生，虽然没有"人"的身份，却比常人更具人性、人情味。

不难看出，她们是蒲松龄的"梦"。非止于此，蒲松龄的海晏河清之梦、贤才得志之梦、知音相和之梦，也尽在《聊斋志异》之中。"梦"是虚幻的吗？关于这个问题，蒲松龄一定同意汤显祖所说的"梦中之情，何必非真，天下岂少梦中之人耶"——他一直认为自己是世间的边缘人，醒着的"梦中人"；他也一定会同意汤显祖关于"情"与"理"的论述："人世之事，非人世所可尽。……第云理之所必无，安知情之所必有邪！"对他而言，"情"高于"理"，"生"包含"死"，人类的情感、人间的故事，可以"上穷碧落下黄泉"。

康熙五十四年（1715 年）元旦，蒲松龄自卜不吉；正月初五日，逢其父忌辰，他率领儿孙去祭扫坟墓，不慎感染了风寒，延医之后似有好转，但旋即又开始胁痛、咳嗽、气喘；正月二十二日，他在聊斋中"倚窗危坐而卒"，终年七十六岁，死后与妻子刘氏合葬，过完了看似平凡的一生。

《庄子·齐物论》说："梦饮酒者，旦而哭泣；梦哭泣者，旦而田猎。方其梦也，不知其梦也。梦之中又占其梦焉，觉而后知其梦也。且有大觉而后知此其大梦也，而愚者自以为觉，窃窃然知之。"生和死有截然的分界吗？梦和醒有截然的分界吗？庄子认为，自以为清醒的人们，也许在做着"梦中之梦"，他们在夜晚梦饮酒而欢、梦哭泣而悲，醒来后以为自己彻底清醒了，却没想到人生有可能是一场大梦。如若人生是梦境、是寄居，那么为"梦"中的吉凶而患得患失，为"梦"中的悲欢而"入戏"，是否也很荒诞呢？如此看来，蒲松龄这个在"梦"中做梦，又在"梦"中寻找人生边界的人，真是既糊涂、又清醒，既执着、又超然呢。